古典文獻研究輯刊

二七編

第 5 冊

宋代志怪小說研究

袁文春 著

國家圖書館出版品預行編目資料

宋代志怪小說研究／袁文春 著 -- 初版 -- 新北市：花木蘭文
化事業有限公司，2023〔民112〕
目 4+214 面；19×26 公分
（古典文學研究輯刊 二七編；第 5 冊）
ISBN 978-626-344-251-1（精裝）
1.CST：志怪小說 2.CST：文學評論 3.CST：宋代
820.8   111021980

ISBN-978-626-344-251-1

古典文學研究輯刊
二七編　第 五 冊　　　　　ISBN：978-626-344-251-1

宋代志怪小說研究

作　　者　袁文春
總 編 輯　杜潔祥
副總編輯　楊嘉樂
編輯主任　許郁翎
編　　輯　張雅淋、潘玟靜　美術編輯　陳逸婷
出　　版　花木蘭文化事業有限公司
發 行 人　高小娟
聯絡地址　235 新北市中和區中安街七二號十三樓
　　　　　電話：02-2923-1455 ／傳真：02-2923-1452
網　　址　http://www.huamulan.tw 信箱 service@huamulans.com
印　　刷　普羅文化出版廣告事業
初　　版　2023 年 3 月
定　　價　二七編 11 冊（精裝）新台幣 28,000 元　　版權所有・請勿翻印

宋代志怪小說研究

袁文春 著

作者簡介

袁文春，男，1975 年 10 生，廣東省梅州市人，中國古代文學博士，現為仲愷農業工程學院副教授，主要從事中國古代小說、文化與文學等方面的研究，曾在《史學集刊》、《學術界》、《文藝評論》等刊物上發表學術論文近三十篇。

提　要

　　宋代志怪小說因其文學性缺失而不被學界重視。其實從歷史來看，宋代志怪小說文學性缺失正是宋人自覺追求的結果。本書跳出文學本位研究視野，嘗試從更寬廣的文化視角研究宋代志怪小說。從發生學上講，中國古代小說並不產生於文學領域，而是起源於中國古代目錄學領域的歸類實踐，因此，中國古代的小說概念並不是文學體裁劃分出來的一種文體概念，而是中國古代圖書目錄歸類產生的類別概念。在中國古代目錄學體系中，小說乃經、史、子、集四部中子部十家中的一家，故稱子部小說。志怪原屬史部，後因其虛幻不實而被刪退至子部小說類中變為志怪小說。本書採用文化研究的理論與視角，力求還原宋人的志怪小說觀念，立足於古人的文化價值立場研究宋代志怪小說的產生、發展及其演變。本書內容可濃縮成一個關鍵詞：價值。本書緊扣價值問題，先梳理志怪小說概念形成的歷史過程，強調志怪小說概念所隱含的經史價值取向，既而從宋代理學家鬼神觀角度探討宋代志怪小說存在的合法性問題，再具體論述宋代志怪小說存在的價值依據，並進一步論述宋代志怪小說在宋代主流價值觀影響下的敘事形態，接著繼續論述宋代休閒娛樂文化對宋代志怪小說原有價值意識的影響，最後從娛樂市場即瓦舍勾欄角度論述宋代新興商品經濟對宋代志怪小說世俗化影響。總之，價值是本書研究的核心所在，是研究的切入點也是立足點，是研究的出發點也是目的地。本書綜合運用統計、比較分析、文獻分析、案例研究等方法，從不同角度加強論證力量。

緒　論

一、發現與構想

　　魯迅論斷宋代志怪小說價值：「然其文平實簡率，既失六朝志怪之古質，復無唐人傳奇之纏綿，當宋之初，志怪又欲以『可信』見長，而此道於是不復振也。」〔註1〕筆者原想探尋宋代志怪小說「此道於是不復振」的深層原因，後來在研讀文獻過程中，發現了一個有趣現象：凡被古人讚譽的志怪小說，幾乎都遭到現代學者的貶抑，反之亦然。對這一有趣問題不斷追問最終催生出本研究課題。

　　在李劍國的《宋代志怪傳奇敘錄》〔註2〕（下文簡稱《敘錄》）中，有多處評判宋代志怪小說價值與古人評判相對立現象。如《敘錄》論述北宋黃休復《茅亭客話》：「《四庫全書提要》亦稱讚它『雖多及神怪，而往往藉以勸誡，在小說之中最為近理』，其實這正是它作為小說的嚴重缺陷。」〔註3〕北宋詹玠《唐宋遺史》為宋人所重，《欽定四庫全書總目》亦稱此書「皆怪異可喜」，然《敘錄》則稱此書「就小說創傷來說，實無所成就」。〔註4〕《欽定四庫全書總目》贊南宋王明清《投轄錄》：「多信而有徵，在小說家中猶為不失之荒誕者。」〔註5〕

〔註1〕魯迅，《中國小說史略》，人民文學出版社 2005 年版，第 105 頁。

〔註2〕李劍國先生的《宋代志怪傳奇敘錄》是本文寫作的最主要參考文獻，論文多次引述李先生觀點，筆者在此衷心感謝！

〔註3〕李劍國，《宋代志怪傳奇敘錄》，南開大學出版社 1997 年版，第 49 頁。

〔註4〕李劍國，《宋代志怪傳奇敘錄》，南開大學出版社 1997 年版，第 118 頁。

〔註5〕〔清〕紀昀等，《欽定四庫全書總目》（整理本），中華書局 1997 年版，第 1860 頁。

但《敘錄》認為《欽定四庫全書總目》所譽者正是其不足之處。〔註6〕又如南宋李昌齡《樂善錄》頗受當時人推重,《敘錄》則認為:「但以小說觀之,卻價值不大」。〔註7〕反過來,對於宋人所貶作品,《敘錄》則不吝肯定之詞,如北宋景煥《野人閒話》,宋人張唐英譏其:「本末顛倒,鄙俗無取」,《敘錄》則認為此論「乃不明其本非『史官一代之書』,實是稗官之說。」〔註8〕再如對《宋史》所譏的北宋樂史《唐滕王外傳》,《敘錄》也認為:「正是因為他喜歡『詭誕』不根之事,所以使得這些外傳具備了傳奇小說的一定特徵」。〔註9〕此外還有北宋劉斧的《青鎖高議》、北宋李獻民的《雲齋廣錄》、南宋皇都風月主人的《綠窗新話》等,此類作品皆宋人眼中鄙俗之作,《敘錄》則對之大力「平反」,不吝讚賞。李劍國是當代中國古代小說研究領域的權威學者,他對古代小說「瞭解之同情」,精心撰述《敘錄》。《敘錄》考證精良,論述嚴謹,是宋代文言小說研究者的必備參考書。由此看來,《敘錄》以上評論絕非草率之言,且其中一些說法也是小說研究界的共識,李氏不過是從文獻角度加以強調而已。若從《敘錄》所供文獻看,以上論斷是無可懷疑的。但是,如果我們撇開現代學者共識,客觀梳理古人對宋代志怪小說價值的論斷,則不得不承認這樣一個事實:中國歷代古人對同一部志怪小說價值的評價基本一致。這些古代評價者也多是一代賢俊,如清代紀昀學問淵博,通識古今,但他論斷宋代志怪小說卻類同於宋人評價。筆者對上述問題思索與追問成為了本研究不斷推進的驅動力。

胡適認為學術研究需「大膽假設,小心求證」,因此本文做出大膽假設:古今學者關於宋代志怪小說的論斷都是合理的。這種假設迫使筆者不得不在對錯觀念之外尋求解釋。筆者最終想法是:古代賢者的共識與現代學人的共識互相對立並不是因為雙方認識與判斷水平的差距,而是因為雙方價值立場的不同。古今學者的小說價值立場彼此對立:前者將小說歸入文化,在儒家價值體系也即正統價值體系中處於邊緣位置;後者視小說為文學,是一種具有精神價值的重要文體,是現代文學價值世界中的重要一類。古今學者在小說價值評判方面的對立點最終聚焦於小說的虛構性:作為文化性質的小說,排斥虛構,因為虛構是其價值忌諱,是導致小說價值邊緣化的最主要原因;而作為文學性

〔註6〕李劍國,《宋代志怪傳奇敘錄》,南開大學出版社1997年版,第289頁。
〔註7〕李劍國,《宋代志怪傳奇敘錄》,南開大學出版社1997年版,第302頁。
〔註8〕李劍國,《宋代志怪傳奇敘錄》,南開大學出版社1997年版,第10頁。
〔註9〕李劍國,《宋代志怪傳奇敘錄》,南開大學出版社1997年版,第31頁。

質的小說則追求虛構，因為虛構為其本質屬性，是成就其文學價值的最重要途徑。正是基於對虛構性的相反理解，古今學者在面對同一種小說作品時，評論迥異，反差懸殊。以上假想有相當的事實基礎，可以進一步「小心求證」，進行深入研究。

　　以現代觀點看，文化是涵蓋面極廣的概念，文學乃文化子類，因此，將志怪小說放在文化層面上研究，其實是從文學層面擴大至文化層面而已，彼此並不衝突。這種推想在邏輯上說得通，卻不符合中國古代小說歷史現狀，因為在中國古代文化語境中，小說與文學無論在形式方面，還是在價值方面，都沒有必然聯繫。在古代目錄學領域，小說隸屬四部中的子部，文學則隸屬集部，兩者歸類不同，性質相異：子部追求思想性而集部強調文學性。中國古代文學種類雖多，卻可大致概括為詩與文兩大類。當然，在元明清時期出現不少通俗文學種類，如章回小說、雜劇戲曲等，這些在今天看來是正宗文學的作品，都不能進入古代史家視野，在目錄歸類始終未入四部之中。不入四部則說明這些作品不被正統價值世界接受，沒有存在與流傳的價值。如果以古人視角考察小說與文學關係，則小說從未被當成文學種類。古代有些文人既創作詩文也編撰小說，他們會將其詩與文合編，但不會把小說置於詩文集，這表明古人是嚴格區別小說與詩文的。所以在中國古代文化世界，小說與文學很難結緣，因為結緣會使作品偏離價值傳統，受到指責與貶抑，唐傳奇就是這方面的一個例子。古代小說的文學性並非作者有意追求的結果，而是迎合讀者娛樂需求的副產品。將古代小說的娛樂性等同於小說虛構性其實是對古人觀念的誤解，事實上，古代小說的娛樂性與真實性可以並行不悖。

　　綜合考察現存宋代志怪小說作品，我們發現其虛構傾向比前代更為明顯，當然，這並不是因為宋代志怪小說作者對虛構性認識發生重大改變，而是因為受到新興商業文化影響。宋代小說世俗化，這本是魯迅關於宋代白話小說的大判斷，並未涉及宋代文言小說。後來，程毅中又進一步指出宋代文言小說的市井化特點。需要特別指出的是，程氏仍是從文學角度判斷的，與古人所謂宋代小說俚俗化觀念有明顯區別。從宏觀視角觀察，宋代小說世俗化其實是宋代文化近世化的一個縮影。宋代社會全面近世化進程的底層驅動力來自其經濟層面：商品經濟的興起，一方面全面而有力地侵蝕與破壞原有文化秩序，另一方面也催生許多新的思想觀念。具體到宋代小說世俗化問題，筆者認為受新興商品經濟催生的宋代城市消費文化是其中的主因。宋代城市

出現專供娛樂消遣的場所——瓦舍勾欄，這成為宋代小說包括文言小說存在與傳播的新環境。這種新文化環境對宋代志怪小說產生特別影響，使之萌發迎合市井民眾需求的編撰傾向。宋代瓦舍勾欄的逐奇獵豔之風激發宋代志怪小說作者大膽虛構的勇氣，邁出虛構創作的重要一步，從而使傳統志怪小說朝文學世界靠近。在娛樂文化的市場環境中，宋代志怪小說開始嘗試為自帶的虛構性尋求存在理由，雖然這種嘗試最終沒有改變其傳統價值屬性，卻因此更加疏離正統價值世界。

二、新的思考角度

　　由於中國古代小說〔註10〕的文化屬性，因此對之研究需要調整原有的文學研究思路，從文化視角重新審視中國古代小說。文化概念比小說概念更加複雜，更加難給出明確定義，因為文化概念內涵與外延都是動態變化的。中外學者關於文化的定義見仁見智，無法統一。美國人類學家阿爾弗雷德·克洛依伯（Alfred Kroeber）和克萊德·克拉克洪（Clyde Kluckhohn）在其 1952 年出版的《文化：概念和定義批判分析》一書中列舉了 164 條不同的文化定義，可見文化概論之複雜。因此明智的研究者常採用描述文化的辦法來界定文化義域，以避開其定義困難。聯合國教科文組織於 1998 年編寫公布的《世界文化報告》也採用分主題描述的辦法從廣義上界定文化：「人們生活在一起相互作用、相互合作的方式——同時也是他們通過一套價值觀、信念和規範體系，使這些相互作用合理化的方式。」〔註11〕具體到中國古代文化，要界定其內涵與外延同樣不可能做到，但如果僅從中國古代小說方面來理解與把握文化概念，則有可能勾勒出小說的文化義域。因為中國傳統小說屬「道聽途說者」所造，君子不屑為之的「小道」，而「道」乃中國古代文化核心範疇，具有超越時空的穩定性。漢代董仲舒認為：「天不變，道亦不變」，這種思想直至清近仍為知識階層堅守。自漢武帝「罷黜百家，獨尊儒術」後，儒家文化逐漸主導中國古代社會，至宋代最終確立其主宰地位。中國歷代史家正是在儒家文化體系中定位小說的。美國著名人類學家威廉·A·哈維蘭認為：「文化是一套共享的理想、價值和行為準則。正是這個共同準則，使個人的

〔註10〕本文使用中國古代史書目錄分類意義上的小說概念，如果沒有特別說明，一般指子部小說。

〔註11〕聯合國教科文組織編著，關世傑等譯，《世界文化報告：文化、創新與市場（1998）》，北京大學出版社 2000 年版，第 270 頁。

行為能力為社會其他成員所理解，而且賦予他們的生活以意義。」〔註12〕若以此來理解中國古代文化，則儒家之「道」無疑是自漢以來近兩千年中國古人所共享的一套理想、價值和行為準則。

本文直接從孔子論小說「雖小道，必有可觀焉」中的「小道」切入，界定與小說相關的文化。「小說」一詞最早出現於《莊子·外物篇》：「飾小說以干縣令」，此處「小說」還未有概念性質，與後來作為概念的小說不同，但它已經含有後來小說概念的文化基因。唐代成玄英解釋「飾小說以干縣令」曰：「干，求也；縣，高也；夫修飾小行，矜持言說，以求高名令聞者，必不能大通於至道。」〔註13〕莊子所極力追求者乃天地間「大達」、「大道」境界，而非俗世小說類「小達」、「小道」境界。

如果將「小說」置於先秦「百家爭鳴」特定歷史語境進行考察，則可以體會莊子以「小說」貶低異說的意味。魯迅指出：「因為如孔子，楊子，墨子各家的學員，從莊子看來，都可以謂之小說；反之，別家對莊子，也可稱他的著作為小說。」〔註14〕事實上，先秦其他學派同樣也以「小說」等詞貶低異說，如《荀子·正名篇》云：「故知者論道而已矣，小家珍說之所願皆衰矣。」〔註15〕《荀子》中還有「邪說」、「奸說」、「怪說」等詞，它們雖字異而義近。「小說」的詞義重心在「小」而不在「說」，孟昭連指出，在春秋戰國時期，以「小」修飾的詞大都含有主觀上的貶義，他甚至認為「小說」這個縮略語多是從「小人」衍生出來的。〔註16〕很明顯，在先秦諸子各自價值體系中，「小說」作為「小道」，都被賦於特定的文化基因。

漢代小說概念傳承先秦「小說」詞語中所含文化基因，也沿用先秦「大道」、「小道」相對的二元對立的價值觀念。與先秦「百家爭鳴」文化語境不同的是，漢代小說概念處於「獨尊儒學」文化語境，小說所關聯的「小道」含義已經發生變化。先秦時期，諸子學術之道各異；而在漢代，道特指儒家仁義之道，小說作為小道只能在儒家文化體系中定位。桓譚謂小說「合叢殘小語，近

〔註12〕〔美〕威廉·A·哈維蘭著，瞿鐵鵬、張鈺譯，《文化人類學》，上海社會科學院出版社 2006 年版，第 34 頁。

〔註13〕〔清〕郭慶藩，《莊子集釋》，中華書局 2010 年版，第 925 頁。

〔註14〕魯迅，《中國小說史略》，人民文學出版社 2005 年版，第 311～312 頁。

〔註15〕〔清〕王先謙，《荀子集解》，中華書局 1988 年版，第 285 頁。

〔註16〕孟昭連，《「小說」考辯》，《南開學報（哲學社會科學版）》，2002 年第 5 期，第 74～83 頁。

取譬論」而有益於「治身理家」，這正是從儒家價值立場上說的。儒家經典《大學》所提出的「三綱八目」集中體現儒家之道，「三綱」即「明明德」、「親民」、「止於至善」；「八目」即「格物」、「致知」、「誠意」、「正心」、「修身」、「齊家」、「治國」、「平天下」。「三綱八目」雖皆為道之體現，但價值上卻有大小之分。桓譚所言「治身理家」即相當於「八目」中的「修身」、「齊家」；相對於「治國」、「平天下」的大功業來說，前者僅為小功業；前者為儒家「大道」，後者乃「小道」。當然，桓譚是從正面強調小說價值的。後來班固《漢書・藝文志》則對小說價值進行負面性論述：「小說家者流，蓋出於稗官。街談巷語，道聽途說者之所造也。孔子曰：『雖小道，必有可觀焉。致遠恐泥，是以君子弗為也。』然亦弗滅也。閭里小知者之所及，亦使綴而不忘。如或一言可採，此亦芻蕘狂夫之議也。」〔註17〕班固這段經典論述給後世小說確立穩定的價值座標，此後無論在什麼朝代，只要在儒學語境中，小說邊緣價值位置都不會有根本改變。

由於《漢書》在古代史學中的經典地位，因此班固的小說觀念影響深遠，直到清代仍被奉為金科玉律。清代金榜宣揚：「不通《漢藝文志》，不可以讀天下書。《藝文志》者，學問之眉目，著述之門戶也。」〔註18〕這或許可以解釋古代小說觀念二千年不變之因。本文將在儒家文化體系中考察宋代志怪小說價值追求及其相應的敘事形態，同時也從宋代文化近世化語境下探討宋代志怪小說新的價值取向。

三、相關研究綜述

上世紀初「西學東漸」，中國學人開始接受西方小說文體觀念，並以此審視與評判原屬文化範疇的中國古代小說，從而形成否定性的價值評判。李劍國認為：「文言小說研究真正具備科學的學術品格，成為一個比較重要的研究方向，還是本世紀頭二十年的事，這就是鄭振鐸、魯迅等人所開展的具有拓荒性質的文言小說研究。」〔註19〕鄭、周拓荒之後卻後繼乏力，直至上世紀八十年代才逐漸出現如李氏所說的：「前所未有的新局面。」這是對整個古代小說研究現狀而言，對於「不甚重要」的宋代文言小說，「新局面」則來得更晚。

〔註17〕〔漢〕班固，〔唐〕顏師古注，《漢書》，商務印書館1955年版，第4頁。
〔註18〕〔清〕王鳴盛，《十七史商榷》卷二十二，商務印書館1937年版，第194頁。
〔註19〕李劍國，《文言小說的理論研究與基礎研究——關於文言小說研究的幾點看法》，《文學遺產》，1998年第2期，第30～37頁。

　　學界關注宋代文言小說是從上世紀九十年代開始的。上世紀的最後十年，學界研究重心主要在對宋代文言小說作品的整理，包括輯佚、校勘、考證等方面，程毅中與李劍國是成績最為卓著的兩位學者。程毅中《古體小說鈔》（宋元卷）（中華書局，1995 年）全面搜羅存世的宋代文言小說，對許多已佚作品加以輯考存目。李劍國在六朝、唐代五代與宋代三段皆成績斐然，在宋代主要有《宋代傳奇集》（中華書局，2001 年）、《宋代志怪傳奇敘錄》（南開大學出版社，1997年）。李氏《敘錄》對兩宋三百多年來的志怪與傳奇小說爬梳剔抉，輯校考辨，「此書一出，宋代文言小說的研究就有了一個堅實的基礎。」〔註20〕

　　二十世紀九十年代也出現許多宋代文言小說研究論著。程毅中的《宋元小說研究》（江蘇古籍出版社，1998）是其中的傑構，該著有一半篇幅論述宋代傳奇、志怪與雜事小說。程氏對宋代文言小說評價有不少方面打破魯迅的定論，「使人們對宋代文言小說對中國文學史的貢獻有了很多新的認識。」〔註21〕小說史研究方面也開始重視探討宋代文言小說，較有代表性成果有侯忠義、劉世林的《中國文言小說史稿（下）》（北京大學出版社，1993）、蕭相愷的《宋元小說史》（浙江古籍出版社，1997 年）、張兵的《宋遼金元小說史》、苗壯的《筆記小說史》（浙江古籍出版社，1998 年）、吳禮權的《中國筆記小說史》（臺灣商務印書館，1993 年）以及李劍國、陳洪所編的《中國小說通史》等。此外，最近所出版的一些文學史著作也給宋代文言小說留下一定篇幅，如劉揚忠主編的《中國古代文學通論·宋代卷》就專闢一章介紹宋代文言小說。總而言之，宋代文言小說正日益受到學界關注，當然，這種關注主要集中於文學層面。

　　宋代文言小說研究一般將宋代志怪與傳奇兩類小說捆綁在一起，重傳奇而輕志怪，將一些本屬宋代傳奇的特點附於宋代志怪小說。有些論著乾脆只言宋代傳奇不及宋代志怪小說。但志怪小說從魏晉發展至唐代，並沒有因傳奇強勢出現而消亡，仍以傳統的方式發展，正如李劍國所說的，「唐代小說絕非傳奇一體，仍還有叢殘小語式的志怪小說和作為志人小說後裔的其餘筆記小說。猿進化為人，猿還存在，人猿共存在文學史上並不限於小說的現象。」〔註22〕

〔註20〕馬東遙，《宋代小說研究綜述》，《宋代文學研究年鑒》，2002～2003 年版，第74 頁。

〔註21〕劉揚忠主編，《中國古代文學通論·宋代卷》，遼寧人民出版社 2005 年版，第145 頁。

〔註22〕李劍國，《唐五代志怪傳奇小說敘錄》，南開大學出版社 1993 年版，第 2 頁。

中國古代小說本由志怪小說、志人小說〔註23〕組成，自唐代出現傳奇以後，古代小說家族就由志怪、志人、傳奇三大成員組成，中國文言小說研究就是對前面三部分的研究，可當前的研究卻主要集中於傳奇，對志人小說、志怪小說則不太關注。

因此，要深入研究宋代志怪小說，首先必須將其當作獨立研究對象，此外還必須擺脫基於現代小說觀念偏見，對宋代志怪小說「瞭解之同情」，返回宋代特定的歷史文化語境。丁峰山對此頗有新見，〔註24〕他指出宋代小說研究長期處於尊唐抑宋的不公平評判話語系統中，實際上，宋代小說在古代小說史上的獨特貢獻和對宋代之後小說發展的積極影響，值得學界重新檢討和估價宋代小說。對於古代小說的價值，陳文新強調其子部性質，甚至乾脆稱之為子部小說或筆記小說。陳氏認為：「子部小說（筆記小說）從理論上講必須注重哲理和知識的傳達，因為，按照中國傳統的文體分類，子書以議論為宗，其特點是理論性和知識性。」〔註25〕注重哲理與知識的傳達正是中國古代小說的文化特徵，從這一角度看，中國志怪小說在各階段的文化特徵是相對穩定的，故對各階段志怪小說評價不應存在過大差異。

進入二十一世紀，宋代志怪小說研究開始受到學界重視。本世紀以來，涉及宋代志怪小說的論著不僅數量大增、而且研究質量也很高，除李劍國的《敘錄》之外，還湧現出一批新人新著。不少從整體上研究宋代文言小說的論著中都加強了對宋代志怪小說的探討，如趙章超的《宋代文言小說研究》、許軍的《入世精神與纂述人事——宋代志怪傳奇的發展與變化》、余丹的《宋代文言小說創作與時代思想文化》、凌郁之的《走向世俗：宋代文言小說的轉型》以及唐瑛的《宋代文言小說異類姻緣研究》等，這些論著都是作者的博士論文，除《入世精神與纂述人事——宋代志怪傳奇的發展與變化》未見出版之外，其餘皆出版成書。這些論著角度獨特，思想新銳，它們雖以宋代文言小說為論述對象，但對其中的志怪小說已少了成見，論述也較為客觀。趙章超《宋代文言小說研究》在詳贍的文獻基礎上對宋代文言小說進行系統的文化考察，書中對

〔註23〕當前關於傳統小說的分類並不一致，名稱也不統一，如稱志人小說為筆記小說或佚事小說。

〔註24〕丁峰山，《宋代小說在中國小說史上歷史地位的重新估價》，《福建師範大學學報（哲學社會科學版）》，2003年第6期，第73～78頁。

〔註25〕陳文新，《紀昀何以將筆記小說劃歸子部》，《山西師大學報（社會科學版）》，2001年第1期，第49～53頁。

宋代志怪小說有不少新穎觀點，如在探討儒家與宋代文言小說之關係時認為在許多志怪小說中「天命觀與賢德觀的矛盾統一」；又如在第五章論述宋代文言小說的民俗特色時，指出宋代志怪小說與地方民俗的互存共生的特點。余丹的《宋代文言小說創作與時代思想文化》從宏觀的文化視野中審視宋代文言小說，此著沒有特別強調志怪小說類別，但其中從宋代社會整體文化素質提高、市人階層與通俗文藝興起造成文言小說內容、體制以及審美情趣的通俗化傾向卻是一個頗有見地的論述。這種觀點在許軍與凌郁之的著作中更有特別的強調。許軍《入世精神與纂述人事——宋代志怪傳奇的發展與變化》從宋代志怪小說漸離鬼神之事而貼近生活，纂述人事的深刻變化論證宋代志怪小說的世俗化。而凌郁之《走向世俗：宋代文言小說的轉型》則更傾力論述這種世俗化趨勢，並從整個中國文言小說的發展歷史上考察，重申其轉型的意義，為宋代文言小說在小說史上地位與價值重新確立評判基點。不過，凌氏此著主要基於傳奇或以傳奇為主的小說集進行論述，事實上，宋代志怪小說也具有同樣的趨勢。以上幾部論著中，趙章超的《宋代文言小說研究》與唐瑛《宋代文言小說異類姻緣研究》論述宋代文言小說更著重考察志怪小說。如《宋代文言小說研究》將宋代文言小說分為靈怪類小說、兆應類小說、仙釋類小說、麗情類小說和賢能俠義類小說五大類，此五類中的前三類即為志怪小說，這種分類接近宋代文言小說中志怪與傳奇數量的比例。在《宋代志怪傳奇小說敘錄》所載存佚書目二百多部中，志怪小說有一百三十部左右，占總數的五分之三強。唐瑛的《宋代文言小說異類姻緣研究》對宋代志怪小說進行很有針對性的研究，作者宣稱「宋代異類姻緣故事具有其獨特的藝術價值和文化價值。其在中國文化生成、在中國小說發展史，抑或在中華文明向前發展的進程中，都具有不可忽視的意義。」此處作者強調了異類姻緣故事的文化價值。

南宋洪邁的四百二十卷的《夷堅志》是宋代志怪小說巨型作品，所以吸引了眾多研究者目光。檢視最近十多年來關於《夷堅志》的研究實績，重要論著有張祝平《夷堅志論稿》（中國文史出版社，2002 年）、張文飛《洪邁〈夷堅志〉研究》（復旦大學 2008 年博士論文），最近還有王瑾的《夷堅志新論》（暨南大學 2010 年博士論文）等。此外，臺灣學界也關注《夷堅志》，有陳星珍《唐宋小說中變形題材之研究——以〈太平廣記〉與〈夷堅志〉為主》（臺灣中國文化大學 2001 年博士論文）與金周映《〈太平廣記〉與〈夷堅志〉比較研究——以定命觀為主》（臺灣東吳大學 2007 年博士論文）兩篇博士論文。以上所列

《夷堅志》研究者中，張祝平尤為深入，長達三十多萬字的《夷堅志論稿》是在他的博士論文《〈夷堅志〉研究》（華東師範大學 1997 年博士論文）基礎上增訂修改成書的。郭豫適認為《夷堅志論稿》從《夷堅志》的編纂背景與洪邁的小說觀，到《夷堅志》的成書過程與版本流傳，到《夷堅志》的社會現實內容與小說題材的拓展，再到《夷堅志》在當時和後世的影響以及後人對《夷堅志》的研究和評點，均作了相當廣泛頗具深度的研討。〔註26〕王瑾的《夷堅志新論》則是《夷堅志》研究的又一個新成果，論文在廣泛吸收前人的研究成果的基礎上，特別從傳播學角度對《夷堅志》對其他文學種類的影響作出深入全面的論述。除此之外，還有數量甚多的碩士論文與期刊論文，其中僅以《夷堅志》為名的碩士論文就有二十多篇。

宋代志怪小說其他作品也開始受到關注。如徐鉉的《稽神錄》、吳淑的《江淮異人錄》、郭彖《睽車志》以及沈氏《鬼董》等都有不少研究論文。總體來看，宋代志怪小說研究正呈現出由點至面的擴展趨勢。但是，由於宋代志怪小說受關注時間不長，許多領域仍需要開拓。雖然有不少碩士論文在嘗試開拓新領域，但因研究視野與學力所限，研究成果並不突出。倒是一些知名學者對宋代志怪小說的專題性探討令人關注。如祝尚書的《科名前定：宋代科舉制度下的社會心態——兼論對宋人志怪小說創作的影響》〔註27〕一文，從科舉制度的完善與科舉競爭的激烈殘酷方面探討宋代志怪小說「科名前定」的產生。宋代科舉制度的嚴密和完善，決定士子的命運的力量變得神秘而不可知，於是，「科名前定論」產生了，科名主於「神」，甚至連考題都主於「神」；在此前提下，士子心態發生了重大變化，他們乞神、求巫、乞「先師」；這種科名前定的思想也深深影響著宋人志怪小說的創作。這一論述對拓寬研究者對宋代志怪小說的研究思想，引導研究者從文化學角度上思考宋代志怪小說方面具有積極意義。此外還有一些學者如李劍國、劉良明、蕭湘愷、張祝平等也曾撰文論及宋代志怪小說，或涉及其文獻，或涉及其理論，均有新發現，限於篇幅不再一一贅述。

為了梳理出宋代志怪小說的總體研究態勢，上面從中國古代小說研究到宋代文言小說研究，再到宋代志怪小說研究，由整體到部分，由面到點對相關

〔註26〕郭豫適，《〈夷堅志〉研究的新收穫——評張祝平〈夷堅志論稿〉》，《南通師範學院學報（哲學社會科學版）》，2003 年第 4 期，第 155～157 頁。

〔註27〕祝尚書，《科名前定：宋代科舉制度下的社會心態——兼論對宋人志怪小說創作的影響》，《文史哲》2004 年第 2 期，第 99～106 頁。

研究進行橫向掃描；然後再從史的角度，從六朝志怪研究至唐宋以來志怪傳奇研究作出縱向剖析。通過上面比較全面的文獻綜述，筆者對宋代志怪小說研究現狀所存在不足有三點認識：一是研究者往往習慣於將宋代志怪小說與宋代傳奇小說捆綁於一起研究，這往往導致對宋代志怪小說評價的錯位；二是宋代志怪小說的研究主要集中在某些點上，缺乏整體性研究；三是對宋代志怪小說價值評判的參照系有偏差，研究者在文學價值立場上判定宋代志怪小說價值，並以此遮蔽其別的價值。參照前人在宋代志怪小說領域上所作出的研究貢獻，並細心檢討他們在研究進程中造成的一些偏差與疏漏，本文準備在文化視野下，以價值問題作為研究切入點，深入考察宋代志怪小說在宋代儒家文化主導的價值世界中的存在空間、價值訴求以及世俗化問題。

第一章 「小說」、「志怪小說」概念研究

　　小說概念問題，是最令中國古代小說研究頭疼的問題。同是小說，古代小說與現代小說差別很大；而同是古代小說，先秦小說與漢代以後的小說又有不同；而在宋代以後，小說又有文言與白話之分，如此等等。小說概念本身的複雜性又導致小說歸類的困難。鑒於小說概念在古代小說研究中的特殊性，本文專設一章梳理小說概念問題。

第一節　古代小說研究路向

　　關於小說概念界定及其分類問題，〔註1〕從古至今都在困擾小說研究者。宋代鄭樵與明代胡應麟都因小說歸屬問題大傷腦筋，而現代又受西方小說觀念干擾，致使小說概念問題變得更加複雜。而小說概念問題偏偏又是中國古代小說研究的關鍵所在，寧稼雨特別強調其重要意義：「因為搞不清文言小說的界限，也就無法掌握它的基本狀況，因而也就無法對它進行全面和深入的研究。所以，科學而又客觀地規定文言小說的界限，並據以衡量和確定中國文言小說的準確數量，是當前文言小說和整個中國小說研究的重要基礎工程。」〔註2〕

〔註1〕本文所指古代小說與當代所通用的小說有差異，為了方便論述，對於接近於現代小說意思的小說，本文將加前綴方法加以標識，如話本小說、通俗白話小說等，未加標識者皆指傳統子部小說。另，本文不採用文言小說這一概念，中國學界各家所使用的文言小說概念也未完全一致，但鑒於文言小說與子部小說之間大同小異的特點，本文所引文言小說便是基於傳統目錄學小說概念上的「大同」的事實，在不影響意思表達的前提下不作過多的分辨。
〔註2〕寧稼雨，《中國文言小說總目提要》，齊魯書社1996年版，第3頁。

　　魯迅的《中國小說史略》是中國古代小說研究的經典論著，可書中並沒有明確定義小說概念。因為深受西方文學觀念影響，魯迅在描述中國古代小說整體演進時，隱含了文學性預設，最近有些學者已經明確指出這方面的問題，此處不再贅述。魯迅雖然持有現代小說觀念，但對「有意為小說」的唐代小說也未明確地下定義，僅對之進行了描述：「小說亦如詩，至唐代而一變，雖尚不離於搜奇記逸，然敘述婉轉，文辭華豔，與六朝之粗陳梗概者相較，演進之跡甚明，而尤顯者乃在是時則始有意為小說。」〔註3〕後來的大部分研究者都以此為魯迅關於中國古代小說文體獨立的宣言，這恐怕非魯迅原意，因為這句話並未對小說概念進行界定。由此看來，魯迅對於古代小說概念定義是比較謹慎的，這也表明中國古代小說概念問題的複雜性。中國古代小說研究在二三十年代經過魯迅、鄭振鐸、汪辟疆等人開拓之後，並沒被後繼者們振興起來，這可能與小說概念障礙有一定關係。

　　二十世紀中國古代小說研究領域，傳統文言小說頗受輕視。李劍國指出，文言小說研究的沈寂在於白話小說的吸引力太強：「或許是由於白話小說吸引了絕大多數小說研究者的注意力的緣故，在以後的半個世紀中文言小說研究處於蕭條局面」。〔註4〕白話小說之所以擁有強大的吸引力，很大程度上是因為白話小說與現代小說有「親緣」關係，而文言小說受冷落則是因為它與現代小說的關係疏遠。因此，一些小說史著將宋代之前的文言小說看作中國小說現代進程中的前奏，當它演進到宋代話本小說時便完成了使命，「壽終正寢」了。強調文學本位的研究者論述中國古代小說甚至乾脆將宋代話本小說作為中國古代小說史開端，對先秦至唐代的小說則忽略不談。

　　上世紀八十年代，學界開始探討中國古代小說的文化屬性。李劍國認為：「七十年代末八十年代初以來的十多年間，文言小說研究的狀況逐漸有了改觀，出現了前所未有的新局面。越來越多的人認識到文言小說在中國小說史、中國文學史和中國文化史中的巨大價值和重要地位，紛紛把目光投向文言小說，不僅陸續出現了一些專治文言小說的研究者，而且研究白話小說的學者也有許多人把文言小說納入研究視野。」〔註5〕當研究者將目光轉向文言小說時，

〔註3〕魯迅，《中國小說史略》，人民文學出版社2005年版，第73頁。
〔註4〕李劍國，《文言小說的理論研究與基礎研究——關於文言小說研究的幾點看法》，《文學遺產》，1998年第2期，第30～37頁。
〔註5〕李劍國，《文言小說的理論研究與基礎研究——關於文言小說研究的幾點看法》，《文學遺產》，1998年第2期，第30～37頁。

小說概念便成為考察古代小說的重要窗口。1993 年 8 月，中國社會科學院文學研究所和法國國家科學研究中心共同舉辦「中國古代小說國際研討會」，會後將主要的四十篇會議論文結集出版，其中專門討論小說概念的論文就有五篇，占全書八分之一強，這足以表明古代小說概念的受關注程度。

受上世紀八十年代文化熱、九十年代國學熱刺激，古代小說作為傳統文化遺產的組成部分受到重視。許多研究者開始重新審視古代小說概念定義問題，逐漸形成古代小說研究新趨勢。以往的中國古代小說研究深受西方小說理論影響，尤其是受到西方小說理論經典著作如《小說技巧》、《小說面面觀》、《小說結構》的深刻影響。愛‧摩‧福斯特的《小說面面觀》定義小說概念為「具有一定長度之散文體虛構作品。」在西方小說理論家看來，小說的本質屬性即是虛構性。在西方小說理論強勢影響下，中國古代小說研究為順應「西律」而削足適履。學界重新審視小說概念其實含有反省「以西律例古人」之意，陳文新在其《文言小說審美發展史》緒論中將中外小說比喻成西方老師與中國學生，「按照我們西方老師的教導，小說是一個有一定長度並塑造了人物形象的虛構故事。以這樣的尺度來衡估中國古代小說，我們發現，唐人傳奇、宋元話本、明清長篇小說等可以不勉強地被稱為小說，但中國傳統目錄學家所說的『小說』，如魏晉志怪小說、六朝軼事小說以及後世的大量筆記小說，卻不符合其小說標準。這一情況表明，如果我們遵從西方老師的意見，就只能委屈我們民族文化生活中曾經扮演了重要角色的若干文學樣式和若干名著，如《世說新語》、《酉陽雜俎》和《閱微草堂筆記》，將它們置於無足輕重的尷尬處境；如果我們遵從我們民族的文學傳統，將《世說新語》、《酉陽雜俎》和《閱微草堂筆記》等視為具有經典意義的名著，那就必然會與西方老師的意見發生衝突。」〔註6〕因此，出於對本國歷史「瞭解之同情」，許多學者重新將小說概念置於古代文化座標上加以審視。

其實，在二十世紀初期的新文化運動浪潮中，也有堅守傳統文化立場的小說研究者，但人少而力薄。陳文新將早期的古代小說研究學者歸為三種類型：「一是既借鑒西方的小說觀念，又尊重中國傳統的小說觀，折衷於二者之間；二是尊重中國傳統的小說理念，並依據其歷史形成的規範來看待它，評價它；三是用西方的小說觀念做標準來衡估中國古代作品並建構小說史模型。魯迅、程毅中等是第一種類型的代表，余嘉錫、王瑤等是第二種類型的代表，胡適、

〔註 6〕陳文新，《文言小說審美發展史》，武漢大學出版社 2007 年版，第 1 頁。

胡懷琛等是第三種類型的代表。」〔註7〕事實上，陳氏這種劃分也適用於描述整個二十世紀中國古代小說研究狀況。苗懷明的一篇關於二十世紀小說概念研究的綜述性論文《二十世紀中國古代小說概念的辨析與界定》，歸納出二十世紀關於中國古代小說概念問題的三大取向：一是偏重古人的小說概念；二是偏重今人的小說概念；三是介於二者之間的折衷概念。〔註8〕這三大取向其實與陳文新的三種類型相類似。在中國古代小說研究的三種類型中，胡適、胡懷琛所開創的研究類型逐漸淡出；魯迅所開創的研究類型則因為有程毅中、侯忠義、李劍國等學者加入而陣容強大；余嘉錫、王瑤所開闢的研究類型，也在回歸小說傳統的呼聲中逐漸受到重視。

小說研究者所選擇的研究類型與其小說觀念密切相關。胡適、胡懷琛等人撇開傳統小說概念來研究中國古代小說的做法，在二十世紀早期的新文化運動背景下獲得廣泛響應。楊鴻烈給中國小說下了新的定義：「小說是意味深長的事情之敘述。」並以這種小說概念去審判中國古代小說，因此得出「中國以前所有的『敘述雜事』，『寓勸誡』，『廣見聞』，『資考證』」的小說全是偽小說的結論。這一研究類型雖至今仍有後繼者，但影響已大不如前。相比較而言，堅持魯迅開創的小說研究類型的學者卻為數眾多，影響深遠。魯迅《中國小說史略》中從兩個重要理論維度建構中國古代小說史：一是以「故為幻設語」的虛構性作為歷代小說價值評判尺度；二是沿著傳統目錄學小說文獻歸類所形成的小說概念演變趨勢。這兩個維度之間其實隱含不易調和的矛盾，因為虛構藝術本於西方現代小說思想，而虛構文體本身有個潛在前提：獨立成篇的文本。但是，中國古代小說概念原屬類別概念，產生於古代目錄學分類實踐。因此，這兩個概念之間必然存在難以調和的矛盾。正因如此，程毅中在《古小說簡目‧凡例》中指出：「古小說相對於近古的通俗小說而言，或稱為子部小說，或稱為筆記小說，內容非常繁雜，很難概括其特性。」事實上，概括其特性的困難主要源於文體小說與目錄學小說兩種概念間的內在矛盾。這種內在矛盾在文學本位研究道路上無法解決，只能採取融通態度。

程毅中編纂《古小說簡目》一方面強調收錄對象的文學性，另一方面也相應地顧及歷史事實：「本編收錄古代小說，以文學性較強的志怪、傳奇為主，

〔註7〕陳文新，《文言小說審美發展史》，武漢大學出版社 2007 年版，第 3 頁。
〔註8〕苗懷明，《二十世紀中國古代小說概念的辨析與界定》，《廣州大學學報（社會科學版）》，2005 年第 6 期，第 12～16 頁。

但適當地尊重歷史傳統，參照史書藝文志小說類著錄的源流，兼收雜事、瑣記之類的作品。」〔註9〕他為寧稼雨《中國文言小說提要》作序也提到：「作為一本小說書目，可以將小說概念的定性適當放寬，以便能充分地尊重歷史，這樣也許可以與傳統的目錄學有適當的銜接，同時又吸取當代的研究成果。」在魯迅所開創的小說研究道路上，有不少學者取得豐碩實績，李劍國是其中佼佼者。李劍國對古代小說概念的態度最為通達，他在《文言小說的理論研究與基礎研究——關於文言小說研究的幾點看法》一文中強調古代小說研究中古今融通：「按照歷史主義的原則和發展的辯證觀念，我們不能完全拋開古人，但又不能完全依從古人；我們不能完全以現代小說觀念作為衡量尺度，又不能完全以古代的小說概念作為衡量尺度。筆者以為應當採取不今不古、亦今亦古、古今結合的原則。所謂古，就是充分考慮小說的歷史發展過程，充分考慮古小說的特殊形態；所謂今，就是必須以科學的態度確定小說之為小說的最基本的特質。」〔註10〕李氏以這種融通思想指引下創造性地確定文言小說研究四大原則：敘事性原則；傳聞性或虛構性原則；形象性原則；體制原則。四大原則的應用也是變通的，「一般來說，應掌握前寬後嚴的原則，唐前宜放寬一些，唐次之，以後宜從嚴。」〔註11〕李氏所主編的《中國小說通史》很好地貫徹以上四大原則，將小說史研究推到全新高度。陳、李兩位學者在古今小說概念之間協調融通的努力充分表明他們對傳統小說歷史現狀的尊重，這也使他們的觀點獲得學界普遍認同。《中國古代小說百科全書》編纂就採用「既尊重前者，也採納後者，力求把二者結合起來，加以靈活的運用」辦法，對宋代之前文言小說悉數收錄，宋元時期則大部分收錄，而明清則依今人小說概念有選擇地收錄。

　　小說研究的第三種類型則直接立足於目錄學小說概念，在傳統經史文化視野下考察古代小說逐漸顯現的敘事特徵。堅持這一類型的學者一般深懷傳統文化情結，是「西學東漸」時代的「保守」者。二十世紀前期，胡適、胡懷琛等學者的小說研究廣受追捧，相比之下，余嘉錫、王瑤等學者所堅持的「保守」式小說研究可謂門庭冷落。直到上世紀八、九十年代文化回歸呼聲四起，

〔註 9〕程毅中，《古小說簡目（凡例）》，中華書局 1981 年版，第 1 頁。

〔註10〕李劍國，《文言小說的理論研究與基礎研究——關於文言小說研究的幾點看法》，《文學遺產》，1998 年第 2 期，第 30～37 頁。

〔註11〕李劍國，《文言小說的理論研究與基礎研究——關於文言小說研究的幾點看法》，《文學遺產》，1998 年第 2 期，第 30～37 頁。

余、王對於古代小說方面的許多看法才逐漸受到學界重視。余嘉錫撰於 1937
年的《小說家出於稗官說》是一篇經典論文，作者先為稗官正名，博引經傳諸
書論證小說家原之於天子之士的稗官，然後遍考《漢書·藝文志》所著錄十五
家小說，歸納出小說特徵乃「採道途之言，達之於君者」，此即桓譚所謂有益
於「治身理家」的道聽途說。余氏還指出由於後人對稗官詞義解讀的隨意性，
致使小說概念在《漢書·藝文志》之後便變得體例混雜：「自如淳誤解稗官為
細碎之言，而漢志著錄之書又已盡亡，後人目不睹古小說之體例，於是凡一切
細碎之書，雖雜史筆記，皆目之曰稗官野史，或曰稗官小說，曰稗官家。不知
小說自成流別，不可與他家相雜廁。」〔註12〕余嘉錫這篇論文刊出後不久，王
瑤也在傳統視角下考察古代小說概念，他通過考察《漢書·藝文志》所著錄的
漢代小說，得出中國古代小說本自方士的重要觀點，並在此基礎上解釋中國
小說的志怪特點。朱自清認為王瑤關於中國小說概念的界定完全是「將繁亂
的瑣碎的材料整理出線索來」，其小說見解可謂「空谷足音」，它真正得到學界
廣泛響應則是二十世紀最後二十年的事。

　　袁行霈、侯忠義在編著《中國文言小說書目》即有意從傳統文化角度理解
中國古代小說，他們在《凡例》中特別指出古今小說概念差異性：「古今小說
概念不同，以今例古，其中多有不類小說者。」為了「保存歷史面目」，「不以
今之小說概念作取捨標準，而悉以傳統目錄學所謂小說家書為收錄依據」。
〔註13〕在重新從傳統文化角度界定小說概念的呼聲中，吳新生的論文《漢代
小說概念辨》很值得注意，此文認為古人所謂小說，是一個內涵和外延都極不
穩定的概念，「研究中國古代小說史，顯然應該注意名實之辨，而不能把徒具
小說之名的文字當作研究對象。」〔註14〕因此，對小說概念的名實之辯非常有
必要，吳新生從小說詞源的考索與古人對於小說的理解等方面推導出古代小
說尤其漢代小說的議論本色，它主要是「推理為基本著述方式的子部小說，在
文體特徵上與其他諸子並無本質區別。」〔註15〕它也同樣是「書論宜理」思想

〔註12〕余嘉錫，《余嘉錫文史論集》，嶽麓書社 1997 年版，第 258 頁。
〔註13〕袁行霈，侯忠義編，《中國文言小說書目（凡例）》，北京大學出版社 1981 年
　　　　版，第 1 頁。
〔註14〕吳新生，《漢代小說概念辨析》，《天津師大學報（社科版）》，1985 年第 6 期，
　　　　第 71～77 頁。
〔註15〕吳新生，《漢代小說概念辨析》，《天津師大學報（社科版）》，1985 年第 6 期，
　　　　第 71～77 頁。

的崇尚者、追求者。小說在知識性、說理性方面的追求,「必然使它越來越排斥敘事,排斥形象,排斥情感。」〔註16〕吳氏這一觀點是很獨到的,可惜當時未能引起學術界的重視。

當前有意識地選擇余嘉錫、王瑤研究類型的學者是陳文新,他在《文言小說審美發展史》緒論中明確表明其研究秉承余、王一路,並且沿著前輩足跡走得更遠、更徹底。陳文新對中國小說概念探索過程中種種「食西不化」實例感到厭惡,故在經史文化立場下「立意矯枉」。他自信這樣可以打開一扇真正瞭解中國古代小說真相的窗戶,「從中國的學術傳統中求得對中國文化的瞭解,包括對古小說的瞭解,雖然是一件艱辛的事,卻有望鑿破渾淪,參透底蘊。」尤其可貴的是,陳氏的小說研究雖大力「矯枉」卻並未「過正」,他對小說概念的探索基本貼近歷史,所以得出比較符合歷史事實的小說概念。陳文新堅持小說的子部傳統,認為古代小說在歷代演變中一直保持其議論特性,小說作為子部的一類,與其他子書一樣,也具有闡發某種學說或主張的特點,所謂「以議論為宗」,小說後來出現「以敘事為宗」的情況主要是因為史部雜史類作品都納入子部小說類所致。陳氏用心於中國古代小說辨體研究,指出小說之體乃指目錄學上小說作為子部之流的體例,而非小說敘事藝術之體,關於這一點,陳氏特別強調:「但由於筆記小說的子部性質,所以即使是記事,一個文體意識強烈的子部小說(筆記小說)家,他必然忽略細膩的描寫、華豔的文辭和曲折的故事,而將主要精力放在哲理和知識的傳達上。」可以說,陳文新所界定的小說概念更加突出小說的文化屬性。

如果將上述關於古代小說概念研究的三種類型稍加歸納比較,那麼第一種是立足於今,以今律古,以西律中;第二種則立足於古今平衡點上,既依傍今又尊重古,但總體上近今;第三種則立足於古,從歷史本來面目,從古人小說立場出發思考小說走勢,也即是由古及今。在強調回歸傳統文化情境下,第二、第三種類型比第一種更具傳統色彩。而在這兩種研究類型中,彼此的學科立足點又存在差異:第二種研究類型堅持文學本位而以文化為研究背景;第三種研究類型則更多地從文化本位角度思考文化。現在的問題是,從文化本位角度思考古代小說究竟有多大研究價值,它與第二種研究類型相比,又具有哪些學術優勢,這需要進一步探討。

〔註16〕吳新生,《漢代小說概念辨析》,《天津師大學學報(社科版)》,1985年第6期,第71~77頁。

第二節　從文化到文學的研究

　　古代小說研究的第二種類型在當前影響最大，許多知名學者皆廁身其中。這些學者一般文獻學功底深厚，擅長從傳統目錄學上把握小說文體。不過，目錄學小說與文體小說畢竟差異較大，李劍國創立「不今不古、亦今亦古、古今結合」的古代小說文獻整理原則實為其經驗結晶。為了應對古今小說概念差異所造成的兩難困境，李氏在堅持其四原則前提下對作品差異性作出讓步：「用今天的小說標準去衡量古代文言小說，那將會否定了整部文言小說史，沒有一個研究者會這麼做。但是不是就應當以古人的標準定是非呢？有人說對唐代小說就應當用唐代的概念去選擇作品，因此，對各朝各代文言小說都按當時概念去選擇，比如說按照曾慥《類說》的小說概念去確定小說範圍，那依此原則編成的中國文言小說總集和中國文言小說史將是一副怎樣的模樣呢？」〔註17〕只有在目錄學上的小說概念與現代小說概念之間折衷調和，才能使小說概念既不離小說的文學範疇又不背離古代小說的歷史事實。在堅持文學本位的前提下，這恐怕是目前能夠做到的最妥辦法。

　　後兩種類型的古代小說研究最大差異在其研究立場不同，而這又緣於各自對古代小說文化屬性認知的差異。堅持第二種類型的研究者立足於文學，以敘事文學的目光觀照古代小說文化屬性，文化是研究背景，研究儘量尊重歷史；而堅持第三種類型的研究者則直接將小說視為一種文化，不再過多考慮研究對象的文學性問題。事實上，這兩種研究類型可以互相融通，因為從文學角度看，文化是文學產生與存在環境；而從文化角度看，則文學乃文化有機組成部分。所以從文化立場出發，同樣可以實現與文學融通。而且，中國古代詩騷傳統根植於經史文化土壤，所謂文以載道、詩以言志，載道與言志皆為經史文化內容。另外，從歷代目錄書中小說類目演變情況看，子部小說總體上呈現出敘事化、虛構化趨勢，也就是說，作為文化意義上的小說概念具有向文體小說概念演變的趨勢。

　　目錄學是關於圖書分類的學問，其分類依據及標準與人們對事物的認識水平密切相關。宋代鄭樵將目錄學分類標準稱為「類例」，並強調「類例」重要，有如「部伍之法」，「類例分，則百家九流各有條理」。〔註18〕正因此，目

〔註17〕李劍國，《文言小說的理論研究與基礎研究——關於文言小說研究的幾點看法》，《文學遺產》，1998年第2期，第30～37頁。
〔註18〕〔宋〕鄭樵，《通志·校讎略》，中華書局1987年版，第831頁。

錄學具有清代章學誠所謂「辨章學術、考鏡源流」作用。根據人的認知規律，人們是從事物的具體特點把握事物本質的，而對事物特點的認識又是在事物分類實踐中產生與深入的。從這一意義上說，目錄學是人們深入瞭解事物本質的重要途徑。德國哲學家恩斯特・卡西爾指出：「分類是人類語言的基本特性之一。命名活動本身即依賴於分類的過程。給一個對象或一個活動一個名字，也就是把它納入某一類概念之下。如果這種歸類永遠是由事物本性質所規定的話，那麼它就一定是唯一的和始終不變的。」〔註19〕小說類是中國傳統目錄學分類中較為特殊的一類，但同樣具有分類「類例」，當然，這種「類例」是文化「類例」。隨著小說類中虛構作品增加，加上人們對虛構性認識不斷深入，小說類虛構敘事特點也將逐漸凸現，最終使文化「類例」轉向文學「類例」，小說概念的文化特徵也會隨之發生文學性轉變。當然，古代小說文學性演變只有量變而無法最終質變，因為主導小說的「類例」文化語境並未發生根本改變。

西漢劉向創立目錄學，設六略通敘天下古今圖籍，將小說歸為一家，置於諸子略。基於文化上的等級觀念，劉氏將小說類置於諸子略第十家，處於邊緣地位，「諸子十家，其可觀者九家而已。」班固《漢書・藝文志》基本承襲劉歆《七略》，《漢書・藝文志》著錄小說十五家，分別為《伊尹說》二十七篇、《鬻子說》十九篇、《周考》七十六篇、《青史子》五十七篇、《師曠》六篇、《務成子》十一篇、《宋子》三篇、《天乙》十八篇、《黃帝說》四十篇、《封禪方說》十八篇、《待詔臣饒心術》二十五篇、《待詔臣安成未央術》一篇、《臣壽周記》七篇、《虞初周說》九百四十三篇、《百家》一百三十九篇。從上述篇目可知小說類作品的學術性特點。六朝時期，大量湧現志怪作品，但《隋書・經籍志》卻堅持《漢書・藝文志》小說分類「類例」，強調小說的「小道」價值。《隋書・經籍志》子部小說家類序云：「古者聖人在上，史為書，瞽為詩，公誦箴諫，大夫規誨，士傳言而庶人謗。孟春，徇木鐸以求歌謠，巡省觀人詩，以知風俗。過則正之，失則改之，道聽途說，靡不畢紀。《周官》：誦訓『掌道方志以詔觀事，道方慝以詔辟忌，以知地俗』；而訓方氏『掌道四方之政事，與其上下之志，誦四方之傳道而觀衣物』，是也。」〔註20〕雖然如此，小說「類

〔註19〕〔德〕恩斯特・卡西爾著，李琛譯，《人論》，光明日報出版社 2009 年版，第123 頁。

〔註20〕〔唐〕魏徵等，《隋書》，中華書局 2000 年版，第 680 頁。

例」還是出現一些新變化，程毅中認為《隋書‧經籍志》主旨雖然還在於瞭解民情風俗，但由於小說類收錄《燕子丹》、《笑林》、《小說》等虛構性較強的作品，「逐步向藝術的鑒賞價值和娛樂功能發展，由史學向文學過渡。」〔註21〕宋代歐陽修編撰《新唐書‧藝文志》，嚴整史部陣營，又將大量原屬史部的雜傳雜錄刪退至小說類。歐陽修這種舉動給小說類帶來兩大「不利」影響：一是作品數量激增；二是虛構性加強。小說類從此開始逐漸偏離其文化「類例」，此後目錄書小說類逐漸呈現虛構敘事趨勢。

小說在漢代主要指卑微瑣碎的學問，西漢桓譚謂小說家乃「合叢殘小語，近取譬論，以作短書」者，後東漢班固將小說家列入諸子類，也主要基於小說的學術性特點。經過二千年來歷代史家不斷歸類，小說的學術性弱化而虛構敘事性加強，最後成為小說特徵。在《欽定四庫全書總目》中的小說類中，敘事性已成為歸類標準，雖然還納入一些考證著作，但數量極少，大部分是敘事類作品。此類作品記事虛設情節，志人則刻意描摹。古代小說演變至此，已在某些方面接通現代小說。甚至可以這樣推想：如果沒有西學催生，僅依傳統目錄學小說的分類演進，小說概念或許也能演變為文體小說概念。這個過程就好比在白酒中兌水，當兌入的水量大大超出酒量時，酒的特徵也就會向水的特徵轉變。傳統小說概念在歷代史籍分類過程中的演變正與此理相同，歷代史家都對所存小說重新歸類整理，而每一次歸類整理都相當於向原有小說類兌「虛構之水」。當然，由於中國古代儒家文化的強勢影響，傳統小說在價值上始終擺脫不了對儒家經史文化價值的依附性，因而無法完全走向價值獨立。其實，即使作為文學類的古代詩文，也不可能完全擺脫儒家經史文化的影響而走向西方所謂的純粹的文學性世界。

所以，基於中國傳統文化立場研究中國古代小說是有價值的嘗試。文化概念寬泛而易變，約翰‧費斯克說：「文化一詞屬多重話語，它能在若干不同的話語中游走。」〔註22〕本文在緒論部分已經對文化概念作出相應描述與界定，此處不贅。其實不僅中國傳統小說應該基於文化立場進行研究，就是具有現代文學性的白話小說，也可以基於文化立場進行研究。美國漢學家浦安迪的《明代小說四大奇書》即將《三國演義》、《水滸傳》、《西遊記》、《金瓶梅》四大奇

〔註21〕程毅中，《古體小說論要》，華齡出版社 2009 年版，第 38 頁。
〔註22〕〔美〕約翰‧費斯克等著，李彬譯，《關鍵概念：傳播與文化研究辭典》，新華出版社 2004 年版，第 62～63 頁。

書置於明代的理學文化、宗教文化之下進行詮釋。這些研究表明：將小說當作一種文化來研究在學理上是可行的，對於一直存在於文化世界的中國古代小說來說，更應該如此。堅持古代小說研究的文化立場，即是對中國古代小說持「瞭解之同情」。本文的研究思路即立足傳統文化土壤，遠望現代文學圖景。下面將沿著這種研究思路深入探討志怪小說概念的發生。

第三節　志怪小說概念的發生

西方文學四分法傳入之前，中國古代文學僅有詩文兩大類，至於詞、曲類則歸為詩的子類，故劉勰《文心雕龍》中的「文」、「筆」觀念，基本適用中國古代文學種類的歸納。作為「一種敘事性的文學體裁」（《現代漢語詞典》）或「是用散文寫成的具有某種長度的虛構故事」（愛·摩·福斯特《小說面面觀》）的小說概念，其實從未被古人所接受。志怪小說雖然具有明顯的虛構特點，但古人並不完全將之看作子虛烏有之事。現代學者基於現代小說文體學的理解將志怪小說當成小說，容易混淆古今小說概念在虛構性方面的對立：前者拒絕虛構；後者追求虛構。志怪小說概念的複雜性與目錄學上小說歸類的含糊混雜相關，要深入瞭解志怪小說概念，就有必要從發生學角度考察其形成過程。

一、「志怪」、「小說」語義溯源

志怪小說由「志怪」與「小說」組合而成，在詞源上，「志怪」、「小說」皆出自《莊子》，前者見於《莊子·逍遙遊》：「齊諧者，志怪者也」句，後者見於《莊子·外物》：「飾小說而干縣令，其與大達亦遠矣」〔註23〕句。李劍國認為這兩詞可以作為後來的小說或志怪小說的「胚胎和雛形階段」，因為它們「包含著小說的基本因素」。〔註24〕《莊子》中的「志怪」與「小說」與後來的志怪小說概念緊密聯繫，但在詞源上，「志怪」與「小說」並不相關，下面特別從「志怪」與「小說」的文本語境中去仔細解讀這一點。

「志怪」在《莊子·逍遙遊》文本語境中具有論證功能。《莊子》分為內篇、外篇與雜篇三部分，一般認為，內篇出自莊子本人。《逍遙遊》是《莊子》內篇之一，開篇引述鯤化為鵬的神奇之事，並表明此事源於齊諧：「齊諧者，

〔註23〕〔清〕郭慶藩，《莊子集釋》，中華書局 2010 年版，第 920 頁。
〔註24〕李劍國，《唐前志怪小說史》，南開大學出版社 1984 年版，第 2 頁。

志怪者也。」清代俞樾解釋「志怪」:「志怪:志,記也。怪,異也。」〔註25〕
從《逍遙遊》中魚鯤化巨鵬的神異跡看,「齊諧」所記皆虛幻荒謬之事,後人
大多如此理解,因此專記此類事蹟的作品乾脆命名為《齊諧》或《志怪》,宋
陳振孫《直齋書錄解題》卷十一敘《續齊諧記》:「齊諧志怪,本《莊子》語也。」
〔註26〕然而這種理解並不符合莊子在《逍遙遊》構建的論證語境。

　　考察「志怪」一詞特定用意,可從莊子論證並傳播其「道」的用意方面探
討。在「百家爭鳴」學術爭論環境中,任何一種學說要在激烈爭鳴的文化環境
中生存,必須具有充足的說服力。莊子生活逍遙自得,與世無爭,在學術上卻
喜好爭辯,這從他與惠子等人的多場論爭中充分體現。莊子自信悟得到天地人
生真理,自稱其學說乃「知天之所為,知人之所為者,至矣!」〔註27〕當然,
這只是自我評價,要想獲得世人認同,莊子還必須通過充分的而且能夠令人信
服的論證,而最能服眾者無過於用事實說話,所謂事實勝於雄辯。

　　《莊子・天下》自述其論證方法有三:「以卮言為曼衍,以重言為真,以
寓言為廣。」〔註28〕學界通常認為此乃莊子虛構創作的夫子自道,這恐怕也不
合莊子本意。在筆者看來,上述「三言」皆有求真意向。所謂「重言」是指長
者、尊者、名人之言;所謂「卮言」是指出於無心、自然流露的言語。此兩言
正是人類能言者最真實無欺之言,以此論莊子的求真本意,應該不會有異議。
就具有爭議者是「三言」中的「寓言」,其實莊子所謂的「寓言」既非後世文
體,也非莊子虛構創作的自道,「寓言」詞義重心在於寓,寓即寄託,莊子之
道極為玄虛,故只有寄寓具體事物乃可傳達,而用於寄道者,不一定就是虛構
的。而且「寓言」又與「重言」、「卮言」並列而論,哪有先強調真實而後又自
言虛構之理呢?而且莊子以「寓言」與人論道,其主要宗旨是為了讓接受者理
解並信服他的學說,哪會特以虛構之事示人呢?另外,從思想傳播角度著眼,
莊子也必須關注喻理事例的真實性問題,因為這關係到他的「學說」能否在
「百家爭鳴」環境中生存的問題。

　　當然,「齊諧」所「志」之「怪」,今天看來極為荒誕,但對於二千三百
多年前的古人來說,卻是可信或可能之事。《莊子・逍遙遊》中言「真人」
入水不濕,入火不熱;列禦寇吸風飲露,乘雲駕龍;藐姑射之山有「不食五

<hr>

〔註25〕〔清〕郭慶藩,《莊子集釋》,中華書局 2010 年版,第 5 頁。
〔註26〕〔宋〕陳振孫,《直齋書錄解題》,上海古籍出版社 1987 年版,第 317 頁。
〔註27〕〔清〕郭慶藩,《莊子集釋》,中華書局 2010 年版,第 224 頁。
〔註28〕〔清〕郭慶藩,《莊子集釋》,中華書局 2010 年版,第 1068 頁。

穀,吹風飲露,乘雲氣,御飛龍,而遊乎四海之外」〔註29〕的神人等,本為子虛烏有事,但秦始皇卻為之著迷。《史記‧秦始皇本紀》記載秦始皇聽信臣下「海中有三神山,名曰蓬萊、方丈、瀛洲,仙人居之」之言,派遣徐福帶數千名童男童女泛海求之。秦始皇這種勞民傷財的做法,今天看來迷信可笑,然而在當時卻是嚴肅的國家大事。墨家在先秦時期的興盛也從側面說明齊諧志怪事在先秦時期有極好的接受環境。事實上,莊子在處理齊諧志怪事時非但沒有刻意求怪,相反,其用意在於求真,或者說為了創造一種真實表象。在「齊諧者,志怪者也」句中,唐代成玄英疏「志」為「記」,記是一種傳錄行為,齊諧愛好怪異事,所以專門四處收集記錄,因此,成玄英特別指出莊子的潛在旨意:「齊諧所著之書,多記怪異之事,莊子引以為證,明己所說不虛。」〔註30〕

現在再來探討「小說」在《莊子》中的本義。「小說」與「志怪」雖同出自《莊子》,且後來又「因緣巧合」,湊成一個概念,可它們在《莊子》中卻互不相關。與「志怪」產生於求真的論證語境不同,「小說」則處於莊子天地人生境界的比較語境。《莊子》外篇與雜篇雖出自莊子後學之手,但思想上基本成一體系,因此,《莊子‧雜篇‧外物》所闡述的思想仍體現莊子對天地大道的體悟以及對人生絕對的精神自由的追求。《外物》之名來自開篇兩字,卻很好概括其要旨:要想達到逍遙之大道之境,就必須掙脫外物負累。宋代趙以夫云:「外天下、外物、外生,三者同一外,但由粗而精耳。」(褚伯秀《南華真經義海纂微》)所以唐代陸德明《經典釋文》認為《外物》乃「以義名篇。」〔註31〕

《外物》開篇言:「外物不可必,故龍逢誅,比干戮,箕子狂,惡來死,桀紂亡。」〔註32〕成玄英疏曰:「域心執固,謂必然也。夫人間事物,參差萬緒,惟安大順,則所在虛通,若其逆物執情,必遭禍害。」〔註33〕《釋文》云:「《外物》王云:夫忘懷於我者,固無對于天下,然後外物無所用必焉。若乃有所執為者,諒亦無時而妙矣。」〔註34〕《釋文》強調《外物》乃去私欲而無所執,故能達於無所用之用,也就在參差萬別的世界中安於大化,精

〔註29〕〔清〕郭慶藩,《莊子集釋》,中華書局 2010 年版,第 28 頁。

〔註30〕〔清〕郭慶藩,《莊子集釋》,中華書局 2010 年版,第 5 頁。

〔註31〕〔清〕郭慶藩,《莊子集釋》,中華書局 2010 年版,第 920 頁。

〔註32〕〔清〕郭慶藩,《莊子集釋》,中華書局 2010 年版,第 920 頁。

〔註33〕〔清〕郭慶藩,《莊子集釋》,中華書局 2010 年版,第 920 頁。

〔註34〕〔清〕郭慶藩,《莊子集釋》,中華書局 2010 年版,第 920 頁。

神虛通而逍遙。《外物》在描述人生從現實外物負累中不斷超脫,不斷邁向自由彼岸過程中,勾勒出指向逍遙自然之境的層級遞進的思想圖景。在這一圖景中,「小說」境界層次低下,與逍遙的「大達」之境相隔甚遠。對於「小說」與「大達」之境界差別,莊子形象描述:「任公子為大鈎巨緇,五十犗以為餌,蹲乎會稽,投竿東海,旦旦而釣,期年不得魚。已而大魚食之,牽巨鈎陷沒而下,騖揚而奮鬐,白波若山,海水震盪,聲侔鬼神,憚赫千里。任公子得若魚,離而臘之,自制河以東,蒼梧以北,莫不厭若魚者。已而後世輇才諷說之徒,皆驚而相告也。夫揭竿累,趣灌瀆,守鯢鮒,其於得大魚難矣。飾小說以干縣令,其於大達亦遠矣,是以未嘗聞任氏之風俗,其不可與經於世亦遠矣。」〔註35〕此中描述了兩種極具比較意味的圖景:一是任公子以大鈎巨餌,「蹲乎會稽,投竿東海」,以一年時間釣出一條驚世巨魚;一是普通釣者蹲在小溝渠邊,「揭竿累,趣灌瀆」,只釣出「鯢鮒」小魚。這兩個寓言圖景蘊含「大達」與「小說」兩種境界及其差距。鯢鮒,即溝渠之小魚。《疏》釋鯢鮒:「鯢鮒,小魚也。」〔註36〕而任氏以大鈎巨餌所釣之魚,乃海中巨鯨,明楊慎《異魚圖贊・鯨》說:「海有魚王,是名為鯨,噴沫雨注,鼓浪雷驚。」在對應的比較層級上,「小說」即溝渠鯢鮒之類,《疏》云:「趨走灌溉之溝瀆,適得鯢鮒,難獲大魚也。」〔註37〕「小說」境界之小,乃因執於功用私欲,不能外物而超脫,明代褚伯秀援引宋人林疑獨之言,「鯢鮒,魚之小;縣令,官之卑。」(《南華真經義海纂微》)成玄英解釋「飾小說以干縣令」:「干,求也;縣,高也;夫修飾小行,矜持言說,以求高名令聞者,必不能大通於至道。」〔註38〕

類似表述在《外物》中還有一些:「荃者所以在魚,得魚而忘荃;蹄者所以在兔,得兔而忘蹄;言者所以在意,得意而忘言。」〔註39〕從荃到魚,蹄到兔,言到意的體道聞道層級進程中,「小說」拘於世俗功利而境界低下,距大道妙境甚遠。此外,「小說」乃當時「百家爭鳴」語境下的產物,《莊子》使用「小說」其實也隱含輕貶「異說」用意。先秦其他諸子常以「小說」或相類似詞語來貶低異說,如《荀子・正名》篇云:「故知者論道而已矣,小家珍說之

〔註35〕〔清〕郭慶藩,《莊子集釋》,中華書局2010年版,第925頁。
〔註36〕〔清〕郭慶藩,《莊子集釋》,中華書局2010年版,第927頁。
〔註37〕〔清〕郭慶藩,《莊子集釋》,中華書局2010年版,第927頁。
〔註38〕〔清〕郭慶藩,《莊子集釋》,中華書局2010年版,第927頁。
〔註39〕〔清〕郭慶藩,《莊子集釋》,中華書局2010年版,第944頁。

所願皆衰矣。」〔註40〕楊倞注：「知治亂者，論合道與不合道而已矣，不在於有欲無欲也。能知此者則宋墨之家自珍貴其說，願人之去欲、寡欲者皆衰也。」這裡的「小家珍說」用意與莊子的「小說」用意是一樣的，《荀子》中還有比「小說」更尖刻的用詞，如「邪說」、「奸說」、「怪說」等。與「小說」相似的詞語，在《莊子》中還有「小言」、「小知」等，皆將其置於體道聞道的層級比較語境，隱含輕貶意味。

二、「志怪」、「小說」的分離

「志怪」與「小說」在《莊子》中雖處不同語境而不相關聯，但這兩個詞卻攜帶著共同基因：虛構性。一是在未知領域中的大膽捏造；一是在卑微世界裏的小心虛構。當然，這種捏造與虛構在先秦文化環境中處於隱性狀態。

漢代劉向創立歸類書籍的目錄學之後，「志怪」與「小說」在目錄學領域的歸類實踐中作為不同性質的圖籍被區別對待。劉向受漢武帝之命，整理天下圖籍，所以《莊子》中所提到的志怪之書極有可能就在劉向所整理的圖籍之列。《莊子》中的「志怪」本是上古某種書籍之名，《逍遙遊》：「齊諧者，志怪者也」中的「齊諧」一詞，唐成玄英《莊子疏》集釋：「姓齊，名諧，人姓名也。亦言書名也，齊國有此俳諧書也。」〔註41〕在這兩種釋義中，成玄英更傾向於後者「……齊諧所著之書多記怪異之事。」明代胡應麟《少室山房筆叢·二酉綴遺上》云：「古今志怪小說，率以祖《夷堅》、《齊諧》。然《齊諧》即《莊》，《夷堅》即《列》耳。二書故極詼諧，第寓言為近，紀事為遠。」〔註42〕此中亦以「齊諧」為書名。《齊諧》既為「志怪」之書，故後人乾脆將《齊諧》與《志怪》等同起來，皆指代「志怪」書。「志怪」的虛構問題在漢代已引起注意，漢代史家司馬遷雖好奇獵異，可對上古「志怪」之事卻有所顧慮，「《禹本世》言河出崑崙，言九州山川，《尚書》近之矣；至於《禹本世》、《山海經》所有怪物，余不敢言之也。」（《史記·大宛傳贊》）

在目錄學創立之前，「小說」與書籍無關，主要指一種境界低下受人輕視的小道學說。後來劉向首創目錄學，在歸類圖籍過程中，將「小說」與具體的物質載體——「短書」相對應結合，進入目錄學領域類聚成「小說」一家，

〔註40〕〔清〕王先謙，《荀子集解》，中華書局1988年版，第285頁。
〔註41〕〔清〕郭慶藩，《莊子集釋》，中華書局2010年版，第5頁。
〔註42〕〔明〕胡應麟，《少室山房筆叢》，上海書店出版社2009年版，第362頁。

從而完成「小說」從詞語概念到目錄學概念的轉變。〔註43〕劉向之友桓譚言小說家:「若其小說家,合叢殘小語,近取譬論,以作短書,治身理家,有可觀之辭。」〔註44〕此處「短書」已是「小說」的物質形態。桓譚甚至將「短書」代稱「小說」,如《新論·本造》:「莊周寓言乃言堯問孔子,《淮南子》云共公爭帝地維絕,亦皆為妄作。故世人多云:短書不可用。然論天間,莫明於聖人。莊周等雖虛誕,故當採其善,何云盡棄邪?」〔註45〕桓譚在此以「短書」代稱「小說」,另從桓譚對莊子的批評之言中可見,「小說」的虛構性也已顯露。但在劉向目錄學領域,「志怪」書與「小說」「短書」共有的虛構性卻沒有作為歸類依據。劉向將「志怪」作為史實而採用史學標準;把「小說」「短書」則看為一種思想而採用諸子標準。這樣,本可以在虛構上互相結合的「志怪」與「小說」在目錄學領域被分離開來,這種分離造就「志怪」與「小說」在目錄學世界中完全不同的命運。

由於「小說」在思想境界上的「小」以及先秦「百家爭鳴」時所負載的貶義色彩,因此在目錄學世界便變成低賤一類,此在劉向「小說」《百家》的產生過程中得到明顯體現。《說苑·序奏》記載:「護左都水使者光祿大夫臣向言:所校中書『說苑雜事』,及臣向書、民間書、誣校讎,其事類眾多,章句相溷,或上下謬亂,難分別次序。除去與新序複重者,其餘者淺薄不中義理,別集以為百家,後令以類相從,一一條別篇目,更以造新事十萬言以上,凡二十篇,七百八十章,號曰新苑,皆可觀。臣向昧死。」〔註46〕此處《新苑》(即《說苑》)產生的過程實際上同時也是「小說」《百家》產生的過程。劉向首先去除與《新序》重複的材料;其次將「淺薄不中義理」的材料別集為《百家》;然後將所剩材料也即是非「淺薄不中義理」者以類相從,一一條別篇目,再增加材料撰成《說苑》。從上述歸類過程可知,劉向以儒家之義理為歸類標尺,含義理者歸為一類,不含義理者歸為另一類。前者「以類相從,一一條別篇目」並深加打磨;後者則漫不經心,隨意堆放。

〔註43〕 關於小說從詞語概念到目錄學分類概念的轉變,筆者另撰有論文《漢代短書:先秦兩漢小說概念的聯結點》發表於《大連理工大學學報(社會科學版)》,2011 年第 2 期。

〔註44〕 〔南朝梁〕蕭統編,〔唐〕李善注,《文選》,上海古籍出版社 1986 年版,第1453 頁。

〔註45〕 〔宋〕李昉等編纂,《太平御覽》,中華書局 1960 年版,第 2710 頁。

〔註46〕 〔漢〕劉向,向宗魯校,《說苑校證》,中華書局 1987 年版,第 3 頁。

　　小說價值的邊緣性在班固《漢書・藝文志》中體現在諸子九流之末的位置，班固諸子略總論曰：「諸子十家，其可觀者，九家而已。」從《漢書・藝文志》所列小說十五家來看，歸類主要依據應是思想性，十五家中的《伊尹說》、《鬻子說》、《黃帝說》、《封禪方說》、《虞初周說》五篇，篇名即帶有明顯論說性質，另一些篇目雖未有顯著標誌，但也可從篇名含意推測其學說特點，如《青史子》、《務成子》、《宋子》、《待詔臣饒心術》、《待詔臣安成未央術》等篇。班固在「小說家」按語中也特別強調這點：「小說家者流，蓋出於稗。街談巷語，道聽途說者之所造也。孔子曰：『雖小道，必有可觀焉。致遠恐泥，是以君子弗為也。』然亦弗滅也。閭里小知者之所及，亦使綴而不忘，如或一言可採，此亦芻蕘狂夫之議也。」〔註47〕「小說」因「小」而賤，但又因其尚有小用，故「弗滅也」。然而，正是在價值邊緣化世界裏，「小說」「必有可觀」的外衣常常掩蓋它「毫無用處」的虛構。對於這一點，班固是有所察覺的，這從他在各家「小說」之後的附注中看出來，如《伊尹說》後注：「其語淺薄，似依託也。」《師曠》後注：「見《春秋》，其言淺薄，本與此同，似因託之。」《天乙》後注：「天乙謂湯，其言非殷時，皆依託也。」《黃帝說》後注：「迂誕依託。」

　　與「小說」邊緣化命運比較起來，「志怪」命運可算好得多。它在目錄學上常居於較好位置。如被明代胡應麟稱為古今「志怪」之祖的《山海經》，在《漢書・藝文志》中列入《術數略》的形法家，班固解釋刑法家云：「形法者，大舉九州之勢，以立城郭室舍形；人及六畜骨法之度數、器物之形容，以求其聲氣、貴賤、吉凶。猶律有長短而各徵其聲，非有鬼神，數使然也。然形與氣相首尾，亦有有其形而無其氣者，有其氣而無其形者，此精微之獨異也。」〔註48〕這裡將形法家說得玄乎其玄，可見此家重要，並非小說家那樣可有可無。其實，形法家說白了就是建城造屋時的風水地理先生與擅長觀人與六畜形貌骨相的相術先生，若以今天目光來看，全是迷信，可它在古代社會卻為正經事業，這也說明虛構活動在未知領域中不易受到懷疑，因為它不需論證，也無法論證。又如《禎祥變怪》、《人鬼精物六畜變怪》、《變怪誥咎》、《執不祥劾鬼物》等書，觀名則可知皆為「志怪」，可《漢書・藝文志》卻將之列入《數術

〔註47〕〔漢〕班固，〔唐〕顏師古注，《漢書》，商務印書館 1955 年版，第 4 頁。
〔註48〕〔漢〕班固，〔唐〕顏師古注，《漢書》，上海古籍出版社 2003 年版，第 1223 頁。

略》中的雜占類，班固在雜類後的按語云：「雜占者，紀百事之象，候善惡之徵。易曰：『占事知來。』眾占非一，而夢為大，故周有其官。而詩載熊羆虺蛇眾魚旟旐之夢，著明大人之占，以考吉凶，蓋參卜筮。春秋之說訞也，曰：『人之所忌，其氣炎以取之，訞由人興也。人失常則訞興，人無釁焉，訞不自作。』故曰：『德勝不祥，義厭不惠。』桑穀共生，大戊以興；鴝雉登鼎，武丁為宗。然惑者不稽諸躬，而忌訞之見，是以詩刺『召彼故老，訊之占夢』，傷其舍本而憂末，不能勝凶咎也。」班固在此引證《易》、《詩》、《春秋》之言以論證雜占類的價值，從中可知雜占類並非可有可無之類。「志怪」與「小說」原本含有共同的虛構基因，但身份絕然不同，如一對雙胞胎，分別寄養於地位懸殊的家庭，從而貴賤相分。

三、「志怪」、「小說」的混合

魏晉以來，圖籍激增，目錄分類變漢代六分法為四分法，「志怪」散落在史部與子部九流之內，而小說則一直位於子部九流之末。「志怪」所載大多是被人「敬而遠之」的鬼神事，隨著民智水平的提高與魏晉無神論思想的激蕩，許多怪異之事開始受到「不敬」的真實性追問，因此許多「志怪」作者不得不為作品的真實性煞費苦心。如郭璞就精心為《山海經》建構出一套頗具說服力的「志怪」真實理論：「世之所謂異，未知其所以異，世之所謂不異，未知其所以不異。何者？物不自異，待我而後異，異果在我，非物異也。……今暗舉可以明之者，陽火出於冰水，陰鼠生於炎山，而俗之論者，莫之或怪，及談《山海經》所載而成怪之，是不怪所可怪，而怪所不可怪也。不怪所可怪，則幾於無怪矣。怪所不可怪，則未始有可怪也。夫能然所不可，不可所不可然，則理無不然矣。」〔註49〕葛洪則極力為道教神仙的存在辯解，他在《神仙傳自序》云：「予今復抄集古之仙者，見於《仙經服食方》及百家之書，先師歷說，耆儒所淪，以為十卷，以傳知真識遠之士。其係俗之徒，思不經微者，亦不強以示之。」〔註50〕干寶則在《搜神記序》宣稱他所搜之事皆有所據：「考先志於載籍，收遺逸於當時」，此等嚴肅之事，「足以發明神道之不誣也。」種種關於「志怪」真實性的辯護，雖言之鑿鑿，卻理難自圓。

〔註49〕黃霖，韓同文編著，《中國歷代小說論著選》，江西人民出版社1985年版，第7頁。

〔註50〕黃霖，韓同文編著，《中國歷代小說論著選》，江西人民出版社1985年版，第14頁。

　　「志怪」的價值在世人的懷疑與追問中不斷貶值，因此它在史家書目上的地位不斷下降，最終因「虛構」問題而被降至子部小說家類，與「小說」合於一處。劉勰《文心雕龍‧諧隱》曰：「然文辭之有諧讔，譬九流之有小說，蓋稗官所採，以廣視聽。」此中所謂諧讔，其實也包括莊子所言齊諧「志怪」之事，劉勰在此以「小說」與諧讔對舉，即是以虛構性上理解「志怪」與「小說」含義的。梁武帝時，殷芸集「志怪」不經之事為《小說》，清人姚振宗稱殷芸《小說》：「殆是梁武帝作《通史》時，凡不經之說為通史所不取者，皆令殷芸別集為《小說》。是《小說》因《通史》而作，猶《通史》之外乘。」〔註51〕唐劉知幾亦云：「劉敬叔《異苑》稱晉武庫失火，漢高祖斬蛇劍穿屋而飛。其言不經。致梁武帝令殷芸編諸《小說》，及蕭方等撰《三十國史》，乃刊為正言。」〔註52〕（《史通‧雜述》）由此可見，「志怪」與「小說」共有的虛構性已完全顯露，志怪小說概念已到呼之欲出之時。

　　唐代史家劉知幾對前代「志怪」的虛構性多有指責，《史通‧採撰》曰：「晉世雜書，諒非一族，若《語林》、《世說》、《幽明錄》、《搜神記》之徒，其所載或詼諧小辯，或神鬼怪物。其事非聖，揚雄所不觀；其言亂神，宣尼所不語。」〔註53〕劉氏也正是在虛構性上將「志怪」從主流位置刪退入史家之末事的偏記小說類。到了晚唐，段成式《酉陽雜俎‧序》首次提出「志怪小說」概念：「夫《易》象一車之言，近於怪也；詩人南箕之興，近乎戲也。固服縫掖者肆筆之餘，及怪及戲，無侵於儒。……固役而不恥者，抑志怪小說之書也」。〔註54〕唐宋以後的史志目錄也從虛構角度調整「志怪」的位置，將歷代「志怪」刪退至小說類中，如在《新唐書‧藝文志》中，歐陽修便將史部中的各種「志怪」刪落至小說家類，這做法的本意是要肅清史學的陣營，卻無意間給「志怪」找了「婆家」，為志怪小說概念的產生提供目錄學上的證明。

　　綜上所述，「志怪」與「小說」在詞源上，各具語境，各有用意。在目錄學領域，「志怪」之事往往作為實有之事處於主流價值世界，而「小說」則作

〔註51〕〔清〕姚振宗，《隋書經籍志考證》，中華書局1955年版，第5537頁。
〔註52〕〔唐〕劉知幾，〔清〕浦起龍通釋，《史通》，上海古籍出版社2008年版，第352頁。
〔註53〕〔唐〕劉知幾，〔清〕浦起龍通釋，《史通》，上海古籍出版社2008年版，第85頁。
〔註54〕〔唐〕段成式，《酉陽雜俎》，上海古籍出版社2012年版，第1頁。

為「小道」學問處於主流價值世界的邊緣。兩者雖然身份不同，但存在共同的虛構基因，所以最終因虛構結緣：「志怪」因失實而從主流價值世界貶落至「小說」類中，而原有的「小說」則因「小」而虛構，大量的虛構之事改變了「小說」原初之義，因而「志怪」與「小說」最終在虛構共性混合相融為一種獨立類別概念：志怪小說。晚唐段成式言「志怪小說」概念，即是著眼於它的虛構性，當然，在價值立足點上，它與現代所謂志怪小說是有所區別的，許逸民注《酉陽雜俎》時評述：「段成式喜談志怪，卻無意於鬼神、釋道，……即使形諸筆端，亦不過是一種遊息鼓吹，可作為生活正味的調料，並無傷於大雅。」〔註55〕在宋代儒學復興的文化語境中，宋代志怪小說出於價值的需求，有意識地遮蔽其已經顯山露水的虛構性，使本可能朝向文學方向生成發展的志怪小說再次回歸文化本身。

〔註55〕〔唐〕段成式，許逸民注評，《酉陽雜俎》，學苑出版社 2001 年版，第 11 頁。

第二章　宋代志怪小說繁榮及其原因

　　在古代小說研究領域，宋代志怪小說被認為是「貧瘠」、「貧乏」的，這種來自文學層面的認識與評價，被強加於宋代志怪小說其他方面，造成宋代志怪小說研究盲點。如果站在古人的小說立場上看，則不得不承認，宋代志怪小說在作品與作者數量方面仍然處於興盛態勢。

　　隨著學界對宋代小說的深入關注，宋代小說文獻資料陸續得到整理與出版，在宋代志怪小說方面，出現了李劍國的《宋代志怪傳奇敘錄》。程毅中對此書評價極高，稱它在資料搜羅方面做到「竭澤而漁」：「《宋代志怪傳奇敘錄》的作者多年寢饋於文言小說，致力極勤，對文言小說鉤稽資料，條析源流，辨別真偽，發明得失，進行全面的研究，作出了卓越的成績。他的唐五代以前小說史的著述，已經贏得了學界同人的讚賞。《宋代志怪傳奇敘錄》著錄了二百多種作品，大約一半以上是未見於書目著錄的。作者從史書、方志、類書、詩話、筆記、文集以及小說本身中尋找線索，發掘資料，對每一種作品的作者、年代、版本、篇目等項都作了詳盡的考辨。」〔註1〕本文研究以《宋代志怪傳奇敘錄》作為基本參考文獻，另外還參考上海古籍出版社的《宋元筆記小說大觀》、周光培主編的《宋代筆記小說》、朱易安等主編的《全宋筆記》、鍾克豪的《宋代小說考證》等相關文獻。為了呈現宋代志怪小說文獻情況，本文根據《敘錄》中所敘錄的志怪小說或以志怪小說為主的作品，全面統計其作品名稱、存佚情況、作者姓名、作者身份、成書情況、內容簡述

〔註1〕程毅中，《沙裏淘金追根溯源——評介〈宋代志怪傳奇敘錄〉》，《文學遺產》，1998年第2期，第115～117頁。

等方面情況，並製成統計表格。〔註 2〕（見附錄）

第一節 宋代志怪小說繁榮表現

一般認為，六朝與唐代五代是志怪小說繁榮期，而宋代則是衰落期。但根據本文對宋代志怪小說存佚情況的全面統計，發現宋代志怪小說不但沒有衰落，而且更加興盛。根據統計數據，宋代現存可查的志怪小說作品達 108 種，數量上超過繁榮時期的六朝與唐代五代，〔註 3〕據李劍國《唐五代志怪傳奇敘錄》，唐代志怪小說不超過 70 種，再加五代的 20 多種，總數也僅有 90 多種。又據李劍國《唐前志怪小說輯釋》，可知先唐時期共有志怪小說 43 種。上述統計皆以李劍國所整理的文獻著作為基礎，統計標準一致，因此各種數據具有比較價值。宋代志怪小說首先具有作品數量優勢。如果再具體到作品卷帙數量，宋代志怪小說的優勢則更為突出，僅洪邁《夷堅志》皇皇四百二十卷之巨，就已經逼近整個唐代志怪小說數量。洪邁曾對這種成就頗為得意：「予既畢《夷堅》十志，又支而廣之，通三百篇，不能滿者，才十有一，遂半《唐志》所云。」〔註 4〕南宋陳振孫認為洪邁晚期有在數量上抗衡《太平廣記》之意，故不顧素材真假一概抄錄，「今邁亦然，晚歲急於成書，妄人多取《廣記》中舊事改竄首尾，別為名字以投之，至有數卷者，亦不復刪潤，徑以入錄，雖敘事猥釀，屬辭鄙俚，不恤也。」〔註 5〕

除作品種類與卷帙數量方面的優勢外，宋代志怪小說的繁盛還可以從編撰者（為了方便敘述，下文皆稱作者）分布特點上體現出來。六朝志怪小說作者的身份地位一般都比較高，甚至有以帝王身份編撰志怪小說的，如魏文

〔註 2〕宋代志怪小說作品除了附錄所列的一百多種外，還有許多志怪小說條目散見於宋代筆記小說（也有學者稱為佚事小說），此外，宋代一些傳奇作品乃由一些志怪條目擴充而成，它與志怪小說並無明顯區別，而且在一些傳奇經過壓縮之後又成為某些志怪小說作品的一個條目，這在洪邁的《夷堅志》中尤為常見，所以本文也會將此類充滿志怪色彩的傳奇納入志怪小說的範圍之內論述。

〔註 3〕在唐代之前，志怪與小說在目錄學上處於不同領域，當時無論作者或接受者一般都不將志怪看作小說一類，這在《隋書·經籍志》中有明確反映，但這些作品在唐宋以後的官方目錄中皆歸入小說類中，因此也使用志怪小說概念描述。

〔註 4〕〔宋〕洪邁，何卓點校，《夷堅志》，中華書局 1981 年版，第 1820 頁。

〔註 5〕〔宋〕陳振孫，《直齋書錄解題》，上海古籍出版社 1987 年版，第 336 頁。

帝曹丕就親自編撰《列異傳》,《隋書·經籍志》雜傳類小序云:「魏文帝又作《列異》,以序鬼物奇怪之事。」其他志怪小說作者也多是朝中官宦,如張華、干寶、曹毗、祖臺之、王嘉、劉義慶、祖沖之、陶弘景、任昉、殷芸等人。一些志怪小說作者是宗教人物,如郭璞、葛洪等人,也曾有做官經歷。唐代志怪小說作者則一般都具有科舉入仕背景,如《冥報拾遺》的郎餘令、《夢書》的盧重玄、《洽聞記》的鄭常、《龍城錄》的柳宗元、《廣異記》的戴孚、《妖錄》的牛僧孺、《乾巽子》的溫庭筠、《宣室志》的張讀、《杜陽雜編》的蘇鶚、《劇談靈》的康軿等人,皆由科舉而仕。其他作者雖非科舉得意者,也基本上有仕宦身份。總之,唐代志怪小說作者主要是士大夫階層,下層文人比較少見。相比較而言,宋代志怪小說作者成份就複雜多了,他們中有朝廷大臣,如文彥博、陳彭年、曹勳、洪邁等,這些作者在《宋史》中有其本傳;也有地方小官,如金翊、馬純、王明清、李泳、劉名世、王輔等;有科場失意的落魄文人,如聶田、呂南公、武允蹈、魯應龍等;有淪落市井的江湖俗士,如劉斧、李獻民、皇都風月主人等;還有不少佛道中人,如景煥、黃休復、勾臺符、歸虛子、梁嗣真、僧惠汾、王日休、蔣寶等。至於無名無氏身份無法考證者也有不少。

　　宋代志怪小說作者身份的複雜性與作者階層整體下移有聯繫,這一點從兩宋志怪小說作者身份對比中顯現出來。據統計,北宋作者多是當朝大臣,南宋則多是地方小官;北宋多是科考得志之士,南宋作者多是不入場屋之人。這裡從《夷堅志》成書情況中分析可知,宋代志怪小說作者階層出現整體下移現象。《夷堅志》作者洪邁既是朝廷名臣,又受皇帝恩寵,他所編撰的《夷堅志》嚴格說來是集體參與的成果。洪邁以其尊貴的身份名望吸引社會各階層的志怪愛好者參與《夷堅志》的成書。筆者曾對《夷堅志》成書參與者做過統計,竟有五百多人,這些人中的大部分都是與洪邁毫無關係的社會下層民眾如寒人、野僧、山客、道士、瞽巫、俚婦、下隸、走卒等。借助洪邁傳錄筆法,許多目不識丁的社會下層民眾的口述故事被洪邁當作可信素材錄入《夷堅志》。社會下層民眾對志怪小說編撰的積極參與,促使宋代志怪小說作者階層向社會下層轉移。宋代志怪小說作品中大量無名氏作品的存在,即是宋代志怪小說作者階層下移的佐證。明代胡應麟將唐宋小說之優劣歸因於作者階層差異:「蓋唐以前出文人才士之手,而宋以後率俚儒野老之談故也。」[註6] 胡氏將

宋代小說作者特點全歸為「俚儒野老」未免過於片面，但其所論卻基本符合宋代志怪小說作者廣泛分布於社會下層的事實，而這正是宋代志怪小說處於繁榮態勢的一種表現。

　　總而言之，宋代志怪小說無論從作品種類，卷帙數量，還是作者身份分布來看，都充分表明宋代志怪小說的興盛態勢。程毅中認為：「宋代的文言小說在藝術上較之唐代文言小說相形見絀，因而常遭到小說史實的忽視和鄙薄。總的說，平直簡樸是它的弱點，多數作品缺乏文采和意想，的確不能與唐人分庭抗禮。然而宋代的文言小說——這裡專指志怪、傳奇類的作品，在數量上並不比唐代少。至少一部《夷堅志》就可以抵上半部《太平廣記》而有餘。」〔註7〕李劍國在文學價值方面並不看好宋代志怪小說，但也很客觀地肯定其優勢：「平心而論，如果從數量上說，宋人志怪傳奇不算少，現存和可考的多達二百餘種，與唐人旗鼓相當（不包括五代的二十多種），一點也不落後；而且因有四百二十卷的超級小說集《夷堅志》的存在——全書故事多達五六千個，現存仍有二千八百多個，因而從簡（條）數上說更是超過唐人。數量上的繁盛是因為小說在宋代文人中有著極好的生長土壤，喜歡讀小說的人多。」〔註8〕

第二節　宋代志怪小說繁榮之因考察

　　周次吉在其著《六朝志怪小說研究》中將六朝志怪小說盛行背景歸納出六大因素：巫覡風尚之綿延；陰陽五行之傳承；神仙長命之不疑；佛教思想之始盛；道教設壇之躧跡；儒學衰頹之機運。在上述六大因素中，巫覡風尚之綿延與陰陽五行之傳承其實是歷代志怪小說存在的共因。至於佛道影響，歷代都有，而唐宋尤甚。在周氏所列的六朝志怪小說興盛六大因素中，唯有神仙長命之不疑與儒學衰頹之機運不適用於解釋宋代志怪小說的興盛。前者與民智水平有關，宋代是理性昌明時期，其科學領先於世界，所以宋人對於神仙長命的懷疑自然要比前代強烈得多；至於儒學衰頹之機運，則宋代正好相反，處於儒學開始全面主導文化領域時期。我們可以理解六朝志怪小說因儒學鬆弛而興盛，因為儒家並不迷信鬼神，但卻難以理解為何在儒學興盛的宋代，談鬼說怪的宋代志怪小說仍有勃勃生機呢？筆者從文化立場考察宋代志怪小說

〔註7〕程毅中，《沙裏淘金追根溯源——評介〈宋代志怪傳奇敘錄〉》，《文學遺產》，1998 年第 2 期，第 115～117 頁。
〔註8〕李劍國，《宋代志怪傳奇敘錄》，南開大學出版社 1997 年版，第 2 頁。

興盛之因，最後總結出三大文化因素：一是南方巫覡文化土壤；二是統治者「神道設教」策略；三是新興印刷出版業的刺激。

一、南方巫覡文化土壤

　　由於地理與歷史原因，中國南方在唐朝以前明顯落後於北方，在北方興起儒家禮教文化時，南方仍盛行上古遺存的巫覡文化。范文瀾在《文心雕龍注》中說：「我國古代，炎黃族（活動於北方）掌握文化的人叫做史，苗族（活動於南方）掌握文化的人叫做巫，巫史兩種文化並存。「史重人事，長於徵實；巫事鬼神，富於想像。……《楚辭》是巫官文化的最高表現。其特點在於想像力非常豐富，為史官文化的《詩》三百篇所不能及。戰國時期北方史官文化、南方巫官文化都達到成熟期。」〔註9〕在民智未開的上古時期，巫史未分，人們相信萬物有靈，國中之事無論大小皆聽憑鬼神意志，正如《國語‧楚語》所言：「夫人作享，家為巫史」。自孔子創立儒學，文化重心轉向現實人生，倫理教化成為其核心內容，因此，在儒家文化盛行地區，原有的巫覡文化受到冷落，逐漸從文化中心退向邊緣位置。程民生認為，在黃河流域的北方人生活於自然條件相當惡劣的環境中，生存問題始終是他們思考與實踐的首要問題，為了生存，他們艱辛事稼，思想務實而少玄想，雖然他們也有原始宗教，也祭祀神靈，但和南方文化不同的是，他們寧可相信天命（偏向於客觀自然規律）而不祈求神靈，所以受倡導關注生存現實的儒學主導了北方的文化；而南方長江流域氣候與地壤等自然環境者比較適宜於人的生存，所以南方人在生存問題上並沒有像北方人那樣感到緊迫，自然對他們的優厚使他們能夠有多餘的精力去玄想生存之外的問題。〔註10〕而且南方與北方之間因為山川阻隔，受北方儒學文化影響較小，多數地方仍盛行巫覡之風，漢代王逸《楚辭章句》曰：「昔楚國南郢之邑，沅湘之間，其俗信鬼而好祠，其祠必作歌樂鼓舞以樂諸神」，〔註11〕宋代朱熹也言「昔楚南鄂之邑，沅、湘之間，其俗信鬼而好祀，其祀必使巫覡作樂，歌舞以娛神」〔註12〕屈原作為具有儒學修養的士大夫，身處窮途困境之時，將希望寄託於請靈占卜，巫咸降神，這與「知其不可為而為之」的儒家堅毅執著精神是明顯不同的。

〔註9〕范文瀾，《正史考略》，上海書店據北平文化學社 1931 年版影印，第 2 頁。
〔註10〕參考程民生《宋代地域文化》，河南大學出版社 1997 年版。
〔註11〕郭紹虞主編，《中國歷代文論選》，上海古籍出版社 1979 年版，第 155 頁。
〔註12〕〔宋〕朱熹，《楚辭集注》，上海古籍出版社 1979 年版，第 29 頁。

秦漢之後，儒家文化對南方地區的影響不斷加強，但巫覡文化並未因此消失。以鬼神為主要內容的志怪小說很大程度上是上古巫風的產物，李劍國在其《唐前志怪小說史》中談到志怪小說起源時，即認為巫教與原始宗教是志怪小說產生的兩大重要源頭。上古之時，民智未開，相信萬物有靈，故巫風盛行南北。後來北方迫於生存需要，選擇了立足現實人生的儒家思想，敬鬼神而遠之，從而疏離巫覡文化。對於志怪小說來說，南方窮鄉僻壤正是其滋生發展的良好環境，《戰國策》曰：「窮鄉多異」。當儒學傳入南方並主導南方文化時，自然會將這些地方所盛行的巫覡文化納入自身文化體系進行理解，對不合其規範者，就歸之為「怪」、「異」。儒家對鬼神怪異之事並不完全排斥，故南方流傳的許多鬼神怪異之事也能夠進入儒家文化世界，但在價值上卻處於邊緣位置，受到輕視。如荀子云：「萬物之怪，《書》不說」（《荀子·天論》）。司馬遷也稱：「百家言黃帝，其文不雅馴，薦紳先生難言之。」〔註13〕

宋代之前，中國南方由於長期遠離文化中心，是滋生鬼神怪異之事的「沃土」。六朝志怪小說繁榮的其中一個原因是民智水平低下，鬼神怪異之說皆可作為實有之事記錄與傳播。加上受佛教激蕩，因此志怪小說興盛發展。然而，隨著民智水平不斷提高，志怪小說便逐漸失去它所賴以生存的文化環境而走向衰落。唐代志怪小說以輯抄前代書籍事蹟為主要成書方式，便說明志怪小說已失去其源頭活水。然而到了宋代，這種發展趨勢卻發生意外轉變：隨著文化中心南移，志怪小說又在南方巫覡文化中找到其源頭活水。

宋代建都開封，文化重心因此南移至開封。程民生認為，文化中心的空間移動最終使「地域文化格局發生了歷史性的巨變：文化重心移向東南地區，由此奠定了地域文化的新格局。這意味著北方文化難以獨領風騷，暗示著黃河流域凝聚力的減弱。」〔註14〕這種文化南移並未止步，「靖康之難」後，北宋宗室南渡，在長江以南的臨安（今浙江杭州）重建政權，文化重心因此再次南移。隨著文化重心不斷南移，南北文化互相影響與交融也不斷深化。當然，北方文化對南方文化的強勢影響顯而易見，但也不能因此而忽視南方文化對北方文化的滲透。北方向南方傳輸禮教文化，南方則向北方滲透巫覡文化。當南方巫覡文化進入儒家正統文化領域，無數鬼神怪異事蹟顯山露水般呈現，為志怪小說引入「源頭活水」。

〔註13〕〔漢〕司馬遷，《史記》，中華書局1999年版，第35頁。
〔註14〕程民生，《宋代地域文化》，河南大學出版社1999年版，第4頁。

　　與前代史料文獻所記載的志怪材料相比，宋代史料文獻所含志怪材料不僅數量多而且帶有南方巫覡文化色彩。這既說明南方巫覡之風盛行，也表明宋代史家對南方巫覡文化的關注。宋太宗淳化三年（公元 992 年），朝廷詔令：「禁兩浙諸州巫師。」〔註15〕至南宋時，江浙地區巫覡活動仍然非常猖獗，南宋初即有官員上奏：「近來淫祠稍行，江、浙之間此風尤甚，一有疾病，唯妖巫之言是聽。」〔註16〕南宋蘇頌《潤州州宅後亭記》謂：「吳、楚之俗，大抵信禨祥而重淫祀。潤介其間，又益甚焉。民病且憂，不先醫而先巫，其尤蠱者，群巫掊貨財，偶土工，狀夔猩傀彪、泆陽徬徨之象，聚而館之從祠之中，鼓氣焰以興妖，假鬼神以譁眾。」〔註17〕與兩浙毗鄰的江西，巫鬼之俗更盛。北宋周邦式在奏疏中指出，「江南風俗循楚人好巫之風，閭巷之民一有疾病，屏棄醫官，惟巫覡之信。」〔註18〕《宋史‧夏竦傳》記載：「洪俗尚鬼，多巫覡惑民，（知州）竦索部中得千餘家，救還農業，毀其淫祠以聞。」北宋劉彝知虔州（今江西贛州）時大力整治當地巫鬼之習，據《宋史》卷三三四《劉彝傳》載：「彝著《正俗方》以訓，斥淫巫三千七百家，使以醫易業。」從上述材料可知江西區域的巫覡活動之猖獗。福建的巫覡文化並不亞於江浙、江西地區，北宋蔡襄謂：「閩俗左醫右巫，疾家依巫索祟」。〔註19〕據《宋史》卷八九《地理五》云：「福建路……其俗信鬼尚祀……與江南、二浙略同。」上述地區皆是宋代經濟發達，人文昌盛之地，其巫覡之風尚且如此濃厚，至於其他地區，如偏遠的嶺南，其巫鬼的盛行就可想而知了。

　　宋代統治者對巫覡活動頗有顧忌，經常下詔禁巫。據李小紅在其博士論文《巫覡與宋代社會》中對宋代朝廷與地方政府的禁巫政令與事例分別進行詳盡統計，做出兩個統計表：《宋代禁巫政令表》（34 則材料）與《宋代禁巫事例表》（71 則材料），在兩表共 104 則材料中，除少數幾則來自北方地區外，其他九十多則皆來自南方地區。這種統計數據充分說明宋代統治階層對於南方巫覡活動的關注，同時也從另一個角度反映南方巫覡文化之興盛。南方昌盛的巫鬼之風，為宋代志怪小說興盛繁榮提供文化「沃土」。巫、覡為了生存，想法爭取信徒，編造並傳播怪異事蹟，《宋史翼》卷二十二載：「武靈

〔註15〕〔元〕脫脫，《宋史》，中華書局 1977 年版，第 90 頁。
〔註16〕〔清〕徐松，《宋會要輯稿‧刑法二之一五二》，中華書局 1957 年版。
〔註17〕〔宋〕蘇頌，《蘇魏公文集》，中華書局 1988 年版，第 980 頁。
〔註18〕〔清〕徐松，《宋會要輯稿‧刑法二之六七》，中華書局 1957 年版。
〔註19〕〔宋〕蔡襄，《端明集‧聖惠方後序》，文淵閣四庫全書本，第 583～584 頁。

侯廟，巫數十輩，號神老，妖言惑眾。」他們的努力往往能得到巨大回報，令「民爭獻牲幣恐後」。南宋詩人高翥在其《松溪廟》詩中云：「廟自何年立，門深晝不扃。寒藤扶壞壁，秋草帶疏欞。溪接東西碧，山分遠近青。老巫逢客至，謾說有神靈。」〔註20〕由此看來，他們對鬼神有靈的宣傳是從不懈怠的，當這些巫、覡「謾說有神靈」的聲音傳到信奉鬼神的文人耳中，也就有可能成為志怪小說素材。

二、統治者「神道設教」

儒家重實務而輕玄想，「敬鬼神而遠之」，但其禮教體系卻隱含「神道設教」思想。《易・大觀・彖傳》云：「觀天之神道，而四時不忒。聖人以神道設教，而天下服矣。」關於「神道設教」的本質和原因，《周易正義》中引用孔子回答學生宰我的問題的話：「氣也者，神之盛也；魄也者，鬼之盛也。合鬼與神，教之至也。……因物之精，制為之極，明命鬼神，以為黔首則，百眾以畏，萬民以服。」〔註21〕這其實反映出儒學初創時對殷商巫鬼之風的接納與改造，並有意識利用鬼神威攝力服務於教化實踐。東漢王充深諳此意：「聖人舉事，先定於義，義已定立，決以卜筮，示不專己，明與鬼神同意共指，欲令眾下信用小疑。」（《論衡・辨崇》）宋代立國者鑒於唐代滅亡的歷史教訓，特別重視文人統治與文教事業，宋太祖優待與重用讀書人，宋太宗則確立「文德致治」統治方略，希望恢復上古三代聖王事業。同時，他們也重視上古聖王「神道設教」思想，以此輔助其「文德致治」。因此，佛道兩教皆受宋初統治者扶持。

宋太祖登基不久即下令恢復被周世宗廢除的佛教，詔曰：「諸路寺院，經顯德二年當廢未毀者，聽存；其已毀寺，所有佛像許移置存留。」〔註22〕乾德四年（公元 966 年），「沙門行勤一百五十七人應詔」、「往西竺求法」，宋太祖「賜詔書諭令遣人前導，仍各賜裝錢三萬，行裝錢三十貫文。」〔註23〕在道教方面，宋太祖詔令選拔道官，考核道士，禁止私度道冠。宋太宗承襲宋

〔註20〕〔宋〕高翥，《菊磵小集》，汲古閣景宋鈔本。
〔註21〕〔魏〕王弼注，《周易正義》，中華書局 1979 年版，第 36 頁。
〔註22〕〔宋〕志磐，《佛祖統紀》卷四三《大正藏》第 49 冊，日本東京大藏經刊行會 2001 年版，第 394 頁。
〔註23〕〔宋〕志磐，《佛祖統紀》卷四三《大正藏》第 49 冊，日本東京大藏經刊行會 2001 年版，第 395 頁。

太祖的做法，也積極扶持佛道。太平興國元年（公元 976 年），「詔普度天下童子，凡十七萬人」。太平興國三年（公元 978 年）三月，「開寶寺沙門繼從等，自西天還獻梵經佛舍利塔菩提樹葉孔雀尾拂，並賜紫方袍。」〔註 24〕宋太宗多次召見道徒，大力興建道觀。此外，宋初統治者還熱心為佛道整理與編刻典籍。開寶四年，宋太祖命近臣負責《大藏經》雕版，至太平興國八年（公元 983 年）共雕板 13 萬塊，收錄大小乘佛典及聖賢集傳共 1076 部、5048 卷、480 函。宋太宗則於太平興國年間「置譯經院於太平興國寺，延梵僧翻譯新經」，〔註 25〕培養佛經翻譯人才。宋初兩代君主對宗教的種種「善舉」，若出於宗教熱情尚可理解，但事實並非如此，宋太宗認為：「日行好事，利益於人，便是修行之道。假如飯一僧、誦一經，人何功德？」雍熙二年（公元 985 年），宋太宗下詔建道場為百姓消災，曰：「朕恐百姓或有災患，故令設此，未必便能獲佑，且表朕勤禱之意云。」〔註 26〕可見宗教在其心目中只是「神道設教」工具。

　　宋初統治者有意於「神道設教」其實還有深層原因：即尋求新政權的合法性。宋太祖原屬後周將領，深受周世宗器重，卻在世宗死後上演「陳橋兵變」，從周家遺孀幼子手中謀取政權，另立新朝。因此，在強調忠孝的儒家文化語境下，趙宋政權合法性存在難以圓說的困境。所以，宋初統治者需要一種能為其新政權合法性提供辯護的文化語境。佛道兩教因此迎合帝王心思，為新生政權提供辯護。南宋僧人志磐所編纂的《佛祖統記》卷四三云：「周世宗之廢佛像也——世宗自持鑿破鎮州大悲像胸，疽發於胸而殂。時太祖、太宗目見之。嘗訪神僧麻衣和尚曰：『今毀佛法，大非社稷之福。』麻衣曰：『豈不聞三武之禍乎！』又問：『天下何時定乎？』曰：『赤氣已兆，辰申間當有真主出興，佛法亦大興矣。』其後太祖受禪於庚申年正月甲辰，其應在於此也。」〔註 27〕類似說法還出現於《邵氏聞見錄》卷七：「河南節度使李守正叛，周高祖為樞密使討之。有麻衣道者，謂趙普曰：『城下有三天子氣，守正安得久！』未幾，城破。……三天子氣者，周高祖、柴世宗、

〔註 24〕〔宋〕志磐，《佛祖統紀》卷四三《大正藏》第 49 冊，日本東京大藏經刊行會
　　　　 2001 年版，第 396 頁。
〔註 25〕〔宋〕李攸，《宋朝事實》，中華書局 1985 年版，第 325 頁。
〔註 26〕〔宋〕李燾，《續資治通鑒長編》，中華書局 1977 年版，第 596 頁。
〔註 27〕〔宋〕志磐，《佛祖統紀》卷四三《大正藏》第 49 冊，日本東京大藏經刊行會
　　　　 2001 年版，第 394 頁。

本朝藝祖同在軍中也。麻衣道者其異人乎？」〔註28〕此外還有「定光佛出世」之說，《曲洧舊聞》卷一云：「五代割據，干戈相尋，不勝其苦。有一僧雖佯狂，而言多奇中。嘗謂人曰：『汝等望太平甚切，若要太平，須待定光佛出世始得。』至太祖一天下，皆以為定光佛後身者，蓋用此僧之語也。」〔註29〕以上讖言為其兵變奪權進行合法性辯護，正合宋太祖心意。宋太宗則利用道教為其「燭影斧聲」後的繼位進行神化。《宋朝事實》卷七云：「乾德中，太宗皇帝方在晉邸，頗聞靈應，乃遣近侍齎信幣香燭，就宮致醮。使者齋戒，焚香告曰：『晉王久欽靈異，敬備俸緡，增修殿宇。』仍表乞敕賜宮名。真君曰：『吾將來運值太平君，宋朝第二主。修上清太平宮，建千二百座堂殿，儼三界中星辰，自有進日，不可容易而言，但為吾啟大王言此宮觀上天已定增建年月也。今猶未可。』使者歸，以聞太宗，驚異而止。太祖皇帝素聞之，未甚信異，召小黃門長嘯於側，謂守真曰：『神人之言若此乎？』守真曰：『陛下倘謂臣妖言，乞賜案驗戮臣於市，勿以斯言褻瀆上聖。』須臾，真君降言曰：『安得使小兒呼嘯以鄙吾言，斯為不可。汝但說與官家，言天上宮闕已成，玉鎖開，晉王有仁心。』翌日，太祖昇遐，太宗嗣位。」〔註30〕由此可見，佛道志怪之事對宋初統治者意義非同一般，難怪宋初統治者對佛道兩教懷有好感。

宋初統治者「神道設教」思想不僅有利於統治，還使其統治變得名正言順。然而，他們的子孫繼任者卻在承襲神秘「治道」過程中迷失於宗教幻境。如宋真宗為遮掩「澶淵之盟」之失，與資政殿學士王欽若導演了一場天書符瑞與秦山封禪的宗教鬧劇，令朝野上下迷漫神秘的宗教氛圍。最後，就連宋真宗本人也忘記初衷而「走火入魔」。宋徽宗信奉道教，竟自稱道君皇帝。趙家皇室後繼者們的宗教狂熱最終將大宋王朝葬送於金人鐵蹄之下。南宋高宗對於先帝宗教熱情雖有警覺，然積習難改。由此看來，從最初利用宗教到後來反被宗教所利用，導致「神道」實而「設教」虛，最終背離了宋初立國者高遠的政治意圖。尤其在北宋王朝傾覆之際，宋欽宗竟聽信術士，舉六甲神兵拒敵，這是太祖太宗萬萬沒有料到的結果。

雖然宋代統治者「神道設教」無助其「文德致治」偉業，而且使王朝陷入

〔註28〕〔宋〕邵伯溫，《邵氏聞見錄》，中華書局 1997 年版，第 68～69 頁。

〔註29〕〔宋〕朱弁，《曲洧舊聞》，中華書局 2002 年版，第 85～86 頁。

〔註30〕〔宋〕李攸，《宋朝事實》，中華書局 1985 年版，第 116 頁。

生存危機，但對於以談鬼說怪的宋代志怪小說來說，卻是一大幸事。在宋代統治者「神道設教」誘導與激勵之下，許多志怪小說應運而生。在北宋初期，產生了一批專門神化趙氏君主及其政權的志怪小說。與前代王朝「神道設教」不同的是，宋代統治者特別重視志怪小說對於「神道設教」的工具價值。宋太宗所詔編的「小說之淵海」《太平廣記》，其實就是志怪內容的類書。《太平廣記》所收錄的九十二大類中，道教與佛教類作品所佔比例極大，加上其他鬼神作品，則具有志怪性的作品占全書三分之二以上。因此，宋人將《太平廣記》看作志怪之書。南宋鄭樵在《通志·校讎略·泛釋無義論》謂：「且《太平廣記》者，乃《太平御覽》別出《廣記》一書，專記異事。」〔註31〕因此，宋初統治者別有用心的「神道設教」策略，給宋代志怪小說合法性生存創造了特殊的政治文化環境與宗教文化環境，從而奠定其繁榮的基礎。

三、新興印刷出版業的刺激

　　宋代志怪小說興盛還有一個重要因素：宋代新興出版業的刺激。宋代是中國古代科技勃興時期，英國科學史家李約瑟評論道：「每當人們在中國的文獻中查找一種具體的科技史料時，往往會發現它的焦點在宋代，不管在應用科學方面或純粹科學方面都是如此。」〔註32〕宋代科學技術全面進步，許多技術突破對後世影響巨大，印刷術的突破是其中令世人矚目的成就。《夢溪筆談·技藝》記載畢昇改進印刷術的效果：「若止印三、二本，未為簡易；若印數百千本，則極為神速。」先進印刷技術推動宋代出版業快速發展。葉德輝《書林清話》指出：「書籍自唐時鏤板以來，至天水一朝，號為極盛。」〔註33〕出版業興盛使書籍快速產生，廣泛流佈。景德二年（公元1005年）五月，宋真宗詢問朝廷藏書板數量，祭酒邢昺應答：「國初不及四千，今十餘萬，經、傳、正義皆具。臣少從師業儒時，經具有疏者百無一二，蓋力不能傳寫。今板本大備，士庶家皆有之，斯乃儒者逢辰之幸也。」〔註34〕國子監書板數量激增，「士庶家皆有之」，可見經典流佈之廣。元代吳澄稱：「宋三百年間，鏤板成市，板本布滿天下，而中秘所所儲，莫不家藏而人有」，「今版本大備，士庶家皆有之」，「無漢以前耳受之艱，無唐以前手抄之勤，

〔註31〕〔宋〕鄭樵，《通志二十略》，中華書局1995年版，第1818頁。
〔註32〕〔英〕李約瑟，《中國科學技術史》，科學出版社1976年版，第287頁。
〔註33〕〔清〕葉德輝，李慶西校，《書林清話》，復旦大學出版社2008年版，第2頁。
〔註34〕〔元〕脫脫等，《宋史·邢昺傳》，中華書局1977年版，第12798頁。

讀書者事半而功倍」。〔註35〕據張秀民《中國印刷史》中的統計〔註36〕，南宋時僅杭州書坊就有「臨安府棚北睦親坊陳宅書籍鋪」、「臨安府棚北大街陳解元書籍鋪」等共二十家。在離臨安較遠福建建寧地區，其書坊發展更快，同樣據張秀民《中國印刷史》中的統計，建寧地區在南宋時期明確存在的書坊就有三十多家。〔註37〕

出版業興盛發展的福建地區，正好又是巫鬼之風盛行之地，這便構成了宋代志怪小說繁榮得天獨厚的條件。袁同禮《兩宋私家藏書概略》稱：「印書之地，以蜀、贛、越、閩為最盛」〔註38〕，這些地區同時也是南方巫覡文化極濃厚的區域。在宋代刻書業的官刻、家刻、坊刻三大系中，坊刻最具有商業性質也最興盛。鄭鶴聲、鄭鶴春的《中國文獻學概要》介紹：「版本之類有五，而書肆坊為其中堅。」「坊肆本者，諸書坊書肆所刻書也。書籍之流播，全賴坊肆之雕刻。」〔註39〕此語雖不無誇大，卻強調了坊刻在宋代出版業中的重要地位。官刻基本以儒家經典、歷代文、史名著和醫書等為主；家刻基本與官刻相似，只是增加家族、親友和鄉賢的文集；而坊刻以謀利為目的，故刻書品質不如官刻、家刻。葉德輝評價坊刻本：「雕鏤不如官刻之精，校勘不如家塾之審。」坊刻本的對象更多涉及經典作品之外的書籍，其中包括志怪小說。蘇軾嘗曰：「近歲市人轉相摹刻諸子百家之書，日傳萬紙，學者之於書多且易致如此。」〔註40〕「市人轉相摹刻」的「諸子百家之書」必定含有子部小說類的志怪書籍。《默記》卷下記載張君房：「知杭州錢唐，多刊作大字版攜歸，印行於世。」〔註41〕李劍國據此認為張君房《乘異記》即刊於杭州，後來因有誣衊之嫌而遭毀板。據南宋周煇《清波別志》記載：臨安城中太廟前的書坊「尹代書經鋪」主要刻印小說和文集，其中就有黃休復的志怪小說《茅亭客話》。〔註42〕坊刻在雕鏤與校勘方面雖不及官刻與家刻精審，而且坊主為節省成本常採用低廉的紙張，如福建的建陽、麻沙刻坊即採用當地易得的竹紙，但是坊刻有速

〔註35〕〔元〕吳澄，《吳文正集》，上海古籍出版社1987年版，第368頁。
〔註36〕張秀民，《中國印刷史》，上海人民出版社1989年版，第70頁。
〔註37〕張秀民，《中國印刷史》，上海人民出版社1989年版，第89～91頁。
〔註38〕《圖書館學季刊》2卷2期，1927年。
〔註39〕鄭鶴聲，鄭鶴春，《中國文獻學概要》，上海古籍出版社2001年版，第161、167頁。
〔註40〕〔宋〕蘇軾，《蘇軾文集》，中華書局1985年版，第1574頁。
〔註41〕〔宋〕王銍，《默記》，中華書局1981年版，第46頁。
〔註42〕〔宋〕周煇，《清波別志》，中華書局1985年版，第135頁。

成優勢。故坊刻書籍在宋代流播天下,「至宋則建陽、麻沙之書林、書堂,南宋臨安之書棚、書鋪,風行一時。」〔註43〕南宋洪邁編撰《夷堅志》之所以能夠隨寫隨刊,正得益於坊刻的速成優勢。

　　宋代出版業興盛,使志怪小說傳播突破各種限制在社會各階層傳播。而廣泛的傳播不僅激發宋代文人士大夫編撰志怪小說的熱情,同時也培養了眾多志怪小說讀者,其中有些讀者最後還轉變為作者,進一步促進志怪小說發展。這在《夷堅志》成書過程中表現得特別突出。洪邁之所以能傾心於《夷堅志》六十年,一方面是其獵奇搜怪興趣所致,另一方面也跟讀者的反饋激勵不無關係。據《夷堅乙志序》稱,甲志完成後不久即在閩、蜀、婺、臨安刊刻傳播:「《夷堅》初志成,士大夫或傳之,今鏤板於閩,於蜀,於婺,於臨安,蓋家有其書」。〔註44〕李劍國認為:「甲志問世後取得極大成功,各地競相印行,短短五年間一刻再刻,以致『家有其書』,這種始料未及的『轟動效應』對洪邁無疑是一種極大鼓舞。」〔註45〕「家有其書」既反映了《夷堅志》的傳播盛況,也說明當時志怪小說的受歡迎程度。有許多《夷堅志》讀者還主動參與《夷堅志》成書。洪邁在《夷堅志》一些序中對此也有交待,如《夷堅乙志序》曰:「人以予好奇尚異也,每得一說,或千里寄聲,於是五年間,又得卷帙多寡與前編等,乃以乙志名之。」〔註46〕又如《夷堅支乙集序》曰:「群從姻黨,宦遊峴、蜀、湘、桂,得一異聞,輒相告語,……殊自喜也,則手抄錄之,且識其歲月如此。」〔註47〕南宋趙與時《賓退錄》節引《夷堅支戊序》云:「《戊志》謂在閩泮時,葉晦叔頗搜索奇聞,來助紀錄。」〔註48〕筆者曾對《夷堅志》成書的參與者做過統計,發現有五百多人以不同的形式參與了《夷堅志》成書,其中大部分是社會下層民眾,《夷堅丁志序》記曰:「非必出於當世賢卿大夫,蓋寒人、野僧、山客、道士、瞽巫、俚婦、下隸、走卒,凡以異聞至,亦欣欣然受之,不致詰。」〔註49〕此外還出現有意思的現象:某些志怪小說的參與者在提供志怪素材的過程中也逐漸產生編撰意識,如南宋劉名世的志怪小說

〔註43〕〔宋〕周煇,《清波別志》,中華書局1985年版,第33頁。

〔註44〕〔宋〕洪邁,何卓點校,《夷堅志》,中華書局1981年版,第185頁。

〔註45〕李劍國,《〈夷堅志〉成書考——附論洪邁現象》,《天津師大學報(哲學社會科學版)》,1991年第3期,第55～63頁。

〔註46〕〔宋〕洪邁,何卓點校,《夷堅志》,中華書局1981年版,第185頁。

〔註47〕〔宋〕洪邁,何卓點校,《夷堅志》,中華書局1981年版,第795頁。

〔註48〕〔宋〕洪邁,何卓點校,《夷堅志》,中華書局1981年版,第1818頁。

〔註49〕〔宋〕洪邁,何卓點校,《夷堅志》,中華書局1981年版,第537頁。

《夢兆錄》，據李劍國《敍錄》考述：「乾道中劉名世為洪邁述異，尚未有撰書之事，大約受洪邁影響，遂又自撰之，不賴洪書以傳其事，而竟亦又被洪邁所採。」〔註50〕李劍國將《夷堅志》的成書現象稱為「洪邁現象」，認為「在洪邁帶動下，造成孝、光、寧三朝的小說繁榮，郭象《睽車志》、王質《夷堅別志》等更是直接影響下的產物，而其影響流風還及於理宗以後，及於金元。」〔註51〕洪邁在當時的崇高聲望對於《夷堅志》成書以及其影響固然重要，但也不能忽視宋代印刷出版力量的刺激與推動。李劍國認為，宋代印刷出版業的發達以及由此而造成宋人喜著書的風氣是宋代文人小說（以志怪小說為主）興盛的重要因素。〔註52〕

〔註50〕 李劍國，《〈夷堅志〉成書考——附論洪邁現象》，《天津師大學報（哲學社會科學版）》，1991 年第 3 期，第 55～63 頁。
〔註51〕 李劍國，《〈夷堅志〉成書考——附論洪邁現象》，《天津師大學報（哲學社會科學版）》，1991 年第 3 期，第 55～63 頁。
〔註52〕 李劍國，《宋代志怪傳奇敍錄》，南開大學出版社 1997 年版，第 3 頁。

第三章　宋代理學家鬼神論與志怪小說

談鬼說怪是志怪小說的主要特徵，宋代志怪小說更加突出這一特徵，大量虛構鬼神故事。如何在主流的儒家價值體系中安頓純屬虛構的鬼神故事，成為宋代志怪小說作者首先要解決的難題。在儒家主導的價值世界，鬼神的合法性必須在儒學體系中加以論證，這一點在宋代尤為緊要。對鬼神敬而遠之，這是儒家的傳統做法，與前代相比，宋代儒家對鬼神的態度開始由疏離轉向批判，這對宋代志怪小說來說是致命打擊。所幸的是，宋代儒家對鬼神的批判並不徹底，他們否定了佛道以及民間的鬼神，卻守護著儒家祭祀世界的鬼神，這無疑在另一個層面給鬼神存在提供了合法性空間。雖然宗教世界的鬼神思想與民間巫鬼觀念對宋代志怪小說的生成與傳播具有重要影響，但宋代志怪小說能否在宋代儒家主導的主流價值世界中存在，是關係其價值底線的問題。在這一點，宋代儒家尤其是理學家的鬼神觀念具有決定性作用，因為他們處於價值評判者的位置，把持著價值世界的「定價權」。

為了論證宋代志怪小說在宋代儒家價值體系中的存在空間，本章將特別探討宋代儒家中最具理性的群體——宋代理學家的鬼神思想。之所以要從宋代理學家的角度切入，一方面是因為宋代理學家是宋代精英階層的傑出代表；另一方面則是出於如下考慮：探討宋代理學家的鬼神思想，可以完成一個潛在的論證——理學家認可鬼神存在的可能性，也就意味著認可宋代志怪小說存在的合法性，那麼，宋人編撰與傳播志怪小說就具有價值意義。事實上，宋代志怪小說的文學性萎縮正是由於宋代志怪小說作者自覺追求其作品價值合法

性的結果。宋代理學既主導宋代儒學的發展方向，也代表宋代的理性思辨水平。英國學者李約瑟稱宋代為「自然科學的黃金時代」即基於宋代理學群體上的判斷，他甚至認為朱熹是當時世界上第一流的科學家。按理說，從最排斥鬼神的理學家群體中尋求志怪小說的支撐理論是吃力不討好的努力，但它卻最有意義，因為，宋代志怪小說正是在理學家所建構的嚴謹的鬼神理論中獲得了「生存」空間。

第一節　宋代理學家鬼神論

一、從「敬而遠之」到「近而言之」

孔子引導世人遠離鬼神，關注現實人生，其用意是要強調人生而非否定鬼神。在孔子的相關言辭中可知，孔子認為現世人生問題與死後鬼神問題都是大問題，不過兩者之間存在先後急緩之分。用朱熹的話來說：人生實務乃第一要緊事，鬼神之事則是第二要緊事。孔子對人生鬼神的先後之分，為後世儒家對生死兩個世界的解讀定下基調，這使歷代儒家對鬼神的態度是疏遠而非排斥，甚至可以這樣說，在儒家的思想觀念中，從未將鬼神與人生對立起來。學界有研究者僅根據《論語·述而》「子不語怪力亂神」之句便斷定孔子為無神論者，這是缺乏說服力的，因為在《論語》中同樣存在孔子談論怪力亂神的內容。此外，《論語》文本中的「子不語怪力亂神」原無斷句，歷代注家各以己意斷句，導致句讀不同，理解不一。其中有兩種斷句最有影響：一種是：「子不語怪、力、亂、神。」其代表《論語集解》王肅注「怪力亂神」：「怪，怪異也。力，謂若奡蕩舟，烏獲舉千鈞之屬也。亂，謂臣弒君，子弒父也。神，謂鬼神之事也。或無益於教化也，或所不忍言也。」（《論語集解義疏》卷四）另一種為：「子不語怪力、亂神。」其代表是《論語集解義疏》中的解釋：「或通云怪力是一事，亂神是一事，都不言此二事也。故李充曰：『力不由理，斯怪力也。神不由正，斯亂神也。怪力、亂神，有興於邪，無益於教，故不言也。』」從上述兩種斷句情況可見：斷句不同，意思可能完全相反。若依前一種斷句，孔子便極易被解讀為無神論者；而依後一種斷句推斷，則孔子明顯是有神論者。事實上，從上述兩種斷句所推演出來的觀點都可以引證大量文獻自圓其說。因此，關於孔子是否承認鬼神存在的問題的爭論至今仍在繼續。

對於孔子信不信鬼神的問題，如果能夠跳出問題本身，反思爭論問題的

思維方式，或許會有新的發現。長期以來，我們傾向於非此即彼的二元對立思維評判事物，我們的古人是不是也習慣用這種思維來認識或評價事物呢？我們是通過《論語》中的相關材料來認識先聖孔子的，而從孔子在《論語》留下的言行記錄來看，用二元對立思維恐怕無法真正理解孔子的鬼神態度。孔子完全沒有我們所說的二元對立思維，因此我們看到的是這種現象：對同樣的問題，孔子給出了不同甚至相反的答案。我們為之困惑，恐怕就在於思考世界的思維方式差異。許多學者將孔子這種應對萬事萬物的動態的思考方式有過深入透析的探討，但並沒有對之歸納命名，因為無法給出周全的定義。本文為了論述的方便，就稱之為中庸思維，這種思維就是梁漱溟先生所說的：「孔子有一個很重要的態度就是一切不認定。《論語》上明確記錄孔子對世界與人生所持的態度：『子絕四：毋意，毋必，毋固，毋我。』又說：『我則異於是，無可無不可。』」〔註1〕孔子以其中庸思維看待鬼神問題，即對鬼神既不言有，也不言無，而懸置不言，若言之則是「敬鬼神而遠之」。本文認為，孔子在鬼神問題上的「無可無不可」態度出於如下兩方面考慮：一、孔子所思考的是人生問題，對於人死後的問題則很少關注，所以鬼神對他來說是個陌生領域，以「知之為知之，不知為不知」的原則，對沒有任何思考的事情不能妄下論斷；二、孔子創立儒學的宗旨在於實現社會的倫理教化，通過克己復禮以重返上古三代王道世界，而鬼神之事與此宏旨關係不大。當然，關係不大不等於沒有關係，儒家要想通過克己復禮重返王道世界不能完全避開鬼神之事。儒家最重禮教，而禮在源頭上就與鬼神有關。在儒家所崇向的諸禮中，以祭禮為最，《禮記‧祭統》曰：「凡治之道，莫急於禮，禮有五經，莫重於祭。」祭禮一定會涉及鬼神，這使孔子在鬼神問題上處境尷尬，孔子對鬼神既「敬之」又「遠之」，也在一定程度上反映出這種兩難心態。孔子在鬼神問題上的特殊處理方式正好給鬼神留下生存空間。孔子告誡弟子「敬鬼神而遠之」，此中一個「敬」字，即表明孔子認為鬼神是存在的。不僅存在，而且要對這一存在心懷敬畏。孔子言鬼神之敬，使後人看來荒誕的鬼神之事在儒家主導的價值世界中有合法存在的依據。

　　自先秦以來，歷代不乏堅定的無神論者，荀子、桓譚、王充、范縝、劉禹錫、柳宗元等都尖銳地批判鬼神，但這些思想家的言論卻始終沒有成為主流的聲音。魏晉時期乃「人的自覺」時代，而當時社會卻普遍信奉鬼神，認為「人

〔註1〕梁漱溟，《東西文化及其哲學》，商務印書館1999年版，第128頁。

鬼乃實有」，官修或私修史著皆將記述鬼神的志怪小說列於史部。唐代劉知幾開始對鬼神之事認真考究起來，重新分辯其真假，不過，他這樣做只是懷疑前代志怪之書的真實性，對鬼神有無問題並未質疑。劉知幾談史事書寫特別強調：「今更廣以三科，用增前目：一曰敘沿革，二曰明罪惡，三曰旌怪異。何者？禮儀用舍，節文升降則書之；君臣邪僻，國家喪亂則書之；幽明感應，禍福萌兆則書之。於是以此三科，參諸五志，則史氏所載，庶幾無闕。求諸筆削，何莫由斯？」〔註2〕由此可見，在唐代史家劉知幾看來，鬼神問題僅是真假問題，而非有無問題。

　　可以說，宋代之前的儒家學者對鬼神的態度基本遵從孔子告誡，對鬼神「敬而遠之」。但是到了宋代，社會經濟高度發展，古代文化趨於成熟，中國古代社會躍遷至近世階段，顯現著理性的光芒。在宋代，從前傳沿襲而來的許多重要問題，在宋代精英階層的理性視野下開始被重新檢討與評價。在這種文化語境中，被歷代懸置的鬼神問題受到了充滿理性精神的宋代理學家群體普遍關注，他們將鬼神問題納入各自理論探索的範圍。宋代理學家認為，儒學先聖的十六字心訣「人心惟危，道心惟微，惟精惟一，允執厥中」（《尚書·大禹謨》），傳至荀子已失原義，因此後來的經傳經注皆也非先聖原義。宋代理學家以孔孟的正宗傳人自居，自信能夠通過先聖所傳經文直入根源，闡發其儒家先聖的真實奧旨。在鬼神方面，對於孔子沒有說出來的部分，宋代理學家自信同樣能以體聖之心加以體悟。宋代理學家高揚的學術自信，有了「能傳承先聖之學，構建天人之論」的自覺，他們胸懷「為天地立志，為生民立道；為往聖繼絕學，為萬世開太平」崇高學術宏願，激發他們無畏地探索宇宙人生的任何問題，包括歷來被前輩「敬而遠之」的鬼神問題。

　　鬼神問題從根本上講，其實是關於人的死亡問題，即在人的肉體死亡後，精神或者靈魂是否繼續存在的問題。這是人類社會誰也無法迴避的問題，也正是在這一問題上催生出各種宗教。孔子創立儒學旨在引導人們在此生世界追求道德生活，使此生止於至善之聖境，因此有意淡化死亡問題。在孔子的觀念中，死之義存在於生之道中，所以《論語》有「朝聞道，夕死可矣！」《易傳》有「原始返終，故知死生之說。」這說明道德入聖之處即為超越生死之處。孔子對子路「未能事人，焉能事鬼！未知生，焉知死！」的告誡中，生與死、

―――――――――

〔註2〕〔唐〕劉知幾，〔清〕浦起龍通釋，《史通》，上海古籍出版社2008年版，第165頁。

人與鬼只是人事先後問題，正如朱熹所言：「鬼神事自是第二著，那是無形影的，是難理會底，未消去理會，且就日用緊切處做工夫。」〔註3〕緊切的人生問題尚未解決，作為「第二著」之事只能擱置；而當人達到人生終極價值境界也即聖人之境時，人便獲得了完全的自由，「從心所欲，不逾矩」，順天道而生，自然而自在，人至此便能洞徹生死奧義而超越生死，因此也無需再關注死後的問題了。所以，在孔子思想中，鬼神問題表面上是暫時擱置，而實質上是永遠懸置，因為生與死的問題都在「第一著」中解決了。也可以這樣說，孔子以對生的關注替代對死的拷問。姜廣輝指出：「傳統儒學重視現實人生問題，對待鬼神問題採取迴避、淡化的態度，這意思不是懷疑或否認鬼神之存在，而是巧妙地引導學者繞開宗教的道路，而走道德的途徑，來提高精神的品格。」〔註4〕然而，生與死是不可分割的過程，死的問題與生的問題同樣重要。在宗教中，則死的問題顯得更加重要。孔子只關注生的問題，對死的問題則「敬而遠之」，但生的重要性終究掩蓋不了死的必然性，因此難怪孔子的學生子路不顧老師告誡，忍不住要詢問死的問題。《論語‧先進》記載子路問事鬼神，孔子曰：「未能事人，焉能事鬼。」又問死，孔子曰：「未知生，焉知死。」從師徒間的問答中，誨人不倦的孔子在鬼神問題上似乎不夠耐心，也沒有明確回答，只是將子路的問題轉移到人事上去，因此子路無法得到答案，對鬼神的疑惑繼續存在。後世儒家照著先聖做法，將鬼神之問轉移至人生領域中進行解答，堅持先輩「敬鬼神而遠之」的立場與態度。

　　開始對鬼神問題做出正面思考並設法尋求答案的，是宋代理學家群體。對於《論語‧先進》中子路的問題，宋代之前的儒家認為無關緊要，而宋代理學家卻認為非常緊要。朱熹指出子路的問題十分深刻，「問事鬼神，蓋求所以奉祭祀之意。而死者人之所必有，不可不知。皆切問也。」當然這「切問」並沒到孔子「切答」，但程頤卻認為孔子其實以一種深有意味的方式作了回答：「晝夜者，死生之道也，知生之道則知死之道，盡事人之道則盡事鬼之道，死生人鬼一而二，二而一者也，或言夫子不告子路，不知此乃所以深告之也。」朱熹對此進一步發揮，「然非誠敬足以事人，則必不能事神；非原始而知其所以生，則必不能反終而知其所以死。蓋幽明始終，初無二理，但學之有序，不

〔註3〕〔宋〕黎靖德編，王星賢點校，《朱子語類》，中華書局1986年版，第33頁。
〔註4〕湯一介、張耀南、方銘主編，《中國儒學文化大觀》，北京大學出版社2001年版，第171頁。

可躐等，故夫子告之如此。」(《論語集注·先進》)程、朱此舉實是揣測聖人心思，闡發聖人微旨，替聖人說話。但不管如何，程、朱對子路之問的關注正表明宋代理學家對鬼神的態度。這裡有一個很有趣的對比：孔子在教學中總是設法避談鬼神問題，宋代理學家則偏在此問題上跟學生談論不休。宋代理學家師生之間探討鬼神問題的教學情景有不少，現引一段程頤與學生之間的教學答問：「問：『也言鬼神之事，雖知其無，然不能不疑懼，何也？』曰：『此只是自疑爾。』問：『如何可以曉悟其理？』曰：『理會得精氣為物、遊魂為變，與原始要終之說，便能知也。須是於原學上用工夫。』」(《二程遺書》卷十八)相比於先聖孔子的回答，程氏解答可謂清晰、具體與明白。這類例子大量存在於宋代理學家講學記錄中，充分說明原來被先聖先賢「敬而遠之」的鬼神問題，已經被宋代理學家「近而言之」。

二、以「氣」為本體的鬼神論

宋代理學家張載首先對鬼神問題進行理論闡釋。張載認為鬼神乃天地間靈氣所致：「鬼神者，二氣之良能也。」(《正蒙·太和》)「至之謂神，以其伸也；反之為鬼，以其歸也。」(《正蒙·動物》)這種思想其實起源於先秦時期，《周易·繫辭上》言鬼神：「精氣為物，遊魂為變，是故知鬼神之情狀。」春秋時期的鄭國大夫子產，就對伯有死後變為厲鬼作祟之事進行了客觀化的解釋：「人生始化曰魄，既生魄，陽曰魂。用物精多，則魂魄強。是以有精爽，至於神明。匹夫匹婦強死，其魂魄猶能馮依於人，以為淫厲，況良霄，我先君之胄，子良之孫，子耳之子，數世之卿，從政三世矣。……物也弘矣，其取精也多矣。……而強死，作為鬼，不宜乎？」子產所言之魂魄類於《周易》中所言之精氣，子產認為伯有強死，因而其原有的強大精氣不得消散，鬱聚為厲鬼。《管子》卷十六「內業第四十九條」以精氣釋鬼神文字：「凡物之精，此則為生。下生五穀，上為列星；流於天地之間，謂之鬼神。」〔註5〕這種將鬼神看作靈氣產物的思想，開啟了鬼神問題的理性闡釋方向，也成為後世無神論者的理論資源。東漢無神論思想家王充繼承先秦的鬼神靈氣論並進一步發揮，他在《論衡·論死》中以陰陽精氣區別鬼神：「鬼神，陰陽之名也。陰氣逆物而歸，故謂之鬼；陽氣導物而生，故謂之神。」可以說，張載的鬼

〔註5〕〔唐〕房玄齡注，〔明〕劉績補注，劉曉藝校點，《管子》，上海古籍出版社2015年版，第326頁。

神思想正是沿著這種靈氣論發展而來的。他在鬼神精氣之變思想的基礎上，對鬼神存在問題進行創造性解釋：「精氣者，自無而有；遊魂者，自有而無。自無而有，神之情也；自有而無，鬼之情也。自無而有，故顯而為物，自有而無，故隱而為變，顯而為物者，神之狀也；隱而為變者，鬼之狀也。」（《橫渠易說》）張載將鬼神只解釋為「氣」之顯隱聚散變化，這樣便揭去了鬼神的神秘面紗，將鬼神作為客觀的自然現象進行思考與解釋。張載作為宋代理學開創者之一，他對鬼神問題客觀化的解釋直接影響了宋代理學家對鬼神問題的理解。姜廣輝認為：「如果說，孔子提出『敬鬼神而遠之』確定了儒者對待鬼神的敬謹而疏遠的原則，那麼張載提出『鬼神者，二氣之良能也』，則對鬼神的存在確定了詮釋的方向。這是儒家在鬼神問題上兩種具有歷史標示意義的提法。」姜廣輝甚至認為，張載的鬼神論是宋代理學對世界作出新的解釋的「具有代表性的一個標誌」。〔註6〕

　　正如姜廣輝的判斷，宋代其他理學家對鬼神問題的思考與解釋也有意避開其人格特徵，將鬼神看作客觀自然的對象進行理性考察，從而形成各自的鬼神理論建構。與張載同時代也同被推崇為理學先驅周敦頤，也將鬼神釋為陰陽之氣的產物，他贊《周易》：「《易》何止五經之源，其天地鬼神之奧乎！」朱熹注曰：「陰陽有自然之變，卦畫有自然之體，此《易》之為書所以為文字之祖、義理之宗也。然不止此，蓋凡管於陰陽者，雖天地之大、鬼神之幽，其理莫不具於勢畫之中焉。」由此可見，周敦頤是將鬼神解釋為陰陽之氣結合的一種形態：「聖人定之以中正仁義，而主靜立人極焉，故聖人與天地合其德，日月臺其明，四時合其序，鬼神合其吉凶。」〔註7〕鬼神與天地、日月、四時一樣，皆由陰陽之氣交合而成。在宋代理學家中，邵雍的學術最具神秘色彩，因此常被後人看作有神論者，而事實上，邵雍的鬼神思想同樣充滿理性思辨的特點。邵雍在其《皇極經世書今說》中這樣解釋鬼神：「鬼神者，無形而有用，其情狀可得而知也，於用則可見之矣。若人之耳目、口鼻、手足，草木之枝葉、花實、顏色，皆神之所為也。」此書「人之畏鬼」條曰：「人之畏鬼，亦猶鬼之畏人。積善而陽多，鬼亦畏之矣，積惡而陰多，鬼弗畏之矣。大人者，與鬼神合其吉凶，夫何畏之有？」鬼神不可畏，是因為鬼神乃陰陽變化，非俗世所

〔註6〕湯一介、張耀南、方銘主編，《中國儒學文化大觀》，北京大學出版社2001年版，第171頁。
〔註7〕〔宋〕周敦頤，《周敦頤集》，嶽麓書社，2002年版，第49頁。

謂的人格化鬼神。故《皇極經世書今說‧補注》云：「人之死也，魂氣雖散而
體魄猶存，如野土暴骨，於陰雨晦冥之時，若有所見，此鬼之謂也。然魂氣雖
復而無心，若聚若散，聚則若有知覺，散則無有也。」此外，邵雍在《擊壤集》
卷十二也指出：「生死雖異選，人鬼豈異理」、「人鬼雖不同，其理何嘗異」，人
鬼皆形成於陰陽之氣，在陰陽之理統貫之下的「鬼」，本質上是一種自然現
象，屬「氣」之範疇，不具有任何意志與情感。

三、以「理」為本體的鬼神論

二程與朱熹的鬼神思想同樣深受張載影響，但在鬼神形成的本質是什麼
這一問題的解釋卻與張載以「氣」論鬼神的觀點不同。如果將張載鬼神論歸
為「氣本論」的話，那麼二程與朱熹則在「氣本論」基礎上又抽象出「理」的
範疇，因此有學者將之歸為「理本論」。二程從孔孟遺訓中體悟出「天理」之
後，對宇宙萬物的解釋因此燭照深入：「天下物皆可以以理照」、「無此理，便
不可信」。(《二程遺書》卷十八）對於鬼神與禍福之關聯，二程皆認為屬「理」
之關聯，「有所感必有所應，自然之理也」、「此自然之理，善則有福、淫則有
禍」。像這種感應之理也可推及卜筮與祭祀活動：「卜筮之能應、祭祀之能享，
亦只是一個理。蓍龜雖無情，然所以為卦，而卦有吉凶，莫非有此理。以其有
此理也，故以是間焉，其應也如響。若以私心及錯卦象而問之，便不應，蓋沒
此理。今日之理，與前日已定之理，只是一個理，故應也。至如祭祀之享亦
同。鬼神之理在被，我以此理向之，故享也。不容有二，只是一理也。如處藥
治病，亦只是一個理。此藥治於如何氣，有此病，服之即應，若理不契，則藥
不應」。(《二程遺書》卷二下）世人之所以迷信鬼神，根本原因在其不明鬼神
之「理」，沒能做到「窮理」：「或問：人多惑於鬼神怪異之說何也？曰：不明
理故也。求之於事，事則奚盡？求之於理則無蔽。故君子窮理而已。」(《二程
粹言》）又曰：「今日雜信鬼神怪異說者，只是不先燭理。若於事上一一理會，
則有甚盡期，須只於學上理會。」(《二程遺書》卷二下）人若能窮「理」，則
可「智識明，則力量自進」，最終因明了鬼神之理而不惑於鬼神。在此需要特
別指出的是，二程雖將鬼神本質歸於「理」，但在「理」與鬼神情狀之間，還
有一個中介：「氣」。而在「氣」的理解上，二程對張載的鬼神論提出意見：「神
氣相極，周而無餘。謂氣外有神，神外有氣，是兩之也。清者為神，濁者何獨
非神乎？」此處其實是批評張載鬼神理論中「神」「氣」二分，「氣」外有「神」

的理論缺陷。其實二程在解釋鬼神善惡感應論時仍舊不自覺地採用張載的「鬼神，二氣之良能」觀點：「壽夭乃是善惡之氣所致，仁則善氣也，所感者亦善。善氣所生，安得不壽？鄙則惡氣也，所感者亦惡，惡氣所生，安得不夭？」（《二程遺書》卷十八）對比起來，二程上述解釋其實還不及張載，這在二程的忠實傳人朱熹眼中是十分明瞭的：「橫渠尋常有太深言語，如言'鬼神二氣之良能'，說得好。伊川言『鬼神造化之跡』，卻未甚明白。」〔註8〕

　　真正以「理本論」解釋鬼神，並最終建構完整而嚴密的理論體系的理學家是朱熹。朱熹在二程的鬼神論基礎上，精心建構由「理」到「氣」再到鬼神的理論體系。這一理論體系的核心可精簡為「理一分殊」理論：「天地之間，理一而已。」「天下之理未嘗不一，而語其分則未嘗不殊，此自然之勢也。蓋人生天地之間，稟天地之氣，其體即天地之體，其心即天地之心，以理而言，是豈有二物哉？」、〔註9〕「論萬物之一源，則理同而氣異。觀萬物之異體，則氣猶相近，而理絕不同也。氣之異者，粹駁之不齊；理之異者偏全之或異。」朱熹辨析「理」與「氣」的關係，將鬼神置於「氣」的層面進行解釋，這比僅以「理」釋鬼神的二程的鬼神論更加完善，同時又與張載的「氣本論」有所區別。朱熹注《中庸》中即提到這一點：「子曰：鬼神之為德，其盛矣乎」之句時云：「程子曰：『鬼神，天地之功用，而造化之跡也。』張子曰：『鬼神者，二氣之良能也。』愚謂以二氣言，則鬼者陰之靈也，神者陽之靈也，以一氣言，則至而伸者為神，反而歸者為鬼，其實一物而已。」〔註10〕《朱子語類》卷三云：「神，伸也；鬼，屈也。如風雨雷電初發時，神也；及至風止雨過，雷住電息，則鬼也。鬼神不過陰陽消長而已。亭毒化育，風雨晦冥，皆是。在人則精是魄，魄者鬼之盛也；氣是魂，魂者神之盛也。精氣聚而為物，何物而無鬼神！遊魂為變，魂遊則魄之降可知。」〔註11〕鬼神與世間萬物同屬「理」之呈現，只不過鬼神所呈現的並非正「理」，「又問：世之見鬼神者甚多，不審有無如何？曰：世間人見者極多，豈可謂無，但非正理耳。」〔註12〕因非正

〔註8〕〔宋〕黎靖德編，王星賢點校，《朱子語類》，中華書局1986年版，第2004頁。

〔註9〕〔宋〕朱熹，《晦庵先生朱公文集》，朱傑人等編，《朱子全書》，上海古籍出版社、安徽教育出版社2002年版，第213頁。

〔註10〕〔宋〕朱熹，《晦庵先生朱公文集》，朱傑人等編，《朱子全書》，上海古籍出版社、安徽教育出版社2002年版，第41頁。

〔註11〕〔宋〕黎靖德編，王星賢點校，《朱子語類》，中華書局1986年版，第34頁。

〔註12〕〔宋〕黎靖德編，王星賢點校，《朱子語類》，中華書局1986年版，第38頁。

「理」，故顯得怪異。朱熹在解釋祭祀時接受程頤的感應論思想，並將之完善為「感格論」：「然人死雖終歸於散，然亦未便散盡，故祭祀有感格之理。先祖世次遠者，氣之有無不可知。然奉祭祀者既是他子孫，必竟只是一氣，所以有感通之理。」〔註13〕「畢竟子孫是祖先之氣。他氣雖散，他根卻在這裡；盡其誠敬，則亦能呼召得他氣聚在此。如水波樣，後水非前水，後波非前波，然卻通只是一水波。子孫之氣與祖考之氣，亦是如此。他那個當下自散了，然他根卻在這裡。根既在此，又卻能引聚得他那氣在此。此事難說，只要人自看得。」〔註14〕「鬼神馮依言語，乃是憑依人之精神以發。」〔註15〕「只有以我之精神，感鬼神之精神，才有『祖考來格』的效驗。」〔註16〕朱子舉例說：「如諸侯不當祭天地，與天地不相關，便不能相通。」〔註17〕鬼神的自我性還表現在：「人之意正，其神亦正；人心先不正了，感得奸詐之氣，做得鬼也奸巧。」〔註18〕總之，朱熹對二程的「理本論」進一步完善，為解釋鬼神現象提供更嚴密的理論支持。當然，宋代理學家的鬼神論最終是為了揭開鬼神的神秘面紗，為了給鬼神現象以合「理」性解釋。

與朱熹同時代的理學家陸九淵則將鬼神問題置於其心學體系中加以闡發。陸氏心學將「心」作為宇宙萬物存在的本體，「心」即是萬物存在「理」。「宇宙便是吾心」只有在「立心」、「明理」前提下，才有可能真正體認世界本體。鬼神論是其陸氏心學體系中的有機組成部分，陸九淵肯定鬼神與其他一切事物一樣，皆以「理」為本：「天下正理不容有二……天地不能異此，鬼神不能異此」、(《象山集》卷二)「此理充塞宇宙，天地鬼神具不能違異」。(《象山集》卷十一) 由此，陸九淵以「心理同一」為中心原則，巧妙地從「理本論」轉述為「心本論」：「明德在我，何必他求，方士禪伯，真為大祟。無世俗之陷溺，無二祟之迷惑，所謂無偏無黨、王道蕩蕩，浩然寧宙之間，其樂孰可限量。」(《象山集》卷二十) 此外，陸九淵還從「神道設教」角度解釋災異現象：「孔子書災異於春秋以為後王戒，而君子有取焉」，這主要是由於「聖人之政，

〔註13〕〔宋〕黎靖德編，王星賢點校，《朱子語類》，中華書局1986年版，第37頁。
〔註14〕〔宋〕黎靖德編，王星賢點校，《朱子語類》，中華書局1986年版，第47～48頁。
〔註15〕〔宋〕黎靖德編，王星賢點校，《朱子語類》，中華書局1986年版，第45頁。
〔註16〕〔宋〕黎靖德編，王星賢點校，《朱子語類》，中華書局1986年版，第47頁。
〔註17〕〔宋〕黎靖德編，王星賢點校，《朱子語類》，中華書局1986年版，第46頁。
〔註18〕〔宋〕黎靖德編，王星賢點校，《朱子語類》，中華書局1986年版，第45頁。

有以當天地之心則諸福百祥以嘉慶之，有以失天地之心則妖孽災異以警懼之。」（《象山外傳》卷一）陸九淵的鬼神思想後來由其高足楊簡進一步引申發揮，形成「誠即鬼神」的心本論鬼神思想，這其實是以「理」為本體的理學鬼神論的變異形態。

　　從上面所列的宋代理學家代表人物各自建構的鬼神論可知，宋代理學家不論是採用氣本、理本還是心本為理論依據闡釋鬼神，基本上都將鬼神看作一種客觀存在的自然現象，並以理性思辨的態度對之探索與闡釋，從而揭開世間鬼神的神秘面紗，批判世俗人格化的鬼神的虛妄不實。在宋代理學家所建構理學世界，宇宙萬物一源於同一根本（氣或理或心），皆據此而產生，因此而顯現，鬼神現象雖然神秘莫測，卻不離理（氣、心）之範疇，實質上跟其他一切事物一樣，皆是理（氣、心）的異常顯現。自宋代始，此前被歷代儒家懸置不問的非理性的鬼神問題開始受到理性的思考與闡釋，正是在宋代理學家理性思辨世界中，鬼神失去其原有的神秘光環，成為宇宙天地間的客觀存在。然而，正是宋代理學家這些充滿「科學性」的鬼神理論，給鬼神的存在提供強有力的理論支持，從而為談鬼說怪的志怪小說留下存在與發展的空間。

第二節　理學世界的鬼神空間

一、鬼神批判的「理性」特徵

　　宋代理學家探尋先聖典籍奧義，最根本意圖在於服務當世治道，所謂「為往聖繼絕學，為萬世開太平」。儒家與宗教之間最大區別在於：儒學立足現實人生，注重現世價值；宗教則立足彼岸世界，關注來世幸福。可以說，儒學是中國早期人文思潮發展的結果。宋代理學家雖然一改儒家先哲們對鬼神「敬而遠之」的態度，以理性思辨目光重新審視其存在問題，但他們的探討並未背離儒家價值方向。朱熹強調對待鬼神的態度：「鬼神事自是第二著。那個無形影，是難理會底，且就日用緊切處做工夫。」〔註19〕這其實是孔子「未知生，焉知死」、「未能事人，焉能事鬼」思想的宋代版本。因此，宋代理學家是在儒學既定的價值座標中建構他們的鬼神理論。

　　宋代理學家將鬼神的理性闡釋除了出於各自建構理論體系的需要，還隱

〔註19〕〔宋〕黎靖德編，王星賢點校，《朱子語類》，中華書局1986年版，第33頁。

含著與佛道文化相競爭的意圖。宋代佛道兩教因受到統治者積極扶持而影響深廣。北宋時，佛道教派眾多，寺觀廣布全國。宋真宗時，全國寺院有 4 萬座左右，僧眾信徒達 46 萬人。更重要的是，不僅下層俗眾迷信佛道，就連深受儒學浸漬的士人階層也沉迷期間。尤其是佛教思想深廣精微，充滿邏輯的說服力量，就連朱熹也不得不承認：「釋氏之徒，為學專精」，「佛書中說六根、六識、四大、十二緣生之類，皆極精妙」。如此精妙玄理自然更能誘惑宋代士人階層，使之趨之若鶩。司馬光描述道：「近歲舉世談禪」（《司馬文正公傳家集》卷十一），「近來朝野客、無座不談禪」（《司馬文正公傳家集》卷五）。朱熹也言：「玄妙之說使智者悅之」。異質文化的興盛強大，嚴重威脅儒學在宋代的文化主導地位，所以宋代理學界對待佛道皆持一致批判態度。程頤曰：「佛學只是以生死恐動人，可怪二千年來，無一人覺此，是被他恐動也。聖賢以生死為本分事，無可懼，故不論死生。佛之學為怕死生，故只管說不休。」朱熹亦言：「歐公嘗言，老氏貪生，釋氏之失畏死，其說亦好。氣聚則生，氣散則死，順之而已，釋老則皆悖之者也。」

鬼神問題是理學家批判佛道的焦點之一。程頤曰：「釋氏與道家說鬼神甚可笑。道家狂妄尤甚，以至說人身上耳目口鼻皆有神。」（《河南程氏遺書》卷二十二）程頤認為佛教的鬼神輪迴說不過「以生死恐動人」，為爭宗教利益罷了，「釋氏之學，又不可道他不知，亦盡極乎高深，然要之，卒歸乎自私自利之規模。何以言之？天地之間，有生便有死，有樂便有哀。釋氏所在便須覓一個纖奸打訛處，言免生死，齊煩惱，卒歸乎自私。」張載據《易傳》批判佛道之虛無寂滅思想，「易，造化也。聖人之意，莫先乎要識造化。既識造化，然後其理可窮。彼惟不識造化，以為幻妄也。」（《橫渠易說‧繫辭上》）他強烈辯駁佛道鬼神：「范巽之嘗言神奸物怪，某以言難之。謂天地之雷霆草木，至怪也，以其有定形，故不怪；人之陶冶舟車，亦至怪也，以其有定理，故不怪。今言鬼者不可見其形，或云有見者，且不定，一難信；又以無形而移變有形之物，此不可以理推，二難信。又嘗推天地之雷霆草木，人莫能為之；人之陶冶舟車，天地亦莫能為之。今之言鬼神，以其無形，則如天地；言其動作，則不異於人，豈謂人死之鬼反能兼天人之能乎！今更就世俗之言評之：如人死皆有知，則慈母有深愛其子者，一旦化去，獨不日日憑人言語，托人夢寐存恤之耶？言能福善禍淫，則或小惡反遭重罰，而大憝反享厚福，不可勝數。又謂人之精明者能為厲，秦皇獨不罪趙高，唐太宗獨不罰武后耶？又謂眾人所傳不可

全非，自古聖人獨不傳一言耶？聖人或容不言，自孔孟而下，荀況、揚雄、王仲淹、韓愈學亦未能及聖人，亦不見略言者。以為有，數子又或偶不言，今世之稍信實亦未嘗有言親見者。」（《張子全書》卷十四）張載從七個方面駁斥「鬼」的虛妄性，七處否定排比而下，步步緊逼，充分體現出理學家在鬼神存在問題上的理性雄辯。

在充滿理性思辨的宋代理學世界，以鬼神為主要內容的宋代志怪小說按理說應是難有立足之地了，但事實並非如此，下面將從合法性存在的角度探討宋代理學家鬼神論對於宋代志怪小說的重大意義。

宋代理學實質上是系統化、體系化的儒學思想。一般而言，建構一種理論體系，必須具備推理演繹的基本概念、範疇，因此，我們可從宋代理學體系的基本概念、範疇切入，深入考察其鬼神論。宋代理學家解釋鬼神時最基本的概念範疇有氣、理、陰陽、五行等，它們主要來源於《易經》。在儒家受到推崇的宋代，五經更加神聖不可懷疑，尤其作為群經之首的《易經》，更是匯聚真理的聖典。周敦頤讚歎《易經》之偉大：「《易》何止五經之源，其天地鬼神之奧乎！」張載的鬼神論原理就是引申《易傳》而來：「易，造化也。聖人之意，莫先乎要識造化。既識造化，然後其理可窮。」（《橫渠易說‧繫辭上》）所以使用《易》的概念去論證鬼神是宋代人心目中最「科學」的途徑。理學家充分使用來自經典的概念，對鬼神進行嚴密精細的推理論證，因而產生了令人信服的「理性」色彩，這在朱熹的鬼神論證中表現得尤為突出。

朱熹將鬼神置於其精心建構宇宙論體系中進行闡釋，「宇宙之間，一理而已。天得之而為天，地得之而為地，而凡生於天地之間者，又各得之以為性。」朱熹以「理」為天地萬物生成與存在的第一原理與唯一原因，「天地之間，理一而已。然乾道成男，坤道成女，二氣交感，化生萬物，則其大小之分，親疏之等，至於十百千萬而不能齊也。」〔註20〕在這裡，朱熹借用「氣」作為「理」與事物間的中介，形成完整的「理一分殊」闡釋模式。朱熹認為，宇宙萬事萬物間的差異性並不在「理」而在「氣」，「天下之理未嘗不一，而語其分則未嘗不殊，此自然之勢也。蓋人生天地之間，稟天地之氣，其體即天地之體，其心即天地之心，以理而言，是豈有二物哉？因各自稟氣各異，故各有差別。」「天道流行，發育萬物。其所以為造化者，陰陽五行而已。而所謂陰陽五行者，又

〔註20〕〔宋〕朱熹，《晦庵先生朱公文集》，朱傑人等編，《朱子全書》，上海古籍出版社、安徽教育出版社2002年版，第145頁。

必有是理而後有是氣。及其生物，則又必因是氣之聚而後有是形。故人、物之生，必得是理，然後有以為健順仁義禮智之性；必得是氣，然後有以為魂魄五臟百骸之身。」〔註21〕同樣的道理，鬼神與其他事物的差異也只是「氣」之不同：「如鬼神之事，聖賢說得甚分明，只將《禮》熟讀便見。二程初不說無鬼神，但無而今世俗所謂鬼神耳。古來聖人所制祭祀，皆是他見得天地之理如此。」〔註22〕朱熹將鬼神歸入「理」之名下，又將中國傳統陰陽轉化思想與「氣」結合起來，在「氣」的層面對鬼神構成與演變進一步解釋：「神，伸也；鬼，屈也。如風雨雷電初發時，神也；及至風止雨過，雷住電息，則鬼也。鬼神不過陰陽消長而已。亭毒化育，風雨晦冥，皆是。在人則精是魄，魄者鬼之盛也；氣是魂，魂者神之盛也。精氣聚而為物，何物而無鬼神！『遊魂為變』，魂遊則魄之降可知。」〔註23〕「鬼神只是氣。屈伸往來者，氣也。天地間無非氣。人之氣與天地之氣常相接，無間斷，人自不見。人心才動，必達於氣，便與這屈伸往來者相感通。如卜筮之類，皆是心自有此物，只說你心上事，才動必應也。」〔註24〕由此可見，鬼神在朱熹精心構建的嚴密體系獲得了令人無法懷疑的「理性」。當然，不能納入其理論體系的鬼神，如宗教的或民間的鬼神也便因此而受到批判而難於進入正統價值層面。

二、「理性」掩蓋的「非理性」

從上面的論述可知，宋代理學是宋代志怪小說的制約力量，因此宋代理學的興盛意味著宋代志怪小說生存空間的壓縮。然而所幸的是，宋代理學家鬼神論的「科學性」並不徹底，它批判佛道鬼神，卻無法批判儒學自身的鬼神，尤其在儒家祭祀領域的鬼神。另外，宋代理學家在《周易》基礎上解釋鬼神，而《周易》作為上古神秘文化的結晶，它也影響了宋代理學家的思維方式。從宋代理學家所使用的概念，所依據的典籍以及其推理論證的思維方式，都與鬼神文化存在或隱或顯的關聯。姜廣輝認為宋代理學家在鬼神問題上所體現出來的理性：「是建築在宗法思想與氣化論哲學的奇特結合上」的理性。「理學家努力朝唯物論的方向來解決鬼神問題，但由於他們根深蒂固的宗法

〔註21〕〔宋〕朱熹，《晦庵先生朱公文集》，朱傑人等編，《朱子全書》，上海古籍出版社、安徽教育出版社 2002 年版，第 507 頁。
〔註22〕〔宋〕黎靖德編，王星賢點校，《朱子語類》，中華書局 1986 年版，第 34 頁。
〔註23〕〔宋〕黎靖德編，王星賢點校，《朱子語類》，中華書局 1986 年版，第 34 頁。
〔註24〕〔宋〕黎靖德編，王星賢點校，《朱子語類》，中華書局 1986 年版，第 34 頁。

思想的立場，又不官邑徹底擺脫世俗鬼神論的陰影，當他們試圖以氣類感應來論證託生、託夢、福善禍淫的實在性時，也就難以與世俗的鬼神觀劃清界限了。理學的鬼神觀雖較前代儒學富於理性主義色彩，但從本質上說，卻是一種動搖於有神論與無神論之間的理論。」〔註25〕宋代理學家鬼神理論的「動搖」無疑給宋代志怪小說留下生存空間。此外，還有一個非常重要而容易被人忽略之處：宋代理學家在思想上的權威性以及他們論證鬼神過程中所表現出來的嚴密思辨性，給宋代志怪小說披上一層合理性外衣，這相當於給了宋代志怪小說進入正統價值世界的「通行證」。

譬如在二程的理論體系中，鬼神本質上是陰陽造化功能，是理學中的最高範疇──「理」的體現，「天下物皆可以以理照」，鬼神自然也可從理的世界得到解釋。既然鬼神並無人格特徵，是天地之間陰陽二氣交合運行的一種情狀，與世間萬物一樣，都是理的呈現，所以人們無須對鬼神產生敬畏之心，「敬鬼神者只是惑」。在闡釋鬼神與人間禍福之間聯繫時，程頤指出善惡之氣的感應性：「壽夭乃是善惡之氣所致，仁則善氣也，所感者亦善。善氣所生，安得不壽？鄙則惡氣也，所感者亦惡，惡氣所生，安得不夭？」（《二程遺書》卷十八）善惡與善惡之氣感應相通，故有「人有不善霹雷震死」的現象存在，這並非天有意如此，而是「人之作惡有惡氣，與天地之惡氣相擊搏，遂以震死」。人與鬼神間也存在相類似的感通現象，程頤對此特別舉例說明：「楊定鬼神之說，只是道人心有感通。如有人平生不識一字，一日病作，卻念得一部杜甫詩，卻有此理。天地間事，只是一個有、一個無，既有即有，無即無。如杜甫詩者，是世界上實有杜甫詩，故人之心病，及至精一有個道理，自相感通。以至人心在此，託夢在彼，亦有是理，只是心之感通也。死者託夢，亦容有理。有人過江，其妻墮水，意其為必死矣，故過金山寺為作佛事。方追薦次，其婢子通傳墮水之妻，意度在某處作甚事，是誠死也。及二三日，有漁人撐舟，以其妻還之，乃未嘗死也。蓋旋於急流中救活之。然則其婢子之通傳是何也？亦是心相感通。既說心有感，更說生死古今之別？」（《二程遺書》卷二上）這些例子如果出於志怪小說作者，一般會受到指責，被認為是虛妄荒誕之論，如果批評者發現這種離奇之論出自令人崇敬的宋代理學家之口時，懷疑就會轉變為信任，並忠實地傳播擴散。

〔註25〕湯一介、張耀南、方銘主編，《中國儒學文化大觀》，北京大學出版社 2001 年版，第 171 頁。

　　人類對人死後靈魂的去向問題一直無從索解，即使是科學發達的今天，靈魂的問題仍然是個謎。有一種觀點認為，人體具有生物場，它與已知的物理場不同，可以不受阻擋地傳遞有關人的生理、心理方面的各種生命信息。人體生物場類似於電磁場的性質與特徵，但與電磁場相比又具有特殊的質和特徵。作為生命磁體，它可以像錄音機、錄像機、電視機的原理一樣收錄與播放，所以在某種特定的環境之下，大自然有可能對人的形體、聲音與活動軌跡進行有選擇性的「自然錄音」和「自然錄像」。這些「自然錄音」和「自然錄像」也可以在某種特定的環境之下尋求相似的磁體進行感應播放，最後就有可能在人的人體磁場產生電磁效應，得到原來在大自然中儲存的電磁波現象，這就是被人常說的鬼魂現象。像這種言論無論表現得多麼科學，都無法令馬克思主義無神論者信服。而在宋代，理學就是宋人用來解釋世間種種現象與問題的權威理論，在中國古代文化語境中，權威言論是不可質疑的，它有時比事實論證更具說服力。所以宋代志怪小說不僅因宋代理學家鬼神論而獲得存在的合法性，同時也在這種合法性掩蓋之下蓬勃發展。

三、理學鬼神觀的世俗接受

　　宋代理學家將鬼神分為兩類：一是哲學意義上的氣化或者理化之鬼神；一是有人格意志的世俗鬼神。他們根據前者的理論批判後者。但是，由於宋代理學家自身認識的侷限性以及理論建構中的某些顧忌，致使他們對鬼神的批判無法徹底，在一定程度上迴護儒家祭祀領域中的鬼神存在。宋代理學家所意想不到的是，他們的理論體系反而成為世俗鬼神進入正統價值世界的強大理論後盾。在宋代，能夠真正理解理學家鬼神思想的只有少數的知識精英，普通大眾很難明白其中奧義，大眾對鬼神的理解總是傾向於接受有人格意志的世俗鬼神。宋代理學家關於鬼神的種種解釋，卻催生出令其意外的結果，即他們的鬼神論使普通民眾更加相信：鬼神是存在的。因此在世俗層面，宋代理學家的鬼神理論為各類鬼神的產生與傳播提供了強有力的理論證明。普通民眾對上層文化的淺層次理解與接受，也給統治者推行「神道設教」統治提供了便利，這無疑是在另一層面加強鬼神實有的信號，從而證明編撰鬼神事蹟的正當性與合法性。

　　關於統治者「神道設教」意圖，早在先秦的荀子就看得很清楚，《荀子·禮論》云：「祭者，志意思慕之情也。……聖人明知之，士君子安行之，官人以為守，百姓以成俗。其在君子，以為人道也；其在百姓，以為鬼事也。」下層民

眾在文化上的弱勢讓統治者「神道設教」得以順利推行。從宋初的讖緯之言、宋真宗天書與封禪、宋徽宗的道君稱號直到南宋皇室的種種荒唐行為，都給志怪鬼神之事的臆想與傳播創造合法性生存空間。對此，南宋呂祖謙指出，統治上層「託於神怪，以使其眾」，「託神怪以譎眾」。〔註26〕統治階層在現實中的權威認定，再加上理學家嚴謹的理論論證，使宋代志怪小說擁有了進入正統文化價值領域的資格，同時也激發宋代志怪小說作者的正統價值意識。這就不難解釋為何許多上層文人樂於從事志怪小說的編撰，為何宋代志怪小說比前代更有經史意識的原因。當然，這種意識在志怪小說的文學價值意識覺醒之後的明代，便有些不合時宜了，明代胡應麟《少室山房筆叢・九流緒論下》判定宋代小說價值：「小說，唐人以前紀述多虛而藻繪可觀；宋人以後論次多實而彩豔殊乏。」〔註27〕到了現代的魯迅，則完全站在現代小說立場上貶低宋代小說：「宋一代文人之為志怪，既平實而乏文采，其傳奇，又多託往事而避近聞，擬古且遠不逮，更無獨創之可言也。」〔註28〕在文學價值視野中，宋代志怪小說顯得枯瘦貧瘠，不足稱道，胡應麟與魯迅對宋代志怪小說的評價可謂真知灼見。然而，如果從宋人的志怪小說價值意識看，「平實而乏文采」卻是他們有意追求的效果。

第三節　個案研究：朱熹鬼神論中的志怪空間

　　朱熹建構鬼神理論的初衷並非要安頓鬼神，而是出於如下二方面考慮：一是為經典所載的鬼神事蹟尋求合「理」解釋；二是為應對佛道鬼神論挑戰。不過，令朱熹意想不到的是：他創建鬼神理論的同時，也為談鬼說怪的志怪小說提供了合法性的生存空間。

一、鬼神的合「理」性

　　在朱熹體大精深的哲學體系中，最核心的概念範疇是「理」，又名「道」、「太極」、「天理」等。朱熹認為天地萬物皆源於「理」：「才有此理，便有此氣，天下萬物萬化，何者不出於此理。」〔註29〕朱熹以「理」作為天地萬物存在的第一原理，表明朱熹在其哲學體系建構中的形而上努力。但與西方哲學家特意

〔註26〕〔宋〕呂祖謙，希政民注，《東萊博議》，陝西人民出版社1991年版，第290頁。
〔註27〕〔明〕胡應麟，《少室山房筆叢》，上海書店出版社2009年版，第283頁。
〔註28〕魯迅，《中國小說史略》，上海古籍出版社1998年版，第71頁。
〔註29〕〔宋〕黎靖德編，王星賢點校，《朱子語類》，中華書局1986年版，第1607頁。

建構形而上超驗世界以安頓價值的意圖不同，朱熹建構形而上世界初衷是為解釋形而下的現實世界，所以朱熹更關注「理」與天地萬物之間的關係。朱熹將之精括為四個字：「理一分殊」。何謂「理一分殊」？朱熹解釋：「理一分殊，合天地萬物而言，只是一個理。及在人，則又各自有一個理。」〔註30〕在解釋「理一分殊」原理時，朱熹舉了許多形象生動的實例：「如排數器水相似，這盂也是這樣水，那盂也是這樣水，各各滿足，不待求假於外。然打破放裏，卻也只是個水。」甚至引用禪宗的「月印萬川」比喻「理一」與「分殊」的關係，「釋氏云：『一月普現一切水，一切水月一月攝』。這是那釋氏也窺見得這些道理。」〔註31〕朱熹將之描述成具體可感的情境：在群星稀小的晚上，人們總是看見天上只有一個月亮（「一理」），而在每一江湖河海中又各有一個月亮（「萬理」），但是所有江湖河海中的月亮，都是天上那個月亮照下來的，是天上月亮的影子。儘管月影千變萬化，「萬理」千差萬別，但其本體，只是一個「理」（天上月亮）。江湖河海中月亮（「多」）並不是「分有」天上月亮（「一」），也不是天上月亮（「一」）的不斷分割，而是「個個完全」。因此，在「理一分殊」的理論體系中，鬼神作為「理」所「分殊」的對象，也就獲得合「理」的解釋。

鬼神雖然怪異不可思議，但朱熹卻認為它與其他事物一樣，都因「理」而存在，受「理」所統攝。朱熹在自己的哲學體系中將人事擺在第一位，「鬼神事自是第二著。」、「今且須去理會眼前事」，〔註32〕所以他常告誡學生對於「那個無形影」的鬼神事蹟「莫要枉費心力」。〔註33〕但鬼神問題在朱熹時代畢竟難以迴避，無論在他所處的現實生活中，還是他的哲學體系中，鬼神問題都迫使他必須回答。朱熹應對鬼神問題採用了非常高明的手法，他繞過最為棘手的鬼神有無問題，直接將鬼神現象納入自己的理氣論思想體系之中進行合「理」解釋。在堅持「理」為最高統攝性概念前提下，朱熹對鬼神之「理」作了另類區分：「又問：世之見鬼神者甚多，不審有無如何？曰：世間人見者極多，豈可謂無，但非正理耳。」〔註34〕「理」乃客觀本體，卻因「掛搭」於無影無蹤的鬼神處而顯怪異之跡，故正常的事物所承之「理」為正理，而鬼神則非正「理」。對這一點，朱熹有具體解釋：「問：伊川言：鬼神造化之跡。

〔註30〕〔宋〕黎靖德編，王星賢點校，《朱子語類》，中華書局 1986 年版，第 2 頁。
〔註31〕〔宋〕黎靖德編，王星賢點校，《朱子語類》，中華書局 1986 年版，第 399 頁。
〔註32〕〔宋〕黎靖德編，王星賢點校，《朱子語類》，中華書局 1986 年版，第 33 頁。
〔註33〕〔宋〕黎靖德編，王星賢點校，《朱子語類》，中華書局 1986 年版，第 33 頁。
〔註34〕〔宋〕黎靖德編，王星賢點校，《朱子語類》，中華書局 1986 年版，第 38 頁。

此豈亦造化之跡乎？曰：皆是也，若論正理，則似樹上忽生出花葉，此便是造化之跡。又加空中忽然有雷霆風雨，皆是也。但人所常見，故不之怪。忽聞鬼嘯、鬼火之屬，此便以為怪。不知此亦造化之跡，但不是正理，故為怪異。」〔註35〕因此鬼神之跡只是「理」在「分殊」過程中的一種非常態，但它畢竟「理」之外現。這樣，朱熹在「理」統攝一切解釋一切的精嚴體系中，將六合之外的鬼神納入六合之內解釋，因此他認為人對鬼神之「理」可待日常之事理會透徹之後而「自見得」：「或問鬼神有無。曰：『此豈卒乍可說！便說，公亦豈能信得及。須於眾理看得漸明，則此惑自解。……人且理會合當理會底事，其理會未得底，且推向一邊，待日用常行處理會得透，則鬼神之理將自見得，乃所以為知也。未能事人，焉能事鬼！意亦如此。』」〔註36〕

　　朱熹雖多次強調鬼神乃人生第二著，無須在日用常行處之外費心理會，但他對鬼神問題還是進行深刻思辨，在區分出鬼神之「理」為非正「理」的同時，還進一步探討鬼神的形成與存在情狀。鬼神問題無論有多複雜玄奧，歸根到底還是前人所關心的死後有無知覺的問題，也即是有無魂魄的問題。這一問題，在一千七百多年前的先聖孔子採取迴避做法，西漢劉向《說苑·辨物》記載子貢問孔子死去的人有無知覺，孔子回答：「吾欲言死者有知也，恐孝子順孫妨生以送死，欲言無知，恐不孝子孫棄不葬也，賜欲知將無知也，死，徐自知之，猶未晚也。」〔註37〕孔子關注的是人生，極少考慮人死之後的事情，所以他在人死後有無知覺問題上只能採取模稜兩可的回答。而朱熹自小即懷有參透天地萬物之理的宏願，鬼神自然也是他必須思考的對象。朱熹解釋鬼神的具體構成時將中國傳統陰陽轉化思想和「氣」的思想結合起來，在「氣」的層面對鬼神的構成與演變作出解釋：「神，伸也；鬼，屈也。如風雨雷電初發時，神也；及至風止雨過，雷住電息，則鬼也。鬼神不過陰陽消長而已。亭毒化育，風雨晦冥，皆是。在人則精是魄，魄者鬼之盛也；氣是魂，魂者神之盛也。精氣聚而為物，何物而無鬼神！遊魂為變，魂遊則魄之降可知。」、「鬼神只是氣。屈伸往來者，氣也。天地間無非氣。人之氣與天地之氣常相接，無間斷，人自不見。人心才動，必達於氣，便與這屈伸往來者相感通。如卜筮之類，皆是心自有此物，只說你心上事，才動必應也。」〔註38〕朱熹在「理一」

〔註35〕〔宋〕黎靖德編，王星賢點校，《朱子語類》，中華書局1986年版，第37頁。
〔註36〕〔宋〕黎靖德編，王星賢點校，《朱子語類》，中華書局1986年版，第33頁。
〔註37〕盧元駿注譯，《說苑今注今譯》，天津古籍出版社1977年版，第647～648頁。
〔註38〕〔宋〕黎靖德編，王星賢點校，《朱子語類》，中華書局1986年版，第34頁。

的前提下，借陰陽之氣解釋鬼神，是一種非常有膽識的理論創見，所以錢穆認為朱熹創造理氣一體的宇宙觀之後，「又進一步兼理氣而言鬼神，……不自知其為創見與自立說。」〔註39〕

朱熹的天才創見讓他在先聖所遺經典中所載鬼神怪異事蹟的解釋中能夠左右逢源，得心應手，如他對《左傳》記載昭公七年鄭國大夫伯有死後為厲作祟之事理解為「至如伯有為厲，伊川謂別是一般道理。蓋其人氣未當盡而強死，自是能為厲。子產為之立後，使有所歸，遂不為厲，亦可謂如鬼神之情狀矣。」〔註40〕另外，對於祭祀中的鬼神怪異之事，也同樣在理氣論中得到圓滿解答。「人所以生，精氣聚也。人只有許多氣，須有個盡時；明作錄云：醫家所謂陰陽不升降是也。盡則魂氣歸於天，形魄歸於地而死矣。人將死時，熱氣上出，所謂魂升也；下體漸冷，所謂魄降也。此所以有生必有死，有始必有終也。夫聚散者，氣也。若理，則只泊在氣上，初不是凝結自為一物。但人分上所合當然者便是理，不可以聚散言也。然人死雖終歸於散，然亦未便散盡，故祭祀有感格之理。先祖世次遠者，氣之有無不可知。然奉祭祀者既是他子孫，必竟只是一氣，所以有感通之理。然已散者不復聚。」〔註41〕朱熹以理氣論解釋鬼神事蹟，目的在於揭開鬼神的神秘面紗，給鬼神合「理」解釋。杜瑞保指出：「熹乃是即將以他分析經驗現實世界的宇宙論知識架構來對付它在世界的無形鬼神，由分析天地萬物的理氣論知識架構來說明它在世界的無形鬼神的存在情狀。」〔註42〕然而對於有意追求虛構怪誕的志怪小說來說，卻無異於得到合法存在與發展的「許可證」。先前孔子不語怪力亂神，對鬼神志怪之事態度模糊，志怪小說在這種思想中沒有明確位置，而在朱熹的鬼神理論世界中，志怪小說卻有合「理」名分，獲得不容置辨的價值位置。

二、基於「理」的真實性論證

朱熹建構鬼神理論，自然要引入許多鬼神事蹟為其佐證，許多虛妄荒誕的志怪小說因此進入朱熹所建構的合「理」性殿堂。甚至可以這樣說，朱熹在理

〔註39〕錢穆，《朱子新學案》，三民書局 1971 年版，第 63 頁。
〔註40〕〔宋〕黎靖德編，王星賢點校，《朱子語類》，中華書局 1986 年版，第 37 頁。
〔註41〕〔宋〕黎靖德編，王星賢點校，《朱子語類》，中華書局 1986 年版，第 37 頁。
〔註42〕本文是杜保瑞教授參加臺灣政治大學東亞研究所舉辦「全球與兩岸宗教交流學術研討會」的會議論文，2009 年 04 月 29 日發布於「佛教導航」網站（http://www.fjdh.com/），路徑為：佛教導航→五明研究→宗教研究→宗教比較→正文內容（杜保瑞《從朱熹鬼神觀談三教辨正問題的儒學理論建構》）。

性地建構鬼神理論的同時，也在為志怪小說搭建保護性城牆。因此，朱熹用其理氣論對虛幻的鬼神事蹟進行理性論證之後，這些鬼神事蹟的虛構情節也便得到真實性認證，這常常體現在朱熹論證或引證史籍所記載的鬼神事蹟的過程中。如朱熹論證《左傳》所記載的伯有為厲之事說：「世間人見者極多，豈可謂無，但非正理耳。如伯有為厲，⋯⋯蓋其人氣未當盡而強死，魂魄無所見自是如此。」〔註43〕朱熹以理氣論解釋伯有為厲現象，為進一步加強這種理論解釋與說服力量，朱熹不惜再引入另一個虛誕的鬼神事蹟：「昔有人在淮上夜行，見無數形象，似人非人，旁午克斥，出沒於兩水之間，久之，累累不絕。此人明知其鬼，不得已躍跳之衝之而過之下，卻無礙，然亦無他。詢之，此地乃昔人戰場也。被皆死於非命，銜冤抱恨，固宜未散。」〔註44〕這樣，朱熹的鬼神理論與虛妄荒誕的鬼神事蹟具有緊密的相關性。朱熹在建構鬼神理論過程中，既以鬼神事蹟作為建構材料，又同時為鬼神事蹟的存在提供合法性論證。因此，鬼神事蹟作為朱熹鬼神理論建構與論證過程中所使用的論據而最終獲得真實性認證。只要朱熹的鬼神理論不受懷疑，那麼其中作為其證據的鬼神事蹟也就不容置疑。像這樣互為論證的事例還有：「光祖問：先生所答崧卿書云云。如伊川又云：伯有為厲，別是一理。又如何？曰：亦自有這般底。然亦多是不得其死，故強氣未散。要之，久之亦不會不散。如漳州一件公事：婦殺夫，密埋之。後為祟，事才發覺，當時便不為祟。此事恐奏裁免死，遂於申諸司狀上特批了。後婦人斬，與婦人通者絞。以是知刑獄裏面這般事，若不與決罪償命，則死者之冤必不解。」〔註45〕又如朱熹與弟子用之討論祭祀中的感格之「理」：「用之云：人之禱天地山川，是以我之有感彼之有。子孫之祭先祖，是以我之有感他之無。曰：神祇之氣常屈伸而不已，人鬼之氣則消散而無餘矣。其消散亦處久速之異。人有不伏其死者，所以既死而此氣不散，為妖為怪。⋯⋯嘗見輔漢卿說：某人死，其氣溫溫然，薰蒸滿室，數日不散。是他氣盛，所以如此。劉元城死時，風雷轟於正寢，雲霧晦冥，少頃辨色，而公已端坐薨矣。他是什麼樣氣魄！用之曰：莫是元城忠誠，感動天地之氣否？曰：只是元城之氣自散爾。他養得此氣剛大，所以散時如此。」〔註46〕再如：「問：今人家多有怪者。曰：此乃魑魅魍魎之為。建州有一士人，行遇一人，只有一

〔註43〕〔宋〕黎靖德編，王星賢點校，《朱子語類》，中華書局1986年版，第37頁。
〔註44〕〔宋〕黎靖德編，王星賢點校，《朱子語類》，中華書局1986年版，第38頁。
〔註45〕〔宋〕黎靖德編，王星賢點校，《朱子語類》，中華書局1986年版，第44頁。
〔註46〕〔宋〕黎靖德編，王星賢點校，《朱子語類》，中華書局1986年版，第38頁。

腳，問某人家安在。與人同行，見一腳者入某人家。數日，其家果死一子。」〔註47〕類似的例子在《朱子語類》卷三中是比較多的。

在解釋鬼神事蹟時，朱熹除了基於體系內的自足論證以外，還得小心將佛道鬼神區分開來，為應對佛道鬼神論挑戰，這種區分是必要的。然而這種區分卻無法實質性深入，真正的區分只在理論層面，在現實層面上則往往與佛道鬼神混淆，甚至無意間認證佛道鬼神的存在，對於志怪小說來說，這是對其真實性的確證。例如：「厚之問：人死為禽獸，恐無此理。然親見永春人家有子，耳上有豬毛及豬皮，如何？曰：此不足怪。向見籍溪供事一兵，胸前有豬毛，睡時作豬鳴。此只是稟得豬氣。」〔註48〕人胸前長豬毛，睡時像豬一樣哼，這是非常可笑之事，它與佛道中人死變豬的怪事一樣不可信，但朱熹卻只否定後者，對於前者則盡力論證其真實性。對於這一點，杜瑞保認為：「以活人有豬毛、豬皮、豬鳴而說人生受氣有其不同形體之互相循環之事，此義其實即有莊子氣化宇宙論的意味，此一現象的氣化流通說即是在打破靈魂輪迴說之義，若有輪迴，則人死為豬即是，現所見者為人有豬氣，這只能說是氣化宇宙論之聚生散死之義，而不能為輪迴說之證明。」〔註49〕應該說，朱熹在理論上打破佛教輪迴之說是極為成功的，然而他在否定人輪迴為豬的佛家輪迴之說的同時又賦於人長豬毛，作豬鳴的怪事理論說明，而志怪小說情節本身的虛妄性並沒有在朱熹這種理論上的分辨與審視過程中受到懷疑，反而得到更合「理」的肯定。這樣的事例也存在於朱熹對道教鬼神的理論區分上，如：「釋道所以自私其身者，便死時亦只是留其身不得，終是不甘心，死御冤憤者亦然，故其氣皆不散。浦城山中有一道人，常在山中燒丹。後因一日出神，乃祝其人云：七日不返時，可燒我。未滿七日，其人焚之。後其道人歸，叫罵取身，亦能於壁間寫字，但是墨較淡，不久又無。揚嘗聞張天覺有一事亦然。鄧隱峰一事亦然。其人只管討身，隱峰云：說底是甚麼？其人悟，謝之而去。」〔註50〕事例中所述神術修煉乃道教之術，也是虛妄無比之事，而一旦經過朱熹理氣論的合「理」解釋之後，便被貼上真實

〔註47〕〔宋〕黎靖德編，王星賢點校，《朱子語類》，中華書局1986年版，第46頁。
〔註48〕〔宋〕黎靖德編，王星賢點校，《朱子語類》，中華書局1986年版，第46頁。
〔註49〕本文是杜保瑞教授參加臺灣政治大學東亞研究所舉辦「全球與兩岸宗教交流學術研討會」的會議論文，2009年04月29日發布於「佛教導航」網站（http://www.fjdh.com/），路徑為：佛教導航→五明研究→宗教研究→宗教比較→正文內容（杜保瑞《從朱熹鬼神觀談三教辨正問題的儒學理論建構》）。
〔註50〕〔宋〕黎靖德編，王星賢點校，《朱子語類》，中華書局1986年版，第44頁。

性標籤。還有對於道教神仙之說，朱熹也同樣辨其理論之不足而為之貼上真實性標籤：「氣久必散。人說神仙，一代說一項。漢世說甚安期生，至唐以來，則不見說了。又說鍾離權、呂洞賓，而今又不見說了。看得來，他也只是養得分外壽考，然終久亦散了。」〔註 51〕依此而言，朱熹等於在承認神仙修煉事實性基礎上對道教神仙之術進行其理氣論解釋。

三、「理」性之外的合情性理解

　　朱熹的鬼神理論容納了合「理」的鬼神事蹟，而對於一些無法歸入理氣論中進行解釋的鬼神事蹟，朱熹則從其產生原因與存在理由角度質疑或否定其真實性。事實上，朱熹對鬼神事蹟的虛構性是深有瞭解的，「因說神怪事，曰：『人心平鋪著便好，若做弄，便有鬼神出來。』」〔註 52〕但由於他對自己的理論過度自信，因而受理論定勢思維遮蔽，不能從真實性角度對所有鬼神事蹟進行探討，當他跳出自設的理論屏障後，佛道以及民間鬼神怪異故事的真實性問題便立即受到他的關注與拷問，如：「蜀中灌口二郎廟，當初是李冰因開離堆有功，立廟。今來現許多靈怪，乃是他第二兒子出來。初間封為王，後來徽宗好道，謂他是甚麼『真君』，遂改封為『真君』。向張魏公用兵禱於其廟，夜夢神語云：『我向來封為王，有血食之奉，故威福用得行。今號為『真君』，雖尊，凡祭我以素食，無血食之養，故無威福之靈。今須復我封為王，當有威靈。』魏公遂乞復其封。不知魏公是有此夢，還復一時用兵，託為此說。今逐年人戶賽祭，殺數萬來頭羊，廟前積骨如山，州府亦得此一項稅錢。利路又有梓潼神，極靈。今二個神似乎割據了兩川。」〔註 53〕由於血食祭祀鬼神不合儒家祭祀之義，故張魏公夜夢之事的真實性受到朱熹質疑，「不知魏公是有此夢，還復一時用兵，託為此說。」此外，對於民間的祭祀活動，朱熹也持謹慎態度，只認可合乎祭典傳統的民間祭祀，對於不合先例者皆打入淫祠之例，要求毀止。所謂淫祠，明代郎瑛解釋：「天下神祠無功於民，不應祀典者，即係淫祠，有司毋得致祭。於戲！明則有禮樂，幽則有鬼神，其理即成，其分當。」〔註 54〕可見淫祠乃不合祭祀之「理」的祭祀，所以朱熹堅決反對。淫祠除了破壞傳統的禮儀秩序外，有時還威脅到儒家祭祀的神聖地位，「風俗尚鬼，如新安等處，

〔註 51〕〔宋〕黎靖德編，王星賢點校，《朱子語類》，中華書局 1986 年版，第 44 頁。
〔註 52〕〔宋〕黎靖德編，王星賢點校，《朱子語類》，中華書局 1986 年版，第 35 頁。
〔註 53〕〔宋〕黎靖德編，王星賢點校，《朱子語類》，中華書局 1986 年版，第 53～54 頁。
〔註 54〕〔明〕朗瑛，《七修類稿》，中華書局 1959 年版，第 168 頁。

朝夕如在鬼窟。某一番歸鄉里，有所謂五通廟，最靈怪。眾人捧擁，謂禍福立見。居民才出門，便帶紙片入廟，祈祝而後行。士人之過者，必以名紙稱門生某人謁廟。某初還，被宗人煎迫令去，不往。是夜會族人，往官司打酒，有灰，乍飲，遂動臟腑終夜。次日，又偶有一蛇在階旁。眾人哄然，以為不謁廟之故。某告以臟腑是食物不著，關他甚事！莫枉了五通。中有某人，是向學之人，亦來勸往，云：亦是從眾。某告以從眾何為？不意公亦有此語！某幸歸此，去祖墓甚近。若能為禍福，請即葬某於祖墓之旁，甚便。又云：人做州郡，須去淫祠。若係敕額者，則未可輕去。」〔註55〕所以朱熹宣稱：「人做州郡，須去淫祠」。對於朱熹對淫祠的態度，杜瑞保有獨到解讀：「朱熹認為民間祭祀有所謂淫祠，亦即惡人為遂姦佞而求拜之廟，即便有些靈驗，甚至能予不敬者以小懲治，一般知識分子及州縣小官多半虛予委迤，朱熹卻執意不肯屈從，甚至揚言取我性命亦不畏懼，並責備地方官員應該取締淫祠而不是助長其勢，朱熹所持此一態度即是聖學見識使然，讀聖賢書者祭天祭地祭祖即可，所祭亦不為個人福禍名利，除此而外即不需再祭，特別是為個人名利而禱求之祭，實屬不宜，天理自在天地之間，絕非一己之私便能任意遂願，故而君子不宜亦不應求助鬼神，這就是朱熹極為明確的立場。」〔註56〕但由於民間一些淫祠卻獲得朝廷賜匾認可，具有現實的法定地位，朱熹對這種情況只好妥協：「若係敕額者，則未可輕去。」所以鑒於淫祠情況的複雜性，朱熹也不好一概否定，他對民間祭祀有所顧慮態度正好給一些來自民間的志怪小說留下生存與發展空間。

事實上，對於民間淫祠與其所傳鬼神事蹟，朱熹並沒有固執地貶斥與反對，相反，在一定程度還能以「瞭解之同情」目光去對待它們的存在。對於不合「理」的民間淫祠與其所傳鬼神事蹟，朱熹則從民眾信仰的情感角度進行合「情」的理解。「又云：南軒拆廟，次第亦未到此。須是使民知信，末梢無疑始得。不然，民倚神為主，拆了轉使民信向怨望。舊有一邑，泥塑一大佛，一方尊信之。後被一無狀宗子斷其首，民聚哭之，頸上泥木出舍利。泥木豈有此物？只是人心所致。」在此，朱熹從民眾信仰角度肯定民間淫祠與其所傳鬼神事蹟。即使對於僧眾的志怪之事，朱熹也是從其信仰角度地理解其存在的，

<hr>

〔註55〕〔宋〕黎靖德編，王星賢點校，《朱子語類》，中華書局1986年版，第53頁。

〔註56〕本文是杜保瑞教授參加臺灣政治大學東亞研究所舉辦「全球與兩岸宗教交流學術研討會」的會議論文，2009 年 04 月 29 日發布於「佛教導航」網站（http://www.fjdh.com/），路徑為：佛教導航→五明研究→宗教研究→宗教比較→正文內容（杜保瑞《從朱熹鬼神觀談三教辨正問題的儒學理論建構》）。

「先生謂一僧云。問：龍行雨如何？曰：不是龍口中吐出。只是龍行時，便有雨隨之。劉禹錫亦嘗言，有人在一高山上，見山下雷神龍鬼之類行雨。」〔註57〕朱熹認為民眾所信這物雖為烏有之事，但他們的虔誠之情卻能產生精神上的實有，「這種精神感受儘管是人同虛幻的神的交往而產生的虛幻的感受，但卻是一種真實地感受，由此產生的精神力量也是真實的。」〔註58〕所以竟有「民聚哭之，頸上泥木出舍利」的怪異之事。但朱熹認為作為奉行先聖道學之人，對佛教中的這類志怪之事要能夠看得破，「此等之類無限，實要見得破。」〔註59〕在此，朱熹作為儒者，對宗教信仰心理表現出深刻認識，並在情感的角度肯定其存在價值。民眾虔誠信仰之情正與朱熹所強調的「忠誠」之情相類似，所以他對此類怪異之事並不排斥，認為鬼神之「理」，即誠心之「理」：「問：『祭祀之理，還是有其誠則有其神，無其誠則無其神否？』曰：『鬼神之理，即是此心之理。』」〔註60〕朱熹據於「誠」的情感立場，對一些宗教信仰的鬼神事蹟表現出一定程度的寬容甚至認可態度，這無異於給不合理氣論的志怪小說留下合「情」的存在空間。

王汎森認為朱熹等理學家將萬事萬物哲理化，其中人格神的天、感應、象術等思想，「長期被宋明理學的思維所壓抑、遮蓋、不得出頭。」〔註61〕本文卻認為，朱熹對鬼神等怪異之事的知識立場，不但沒有壓抑、遮蓋它們，而且相反地給它們的存在出具權威的合法性證明。杜瑞保也認為：「儒者反對價值抉擇由它在世界的無形存在予以操弄，但是卻要明說它在世界存有者的存在的宇宙論知識，這自是理論上的負責任的態度，朱熹即是這一個問題上走得最遠的儒家哲學家，他明確地給了鬼神存在一套理氣說架構下的宇宙論說明，他自己也變成了『有鬼論者』，甚至也是『有神論者』」〔註62〕當朱熹變成「有鬼論者」與「有神論者」時，以虛構求異為本性的志怪小說也就在他的思想體系中獲得生存與發展空間。

〔註57〕〔宋〕黎靖德編，王星賢點校，《朱子語類》，中華書局1986年版，第36頁。
〔註58〕陳榮富，《宗教禮儀與文化》，新華出版社1992年版，第50～51頁。
〔註59〕〔宋〕黎靖德編，王星賢點校，《朱子語類》，中華書局1986年版，第36頁。
〔註60〕〔宋〕黎靖德編，王星賢點校，《朱子語類》，中華書局1986年版，第50頁。
〔註61〕王汎森，《晚明清初思想十論》，復旦大學出版社2004年版，第63頁。
〔註62〕本文是杜保瑞教授參加臺灣政治大學東亞研究所舉辦「全球與兩岸宗教交流學術研討會」的會議論文，2009年04月29日發布於「佛教導航」網站（http://www.fjdh.com/），路徑為：佛教導航→五明研究→宗教研究→宗教比較→正文內容（杜保瑞《從朱熹鬼神觀談三教辨正問題的儒學理論建構》）。

第四章　宋代志怪小說的價值意識

　　上一章從宋代理學家鬼神思想層面探討宋代志怪小說存在空間的問題，這一章將進一步探討其存在的價值意識問題。美國學者詹姆士認為：「對於任何事物的研究，都分成兩類。第一類研究是關於這個事物的性質如何？它怎麼來的？它的構造，起源，和歷史怎樣？第二個研究是這個問題，就是：既然有這個事物了，它的重要性，含意和義蘊如何？」〔註1〕詹姆士將前一類研究稱之存在判斷，第二類則為價值判斷。追問宋代志怪小說在宋代主流文化中的存在價值，是宋代志怪小說作者最關注的事情，這也是本文將要重點研究的問題。宋代主流文化也即宋人所謂的儒家正統文化，主要指以儒學（理學）為核心的經史文化。儒家經史文化隱含了宋代上層社會的價值評判體系與價值評判標準。李岩認為，文化有其內在的結構，這種結構也是事物意義的表徵系統，他將文化的結構與單一事件比喻成牆與磚的關係，任何一塊磚只有在牆的結構中才能獲得確定性的意義。〔註2〕他還特別指出：「就文化研究而言，結構是先於材料要素而存在的。也就是說這些要素進入到文化的結構中，才具有文化的意義。」從這一意義上說，宋代志怪小說就像是一塊磚，它只有進入宋代儒家經史文化的牆體上才能確定自身存在的意義與價值。

第一節　「著書」情結

　　王瑤在《小說與方術》一文指出小說源於方士。事實上，子部小說內容龐

〔註1〕〔美〕威廉·詹姆士著，唐鉞譯，《宗教經驗之種種》，商務印書館2004年版，
　　　第3頁。
〔註2〕李岩，《傳播與文化》，浙江大學出版社2009年版，第10～12頁。

雜，方士只是小說的其中一大源頭。當然，僅就志怪小說而言，王瑤的說法則大致符合事實。方士在社會中的邊緣性與志怪小說在目錄學領域中的子部九流之末位置有某種對應關係。上古時期，方士之遠祖——巫祝，原屬尊貴的知識精英階層，因其能力異常，能交通鬼神預知未來，故掌握著國家重要事務的決定權。瞿兌之在其論文《釋巫》中指出：「巫也者，處乎人神之間，而求以人之道，通於神明者也。」〔註3〕從世界歷史發展事實來看，人類社會普遍經歷了一個由神職兼執政者的巫師統治階段。英國宗教學家羅伯遜指出：「有充分的證據證明：巫師或術士本身便是最早的神。在古代社會中，祭司、國王和神的職務，僅是逐漸地分開的。」〔註4〕王暉認為巫祝在上古社會最為顯赫：「一巫、二祝、三宗，四五官。其中以巫祝地位最高，由巫、祝、宗組成巫史集團。相當於後世中央行政官吏的『五官』卻排在巫史集團之後，可見那時巫、祝、宗的地位之高。而巫史集團中的巫覡顯然是處於半人半神的領袖地位。」〔註5〕袁珂甚至考證出夏禹：「本身就是巫師」、「可能也是業巫的世家」〔註6〕在萬事決於鬼神的人類早期社會，巫祝無疑屬尊貴的統治階層。

　　隨著歷史不斷向前發展，民智水平逐漸提高，鬼神的影響力便相應減弱。早在春秋時期，不少有識之士就開始對鬼神產生懷疑，到了孔子的時代，社會的關注焦點已轉向人事，鬼神因此轉向社會邊緣。孔子創立儒家，乾脆不言鬼神之事，對鬼神敬而遠之。隨著社會逐漸疏離鬼神，巫祝地位隨之下降，最後淪落為受人輕視的社會下層。西漢司馬遷言其先祖：「僕之先人，非有剖符丹書之功，文史、星曆、近乎卜祝之間，固主上所戲弄，倡優畜之，流俗之所輕也。」〔註7〕此中「近乎卜祝之間」言先祖出身之賤，流俗之所輕，可見巫祝的邊緣地位。漢代以來，巫祝逐漸演變為方士，混跡民間，「街巷有巫，閭里有祝」〔註8〕，南朝顧願稱「卜相末技，巫史賤術」〔註9〕。宋代巫覡活躍於都市街巷之中，極為興盛，為壓制巫覡活動，宋代歷代君主都曾多次下詔禁巫，各地官吏也大力治理當地巫風。可見在宋代，巫覡已屬社會下流，為統治階層所摒棄。

〔註3〕瞿兌之，《釋巫》，《燕京學報》（單行本），1930年第7期，第997頁。
〔註4〕〔英〕羅伯遜著，宋桂煌譯，《基督教的起源》，三聯書店1958年版，第4頁。
〔註5〕王暉，《商周文化比較研究》，人民出版社2000年版。
〔註6〕袁珂，《〈山海經〉「蓋古之巫書」試探》，中國《山海經》學術討論會論文集《山海經新探》，四川社會科學出版社1986年版。
〔註7〕〔漢〕班固，《漢書》卷六十二《司馬遷傳》，中華書局1962年版，第2732頁。
〔註8〕〔漢〕桓寬，王利器校注，《鹽鐵論》，中華書局1992年版，第352頁。
〔註9〕〔南朝梁〕沈約，《宋書》吉林人民出版社2005年版，第1199頁。

　　志怪小說的產生與上古巫文化緊密相關，故其價值地位也與巫祝命運休戚相關。上古巫史未分，商代的史、卜與祝皆為神職，參決鬼神之事。余嘉錫考證稗官源流：「周禮，大史下大夫二人，上士四人，而小史則中士八人，下士十有六人，此真古之稗官矣。」〔註10〕可見史巫在商周社會還未分流，記錄鬼神之事是史家職責。唐代史家劉知幾曰：「且周王決疑，龜焦著折，宋皇誓眾，竿壞幡亡，梟止涼師之營，鵬集賈生之舍。斯皆妖災著象，而福祿來鍾，愚智不能知，晦明莫之測也。然而古之國史，聞異則書，未必皆審其休咎，詳其美惡也。」〔註11〕因此，志怪小說在史部佔有位置。六朝志怪小說如《博物志》、《列異傳》、《古異傳》、《述異記》、《近異錄》、《搜神記》等皆列入《隋書·經籍志》史部雜家或雜傳類，《舊唐書·經籍志》的歸類基本承襲《隋書·經籍志》，除將《博物志》退為小說類外，其他志怪作品仍列於史部雜傳類。到了宋代，情況就不一樣了，歐陽修等人修《新唐書·藝文志》，史法甚嚴，為肅清史學陣營，將全部志怪小說刪退入小說類。為方便比照，下面將志怪小說在《隋書·經籍志》、《舊唐書·經籍志》以及《新唐書·藝文志》中位置列表格如下：〔註12〕

志怪名稱	隋書經籍志	舊唐書經籍志	新唐書藝文志
博物志	雜家	小說	小說
列異傳	雜家	雜家	小說
古異傳	雜傳	雜傳	小說
述異記	雜傳	雜傳	小說
近異錄	雜傳	雜傳	小說
搜神記	雜傳	雜傳	小說
神錄	雜傳	雜傳	小說
研神記	雜傳	雜傳	小說
祖臺之志怪	雜傳	雜傳	小說
孔氏志怪	雜傳	雜傳	小說

〔註10〕余嘉錫，《余嘉錫論學雜著》，中華書局163年版，第273頁。
〔註11〕〔唐〕劉知幾，〔清〕浦起龍通釋，《史通》，上海古籍出版社2008年版，第47頁。
〔註12〕本表格參照程毅中先生《古體小說論要》中的《小說觀的發展和古籍目錄學的調整》一文中的表格，在此向程先生致謝！《古體小說論要》，華齡出版社，2009年12月第1版，參考位置為第108～109頁。

荀氏靈鬼志	雜傳	雜傳	小說
謝氏鬼神列傳	雜傳	雜傳	小說
幽明錄	雜傳	雜傳	小說
齊諧記	雜傳	雜傳	小說
續齊諧記	雜傳	雜傳	小說
感應傳	雜傳	雜傳	小說
繫應驗記		雜傳	小說
冥祥記	雜傳	雜傳	小說
補續冥祥記	雜傳	雜傳	小說
因果記		雜傳	小說
冤魂記	雜傳	雜傳	小說
集靈記	雜傳	雜傳	小說
徵應集		雜傳	小說
旌異記	雜傳	雜傳	小說

　　志怪小說的價值地位變化可以從歷代官修史書目錄中小說所屬部類的變化中反映出來。從上表的統計可見，志怪小說在整體上具有由史部雜家雜傳類往子部小說類轉移的趨勢，這種趨勢正反映了志怪小說價值地位的邊緣化。《論語》有一句定位小說價值的話：「雖小道，必有可觀焉，致遠恐泥，是以君子弗為也。」〔註13〕此言成了後世評估小說價值的根本依據。將小說置於「大道—小道」的比較語境，後來便演變出價值世界中心與邊緣的相對觀念。當然，從志怪小說作者立場講，「小道」並非他們的價值追求目標，相反，許多作者往往懷有追求「大道」的學術雄心編撰創作志怪小說的。例如干寶將自己的《搜神記》比附《漢書·藝文志》，將之看作神聖的立言求道之舉。中國古人有「三不朽」的價值追求：太上立德，其次立功，其次立言。「立言」的價值在後世被特別強調，魏王曹丕宣稱立言不朽：「蓋文章，經國之大業，不朽之盛事」。（《典論·論文》）曹丕所謂文章其實也包括小說一類，因為他自己就編撰過志怪小說。直至清代，編撰小說仍然具有「立言」的價值，清代紀昀雖然貶低小說，卻不否認其存在價值，他指責蒲松齡《聊齋誌異》的敘事偏離小說的價值取向：「《聊齋誌異》盛行一時，然才子之筆，非著書者之筆也……小說既述見聞，即屬敘事，不比戲場關目，隨意裝點……細微曲折，摹繪如生，使出自言，似無此理；

〔註13〕〔漢〕班固，〔唐〕顏師古注，《漢書》，商務印書館1955年版，第4頁。

使出作者代言，則何從而聞見之？」〔註14〕紀氏所謂「著書者之筆」，其實就是古人立言求道的意識在作品成書過程中的體現。可以說，歷代志怪小說作者都懷有立言求道的價值意識，這種意識通常表現為作者的「著書」情結。

宋代志怪小說作者孜孜不倦地著述鬼怪幽冥之事，立足點卻在人間現實之中，著書的行為本身就隱含其現實的價值訴求：以立言求不朽。宋代不少志怪小說是在作者欲用世而不得的困厄處境下產生的，因此，編撰志怪小說本身就是作者心目中有意義的事業。如北宋初年曹衍就是一個有代表性的例子。據史料記載，曹衍在後周時欲求用於武安軍節度使周行逢，多次向其進獻文章未果，退居鄉里教授謀生。建隆四年（公元 963 年），周行逢卒，衡州刺史張文表叛亂，曹衍便投靠張文表，得到幕府之職，張文表兵敗後逃遁鄉野。李劍國說曹衍困居鄉野期間，無以自進，便遍採舊聞怪異之事，著《湖湘馬氏故事》二十卷、《湖湘靈怪實錄》與《湖湘神仙顯異》各三卷，太平興國初受到石熙載舉薦，獻書及詩三十章，其詩中有《鷺絲》、《貧女》二絕，託意乞恩。史料未記載其所獻之書，但以其一貫做法，上述三部志怪小說應該也是其求進之資。又如北宋張師正著述《括異志》，也是其「遊宦四十年不得志」，故「推變怪之理」以求聞於世。由此看來，以著書求仕進反映出宋代志怪小說作者不甘於邊緣化的價值心態。

第二節　編撰的功用意識

鬼神世界是有待探索的神秘領域，宋代志怪小說作者對之充滿好奇心與求知欲，他們忠實記錄耳聞目睹的鬼神異怪之事，從中思考人世的命定、因果、報應等先驗性問題。所以，宋代志怪小說作者在編撰作品過程中，往往滲透著解釋生活的意識以及對未知世界的知識性追求，而這些意識與追求同時也受到儒家價值觀的引導與制約。儒家關注現實人生，充滿實用理性色彩，李澤厚指出，儒家思想是一種從商周巫史文化中解放出來的理性，它執著於人世間的實用探求，往往將有用性作為真理的標準，認定真理在於其功用、效果。因此，在儒家思想強勢主導的宋代文化領域，宋代志怪小說作者往往比前更自覺地追求作品「治身理家」、「有益於治道」的功用價值。

〔註14〕〔清〕盛時彥，《姑妄聽之跋》，侯忠義，《中國文言小說參考資料》，北京大學出版社，1985 年版，第 33 頁。

一、類書意識

　　類書是中國古代特有的工具書。所謂類書，就是通過採摘群書，按照以類相從的方式輯錄各門類或某一門類的資料，以便尋檢、引用的一種文獻工具書。類書生產於古人對於知識檢索與應用需求，為「覽者易為功，作者資為用」，因此，類書的價值在於其實用性。由於類書通過雜抄各種古籍而成，成分龐雜，故《新唐書‧藝文志》謂：「四部之內，初無何類可歸，強隸之史部或子部，均有未安。」只得在四部之外「自立一門」，而小說類雜收叢殘短語的情形也與類書相似，這使古代學者很難將兩者區別開來。南宋鄭樵《通志二十略‧校讎略》云：「古今編書所不能分者五：一曰傳記，二曰雜家，三曰小說，四曰雜史，五曰故事。」〔註15〕明代胡應麟也有同樣的困惑：「小說，子書說也。然談說道理，或近於經，又有類注疏者；紀述事蹟，或通於史，又有類志傳者。他如孟棨《本事》，盧瓌《抒情》，例以詩話文評，附見集類。究其體制，實小說者流也。至於子類雜家，尤相出入。鄭氏謂古今書家所不能分有九，而不知最易混淆者小說也。」〔註16〕鄭樵與胡應麟對於小說歸類問題的困惑，從另一角度說明了小說與類書的相關性。

　　南宋王應麟《玉海》卷五十四謂：「類事之書，始於《皇覽》」，以曹魏時的《皇覽》為類書始祖。馬國翰在《玉函山房文集》卷三《鎦銖囊‧序》中說：「類書之源，開於秦，衍於漢。劉向《洪範五行傳記》及《新序》、《說苑》，率取古說，分類條列，皆類書也。」〔註17〕類書按以類相從的原則纂集同類知識以方便使用，張滌華在其《類書流別》中指出：「凡薈萃成言，裒次故實，兼收眾籍，不主一家，而區以部類，條分件繫，利尋檢、資採掇，以待應時取給者，皆是也。」〔註18〕其實，小說類作品在目錄學領域中最初也是本著同樣的原則成書的。如劉向編輯《說苑》等書時就使用了類書的編纂體例，《說苑‧序奏》記載：「護左都水使者光祿大夫臣向言：所校中書《說苑雜事》，及臣向書、民間書、誣校讎，其事類眾多，章句相溷，或上下謬亂，難分別次序。除去與新序複重者，其餘者淺薄不中義理，別集以為百家，後令以類相從，一一條別篇目，更以造新事十萬言以上，凡二十篇，七百八十章，號曰新苑，皆可

〔註15〕〔宋〕鄭樵，《通志二十略》，中華書局 1995 年版，第 1817 頁。
〔註16〕〔明〕胡應麟，《少室山房筆叢》，上海書店出版社 2009 年版，第 283 頁。
〔註17〕轉引自胡道靜，《中國古代的類書》，中華書局 1982 年版，第 7 頁。
〔註18〕張滌華，《類書流別》，商務印書館 1985 年版，第 4 頁。

觀。臣向昧死。」〔註19〕此處完整呈現了《新苑》（即《說苑》）產生的過程：首先去除與《新序》重複的材料；其次將「淺薄不中義理」的材料別集為《百家》；然後將所剩材料也即是非「淺薄不中義理」者「以類相從，一一條別篇目」再增加材料撰成《說苑》。當後世小說家為了追求作品的功用價值，往往將其小說當作一種有用的知識進行歸類編排，從而具有類書的特徵，這樣一來，也就使小說與類書間的界限變得更加模糊。前面講過，宋代志怪小說的作者以著述立言的態度看待自己的作品，所以他們會更關注其功用價值，使之成為有用知識的類集。

宋代志怪小說編纂的類書化與北宋前期大型類書編纂活動也有極大關係。北宋前期所編的大型類書《太平廣記》即以志怪小說為主。《太平廣記》共五百卷，分五十二大類（不計附錄類目），一百五十多小類。大類中卷數最多的是神仙類，共 55 卷，接下來依次是鬼類 40 卷，報應類 33 卷，神類 25 卷，女仙類 15 卷，定數類 15 卷，此外再加上異僧 12 卷，再生 12 卷，妖怪 9 卷，龍 8 卷，精怪 6 卷，幻術 4 卷，妖妄 3 卷，釋證 3 卷，夜叉 2 卷，悟前生 2 卷，神魂 1 卷，靈異 1 卷，以及許多動植物小類所涉及的志怪內容，志怪內容占全書大半以上。《欽定四庫全書總目》謂《太平廣記》乃「多談神怪」之書，「古來軼聞瑣事、僻笈遺文咸在焉。」〔註20〕

李劍國認為，《太平廣記》、《太平御覽》及《冊府元龜》三部重大類書的編纂，「造成了宋人的類書熱，類書常採稗官小說，無疑有保存資料擴大影響之功，而一些專題性小說類書——例如宋初《通籍錄異》《窮神記》，南宋的《分門古今類事》——竟也可視為小說集了。」〔註21〕其實，北宋前期的一些志怪小說作者本來就有意識地參用類書體例編撰志怪小說的，譬如作為類書工程的重要修纂者吳淑，就有意識以類書體例撰集《江淮異人錄》與《異僧記》，前書專記江淮道流俠客術士之類，後書則專記異僧事蹟。

一些宋代志怪小說的書名也表現出類書特點。如南宋委心子的《分門古今類事》二十卷，書名中用類事一詞其實就表明其類書性質，《舊唐書‧經籍志》中的事類原為子部雜家中一類，至《新唐書‧藝文志》則改類事為類書，

〔註19〕〔漢〕劉向，向宗魯校，《說苑校證》，中華書局 1987 年版，第 3 頁。
〔註20〕〔清〕紀昀，《欽定四庫全書總目》（整理本），中華書局 1997 年版，第 1882 頁。
〔註21〕李劍國，《宋代志怪傳奇敘錄》，南開大學出版社 1997 年版，第 12 頁。

委心子以類事命名作品明顯含有對類書價值的追求。南宋曾慥的《類說》取自漢以來上百家小說，採掇事實，編纂成書，因此乾脆稱為類說，宋代之後的目錄著作並未將之歸入小說類，李劍國《敘錄》也未將之錄入，這表明小說與類書還是有所區別的，小說的類書化是有一定限度的。但不管怎麼講，宋代志怪小說作者在實用價值意識指引下朝著類書化方向發展，使一些作品形態處於小說與類書之間而難於歸類。如北宋劉振的《通籍錄異》，據名稱應是歷代史冊圖籍中異事的結集，《崇文總目》歸之於小說類，《秘書省續編到四庫闕書目》則歸之於類書類。北宋無名氏的《窮神記》，《崇文總目》歸小說家類，《宋史·藝文志》則兼入小說家類與類書類。北宋文彥博《至孝通神集》三十卷，乃集合歷代古籍中所載忠孝感人之事，分類編纂成書，依其題材內容當屬志怪小說，但《秘書省續編到四庫闕書目》著錄於傳記類，《宋史·藝文志》則將其歸為類書。北宋李象先《禁殺錄》一卷「集錄古今冥報事，以為殺戒。」依題材性質屬志怪小說，但《郡齋讀書志》與《文獻通考·經籍考》皆將其歸於類書類。南宋歐陽邦基編《勸誡別錄》三卷，《直齋書錄解題》與《文獻通考·經籍考》皆著錄於小說家類，《宋史·藝文志》則著錄於類事類，書名為《勸誡別錄》。

南宋洪邁《夷堅志》，書名即源於《列子·湯問》「大禹行而見之，伯益知而名之，夷堅聞而志之」之句。夷堅所志之事皆志怪之事，唐代有張氏編撰的《夷堅錄》，是一部志怪小說，洪邁《夷堅志》即仿《夷堅錄》而成，然明代重要目錄學著作《文淵閣書目》與《蕭竹堂書目》仍將《夷堅志》歸入類書類，這可能是因洪邁《夷堅志》包含龐雜知識，體現出強烈的功用意識，所以明代目錄學家首先在實用性方面給它定位。其實在南宋就有一些學者將《夷堅志》看作類書的，如南宋何異在《容齋隨筆》序中曰：「僕又嘗風陳日華，盡得《夷堅》十志與支志、三志及四志之二，共三百二十卷（「三」當為「四」），就摘其間詩詞、雜著、藥餌、符咒之屬，以類相從，編刻於湖陰之計臺，疏為十卷，覽者便之。」〔註22〕南宋末年的葉祖榮即以類書體例採撷《夷堅志》，編成《分類夷堅志》五十一卷，分三十六門，一百十三類。

當然，並非所有的宋代志怪小說都有類書化特徵，但由於作者受實用價值意識影響，再加宋代朝廷類書工程的誘導，致使宋代志怪小說比前代更注重其

〔註22〕〔宋〕洪邁，何卓點校，《夷堅志·附錄》，中華書局1981年版，第1817頁。

知識價值，也表現出更明顯的類書化特點。宋代志怪小說的類書化傾向，使之具有較為獨特的面目，就如李劍國所歸納的，《乘異記》之語怪，《麗情集》之言情、《科名分定錄》之說科名、《徼戒會最》之談報應。

二、知識訴求

宋代志怪小說的功用意識還體現為內容方面的知識性追求。從起源上說，小說最初即指代某種知識或學問，在先秦百家爭鳴的文化語境中，小說又特指低層次的知識或學問。在漢代，桓譚也是在知識層面描述小說家的，不過在儒家獨尊的語境中，小說又特別指有益於「治身理家」的知識或學問。《漢書‧藝文志》將小說家置於「諸子略」，就在於其知識性。小說家在《漢書‧藝文志》中雖位於九流之末，但其子部性質未變。明代胡應麟的小說觀念開始偏重文學性，但也沒有脫離傳統子部小說範疇，仍然堅持小說的子書價值立場。清代紀昀強調「著書者之筆」〔註23〕，即是對小說內容知識性的強調。「小說既述見聞，即屬敘事，不比戲場關目，隨意裝點。」在紀昀看來，小說是一種學術文化而非文學體裁。當代學者陳文新對此特別強調：「一個文體意識強烈的子部小說（筆記小說）家，他必然忽略細膩的描寫、華豔的文辭和曲折的故事，而將主要精力放在哲理和知識的傳達上。」〔註24〕

以今天的目光看，志怪小說是一種講究虛構的小說文體，但在科學落後的古代，志怪小說卻是一種知識載體。《史記‧日者列傳》引賈誼語云：「吾聞古之聖人，不居朝廷，必在卜醫之中。」可見上古巫覡屬精英知識階層。法國思想家拉法格在其《思想起源論》一書中提到：「在生命中和生活中都存在許多謎，這些謎常常佔據著人們的腦力。一當人們開始思想，他們就試圖來解答，並且盡可能按照他們的知識所允許的限度內解答了他們。」〔註25〕以鬼神為主要內容的志怪小說即是混合著早期知識的結集。先秦《墨子》記載大量的鬼神事蹟的同時，也記載大量自然科學方面的知識。人類早期萬物有靈的觀念雖然隨著民智水平的提高而逐漸變得淡薄，但鬼神一直是難以證偽的先驗性存在，

〔註23〕〔清〕盛時彥《姑妄聽之跋》，《閱微草堂筆記》，上海古籍出版社2006年版，第353頁。

〔註24〕陳文新，《紀昀何以將筆記小說劃歸子部》，《山西師大學報（社會科學版）》，2001年第1期，第49～53頁。

〔註25〕〔法〕拉法格著，王子野譯，《思想起源論》，生活‧讀書‧新知三聯書店1963年版，第121頁。

因為「鬼神之明智於聖人也，猶聰耳明目之與聲瞽也。」〔註26〕即使在理性水平比較發達的宋代，鬼神世界仍然是需要深入探尋的未知世界，在其中存在著許多神秘知識。南宋學者袁采說：「如不能為儒，則巫醫、僧道、農圃、商賈、伎術，凡可以養生而不致於辱先者，皆可為也。」〔註27〕此中即將巫醫、僧道看作一種知識性的職業。

　　許多宋代志怪小說在其內容條目上即表現出知識性特徵。北宋沈括是中國古代最有科學精神的學者之一，《宋史·沈括傳》稱沈括「博學善文，於天文、方志、律曆、音樂、醫藥、卜算無所不通，皆有所論著」。英國科學史家李約瑟認為沈括的筆記著作《夢溪筆談》是「中國科學史上的座標」。《夢溪筆談》三分之一以上篇幅記錄自然科學知識，如物理學方面磁偏角知識、凹面鏡成像原理以及共振現象、數學方面的「隙積術」、「會圓術」、地質學方面的沖積平原形成、石油的命名等等，這些發現在當時世界上處於領先水平。此外，《夢溪筆談》還記錄了畢昇發明的活字印刷術，金屬冶煉的方法等，為科學史留下珍貴的資料。這樣一位充滿科學精神的學者在其《夢溪筆談》中居然以極為嚴肅的態度記錄與分析種種鬼神之事。如《夢溪筆談》卷二十一「異事異疾附」條記錄景祐中，廁神紫姑降於太常博士王綸家閨女的怪異之事。對這種荒誕之事，沈括卻深信其有，他還說曾親睹神仙。由此看來，沈括是將志怪之事當作一種知識或學問的真實記錄。此外，《夢溪筆談》卷七象數一、卷八象數二等處，皆以古代深奧的理論分析神性莫測之事。因此可以推知，沈括的志怪小說《清夜錄》也是以同樣的態度編纂成書的。

　　沈括對待志怪小說的態度再次表明，鬼神世界在宋代人心目中仍然屬有待探索的未知世界。正是在探索未知世界的好奇心引導之下，北宋張師正在「遊宦四十年不得志」之後，潛心編撰志怪小說，「於是推變怪之理」，從而產生《括異志》以及《後志》凡數萬言志怪小說作品。張師正對所記神仙鬼怪之事，多注明事蹟來源及出處，不但以示徵信，還表現其保持知識資料的嚴肅態度。其他宋代志怪小說作者大多都是在這種心態下編撰作品的，如南宋洪邁身為朝廷重臣，卻「不務正業」，傾人生六十年精力「瑣瑣從事於神奇荒怪，索墨費紙」〔註28〕編撰出皇皇四百二十巨卷的志怪小說《夷堅志》，在志怪小說

〔註26〕〔戰國〕墨翟，《墨子》，上海古籍出版社1989年版，第93頁。
〔註27〕〔宋〕袁采，《袁氏世範》，中華書局1985年版，第40頁。
〔註28〕〔宋〕洪邁，何卓點校，《夷堅志》，中華書局1981年版，第537頁。

的文學價值不被重視的宋代，其《夷堅志》兩方面的價值使洪邁「獨愛奇氣習
猶與壯等」〔註29〕：一是作為補史的史料價值；二是作為鬼神的知識資料的價
值。對於後者，南宋趙與時《賓退錄》卷八轉述洪邁《夷堅三志‧戊》中序言：
「子不語怪力亂神，非置而弗問也。聖人設教垂世，不肯以神怪之事詒諸話言。
然書於《春秋》、於《易》、於《詩》、於《書》皆有之，而《左氏內外傳》尤
多，遂以為誣誕浮誇則不可。」〔註30〕此處表現出洪邁開拓先聖未涉領域的興
趣。《夷堅志》確實夾雜著不少實用知識，陳振孫《直齋書錄解題》著錄：「《夷
堅志類編》三卷，四川總領陳顯日華取《夷堅志》中詩文、藥方類為一編。」
〔註31〕又如南宋李石的《續博物志》，此書續西晉張華《博物志》而來，其知
識性追求不言而喻，在志怪小說諸體中，博物體志怪小說最有知識性特點，它
在源頭上繼承上古地理書《山海經》。而作為志怪小說之祖的《山海經》，其實
就是古人對未知世界進行想像性探索的結晶。李石《續博物志序》云：「張華
述地理，自以禹所未志，且天官所遺多矣。經所不載，以天包地，象緯之學，
亦華所甚惜也。雖然，華仿《山海經》而作，故略。或曰：武帝以華志繁，俾
芟而略之。余所志，視華歲時綿歷，其有取於天，而首以冠其篇。次第仿華說，
一事續一事。不苟於搜索，與世之類書者小異，而比華所志加詳。」〔註32〕從
序中明顯體現出李石沿著張華探索的足跡試圖更深入探索天地神秘世界的意
圖。李石的《續博物志》在內容上確實比張華的《博物志》要豐富，對知識關
注點也有所不同，「華書首敘地理，全書基本不涉天象，此則以天象為首。乃
是『以天包地』之意，這是內容安排上後個顯著區別。」〔註33〕與李石《續博
物志》相類似的還有北宋無名氏的《廣物志》十卷，內容也是記載種種異物，
傳播奇異知識。

　　宋代志怪小說作者編撰作品時雖然也有搜奇獵異的因素，但這並不是主
要的動機，或者說，他們在價值層面所追求的東西與其搜奇獵異興趣並沒有直
接關係。至於文化層次較低的宋代志怪小說作者，追求娛樂刺激也並非其成書
的決定性因素，因為他們更有可能相信神秘之事，往往將志怪小說作為信仰世
界的知識加以記錄與傳播，如《貫怪圖》、《異魚圖》、《異龍圖》、《靈異圖》等

〔註29〕〔宋〕洪邁，何卓點校，《夷堅志》，中華書局1981年版，第795頁。
〔註30〕〔宋〕洪邁，何卓點校，《夷堅志‧附錄》，中華書局1981年版，第1821頁。
〔註31〕〔宋〕陳振孫，《直齋書錄解題》，上海古籍出版社1987年版，第337頁。
〔註32〕〔宋〕李石，李之亮點校，《續博物志》，巴蜀書社1991年版，第1頁。
〔註33〕李劍國，《唐五代志怪傳奇小說敘錄》，南開大學出版社1993年版，第313頁。

志怪小說,多未留下作者名字,這類作者一般出身於社會下層,他們極有可能將神奇靈異之事作為實有資料,唯恐解釋不清,所以特別配以圖解。《貫怪圖》之所以名之貫怪,據李劍國推論:「內容是精怪,條貫而作圖示和文字說明,所以稱作《貫怪圖》。」〔註34〕不但將知識加以梳理,再配之以圖將知識具體形象化。像《異魚圖》所述乃為異魚,常人難得一見,故附以圖示,使這種怪異知識得以傳播。其實古代即有圖文相配以傳播靈異知識的雜書,如《山海經圖贊》、《列仙圖》、《白澤圖》、《括地圖》、《外國圖》等,皆是文圖相配來描述異域情景,傳播陌生世界的神秘知識。

在古代社會,尤其是下層社會中,人們理解或解釋種種神秘現象的「科學理論」是充滿神秘色彩的陰陽五行、術數命理等學問。其實,許多志怪小說完全可以看作古人探討異常事物與現象的知識彙集。譬如,北宋無名氏的《數術記》一卷,據名稱應是關於卜筮、占候、命相、測字等方面的靈驗之事,由於知識性很強,以致清末民初的目錄學大家葉德輝疑之為算術類著作。有些志怪小說甚至直接竊取史書五行志中的內容充當其書,如北宋令狐皞的《歷代神異感應錄》二卷,李劍國從其佚文考證出其來源,竟是抄襲《宋書·五行志二》及《晉書·五行志中》的內容。所以李氏推斷此書「是纂輯歷代妖異祥瑞應驗事而成,性質與隋蕭吉《五行記》、唐竇維鋈《廣古今五行記》一類五行小說書性質相近。」〔註35〕因此,宋代志怪小說作者對於作品內容的知識性強調,使宋代志怪小說與文學色彩較濃的唐代志怪小說具有明顯差異。

第三節　史學價值追求

一、志怪史緣

志怪小說內容的知識性特徵總是與真實性問題糾纏在一起,因為真實性是知識價值的基礎。因此與前代相比,宋代志怪小說作者更自覺地強調作品內容的真實性。

上面講過,志怪小說孕育於巫史文化。王瑤甚至認為小說(主要指志怪小說)源於方術。在不喜言怪,追求實錄的史官文化發展起來後,巫史文化中的

〔註34〕李劍國,《宋代志怪傳奇敘錄》,南開大學出版社 1997 年版,第 37 頁。
〔註35〕李劍國,《唐五代志怪傳奇小說敘錄》,南開大學出版社 1993 年版,第 233 頁。

巫性便受到壓制。但史與巫兩種文化並不對立，史官文化本源於巫官文化，因此有學者乾脆將中國上古文化稱為巫史文化。從歷史發展的角度來看，史官文化其實是對巫官文化中人文傳統的繼承。魯德才在談到中國小說家的歷史意識時，特別強調史官文化，「本質的說，史官文化源於巫官文化，但並非全部衍生於巫官文化，而是對巫官文化的揚棄。因上古時期史巫並稱，巫史連稱，只是隨著社會的發展，中國人注重人事的實用理性的價值取向，決定了史官文化轉向人事世界，逐漸割斷了與巫官聯繫的紐帶，最終覆蓋和取代巫官文化，確立了史官文化的統治地位。正是中國人的歷史意識促進了史官文化的發展，史官制度的建立，又加深了中國人的歷史意識，特別在史官文化所催生的歷史意識影響下，先案諸子百家及諸種典籍，在從事中國文化的最初建構時，都毫無例外的打上了歷史性的烙印，而且後來都成為中國傳統文化的基調和神髓。毫無疑問，中國古代小說中的文言小說文體與創作意識，直接源於史官文化；白話小說雖起源於古代說故事，卻也都經過史傳薰陶與培植，形成了獨特的小說形態。」〔註36〕陳平原從魯迅《中國小說史略》第一篇的標題「史家對於小說之著錄及論述」解讀中國小說的史學語境：「標題即揭示出一個值得深思的現象：在近 2000 年的漫長歲月裏，著錄及論述小說的，主要是史家而不是批評家。」〔註37〕唐代之前，志怪小說歸屬史部，故史家對之論斷乃份內之事。陳氏指出，「『史家成見』不僅體現在史家『抹煞』或『著錄』作品，更體現在褒貶抑揚中所自然流露的評價標準。除了魯迅所提及的明人胡應麟、清人紀昀，如果再加上唐人劉知幾，基本上就能代表中國古代文人對於「小說」的見解了。」〔註38〕

　　志怪小說是中國古代小說家族中最具虛構性的一員，因此受歷代史家「關照」。在唐代之前的史籍書目中，志怪小說還有史部名分，到唐代劉知幾建構史學理論體系之後，則名分也模糊不清了。劉知幾《史通‧雜述》曰：「是知偏記小說，自成一家。而能與正史參行，其所從來尚矣。」〔註39〕在此，志怪小說雖與正史參行，身份歸屬卻變得不清不楚。到了宋代，志怪小說便無法

〔註36〕魯德才，《中國人的歷史意識與小說家意識綱要》，大連明清小說研究中心編，《稗海新航》，春風文藝出版社 1996 年版，第 51 頁。

〔註37〕陳平原，《中國古小說的演進》，《尋根》，1996 年第 3 期，第 33～34 頁。

〔註38〕陳平原，《中國古小說的演進》，《尋根》，1996 年第 3 期，第 33～34 頁。

〔註39〕〔唐〕劉知幾，〔清〕浦起龍通釋，《史通》，上海古籍出版社 2008 年版，第 193 頁。

再留於史部了，《新唐書·藝文志》即將其一概刪退至小說類。當然，宋代史家跟宋代理學家一樣不是徹底的無神論者，他們會以謹慎的態度接納一些被認為可信的鬼神志怪材料。譬如大史家司馬光編史遍採小說作為史料，他在《進資治通鑑表》表明其著史之法：「遍採舊史、旁採小說，簡牘盈積，浩如煙海」。〔註40〕其所採小說中有一些就是志怪小說。為「使讀者曉然於記載之得失是非，而不復有所歧惑」，宋代大史家司馬光還特別「參考群書，評其同異，悴歸一途」，撰《資治通監考異》三十卷，其中收入大量志怪材料。歐陽修修撰《新唐書》也大量採集小說材料，其中有不少是志怪小說，朱弁《曲洧舊聞》卷九云：「《新唐書》載事倍於《舊》，皆取小說。本朝小說尤少，士大夫縱私有所記，多不肯輕出之。」〔註41〕所取小說中即有不少是志怪小說。以小說為史餘的觀念沿至清代史家，清代重要典籍《史籍考》中即包括了小說類作品，清代章學誠《校讎通義·互著第三》謂：「集部之詞曲與史部之小說相出入」。〔註42〕清代紀昀精於辨偽，但在志怪小說問題上卻常以偽為真，在《欽定四庫全書總目》中為北宋吳淑《江淮異人靈》辯護：「鉉書說鬼，率誕漫不經，淑書所記，則《周禮》所謂『怪民』、《史記》所謂『方士』，前史往往載之，尚為事之所有。其中如『耿先生』之類，馬令、陸游二《南唐書》皆採取之，則亦未盡鑿空也。」〔註43〕

吳懷祺認為，宋代史家普遍具有二重品質：「一方面他們注意史學求實的傳統，努力從歷史的興亡中看出人事作用，尋求興亡的真實規律；另一方面，他們往往又用歷史興亡事實去驗證天理的先驗性質、永恆性質。」〔註44〕由此看來，「資鑒」和「求理」是宋代史學的兩個重要方面，但「資鑒」之求真與「求理」之務虛，兩者存在明顯的矛盾，因此，志怪小說真實性問題總令宋代史家陷於兩難境地。宋代志怪小說補史的價值正是在宋代史家的這種尷尬處境中成為可能。因此，宋代史學的強勢反倒逼出宋代志怪小說強烈的補史意識。

〔註40〕〔宋〕司馬光，《資治通鑒·進資治通鑒表》，中華書局 1956 年版，第 9607 頁。

〔註41〕〔宋〕朱弁，《曲洧舊聞》，中華書局 2002 年版，第 217 頁。

〔註42〕〔清〕章學誠，王重民通解，《校讎通義通解》，上海古籍出版社 2009 年版，第 21 頁。

〔註43〕〔清〕紀昀，《欽定四庫全書總目》（整理本），中華書局 1997 年版，第 1882 頁。

〔註44〕吳懷祺，《宋代史學思想史》，黃山書社 1992 年版，第 9 頁。

二、志怪補史

　　早期的志怪小說可以說是古人對未知世界想像性探索的記錄，是一種知識載體，後來民智漸開，志怪小說的真實性也逐漸受到懷疑。到了宋代，史家「智識」給宋代志怪小說帶來存在的危機。

　　在史官文化中，真實性問題關乎小說存廢。如東晉裴啟的《語林》，初時廣受讚譽，「大為遠近所傳，時流年少無不傳寫，各有一通。」〔註45〕最後卻因記載失實而遭廢棄，此事載於《世說新語・輕詆》甚詳，《世說新語》在宋代流傳極廣，所以宋代志怪小說作者必定熟知《語林》事件。《語林》不屬志怪小說，尚且因假見棄，何況專記鬼神之事的志怪小說。在這種存毀壓力之下，宋代志怪小說作者對真實性問題更為謹慎小心。南宋張邦基在其小說《墨莊漫錄》的跋中道出其編撰小說的價值訴求：「唐人所著小說家流不啻數百家，後史官採摭者甚眾，然復有一種皆神怪茫昧，肆為詭誕，如《玄怪錄》、《河東記》、《會昌解頤錄》、《纂異》之類，蓋才士寓言以逞辭，皆亡是公、烏有先生之比，無足取焉。近世諸公所記可觀而傳者，如楊文公《談苑》、歐文忠公《歸田錄》……不可概舉，但著述者於褒貶去取或有未公，皆出於好惡之不同耳。故予抄此集如寓言寄意者皆不敢載聞之審傳之的者方錄焉。」〔註46〕在宋代小說中，宋代志怪小說無疑是最受質疑的部分，故其作者在真實性問題上的警惕與敏感可想而知。因此，宋代志怪小說作者述異之時不忘表達求真之意，他們會不斷提醒讀者：他們不是在虛構，而是在紀實。

　　北宋景煥《野人閒話序》云：「野人者，成都景煥，山野之人也；閒話進、知音會語，話前蜀主孟氏一朝人間聞見之事也。其中有功臣瑞應、朝廷規制可紀之事，則盡自史官一代之書，此則不述。故事件繁雜，言語猥俗，亦可警悟於人者錄之。編為五卷，謂之《野人閒話》。」〔註47〕在作者景煥看來，「功臣瑞應、朝廷規制可紀之事」乃史官之事，《野人閒話》則以「可警悟於人者」之事補史官所不載者。景煥對作品的自覺定位，顯然是在實踐劉知幾所謂小說「與正史參行」思想。北宋張君房《乘異記》，書名即有「與正史參行」之意，陳振孫《直齋書錄解題》卷十一敘《乘異記》：「南陽張君房撰。咸平癸卯序，取『晉之乘』之義也。」〔註48〕「晉之乘」語出《孟子・離婁下》，晉以之作

〔註45〕楊勇，《世說新語校箋》，中華書局 2007 年版，第 248 頁。

〔註46〕〔宋〕張邦基，孔凡禮點校，《墨莊漫錄》，中華書局 2002 年版，第 281 頁。

〔註47〕〔宋〕景煥，《野人閒話》（說郛本），商務印書館 1927 年版。

〔註48〕〔宋〕陳振孫，《直齋書錄解題》，上海古籍出版社 1987 年版，第 326 頁。

史書之名，乃用車輿載物的比喻意義，張君房以此為名，實有附史補史的意思。北宋章炳文《搜神秘覽》自覺繼踵六朝，題仿干寶《搜神記》，其著述觀念亦承襲六朝志怪作者述異以明「人鬼乃實有」，忠實記異以補史闕的思想。其序文云：「人有貴賤，有貧富，穎然而秀者，混然而樸者，飄然而浮者，窒塞而愚者，為士，為農，為工，為商，為神，為聖，則天地人物，皆不可得而齊矣，此自然之為理也。及乎神降於莘，石言於晉，耳目之間，莫不有變怪有不可，以智知明查，出入乎機微，不神而神，自然而然。或書之竹帛，傳之丹青，非虛誕也。」〔註49〕章氏還講出鬼神靈異事蹟值得「書之竹帛，傳之丹青」的一番道理，強調其述異皆有所據，記錄態度嚴肅認真，「予因暇日，苟目有所見，不忘於心，耳有所聞，必誦於口。稽靈即冥，搜神纂異，遇事直筆，隨而記之，號曰《搜神秘覽》。每開談較議，博採妖祥，不類不次，不文不飾，無誕無避。性多疎曠，不能無遺。聊綴紀編，以增塵柄。」〔註50〕在章氏看來，以此態度著述志怪之事必有益於史而無愧於世。

有些宋代志怪小說作者兼有史家身份，如《江淮異人靈》的吳淑，《清夜錄》的沈括、《燕華仙傳》的黃裳、《續清夜錄》的王銍、《夷堅志》的洪邁等等，這些作者都曾參與國史編修工作。因此他們更習慣也更自覺地從史家視角考量志怪小說。在這類作者中，南宋的洪邁最有代表性。洪邁作為南宋大史家，卻傾注一輩子心血編撰《夷堅志》，因此，他對作品的價值問題的強調得比誰都多，也比誰都嚴謹深刻。洪邁為《夷堅志》各編內容都用心作序，從不同角度其實也是變著法子為《夷堅志》的史學價值進行辨護。南宋趙與時《賓退錄》卷第八記述：「洪文敏著《夷堅志》，積三十二編，凡三十一序，各出新意，不相複重，昔人所無也。今撮其意書之，觀者當知其不可及。」〔註51〕如《夷堅乙志序》云：「若予是書，遠不過一甲子，耳目相接，皆表表有據依者。」〔註52〕又如《夷堅支庚序》云：「蓋每聞客語，登輒記錄，或在酒間不暇，則以翼旦追書之，仍亟示其人，必使始末無差戾乃止。既所聞不失亡，而信可傳。」〔註53〕洪邁甚至認為《夷堅志》的內容可作為撰寫地方志的材料：「三志景謂郡邑必有圖志，鄱陽獨無，而《夷堅》自甲施於三景，所稡州里異聞，

〔註49〕〔宋〕章炳文，《搜神秘覽》，商務印書館 1930 年影印本。
〔註50〕〔宋〕章炳文，《搜神秘覽》，商務印書館 1930 年影印本。
〔註51〕〔宋〕洪邁，何卓點校，《夷堅志・附錄》，中華書局 1981 年版，第 1817 頁。
〔註52〕〔宋〕洪邁，何卓點校，《夷堅志》，中華書局 1981 年版，第 185 頁。
〔註53〕〔宋〕洪邁，何卓點校，《夷堅志》，中華書局 1981 年版，第 1135 頁。

乃至五百有五十，他時有好事君子，採以為志，斯過半矣。」〔註54〕即使在志怪敘事過程中，洪邁也禁不住跳出來提醒其所記之事的史料價值，如《夷堅志補》卷一「蕪湖孝女」條，敘述一少女在父母遭到賊人威逼時，捨命以自己身體擋住危險以保護雙親的事蹟，洪邁在敘事過程中跳出來評述：「今世士大夫，口誦聖賢之言，委心從賊，徼幸以偷生者，不可勝數，曾一女子之不若；故備錄之，異日用補國史也。」〔註55〕在宋代志怪小說作者中，洪邁是最重視志怪小說補史價值的作者。

洪邁的地位與聲望使其關於志怪小說價值的言論影響廣泛，在當時即得到積極響應。與洪邁同時代的王質撰《夷堅別志》，據書名可知有意模仿《夷堅志》，王質在序言中宣稱：「久之習熟調利，滋耽玩不能釋，間自觀覽，要不為無補於世，而古今文章之關鍵，亦間有相通者，不以是為無益而中畫，愈衰所見聞，益之事五百七十，卷二十四，今書之目也。余心尚未艾，書當如之，則將漫及於《夷堅》矣。……得歲月者紀歲月，得其所者紀其所，得其人者紀其人，三者並書之備矣。」〔註56〕王質在此不僅積極呼應洪邁的補史觀點，而且還總結出志怪補史方法，所謂「得歲月者紀歲月，得其所者紀其所，得其人者紀其人，三者並書之備矣。」歷代志怪小說作者都有補史的價值意識，不過宋代志怪小說作者比前代更自覺強烈，這不僅表現在他們作品的序跋論述文字中，還突出表現在對志怪來源上嚴謹傳錄以及在志怪敘事過程中的嚴格考辨方面。

三、傳錄與考辨

《隋書‧經籍志》強調修史的嚴肅性，批評一些史家的草率態度：「皆因其志向，率爾而作，不在正史。」〔註57〕志怪小說作者要想使其作品進入史部，就必須具有史家修史的實錄態度。前面講過，宋代志怪小說作者的實錄態度比前代更深入地體現於對事蹟來源的記錄與及真偽性考辨方面。

首先在事蹟來源方面，宋代志怪小說作者極力強調事件來源的可靠性。如《雲齋廣錄‧居士遇仙》敘寫居士郭智遇仙事，作者特意在敘事中交代：「余初聞此說，未甚然之。後因見居士（缺一字）世孫述，復詢其事，合若符節，

〔註54〕〔宋〕洪邁，何卓點校，《夷堅志》，中華書局1981年版，第1820頁。
〔註55〕〔宋〕洪邁，何卓點校，《夷堅志》，中華書局1981年版，第1554頁。
〔註56〕〔元〕馬端臨，《文獻通考》，中華書局2011年版，第6062～6063頁。
〔註57〕〔唐〕魏徵，《隋書‧經籍志》，中華書局1973年版，第982頁。

方知其不誣云。」〔註58〕《摭青雜說‧茶肆主人》敘事中也特別表示事出有據：
「高殿院之子元輔乃李氏親，嘗與予具言其事。」〔註59〕為了使人相信所記之
事的真實性，一些志怪小說作者還親自作證，如北宋沈括即親自充當鬼神之事
見證者，其《夢溪筆談》卷二十「神仙傳聞」條云：「神仙之說傳聞固多，余
之目睹二事。」〔註60〕北宋張齊賢《洛陽搢紳舊聞記》卷四「洛陽染工見冤
鬼」條寫鬼神之事，作者也親自作證：「余在洛中目睹之，故書以示勸誡云。」
〔註61〕這種特別強調客觀傳錄與記實言論，在宋代志怪小說作品的序跋以及
在作品敘事內容中普遍存在，當然，其中最突出的仍是洪邁的《夷堅志》。

　　《夷堅乙志序》曰：「夫《齊諧》之志怪，莊周之談天，虛無幻茫，不可
致詰。逮干寶之《搜神》，奇章公之《玄怪》，谷神子之《博異》，《河東》之記，
《宣室》之志，《稽神》之錄，皆不能無寓言於其間。若予是書，遠不過一甲
子，耳目相接，皆表表有據依者。」〔註62〕前賢之作「皆不能無寓言於其間」，
而其《夷堅志》則只求忠實載錄事蹟而不及其他，所謂「耳目相接，皆表表有
據依者」。正是據於這一原則，洪邁認為唐代志怪小說僅有少數幾家足以稱
道，《夷堅支癸序》云：「《唐史》所標百餘家，六百三十五卷，班班其傳，整
齊可玩者，若牛奇章、李復言之《玄怪》，陳翰之《異聞》，胡璩之《談賓》，
溫庭筠之《乾（月異）》，段成式之《酉陽雜俎》，張讀之《宣室志》，盧子之《逸
史》，薛漁思之《河東記》耳，余多不足讀。」〔註63〕洪邁將「皆表表有據依
者」貫徹在《夷堅志》中，從而使志怪之書有了補史價值。

　　宋代志怪小說作者還有意承襲史家敘事文法，以突出傳錄的嚴肅性。受
《春秋》筆法影響，後世史著力求行文簡潔。西漢司馬遷著《史記》「其文直，
其事核」，被歷代史家所傚仿，宋代史家自覺繼承這一傳統，追求敘事的質樸
與簡練。這種追求也體現於宋代志怪小說，北宋黃伯思評唐代高彥休《闕史》
云：「敘事頗可觀，但過為緣飾，殊有銑溪虯戶體，此其贅云。」〔註64〕宋人
反對小說敘事的「緣飾」，因為「緣飾」意味著虛構。北宋前期的志怪小說作

〔註58〕〔宋〕李獻民，《雲齋廣錄》，中華書局1997年版，第65頁。
〔註59〕李劍國輯校，《宋代傳奇集》，中華書局2001年版，第572頁。
〔註60〕〔宋〕沈括，施適校點，《夢溪筆談》，上海古籍出版社2015年版，第132頁。
〔註61〕〔宋〕張齊賢，丁喜霞校注，《洛陽搢紳舊聞記校注》，中國社會科學出版社
　　　　2013年版，第118頁。
〔註62〕〔宋〕洪邁，何卓點校，《夷堅志》，中華書局1981年版，第185頁。
〔註63〕〔宋〕洪邁，何卓點校，《夷堅志》，中華書局1981年版，第1221頁。
〔註64〕〔宋〕黃伯思，《東觀餘論》，中華書局1988年版，第261頁。

者有意識追求史家敘事文法，如徐鉉的《稽神錄》、錢易的《洞微志》、張君房的《乘異記》、秦再思的《洛中紀異》、畢仲詢的《幕府燕閒錄》等作品，敘事皆講究客觀簡練，質樸平直。魯迅指責宋代志怪小說：「偏重事狀，少所鋪敘」〔註65〕，這種指責正說明他們努力取得其預期效果。

宋代志怪小說作者對所傳錄的志怪內容也表現出嚴格的審查考辨態度。為了驗證事蹟真假，他們會一絲不苟地追究其來源。為查實事源，有的作者還親自到「故事現場」實地調查。如秦觀《錄龍井辯才事》寫辯才法師為秀州陶令子驅除柳妖一事，為驗證其真假親自查訪，「予聞其事久矣。元豐二年，見辯才於龍井山，問之信然。」《夷堅甲志》卷十八「邵昱水厄」條記邵昱誤入冥府的經過，為強調其事可信，敘述者在敘事完結後附注曰，「予親扣其詳如此」〔註66〕。《夷堅丙志》卷一五「魚肉道人」條，作者也很有耐心地核實素材的可靠性，作者曾聽周葵說過魚肉道人事蹟，後來又「見之郡陽……證其得道始末，與周說不差，故採著其大略」〔註67〕。雖得自傳聞，但經過當事人證實，便加強了可靠性。張邦基《墨莊漫錄》卷四「關子東三夢」條，記述關子東前後連貫的三個異夢，作者聲稱：「子東嘗自為予言。」〔註68〕陳鵠《西塘集耆舊續聞》卷七記載曾亨仲遇崔府君女事：「余淳熙甲辰，初識曾於臨安郡庠。一日乘其醉扣之，曾悉以告，嘗為作傳以紀其事矣。」有時為證明志怪小說所敘內容的真實性，宋代志怪小說作者還利用學術考證辦法，這方面內容將在下一章再談，此處不贅。

總而言之，宋代志怪小說作者以嚴謹認真的傳錄態度以及考辯論證的傳錄方式，打造出志怪作品的實錄假象，從而獲得進入正統價值世界的資格。事實上，宋代志怪小說作者的上述努力確實取得了比較明顯的效果，如洪邁在《夷堅志》中的客觀傳錄與嚴謹考辨姿態，便得到同代學者李燾、朱熹、陸游等人對《夷堅志》內容的認可。李燾《建炎以來繫年要錄》將《夷堅志》中的一些故事作為史料來源，《要錄》記載：「保寧軍承宣使提舉佑神觀藍公佐卒，公佐奉祠居平江，其妻碩人王氏忽生須數莖，長寸許。未幾，公佐與王氏繼亡，相去才七十日」〔註69〕朱熹《朱子語類》也以《夷堅志》中所錄事蹟作為闡發事

〔註65〕魯迅，《中國小說史略》，上海古籍出版社1998年版，第65頁。
〔註66〕〔宋〕洪邁，何卓點校，《夷堅志》，中華書局1981年版，第161頁。
〔註67〕〔宋〕洪邁，何卓點校，《夷堅志》，中華書局1981年版，第493～494頁。
〔註68〕〔宋〕張邦基，孔凡禮點校，《墨莊漫錄》，中華書局2002年版，第124頁。
〔註69〕〔宋〕李心傳，《建炎以來繫年要錄》，上海古籍出版社1992年版，第824頁。

理的佐證材料。陸游則贊《夷堅志》:「筆近《反離騷》,書非《支諾皋》。豈惟堪史補,端足擅文豪。馳騁空凡馬,從容立斷鼇。陋儒那得議,汝輩亦徒勞。」〔註70〕即使到了清代,洪邁的《夷堅志》也常被當成補史之作,清人沈復粲《鳴野山房書目》還把《夷堅志》歸入外史類,「史之七」「外史」:「《夷堅志》五十卷,鄱陽洪邁紀」。〔註71〕《同治鄱陽縣志》卷二十四「補遺」則據《夷堅志》相關內容考訂地名。〔註72〕以上事例充分表明洪邁的價值策略的有效性。

第四節　價值困境與道德轉向

一、敘事的虛實困境

　　宋代志怪小說作者雖在作品內容的真實性問題上費盡心思,但在世人質疑的目光中,他們的辯護還是漏洞百出。宋代教育比前代更加普及,人們的理性思辨能力整體上也比前代更強,因此,宋代志怪小說作者追求實錄以補史努力難以奏效,因為無論他們怎樣辯護,都無法遮掩志怪小說虛構性的先天性缺憾。在宋代志怪小說作者中,洪邁是對真實性問題最關注也是最雄辯的作者,因此,他在《夷堅志》中所處的虛實困境最能說明問題。

　　洪邁用六十年時間完成四百二十卷的《夷堅志》,這在中國古代小說史上是空前絕後的壯舉。洪邁對之也頗為得意:「《唐史》所標百餘家,六百三十五卷,《太平廣記》率取之不棄也。予既畢《夷堅》十志,又支而廣之,通三百篇,不能滿者才十有一,遂半《唐志》所云。」〔註73〕為突出《夷堅志》的價值,洪邁有意將《夷堅志》與前代志怪小說劃清界線,《夷堅乙志序》曰:「夫齊諧之志怪,莊周之談天,虛無幻茫,不可致詰。逮干寶之《搜神》,奇章公之《玄怪》,谷神子之《博異》,《河東》之記,《宣室》之志,《稽神》之錄,皆不能無寓言於其間。若予是書,遠不過一甲子,耳目相接,皆表表有據依者。」〔註74〕前賢之作「皆不能無寓言於其間」,而自己的《夷堅志》則只求

〔註70〕〔宋〕陸游,錢仲聯校,《劍南詩稿校注》,上海古籍出版社2005年版,第2371頁。

〔註71〕〔清〕沈復粲,《鳴野山房書目》,上海古籍出版社2005年版,第29頁。

〔註72〕《中國地方志集成·江西府縣志輯·同治鄱陽縣志》卷二十四「補遺」,江蘇古籍出版社1996年版。

〔註73〕〔宋〕洪邁,何卓點校,《夷堅志》,中華書局1981年版,第1820頁。

〔註74〕〔宋〕洪邁,何卓點校,《夷堅志》,中華書局1981年版,第185頁。

如實傳錄，所謂「耳目相接，皆表表有據依者。」面對質疑問難，洪邁抬出太史公為自己辯護：「六經經聖人手，議論安敢到？若太史公之說，吾請即子之言而印焉。彼記秦穆公、趙簡子，不神奇乎？長陵神君、圯下黃石，不荒怪乎？書荊軻事證侍醫夏無且，書留侯容貌證畫工；侍醫、畫工，與前所謂寒人、巫隸何以異？善學太史公，宜未有如吾者。」〔註75〕

　　為尋求價值支點，洪邁還乞求於深奧的理論，《夷堅三志壬序》云：「昌黎公《原鬼》一篇，備極幽明之故，首為三說，以證必然之理。……世固有與民物接者，蓋忤於天、違於民、爽於物、逆於倫而感於氣，是以或託於形憑於聲而應之，其論深徹高深，無所底疑。」〔註76〕為增強說服力，洪邁搬出先聖孔子並「過度闡釋」其鬼神思想：「子不語怪力亂神，非置而弗問也。聖人設教垂世，不肯以神怪之事詁諸話言。然書於《春秋》、於《易》、於《詩》、於《書》皆有之，而左氏內外傳尤多，遂以為誣誕浮誇則不可。」〔註77〕洪邁的意思很明白：孔子不談鬼神，是因為孔子關注人事，為人世「設教」，所以要疏遠鬼神。但在孔子認為鬼神是存在的，因此在孔子所整理的典籍中仍保存了怪力亂神的內容。洪邁這種解釋雖然令人不好再進一步追究，但終不能「堵死」志怪小說虛構性漏洞，因為鬼神怪異之事是經不住進一步查證的。因此，當其理論無法自洽，陷入自相矛盾的困境時，洪邁只得故弄玄虛，說些晦澀難懂之言蒙混讀者。《夷堅支甲序》曰：「是不然，古往今來，無無極，無無盡，荒忽渺綿，有萬不同，錙分銖析，不容一致。蒙莊之語云：『惡乎然，然於然。惡乎不然，不然於不然。』又曰：『是不是，然不然。是若果是也，則是之異乎不是也，亦無辯；然若果然也，則然之異乎不然也，亦無辯。』能明斯旨，則可讀吾書矣。」〔註78〕程毅中說洪邁是在「自我解嘲，故弄狡獪」，給讀者提出一個「二難命題」。〔註79〕其實這個「二難命題」正反映出洪邁陷入志怪小說虛實困境時的價值焦慮。

　　面對《夷堅志》中的虛實困境，洪邁並沒有改變其史學思維，而是通過採用客觀傳錄方法巧妙轉移問題的焦點：將志怪小說本身的真假問題轉變為志怪小說素材來源的真假問題。洪邁本來就相信民間的某些神秘文化，如信奉天

〔註75〕〔宋〕洪邁，何卓點校，《夷堅志》，中華書局1981年版，第537頁。
〔註76〕〔宋〕洪邁，何卓點校，《夷堅志》，中華書局1981年版，第1467頁。
〔註77〕〔宋〕洪邁，何卓點校，《夷堅志》，中華書局1981年版，第1821頁。
〔註78〕〔宋〕洪邁，何卓點校，《夷堅志》，中華書局1981年版，第711頁。
〔註79〕程毅中，《宋代小說研究》，江蘇古籍出版社1999年版，第113頁。

命，怕招災禍不敢輕易改動州縣的牌額，請術士測字、算命等，這些都說明洪邁對許多神秘事件懷有寧可信其有的態度，正是這種態度使洪邁堅持走志怪小說史學化的價值道路。洪邁宣揚：「信以傳信，疑以傳疑，自《春秋》三傳，則有之矣，又況乎列禦寇、惠施、莊周、庚桑楚諸子汪洋寓言者哉！《夷堅》諸志，皆得之傳聞，苟以其說至，斯受之而已矣，聱牙畔奐，予蓋自知之。」〔註80〕洪邁在此表現出史家對事件「傳信」、「傳疑」的執著精神，而這種精神並不是一般志怪小說作者所能堅持的。大多數宋代志怪小說作者在真實性問題上繞不過去時，往往會掉頭走向另一條價值之路：強調道德教化的價值。這種價值追求的轉嚮往往不會受到質疑，因為在儒家所主導的文化語境中，道德問題與真實問題在價值層面存在相通之處。楊國榮認為：「歷史只是闡明理的作用的一種工具；歷史事實只在與道德價值的聯繫中獲得意義」。〔註81〕

二、「真」與「德」的相關性

在儒家主導的文化世界，一切價值問題最終都可以歸為道德相關問題，或者說，都具有道德色彩。楊國榮認為：「在中國文化中，與是非之辯相聯繫的真，一開始便具有兩重涵義：它既指認知意義上的真，又指評價意義上的真；如果說，在科學與人文研究的領域，真主要具有認知意義，那麼，在意識形態的領域，真則更多地具有評價的意義。」〔註82〕他還認為，在獨尊儒術的歷史背景下，儒家經典是權威的象徵，學術爭論，必須引經據典才能得到有效的論證，故真似乎僅僅表現為一種不變的，既定的教條，它超越時空而永恆存在。儒家經典在被賦予永真性質之後，又進一步成為評判、權衡一切是非的最高準則。〔註83〕「人格的理性規定與理欲之辯上的理性優先相聯繫，使儒家形成了一種理性主義的價值傳統。……事實上，在儒家那裡，理性優先即意味著道德理性優先。」〔註84〕「理學家對『德性之知』與『見聞之知』作了嚴格區分。所謂『見聞之知』，泛指基於感性見聞的事實認知，與之相對的『德性之知』則主要是與分辨善惡相聯繫的道德評價。在理學家看來，見聞之知乃「物交而

〔註80〕〔宋〕洪邁，何卓點校，《夷堅志》，中華書局1981年版，第967頁。
〔註81〕轉引自〔美〕田浩編著，楊立華等譯，《宋代思想史論》，社會科學文獻出版社2003年版，第619頁。
〔註82〕楊國榮，《史與思》，浙江大學出版社1999年版，第296頁。
〔註83〕楊國榮，《史與思》，浙江大學出版社1999年版，第296～297頁。
〔註84〕楊國榮，《史與思》，浙江大學出版社1999年版，第30頁。

知」，它對人格的完善沒有什麼意義；惟有德性之知，才構成人格的真正本質。從這一前提出發，理學家對道德理性之外的事實認知往往採取貶抑態度：「大端惟在復心體之所同然，而知識技能非所與論也。」〔註85〕古人追求人生「三不朽」：「太上有立德，其次有立功，其次有立言，雖久不廢，此之謂不朽。」（《左傳‧襄公二十四年》）將德性置於人生價值最重要位置。在實用理性主導之下，所謂「太上有立德」，其實即追求上古三代的王道德治，體現儒家實用理性精神。李澤厚認為，儒家思想本來是一種從商周巫史文化中解放出來的理性，它執著於人世間的實用探求，往往將有用性作為真理的標準，認定真理在於其功用、效果。由此說來，史學與道德在實用理性層面可以共通，史官職責除了實錄史事的使命之外，還要承擔「別嫌疑，明是非，定猶豫，善善惡惡，賢賢賤不肖」的責任。史著《春秋》即是：「微而顯，志而晦，婉而成章，盡而不污，懲惡而勸善」。（《左傳‧成公四十年》）

　　史學旨意在「懲惡而勸善」，劉知幾對之特別強調：「況史之為務，申以勸誡，樹之風聲。其有賊臣逆子，淫君亂主，苟直書其事，不掩其瑕，則穢跡彰於一朝，惡名被於千載。」〔註86〕宋代史官精神的高度自覺其實也包含道德自覺。由於儒學是「史官文化的主要凝合體」，（范文瀾《中國通史簡編》第1冊）在事之真與事之善之間，儒家往往偏重後者，尤其在崇向義理的宋代，更重視追求事之善。漆俠認為，宋儒與漢儒的最大區別就在於其義理取向：「漢儒治經、從章句訓詁方面入手，亦即從細微處人手，達到通經的目的。而宋儒則從經的要旨、大義、義理之所在，亦即從宏觀方面著眼，來理解經典的含義。」〔註87〕所以宋代史學帶有明顯的義理化色彩。歐陽修在《新五代史》強調「君父，人倫之大本；忠孝，臣子之大節」的述史思想。（《新五代史‧唐明宗家人傳記》）《新五代史》將死於國事的忠臣分為兩等：「死節傳」與「死事傳」，入前者為高，入後者次之。司馬光《資治通鑑》更加突出人倫節義：「天地設位，聖人則之，以制禮立法，內有夫婦，外有君臣。婦之從夫，終身不改；臣之事君，有死無貳。此人道之大倫也。」〔註88〕曾鞏曰：「史者，所以明夫治天下

〔註85〕楊國榮，《史與思》，浙江大學出版社1999年版，第31頁。

〔註86〕〔唐〕劉知幾，〔清〕浦起龍通釋，《史通》，上海古籍出版社2008年版，第140頁。

〔註87〕漆俠，《宋學的發展和演變》，《文史哲》1995年第1期，第3～24頁。

〔註88〕〔宋〕司馬光，蕭放、孫玉文點注，《資治通鑑》，中國友誼出版公司1993年版，第1634頁。

之道也」。(《曾鞏集‧南齊書目錄序》)范祖禹撰《唐鑑》也是「稽其成敗之跡，折以義理」。(《范太史集‧進唐鑑表》)這種道德化傾向在南宋進一步強化，至朱熹則被推至極端。朱熹認為學問應以經義之學為本，史乃次要之事，「讀書須是以經為本，而後讀史」。〔註89〕甚至極端地認為「史是皮外物事，沒緊要」。〔註90〕因此批評陳亮史學關注史實「看史只如看人相打，相打有什麼好看處？陳同父一生被史壞了」。〔註91〕

　　如果再深入一點講，志怪小說在源頭上與道德還有聯繫。《史記‧五帝本紀》稱顓頊：「養材以任地，載時以像天，依鬼神以制義，治氣以教化，潔誠以祭祀。」儒家對鬼神「敬而遠之」，可在祭祀領域又以鬼神「神道設教」：「聖人做法通乎後世以為防，苟其德未足以臻乎不言之信，則援神明以佐其不逮，以杜天下誕詐之風，此亦聖人神道設教之所不廢也。」〔註92〕由此可見，志怪小說在源頭上就與道德牽扯在一起。此外，儒家本來就脫胎於早期巫史，因此不可避免地攜帶了母體文化的特徵。湯一介認為：「從『敬天』到『敬德』，是天命觀念發展的一個飛躍。我們認為，至少有三種原始傳統觀念在儒學的建立中起了非常重要的作用，一是天命鬼神觀念，二是陰陽觀念，三是禮的觀念。」〔註93〕這也說明後世儒學無法從根本上擺脫鬼神的原因。

　　宋代統治者崇尚「文德致治」，姚鉉在《唐文粹》序文中贊曰：「我宋勃興，始以道德仁義根乎政，次以詩說禮樂源乎化。三聖繼作，譁然文明。」〔註94〕前面講過，「神道設教」是宋代統治者實現「文德致治」的一種策略，鬼神因此而受到關注。《宋史》卷四百三十八記載：「故事，說書之職止於《通鑑》，而不及經。味道請先說《論語》，詔從之。帝忽問鬼神之理，疑伯有之事涉於誕。味道對曰：『陰陽二氣之散聚，雖天地不能易。有死而猶不散者，其常也。有不得其死而鬱結不散者，其變也。故聖人設為宗祧，以別親疏遠邇，正所以教民親愛，參贊化育。今伯有得罪而死，其氣不散，為妖為厲，

〔註89〕〔宋〕黎靖德編，王星賢點校，《朱子語類》，中華書局 1986 年版，第 2950 頁。
〔註90〕〔宋〕黎靖德編，王星賢點校，《朱子語類》，中華書局 1986 年版，第 189 頁。
〔註91〕〔宋〕黎靖德編，王星賢點校，《朱子語類》，中華書局 1986 年版，第 2965 頁。
〔註92〕〔明〕王志長，《周禮注疏刪翼》卷十五，文淵閣四庫全書本。
〔註93〕湯一介、張耀南、方銘主編，《中國儒學文化大觀》，北京大學出版社 2001 年版，第 3 頁。
〔註94〕〔宋〕姚鉉，《唐文粹》，浙江人民出版社 1986 年版，第 1 頁。

使國人上下為之不寧，於是為之立子洩以奉其後，則庶乎鬼有所知，而神莫不寧矣。』」〔註95〕馬克斯・韋伯認為中國儒教所要的是適應現實世界及其秩序與習俗，「為一個俗世的統治者及其官吏提供政治性的服務。」〔註96〕韋伯是從負面角度看待儒家的，但他這種看法卻深刻揭示出儒家的實用理性追求。正是在實用理性指引下，當宋代志怪小說的價值追求在史學世界受到挫折時，也就很自然地轉向有益於治世的道德性追求，這種追求在「文德致治」的宋代更容易被認可。

三、道德性強調

宋初統治者希望從前代書籍中尋求治世之道。宋太宗與侍臣言：「夫教化之本，治亂之源，苟無書籍，何以取法。」〔註97〕這種觀念催生出宋初的類書編纂工程。南宋王明清指出宋初類書工程的統治意圖：「太平興國中，諸降王死，其舊臣或宣怨言。太宗盡收用之，置之館閣，使修群書，如《冊府元龜》、《文苑英華》、《太平廣記》之類，廣其卷帙，厚其廩祿贍給，以役其心，多卒老於文字之間云。」〔註98〕不過，還有一點王明清沒有提到，即編纂《太平廣記》還與宋初統治者「神道設教」意圖有關係。如果將宋初統治者的宗教熱情與《太平廣記》志怪特點聯繫起來，再結合趙宋政權產生背景，就不難推測其「神道設教」意圖。其實宋初統治者也有明確表達，宋太宗曾跟侍臣談論《老子》：「伯陽五千言，讀之甚有益，治身治國，並在其內。至云『善者吾亦善之，不善者吾亦善之』，此方善惡無不包容。治身治國者其術如是，若每事不能容納，則何以治天下哉！三教之設，其旨一也，大抵皆勸人為善。」〔註99〕

受《太平廣記》編纂的影響以及宋初統治者「神道設教」導向，處於虛實困境中的宋代志怪小說又多出一條價值出路。宋代志怪小說的不少作品特意以書名標示其道德教化意圖，這類作品在北宋就有曹希達的《孝感義聞錄》、周明寂的《勸善錄》與《勸善錄拾遺》、無名氏的《勸善錄》等；南宋則有王日休的《勸誡錄》、卞洪的《勸誡集》、李昌齡的《樂善錄》、無名氏的《聞善

〔註95〕〔元〕脫脫，《宋史・儒林八》，中華書局 1997 年版。
〔註96〕〔德〕馬克斯・韋伯著，洪天富譯，《中國的宗教：儒教與道教》，江蘇人民出版 2010 年版，第 184 頁。
〔註97〕《宋太宗實錄》卷二十八，四部叢刊編本。
〔註98〕〔宋〕王明清，《揮麈錄》，中華書局 1964 年版，第 53 頁。
〔註99〕〔宋〕江少虞，《宋朝事實類苑》，上海古籍出版社 1981 年版，第 21 頁。

錄》、歐陽邦基的《勸誡別錄》等。另有一些作品特意在序跋中闡明其道德教化的價值取向，如張齊賢《洛陽搢紳舊聞記序》：「撡舊老之所說，必稽事實；約前史之類例，動求勸誡。」〔註100〕孫副樞《青瑣高議序》：「夫雖小道，亦有可觀，非聖人不能無異云爾。」〔註101〕《郡齋讀書志》小說類著錄《茅亭客話》曰：「暇日，賓客話言及虛無變化、謠俗卜筮，雖異端而合道，旨屬懲勸者，皆錄之。」〔註102〕章炳文在《搜神秘覽》自序辨解作品價值：「予昔張讀有《宣室志》，不紀常人之娓娓，徐鉉有《稽神錄》，悉博物之淵源。類以意推，派別之流，旁行合道，則造詭怪之理者，亦屬勸懲之旨焉，予復何愧。」〔註103〕序文試圖從史學實錄角度定位作品價值，「苟目有所見，不忘於心耳，有所聞，必誦於口」、「遇事直筆，隨而記之」、「不文不飾，無誕無避」，但作者對其作品的真實性缺乏自信，便巧妙地轉變為道德性追求：「類以意推，派別之流，旁行合道，則造詭怪之理者，亦屬勸懲之旨焉，予復何愧。」因此，作品給章氏價值信心的並非其真實性，而是滲透於荒誕故事中的「勸懲之旨」。有的志怪小說作者在強烈的道德目的驅使之下，不惜以議論取代敘事，致使志怪故事變成道德議論的引子。如南宋李昌齡的《樂善錄》便是如此，李劍國認為此書：「由於作者力求『有補於名教』，所以各事之末都係以議論，而且多是長篇大套，而於事實反倒不求其詳，粗陳梗概而已。」〔註104〕

　　宋代志怪小說價值高下往往還與其作者的道德聲望相關，甚至能夠以作者德望推測其作品的價值。如北宋徐鉉《稽神錄》所集事蹟多出自其「好為大言誇誕」的門客——江東布衣蒯亮，可同時代的李昉卻據徐鉉德望評價其作品價值：「徐率更以博信天下，乃不自信而取信於宋拾遺乎？詎有率更言無稽者，中採無疑也。」〔註105〕最終將《稽神錄》收於官修類書。再如南宋黃輔《峽山神異記》自序：「予備員西征，始聞峽山非常可駭之事。始猶未敢以為

〔註100〕〔宋〕張齊賢，丁喜霞校注，《洛陽搢紳舊聞記校注》，中國社會科學出版社2013年版，第1頁。

〔註101〕黃清泉主編，曾祖蔭等輯錄，《中國歷代小說序跋輯錄（文言筆記小說部分）》，華中師範大學出版社1989年版，第165頁。

〔註102〕〔宋〕晁公武，孫猛校證，《郡齋讀書志》，上海古籍出版社1990年版，第590頁。

〔註103〕〔宋〕章炳文，《搜神秘覽》，商務印書館1930年影印本。

〔註104〕李劍國，《唐五代志怪傳奇小說敘錄》，南開大學出版社1993年版，第302頁。

〔註105〕〔宋〕袁□，〔宋〕袁頤續，《楓窗小牘》，中華書局1985年版，第2頁。

然，及觀前賢所記，由東坡以來連篇累牘，悉出於名公巨卿之口。以其人之可信，則事必可信矣。訪《峽山集》舊版散失，於是裒集傳之。」〔註106〕作者景仰有德行的「名公巨卿」，「以其人之可信，則事必可信矣。」此中不僅以人品論作品，還以德行議真假，因為事由賢者所記，因而說明其內容不虛，這種牽強邏輯在宋代的道德語境下往往不會受到深究。

　　宋代志怪小說作者為其作品能夠被正統價值世界接受，極力排斥文學性修飾，不遺餘力地追求作品真實性與道德性，他們的這種努力最後導致作品令人難以卒讀。難怪後人對宋代志怪小說作品深感其「嚴冷」。當然，對於宋代志怪小說作者的價值初衷來說，卻又不能不肯定他們的成功。

〔註106〕曾棗莊主編，《宋代序跋全編》，齊魯書社 2015 年版，第 1298 頁。

第五章　求真向善的志怪敘事

　　宋代志怪小說的價值訴求直接影響其敘事取向，這是造成宋代志怪文學性缺失的主要原因。胡應麟所謂「論次多實而彩豔殊乏」〔註1〕與魯迅所言「既平實而乏文采」〔註2〕，正是宋代志怪小說的敘事受其價值觀約束的結果。所謂敘事，「就是作者通過講故事的方式把人生經驗的本質和意義傳達給別人。」〔註3〕敘事與敘述經常被混用，其實兩者是不同的概念，應當加以區分。徐岱《小說形態學》指出：「敘事與敘述雖只有一字之差，但在現代小說學領域，兩者的內涵並不相同。『敘述』是一種行為，指的是敘述主體採用語言這種特定的媒介來表達一些內容，當這種內容是一個故事時，便是敘事。」〔註4〕對於史學意識影響下宋代志怪小說作者來說，更強調「敘述」行為；而當其陷於虛實困境時，則又傾向於「通過講故事的方式把人生經驗的本質和意義傳達給別人。」美國著名敘事學理論家西摩·查特曼強調故事與表達的區分，「結構主義理論認為每種敘事都有兩個部分：一個是故事（歷史），即事件的內容或鏈條（行動、發生的事情），加上所謂的存在物（人物、布景中的因素）；另一個是話語，即表達，亦即表達故事的方式。簡言之，故事就是敘事中描述的『什麼』，話語就是『怎樣描述』的。」〔註5〕由於自覺依附正統價值世界，宋代志怪小說無論是「描述什麼」還是「怎樣描述」，都受到宋代正統價值觀所左右。

〔註1〕〔明〕胡應麟，《少室山房筆叢》，上海書店出版社 2009 年版，第 283 頁。

〔註2〕魯迅，《中國小說史略》，上海古籍出版社 1998 年版，第 71 頁。

〔註3〕〔美〕蒲安迪，《中國敘事學》，北京大學出版社 1996 年版，第 5～6 頁。

〔註4〕徐岱，《小說形態學》，杭州大學出版社 1992 年版，第 78 頁。

〔註5〕〔美〕西摩·查特曼，《故事和敘事》，閻嘉主編，《文學理論精粹讀本》，中國人民大學出版社 2006 年版，第 10 頁。

第一節　指向真實的敘事

敘事學是上世紀下半葉才在西方出現的理論，而「敘事」一詞卻在中國先秦就已經出現。《周禮·春官》：「辯其敘事，以會天位」，「掌敘事之法，受訥訪，以詔王聽治」，此兩處「敘事」與禮制相關，含有依照次序履行禮制之意。許慎《說文解字》釋「史」：「記事者也。」而釋「事」：「職也。從史，之省聲。」〔註6〕兩者在《說文解字》中同屬史部，說明它們在字源上存在聯繫。在四部書目中，志怪小說原屬史部，因「史統散而小說興」，（綠天館主人《古今小說敘》）「正史之流為雜史也，雜史之流而為類書、為小說、為家傳也。」（明陳言《穎水遺編·說史中》）明清學者從虛構角度談論小說，而在唐宋，小說離史未遠，則多從補史方面判斷小說價值。唐代劉知幾雖嚴屬批評一些小說的虛妄荒誕，但仍歸之為「史家末事」：「偏記小說，自成一家，而能與正史參行，其所由來尚矣。」〔註7〕因此，宋代志怪小說在敘事上的史學訴求，可以說是「認祖歸宗」。

一、作為目擊者的敘事

如何使志怪小說在敘事層面顯得真實，是宋代志怪小說作者煞費苦心的問題。在眾多呈現真實性的敘事方式中，讓敘述者充當事件的目擊者的敘事方式效果最好。所謂「百聞不如一見」，當敘述者宣稱所敘之事乃其親眼所見時，接受者對事件真實性的關注也就被巧妙轉移了：敘事內容的虛實問題變成了敘事者的問題。所以粗心大意的讀者，或者本來就相信鬼神的讀者，對於有敘述者目擊現場的敘事很容易產生信任感。敘述者目擊的敘事方式並非宋代才出現，《搜神記》作者干寶為證實鬼神實有，即以目擊者身份講述其父小妾死而復生的故事。不過，六朝普遍存在鬼神信仰，對敘事的真實性還沒有必要特別強調。而到了唐宋，受儒家文化強勢影響，官修史書不再容納虛幻荒誕的志怪小說作品，《新唐書·藝文志》即將此類作品清除出史學陣營。因此，在這樣的文化語境中，宋志怪小說作者採用目擊敘事方式就隱含其追求真實性的價值意圖。

北宋吳淑《江淮異人錄》「江處士」條記述江處士御鬼之事，作者吳淑以

〔註6〕〔漢〕許慎，《說文解字》，中華書局 1963 年影印本，第 65 頁。
〔註7〕〔唐〕劉知幾，〔清〕浦起龍通釋，《史通》，上海古籍出版社 2008 年版，第 193頁。

目擊者身份出現於敘事中。「歙州江處士，性沖寂，好道，能制鬼魅。鄉里中嘗有婦人鬼所附著，家人或彷彿見之。一夜，其夫覺有人與婦共寢，乃急起持之，呼人取火共縛。及火至，正見捉己所繫腰帶也。廣求符禁，終不能絕，乃往詣江。曰：『吾雖能御之，然意不欲與鬼神為仇耳，既告我，當為遣之。』令歸家灑掃一室，令一童子烹茶待，吾至，無得令人輒窺。如其言。江尋至，入室坐，令童子出迎客。果見一綠衣少年，貌甚端雅，延之入室，見江再拜。江命坐，乃坐。啜茶，不交一言，再拜而去。自是婦人復故。又嘗有人入山伐木，因為鬼物所著，自言曰：『樹乃我之所止，汝今見伐，吾將何依？當假汝身為我窟宅。』自是，其人覺皮膚之內有物馳逐，自首至足，靡所不至。人不勝其苦。往詣江，人未至，鬼已先往。江所居有樓，樓北有茂竹。江方坐樓上，覺神在竹林中，呼問之，鬼且以告，且求赦過。江曰：『吾已知矣。』尋而人至，謂之曰：『汝可於鄉里中覓空屋人不居者，復來告吾。』人往尋得之。江以方寸紙置名與之，戒之曰：『至空屋棄之。』如言，而病者獲全。又嘗有人為變鬼所擾，其家置圖畫於樓上，皆為穢物所污。以告江，江曰：『但封閉樓門三日，當使去之。』如言，三日開之，穢物盡去，而圖畫如故。余有所知，世居歙州，親見其事。」〔註8〕此文敘述歙州異士江處士制服鬼魂綠衣少年的過程，作者吳淑在文末交代自己當時也在歙州，並「親見其事」，因此，敘述者雖未參與江處士御鬼過程，卻是事件的現場目擊者，這無疑是想告訴讀者：所敘江處士御鬼事是真實發生的事件。

　　北宋張師正《括異志》卷六「李芝」條也以目擊者方式敘事：「廣州新會縣道士李芝，性和厚簡默，居常若愚者，間為兩韻詩，飄飄非塵俗語。常讀史傳，善吐納辟穀之術，膚體不屢濯，自然潔清。發有綠光，立則委地。所居房室不施關鍵，邑人崇向施與金錢衣服無算，人取去，未嘗有言。或召設祠醮，一夜有數處見者。至和中多虎暴，芝持策入山，月餘方出。謂之曰：『已戒之矣。』自此虎暴亦息。余至和中親見之，今則尸解矣。」〔註9〕此類例子在《括異志》還有一些，如卷九「毛郎中」條敘事亦如此：「毛郎中晦，熙寧初年惟一妻一子，處家於荊州。常有一女厲，朝夕在其家，語言歷歷可辨，自稱田芙蓉。家人出入動靜，無不察也。言與邑君有宿冤。或問：『何不遂報之？』『渠尚有數年壽耳。』」然所須之物，往往應索而至。久之厭苦，邑君謂曰：『吾為

〔註8〕〔宋〕吳淑撰，《江淮異人錄》，上海古籍出版社2012年版，第133～134頁。
〔註9〕〔宋〕張師正，《括異志》，上海古籍出版社2012年版，第41～42頁。

汝修功，果能他適乎？』鬼曰：『善。』因賂二僧，俾誦佛書，具疏燔之。鬼去數日復來，曰：『僧之誦經妄矣，止誦一卷，餘則未嘗讀也，是以復來。』語其僧，果然。鄰家毀之曰：『此邪魅也，何足畏！』鬼大罵，發其帷幕之私，曰：『此乃邪爾！』常曰：『我今往瓦市遊看。』毛密遣僕，使探其伎藝者。歸而詢之，一皆符合。其後，毛之子中庸調補永之祈陽簿。舟行次石首縣，鬼繼至，曰：『解纜何故不相告，俾我晝夜奔赴百餘里，足今趼矣！』至零陵二歲，邑君卒，鬼自是而絕。余在荊州親見。」〔註10〕

北宋沈括，作為中國古代最具科學精神的學者，同樣以目擊者身份講述鬼神怪事，《夢溪筆談》卷二十一「異事異疾附」條記載迎廁神紫姑之事：「舊俗正月望夜迎廁神，謂之紫姑。亦不必正月，常時皆可召，余少時見小兒輩等閒則召之，以為嬉笑。親戚間曾有召之而不肯去者，兩見有此，自後遂不敢召。景祐中，太常博士王綸家因迎紫姑，有神降其閨女，自稱上帝後宮諸女，能文章，頗清麗，今謂之《女仙集》，行於世。其書有數體，甚有筆力，然皆非世間篆隸。其名有『藻箋篆』、『茁金篆』十餘名，綸與先君有舊，余與其子弟遊，親見其筆跡。其家亦時見其形，但自腰以上見之乃好女子；其下常為雲氣所擁。善鼓箏，音調淒婉，聽者忘倦。嘗謂其女曰：『能乘雲與我遊乎？』女子許之。乃自其庭中湧白雲如蒸，女子踐之，雲不能載。神曰：『汝履下有穢土，可去履而登。』女子乃襪而登，如履繒絮，冉冉至屋復下，曰：『汝未可往，更期異日。』後女子嫁，其神乃不至，其家了無禍福。為之記傳者甚詳。此余目見者，粗志於此。近歲迎紫姑者極多，大率多能文章歌詩，有極工者。余屢見之，多自稱蓬萊謫仙，醫、卜無所不能，棋與國手為敵，然其靈異顯著無如王綸家者。」〔註11〕當然，在宋代講神講鬼的目擊者中，沈括是最嚴肅的一位，他自述原不信有迎紫姑神之事，「余少時見小兒輩等閒則召之，以為嬉笑。」後太常博士王綸之女因附神而作《女仙集》，「余與其子弟遊，親見其筆跡」，還親見紫姑神迎王綸之女的情景，「此余目見者」，而且還多次親見：「近歲迎紫姑者極多，大率多能文章歌詩，有極工者。余屢見之，多自稱蓬萊謫仙。」凡信任或欽佩沈括本人的接受者，有誰會懷疑其所敘迎紫姑神之事的真實性呢。

洪邁是南宋大史家，其《夷堅志》考究故事來源，做到「表表有所據依」，

〔註10〕〔宋〕張師正，《括異志》，上海古籍出版社 2012 年版，第 59 頁。
〔註11〕〔宋〕沈括，施適校點，《夢溪筆談》，上海古籍出版社 2015 年版，第 142 頁。

對於自撰之事，更是以目擊者身份講述。如《夷堅乙志》卷八「虔州城樓」條記載：「紹興十七年夏，先公南遷，予與季弟從行。八月二日至虔州，泊舟浮橋下，登城樓少休。郡守曾卿端伯來見，曰：『此非館處，獨鬱孤臺可爾，而周康州先居之，明當去矣，姑為一夕留可也。』是夜奉先公正中設榻，予兄弟席於旁。丁夜，予起更衣，從北偏門出。一人正理髮，髮垂至地。時兩僕宿門內，曰汪三、程七，予謂是此兩人，呼之不應。復還視門內，蓋寢如初。固疑之矣，又出焉。運櫛尚未止，面對女牆，足太半垂在外，風吹其髮蓬蓬然。心始動，乃還榻。明日而先公言：『汝夜何所往，吾聞抱關老卒云，樓故多怪，每夕必出。』予因道昨所見者。是日徙於鬱孤，竟夜不成寐。又聞周康州在館時，有人從房中開三重門走出，意以為盜，呼其子尾逐之，門蓋自若也。」〔註12〕洪邁在敘事中不僅是目擊者，有時還是參與者，因此，他在敘述鬼怪故事的同時，也在講述自身經歷。這種參與故事本身的敘事使文本內容具有不容置辨的真實性，所以，後人編寫洪邁年譜時也將其作為真實史料加以採摘。類似的例子在《夷堅志》還有不少，如《夷堅乙志》卷十七「女鬼惑仇鐸」條曰：「紫姑神類多假託，或能害人」，〔註13〕但洪邁卻表明只記述其中實有之事，「今紀近事一節，以為後生戒。」並強調這種事乃親睹：「予所聞見者屢矣。」〔註14〕再如《夷堅丙志》卷四「孫鬼腦」條敘眉山人孫斯文「夢人持鋸截其頭，別以一頭綴項上。」〔註15〕此等荒唐之事，洪邁竟親眼所見，「醜狀駭人，面絕大，深目倨鼻，厚唇廣舌，鬢髮髵臡如薑。每啖物時，伸舌卷取，咀嚼如風雨聲，赫然一土偶判官也。」〔註16〕其他如《夷堅支景志》卷八的「小樓燭花詞」條、《夷堅丙志》卷十七的「王鐵面」條等，皆記作洪邁親見甚至親歷之事。

　　洪邁德行與學識皆為當世敬重，其所敘親見親歷之事，接受者自然不會隨便懷疑。據現代小說敘事理論，敘事者以目擊者身份參與敘事，其功能主要是推動故事情節發展，使情節或產生波折，或造成懸念。此外，作為目擊者的敘事人即使沒有參與故事進程，也會成為故事情節中的組成元素。而宋代志怪小說敘事過程中所出現的目擊者，一般僅現身於故事末尾，游離於所敘之事。上

〔註12〕〔宋〕洪邁，何卓點校，《夷堅志》，中華書局 1981 年版，第 253 頁。
〔註13〕〔宋〕洪邁，何卓點校，《夷堅志》，中華書局 1981 年版，第 328 頁。
〔註14〕〔宋〕洪邁，何卓點校，《夷堅志》，中華書局 1981 年版，第 328 頁。
〔註15〕〔宋〕洪邁，何卓點校，《夷堅志》，中華書局 1981 年版，第 393 頁。
〔註16〕〔宋〕洪邁，何卓點校，《夷堅志》，中華書局 1981 年版，第 393 頁。

述《江處士》、《洛陽染工見冤鬼》、《迎廁神紫姑》、《虔州城樓》皆屬這種情況。這表明宋代志怪小說還沒有產生志怪敘事的情節意識，強調敘事者、志怪故事見證者、參與者三種身份的重合，僅僅為了強調敘事的真實性。

二、敘事者不在場的印證與考辨

敘事者在場固然有利於加強敘事的真實性，但對於那些源於傳聞的志怪故事又如何強調其真實性呢？對於作者耳目之外的志怪之事，宋代志怪小說作者的敘事重心往往轉入對傳聞的記錄、核實與考辨之上。宋代志怪小說作者對所錄之事進行嚴格審核，對其傳播途徑進行詳細記錄，從中顯示其負責的史家態度。洪邁《夷堅支庚志》卷四「花月新聞」條表明他「誌異審實」的編撰原則：「巳志書姜秀才劍仙事，以為舒人。今得淄川姜子簡廉夫手抄《花月新聞》一編，紀此段甚的，故復書之，貴於誌異審實，不嫌複重，然大概本末略同也。」〔註17〕洪邁「誌異審實」的史家態度，其實也代表了宋代志怪小說作者對待傳聞事蹟的敘事態度。

宋代志怪小說的絕大部分內容來自傳聞，故敘事帶有轉述性質，有不少志怪故事往往會經過多重轉述。因此，弄清轉述者與故事見證者之間的關係，就有特別的意義。最可靠的傳聞是直接得之於事件參與者或目擊者，如張師正《括異志》中「德州民」條：「德州德平縣民某氏者，父子數人，耕田甚力，家頗豐厚。其弟素貧，傭以養母，兄未嘗有甘旨之助也。慶曆中，新構瓦室三楹，所居前後植柳數百株，枝如拱把。一夕大雷電，野叉數頭相逐繞其居，折柳盡髡，牙擊屋瓦。明日視之，無一瓦全者，泥淖中足跡長二尺餘，柳楂悉長三四尺，皮盡剝，瑩滑如削。遠近居民悉取而藏之。予嘗親至平原，人說如此，亦見其所折柳枝。」〔註18〕對於奇柳逐繞某氏新構瓦室，致引雷火毀屋之事，張師正並沒親睹，但他「親至平原」，聽當地目睹者所言，而且「亦見其所折柳枝」，因此作者敘述此事證據確鑿，不由得讀者不信。又如黃休復《茅亭客話》卷五「慈母池」條記載：「慈母池亦云滋茂池，去永康軍入山七八十里，池水澄明，莫測深淺。每至秋風搖落，未嘗有草木飄泛其上，或墜片葉纖芥，必有飛禽銜去之。每晴明，水面有五色彩如舒錦焉。或以木石投之，即起黑氣，雷電雨雹立至。或歲旱，祭禱無不尋應。休復曾見道門《訪龍經》：水有五色

〔註17〕〔宋〕洪邁，何卓點校，《夷堅志》，中華書局1981年版，第1162～1163頁。
〔註18〕〔宋〕張師正，《括異志》，上海古籍出版社2012年版，第58頁。

及沙在石上者，皆是龍居之處也。」〔註19〕作者未親睹慈母池中神龍，卻親見「道門訪龍」，而且還親見一些神異「龍跡」：「水有五色及沙在石上者」，因此所載之事也是毋庸置疑的。此類印證性敘述文字在宋代志怪小說中是極為常見的。

　　當志怪小說作者與其所敘之事中的人物毫無關聯時，那麼在故事源與作者之間就可能存在多個中間轉述者，因此，能否保證故事源的原樣傳錄，取決於轉述者的轉述態度與轉述水平。這樣一來，轉述內容的可靠性問題輕而易舉就轉換為轉述者的問題。而轉述者轉述的可靠程度又取決於轉述者與事件中人物的關係的遠近，以及他跟作者的關係親密程度。這種將問題層層轉化的做法，細想起來是相當荒謬的，不過，中國人喜歡凡事求個大概，圖個形式，對真相的追究向來不太較真。在一般人不願意認真計較的地方，宋代志怪小說作者卻表現出過分的認真計較，從而給人一種真實敘事的假象。如黃休復《茅亭客話》卷九「趙十九」條：「趙十九名處琪，陷銀花銜鐙為業。淳化中收得一鐵鏡，頗有異常時，有畢先生者，名藏用，字隱之，年九十餘，然不知所修之道。嘗飲酒少食，自言本天台山道士，入川儒服三十餘年，備歷蜀中名山勝景。一日，與處琪齎鐵鏡訪愚茅亭玩之，其鏡可重一斤以來，徑七八寸，鼻大而圓。繞鼻有四象八卦，外有大篆二十四字，背面皆碧色，每至望夜，光明愈於別夜。畢先生於景德中攜至闕下，值上封泰山，因從觀大禮，得召見稱旨，遂與披掛，賜紫服，號通真大師，封香令於青城山焚修，御詩送行。到川日，訪愚茅亭，問其鐵鏡，已在貴人之處矣。」〔註20〕此類例子中隱藏著規律性的東西：作者與故事轉述者之間以及轉述者與故事中的人物間，都是非親即故的關係。這可能跟中國古人的文化心理相關，因為儒家文化本質上是一種人倫文化，親與友皆五倫之內，是值得信賴的關係，故由親友講述之事也會受到信賴。洪邁《夷堅志》多處強調作者與轉述者間的親友關係，《夷堅支乙集序》云：「天惠賜於我，耳力未減，客話尚能欣聽；心力未歇，憶所聞不遺忘，筆力未遽衰，觸事大略能述。群從姻黨，宦遊峴、蜀、湘、桂，得一異聞，輒相告語」〔註21〕在《夷堅志》的素材提供者中，出力最多的是洪邁兒孫侄輩，他們與洪邁的關係竟成為素材真實性的保障。

〔註19〕〔宋〕黃休復，《茅亭客話》，上海古籍出版社2012年版，第125頁。
〔註20〕〔宋〕黃休復，《茅亭客話》，上海古籍出版社2012年版，第143頁。
〔註21〕〔宋〕洪邁，何卓點校，《夷堅志》，中華書局1981年版，第795頁。

對於一些傳聞素材，嚴謹的宋代志怪小說作者甚至還會以學術方式展開敘事，這方面最有代表性的還是洪邁。趙與時《賓退錄》節引《夷堅支戊序》反映洪邁認真考辨故事真實性：「《戊志》謂在閩泮時，葉晦叔頗搜索奇聞，來助紀錄。嘗言近有估客航海，不覺入巨魚腹中，腹正寬，經日未死。適木工數輩在，取斧斤斫魚脅，魚覺痛，躍入大洋，舉船人及魚皆死。予戲難之曰：『一舟盡沒，何人談此事於世乎？』晦叔大笑，不知所答。予固懼未能免此也。」〔註22〕洪邁在《夷堅支丁序》中則嚴肅檢討自己傳錄失誤：「支丁既成，姑摭其數端以證異，如合州吳庚擢紹興丁丑科，襄陽劉過擢淳熙乙未科，考之登科記，則非也。永嘉張願得海山一巨竹，而蕃商與錢五千緡；上饒朱氏得一水精石，而苑匠與錢九千緡，明州王生證果寺所遇，乃與嵊縣山庵事相類。蜀僧智則代趙安化之死，世安有死而可代者，蘄州四祖塔石碣為郭景純所志，而景純亡於東晉之初，距是時二百餘歲矣。凡此諸事，實為可議。」〔註23〕洪邁在此以學術論證的方式特擇七條不合事實素材詳細分析論述，表現出嚴謹的學術質疑的態度，認為「凡此諸事，實為可議。」

三、從簡求真的史家敘事風格

宋代志怪小說作者還特別強調志怪敘事的簡潔文風，極力追求史家敘事風格。宋代志怪小說作者有意將志怪敘事梗概化，敘事只涉及要點，有意摒棄細節內容，儘量壓縮敘事篇幅，使其顯得簡短。這種做法正是史家的敘事觀念影響的結果。劉知幾《史通》云：「夫國史之美者，以敘事為工；而敘事之工者，以簡要為主。簡之時義大矣哉！歷觀自古，作者權輿，《尚書》發蹤，所載務於寡事；《春秋》變體，其言貴於省文。斯蓋澆淳殊致，前後異跡。然則文約而事豐，此述作之尤美者也。」〔註24〕、「又敘事之省，其流有二焉：一日省句，一日省字。」〔註25〕史家敘事，一貴省文，二貴省事，這種敘事思想非常契合宋代文化心理。宋代於亂世中立國，前有安史之亂、藩鎮割據之轍，後有五代十國，戰亂紛爭之鑒，相比於唐人的浪漫奔放，宋人更傾向於反省求

〔註22〕〔宋〕洪邁，何卓點校，《夷堅志》，中華書局1981年版，第1818頁。
〔註23〕〔宋〕洪邁，何卓點校，《夷堅志》，中華書局1981年版，第967頁。
〔註24〕〔唐〕劉知幾，〔清〕浦起龍通釋，《史通》，上海古籍出版社2008年版，第122頁。
〔註25〕〔唐〕劉知幾，〔清〕浦起龍通釋，《史通》，上海古籍出版社2008年版，第123頁。

實。所以宋代文化具有前代少有的理性主義與冷靜內省精神，宋人在政治上的憂患意識，在文學上的「知古明道」，都是這種精神的體現。宋代志怪小說自覺依附主流文化價值，自然也受這種文化傾向影響，因此，宋代志怪小說敘事形態整體上呈現出從簡求真的史家敘事風格。

受唐代文人詩賦誘導的唐代志怪小說敘事追求藻飾，從中演繹出豐富多彩的傳奇之體，這一被魯迅所讚賞的文學新變，卻受到宋人的指責。如北宋黃伯思評論唐人高彥休的《闕史》曰：「敘事頗可觀，但過為緣飾，殊有銑溪蚪戶體，此其贅云。」〔註26〕這種批評直至清代仍有遺響，如清人錢大昕貶斥唐傳奇：「無非奇詭嫵豔之事，任意編造，證惑後輩。」（錢大昕《十駕齋養新錄》），唐傳奇「過為緣飾」、「任意編造」在宋代變成了無法容忍的弊病，因此受到指責。在宋代志怪小說作者看來，敘事追求藻飾即意味著虛構，虛構則意味著背離儒家經史價值。因此，誤入價值歧途的唐傳奇是警戒宋代志怪小說作者的一面鏡子。元虞集《道園學古錄》卷三八《寫韻軒記》曰：「唐之才人，於經藝道學有見者少，徒知好為文辭，閑暇無所用心，輒想像幽怪遇合、才情恍惚之事，作為詩章答問之意，傅會以為說。盍簪之次，各出行卷，以相娛玩。非必真有是事，謂之傳奇。」〔註27〕這是促使宋代志怪小說作者自覺回歸魏晉傳統的原因之一。

《隋書·經籍志》批評一些史著敘事草率，致使「體制不經」，自貶價值：「其屬辭比事，皆不與《春秋》，《史記》，《漢書》相似。蓋率爾而作，非史策之正也。靈獻之世，天下大亂、史官失守其常。博達之士，憫其廢絕，各記聞見，以備遺亡。是後群才景慕，作者甚眾。又自後漢以來，學者多抄撮舊史，自為一書，或起自人皇，或斷之近代，亦各有志，而體制不經。」其批評所及，志怪小說應是首當其衝。宋代志怪小說作者自覺的史家敘事意識，正是對前面批評的回應，他們努力矯正前代志怪小說種種弊病，強調史家敘事風格。下面重點來談宋代志怪小說作者在追求史家敘事風格的自覺意識。

宋代志怪小說作者敘事有意排斥「緣飾」，在轉述前人素材時刻意節錄壓縮內容，以此強調其價值立場。前面講過，宋人區別傳奇與志怪不在於題材內容，而在於其敘事體制的差異：傳奇講究緣飾；志怪追求實錄。因此，宋代志

〔註26〕〔宋〕黃伯思撰，陳金林整理：《東觀餘論》，《全宋筆記》第三編第四冊，大象出版社 2008 年版，第 117 頁。

〔註27〕〔元〕虞集，《道園學古錄》，《文津閣四庫全書》第 403 冊《集部·別集類》，商務印書館 2005 年影印，第 454 頁。

怪小說作者往往通過節錄壓縮唐人傳奇，使之具有史家敘事的面目。如唐傳奇《補江總白猿傳》在曾慥《類說》中被節錄為《老猿竊婦人》，李劍國說：「其《類說》卷十二所收《老猿竊婦人》條，完全是《補江總白猿傳》的縮寫。」這種節錄其實就是有意去掉藻飾內容，留下事蹟梗概。曾慥在《類說》中堅持史家敘事風格，將一些原本敘事簡略的志怪素材再次節錄壓縮。據李劍國《敘錄》考證：「《類說》卷一二節錄《異人錄》二十五條，前七條出《江淮異人錄》，後十八條全取自柳宗元《龍城錄》。」〔註28〕類似的事例還有北宋張實的傳奇《流紅記》在《綠窗新話》中被節錄成一篇志怪作品，題名改為《韓夫人題葉成親》，僅存原作大意。《綠窗新話》纂錄前人志怪傳奇多達七十多種，所採之書幾乎都經過節錄，據《敘錄》考察：「作者引錄原書，一般都作了刪節，特別是文繁事詳者刪節尤劇，只陳梗概而已。」〔註29〕北宋樂史的傳奇《綠珠傳》也被晁伯宇的《續談助》節錄成一則補史材料。又如《朱蛇記——李百善救蛇登第》是北宋劉斧《青瑣高議》後集卷九中的一篇傳奇，約有一千三百字，南宋范成大將其節錄壓縮為六百多字，編入《吳郡志》卷四十六「異聞」類，題名仍為《朱蛇記》。這種大量壓縮修飾文字的節錄縮寫，在文學上沒有任何可取之處，但在史學上卻符合史家敘事從簡求真的要求。傳奇《朱蛇記》經過節錄進入地方志，說明志怪敘事保持史學風格的重要性與必要性。

宋代志怪小說作者大量節錄壓縮傳奇作品宗旨在於：通過對敘事體制的強調而獲得補史身份。宋代志怪小說作者排斥「緣飾」並不意味著他們不能欣賞藻飾之美，如洪邁就讚賞唐人小說：「唐人小說不可不熟，小小情事，淒婉欲絕，洵有神遇而不自知者，與詩律可稱一代之奇。」洪邁認為唐傳奇「鬼物假託，莫不宛轉有思致」，可其《夷堅志》卻強調從簡求真，有意排斥「宛轉有思致」的傳奇敘事。據《敘錄》考查與統計，洪邁採錄他人作品多達七十餘種，一般都進行了節略。如北宋王山的傳奇小說集《筆奩錄》中的《長安李妹》與《吳女盈盈》，篇幅都比較長，其中《吳女盈盈》原文長達二千四百餘字，可經過《夷堅志》節錄壓縮之後，皆不足五百字，許多「宛轉有思致」內容都被洪邁節略了。李劍國認為洪邁《夷堅志》：「在創作方法上，洪邁恪守魏晉舊式，而摒棄唐人傳奇刻意幻設、注重文采的寫法。」〔註30〕這是從文學角度批

〔註28〕李劍國，《宋代志怪傳奇敘錄》，南開大學出版社 1997 年版，第 15 頁。
〔註29〕李劍國，《唐五代志怪傳奇小說敘錄》，南開大學出版社 1993 年版，第 292 頁。
〔註30〕李劍國，《宋代志怪傳奇敘錄》，南開大學出版社 1997 年版，第 351 頁。

評洪邁的節錄行為，如果史學角度評價，則洪邁「摒棄唐人傳奇刻意幻設、注重文采的寫法」不僅是「恪守魏晉舊式」，還是對志怪敘事史學風格的自覺追求。狄德羅在《論戲劇藝術》說：「歷史家只是簡單地、單純地寫下了所發生的事實……如果是詩人的話，他就會寫出一切他認為最動人的東西。他會假想出一些事件。他可以杜撰些言詞，他會對歷史添枝加葉。」〔註31〕洪邁本屬史家，他在《夷堅志》中對從簡求真敘事風格的強調，就是要與「會對歷史添枝加葉」的詩人劃清界線。

第二節　指向教化的敘事

前面講過，當宋代志怪小說作者陷入虛實困境時，往往將真實性追求轉變為道德性追求，然後在志怪敘事中強調教化價值。「通過講故事的方式把人生經驗的本質和意義傳達給別人。」〔註32〕魯迅比較唐代與宋代的傳奇：「唐人小說少教訓，而宋人則多教訓。」〔註33〕「多教訓」其實不僅適用於宋代傳奇，也適用於宋代志怪小說，因為傳奇與志怪在宋人看來並無本質區別。宋代志怪小說「多教訓」是其作者刻意追求道德化敘事造成的。許軍認為：「有意識的道德勸懲是宋元志怪中最醒目的思想傾向，雖然它在從漢至唐的志怪中一直存在，但總的來說唐前志怪更直接的目的是宣揚佛教、追求博聞、實錄鬼神以及詮釋報應、命定、陰陽五行等觀念，自覺的道德勸懲並不多——這可以從《太平廣記》中看出來。」〔註34〕不少宋代志怪小說作者在作品序跋中明確表明其道德勸懲目的，如《野人閒話自序》謂「警悟於人」；《搜神秘覽自序》強調該書「屬勸懲之旨」；《玉照新志》自序「為善者固可以為韋弦，為惡者又足以為龜鑑」〔註35〕；《墨莊漫錄序》云：「稗官小說雖曰無關治亂，然所書者必勸善懲惡之事，亦不為無補於世也。」〔註36〕等等。雖然洪邁不斷強調志怪敘事的實錄精神，「本無意纂述人事及稱人之惡」，但他本人也未完全做到，也

〔註31〕〔法〕狄德羅著，朱維基譯：《論戲劇藝術》，載《西方文論選》，譯文出版社1987年版，第356頁。
〔註32〕〔美〕蒲安迪，《中國敘事學》，北京大學出版社1996年版，第5～6頁。
〔註33〕魯迅，《中國小說史略》，人民文學出版社2005年版，第329頁。
〔註34〕許軍，《論宋元小說的道德勸懲觀念》，《廣西社會科學》，2003年第11期，第123～127頁。
〔註35〕〔宋〕王明清，《投轄錄　玉照新志》，上海古籍出版社2012年版，第43頁。
〔註36〕〔宋〕張邦基，孔凡禮點校，《墨莊漫錄》，中華書局2002年版，第281頁。

常常「頗違初心」〔註37〕，最終將敘事推向道德教化。與洪邁同時稍後的葉祖榮將《夷堅志》內容分為忠臣、陰德、貪謀、善惡之類，就是想突顯其勸懲內容。至於其他志怪小說如《勸善錄》、《惡戒》、《樂善錄》、《為政善報事類》一類作品，書名已經透露其道德教化意圖。此類作品一般帶有明顯的宗教目的，但作品的敘事重心仍在世俗生活。下面從三方面論述宋代志怪小說敘事的道德教化取向。

一、命定敘事的道德取向

所謂命定是指人的壽命、禍福、貧富、貴賤、成敗等方面皆冥冥之中早有注定，非人力所能改變，《宋書·顧覬之傳》云：「覬之常謂稟命有定分，非智力所移。」志怪小說的命定觀與儒家天命觀有密切關係。儒家不言鬼神而言天命，《論語》多處說到天命，如「五十而知天命」、「獲罪於天，無所禱也」、「天下之無道也久矣，天將以夫子為木鐸」、「予所否者，天厭之！天厭之！」、「天生德於予」、「巍巍乎！唯天為大，唯堯則之」、「商聞之矣，生死有命，富貴在天。」儒家認為天命是宇宙間最高的主宰力量，人應該順應天命。儒家的這種宿命論影響了志怪小說的敘事形態，形成特別的敘事模式：先敘述人物所遭遇的悲劇，然後再敘及人物命定之因。

命定類志怪小說在宋代之前已經有不少，《太平廣記》中的「徵應類」、「定數類」、「感應類」所收錄的作品皆為命定類志怪小說，這些作品敘事宗旨勸世人相信人生由命，富貴福壽皆有定數，不能強求。南宋吳曾《能改齋漫錄》卷八《沿襲·定命論》云：「東陽胡百能跋邵德升《分定錄》云：『先君嘗言：『人生所享厚薄，各有定分。世有以智力取者，自謂己能，往往不顧名義。殊不知皆其分所固有，初不可毫末加也。所可加者，徒得小人之名而不悟，悲夫！百能佩服斯訓，未嘗不以語舊朋也。』以上皆胡百能說。子按：宋顧凱之常以為人稟命有定分，非智力所移，唯應恭己守道，信天任運。而闇者不達，妄意僥倖。徒虧雅道，無關得喪。乃以其意，命弟子原著《定命論》以釋之。乃知胡所說，凱之之意也。」〔註38〕命定類志怪小說由於強調命運的不可改變，其敘事往往形成千篇一律的敘事程序與套路。如魯迅《古小說鉤沉》所輯故事《郭子》：「王渾妻鍾，生女甚賢明。令武子為妹擇佳婿，而未有其人。兵

〔註37〕〔宋〕洪邁，何卓點校，《夷堅志》，中華書局1981年版，第363頁。
〔註38〕〔宋〕吳曾，《能改齋漫錄》，上海古籍出版社1979年版。

家子有才，欲以妻之，獨與母議，初不告，事定乃白。母曰：『誠是地也，自可貴，要當令我見之。』於是武子另此兵與群小雜處，使母微察之。母曰：『刑衣者汝可拔乎？』武子：『是。』母曰：『此才足以拔萃，然地寒，非長年不足展其才用。觀其形骨，恐不可與婚。』數年，果死。」〔註39〕人之定數往往隱現於形貌，識相者由此可判其命運，上述故事中武子之母能觀人形骨，可謂識相之人。在唐代的命定類志怪小說中，識相者多由僧道異士充任，如《定命錄‧齊瀚》記載：「東京玩敲師，與侍郎齊瀚遊往。齊自吏部侍郎而貶端州高安縣尉。僧云：『從今十年，當卻回。亦有權要。』後如期，入為陳留採訪使。師嘗云：『侍郎前身曾經打殺兩人，今被謫罪，所以十年左降。』」〔註40〕這種敘事模式一般可概括為：異人預見當事人未來的結果，事後乃應異人所預言之靈驗。唐代有些命定類志怪小說還特別強調定數不可改變，如《感定錄‧李泌》云：「天下之事皆前定」，再有《續定命錄‧韓偓》云：「人事固有前定」。許多命定類志怪小說其實是術士自神其術的產物，如《譚賓錄‧武后》載武則天年幼時，術士袁天綱言其當為天下主，後果如其言。當然，也有仕途得意之人，甚至是帝王，也會通過術士異人之語來神化自己。唐代有專門集錄命定類志怪小說作品，如趙自勤的《定命論》與無名氏的《續定命錄》。

宋代命定類志怪小說不少作品承襲前代，如邵德升的《唐宋科名分定錄》與尹國均的《古今前定錄》即仿唐代《定命論》、《續定命錄》，但宋代命定類志怪小說所涉及的範圍比前代更廣，幾乎觸及宋人生活的一切方面，似乎世間一切皆有前定，人生不過是在完成既定程序。這種既定程序如天條律令無法更改，如《夷堅支志戊》卷四「太陽步王氏婦」條記述鄱陽境內太陽步王氏婦誤入冥界，太陽步王氏婦「奉事翁姑孝謹，兼冥數未盡」〔註41〕，故被冥界紫袍官人放回，因冥數未盡死而復生，這說明人壽的定數連閻王爺也不能隨意改變的。

值得注意的是，有一部分宋代命定類志怪小說敘事出現新的變化。這首先表現為宋代志怪小說作者的命定觀的變化，他們開始相信人力可以在某種程度上影響既定命運，因此不甘心俯首帖耳地順從定數，總希望可以通過努力改

〔註39〕魯迅，《古小說鉤沉‧郭子》，人民文學出版社1973年版，第576頁。
〔註40〕〔宋〕李昉等編纂，《太平廣記》卷一四七，中華書局1961年版，第1060～1061頁。
〔註41〕〔宋〕洪邁，何卓點校，《夷堅志》，中華書局1981年版，第1082頁。

變命定結果。宋代志怪小說作者命定觀變化影響其志怪敘事，產生敘事波折，開始打破千篇一律的敘事程式。在這些作者看來，命運可以通過某些方式改變，如移改陽宅大門的位置與方向，或改變先祖墓地風水等，其中最有效的方式就是當事人的行善積德。前面講過，宋代志怪小說敘事的道德教化傾向是其自覺的價值追求。當這種追求被極度強調時，志怪敘事就會朝寓意化方向發展，最終使事件本身被弱化，成為作者道德議論的引子。而且，與志怪小說價值密切相關的儒家文化本身就是道德倫理文化，杜維明在評論董仲舒的「天人合一」理論時指出，「天人合一」理論是以一種有機宇宙觀為基礎的。根據這種宇宙觀，世間萬物是在一個複雜的網絡中互相關聯著的，由此可得出的結論，就是人事與天事相關，天道與倫理相關。〔註42〕

　　南宋袁說友在其《慶元已未成都府勸農文》中宣揚：「孝父母則享善報，身自安，否則陰譴乘之，身危矣；息一斗則居鄰里，身自安，否則刑責隨之，身危矣。」〔註43〕南宋袁采同樣利用鬼神警戒族人，其《袁氏世範》多次告誡子弟後人不能得罪鬼神，其中一些篇目就明顯反映出這種思想，如《小人作惡必天誅》、《暴吏害民必天誅》、《善惡報應必天誅》、《善惡報應難窮詰》等。如《小人作惡必天誅》篇記述：「如此之人，惟當遜而避之，逮其稔惡之深，天誅之加，則其家之子孫自能為其父祖破壞，以與鄉人復仇也。……如此之人，亦不必求以窮治，逮其稔惡之深，天誅之加，則無故而自罹於憲網，有計謀所不及救者。大抵作惡而幸免於罪者，必於他時無故而受其報。所謂『天網恢恢，疏而不漏』也。」〔註44〕宋代統治階層的「神道設教」思想被許多宋代志怪小說作者自覺貫徹於志怪敘事，使作品成為德政教化的有益補充。宋代志怪小說的這種價值追求促使其打破原有敘事程式。

　　宋代委心子《分門古今類事》所收內容多是命定類志怪小說，全書分十二門，有帝王運兆門、異兆門、夢兆門、相兆門、卜兆門、讖兆門、祥兆門、婚兆門、墓兆門、雜誌門、為善而增門、為惡而削門。此書前十門的命定敘事符合委心子所議的：「以是知得失高下，陰籍注定，人力區區，何為哉！」而最後的「為善而增門」、「為惡而削門」，則著重強化善惡與福祿的關係，可由修德而改變命運。這部分內容與前面所謂「以是知得失高下，陰籍注定」思想互

〔註42〕〔美〕羅博洛主編，《美國學者論中國文化》，中國廣播電視出版社1994年版，第125頁。
〔註43〕〔宋〕袁說友，《東塘集》，文淵閣四庫全書珍本初集影印本。
〔註44〕〔宋〕袁采，《袁氏世範》，中華書局1985年版，第33～34頁。

相矛盾。但委心子卻並不因此感到為難，其序云：「夫興衰，運也；窮達，時也；生死，命也。委心子窮天任運，修己俟時，謂命有定數，不可以智求。而罔者不達，妄意僥倖，偶然得之，則誇衒辨智，矜持巧力，自以為己之能。……乃以其意作《古今類事》二十卷，凡前定興衰、窮達、貴賤、貧富、死生、壽夭、與夫一動一靜、一語一默、一飲一啄，分已定於前，而形於夢，兆於卜，見於相，見應於讖驗者，莫不錄之。仍以其類分為十門，使猖狂噪進迷惑競利之徒見之而少解。……興衰窮達死生六者，天之所賦也；智愚善惡此四者，人之所為也。天定可以勝人，人定亦能勝天。如裴度以陰德而致貴，孫亮以陰譴而減壽。善惡之報當待天下，既定而求之。故予又別為二門，謂命已前定，有為善而增者，有為惡而削者，庶幾善人君子當正心修身，樂天知命，不以人廢天，不以天廢人，此《古今類事》之本意也。」〔註45〕序文邏輯是經不住推敲的，但由於作者從道德上立論，議論邏輯漏洞被道德情理所掩蓋。

　　洪邁高調宣稱《夷堅志》「皆表表有據依者」〔註46〕，《夷堅乙志序》云：「夫《齊諧》之志怪，莊周之談天，虛無幻茫，不可致詰。逮干寶之《搜神》，奇章公之《玄怪》，谷神子之《博異》，《河東》之記，《宣室》之志，《稽神》之錄，皆不能無寓言於其間。若予是書，遠不過一甲子，耳目相接，皆表表有據依者。」〔註47〕前賢之作「皆不能無寓言於其間」，《夷堅志》則只求忠實載錄事蹟，所謂「耳目相接，皆表表有據依者。」然而，洪邁的承諾在其《夷堅志》中並未完全兌現，特別是在其命定類志怪小說中，敘事往往由「表表有據依」轉向「皆不能無寓言於其間」。

　　前代同類志怪小說也有為追求道德價值而改變命定敘事程式的例子，如《太平廣記》卷一一七《劉弘敬》，則記述相士相劉弘敬「更二三年，大期將至」。後弘敬買得一女婢，訊之知是名家女，「遂焚其券，收為甥女，以家財五十萬先其女而嫁之」。結果因這德行延壽二十五年，並富及三代。不過在宋代之前，在命定志怪小說中強調道德的轉變作用的敘事並不多見，而在宋代命定類志怪小說中則變成相對普遍的現象。此外，宋代命定類志怪小說敘事具有自覺的道德動機，正如許軍所言：「出於各種道德準則，志怪對小說中的人和事表現出非常明確的道德傾向和道德評價。與唐以前相比它更強調人的信念，更

〔註45〕〔宋〕委心子，金心點校，《新編分門古今類事》，中華書局1987年版，第1
　　　～2頁。
〔註46〕〔宋〕洪邁，何卓點校，《夷堅志》，中華書局1981年版，第185頁。
〔註47〕〔宋〕洪邁，何卓點校，《夷堅志》，中華書局1981年版，第185頁。

加強調行為後面的動機是否向善，而不是僅僅著眼於行為本身。」〔註48〕另外，宋代志怪小說的善惡觀根植於中國傳統倫理文化，如對「陰德」就給予強調，雖然與佛教因果說相似，但此乃古已有之，《左傳》、《淮南子》等書中就有很多相關說法，只是在宋代以後變得普遍，它強調意識的向善和不為人知的善舉，是干預道德信念的重要方式。〔註49〕

二、人鬼戀的警戒性敘事

魯迅認為宋代理學使「小說也多理學化了，以為小說非含有教訓，便不足道。」〔註50〕其實宋人小說敘事含有教訓，正是其價值意識在志怪敘事中的體現。宋代志怪小說的人鬼戀敘事最能體現宋代理學的影響。在此類敘事中，理學教訓體現為對人鬼戀的警戒與否定，為了敘述便利，本文將之稱為警戒性敘事。

宋代儒學偏重義理，倫理道德被過分地強調，出現理與欲對立的觀念，甚至以義理否定人慾。宋代理學家將人慾看成萬惡之源，周敦頤有「窒欲」主張，二程也宣揚：「故目則欲色，耳則欲聲，鼻則欲香，口則欲味，體則欲安，此皆有以使之也。然則何以窒其欲？曰：思而已矣，覺莫要於思，惟思為能窒欲。」〔註51〕程頤將人的本能看作有害之欲，提倡以「靜」、「誠」修養去解決「人慾」，這種思想後來被推至極端，「滅私欲，則天理明矣！」〔註52〕「存天理，滅人慾」思想被南宋朱熹一再強化：「孔子所謂『克己復禮』；《中庸》所謂致中和、尊德性、道學問；《大學》所謂『明明德』；《書》曰：『人心惟危，道心惟微，惟精惟一，允執厥中。』聖賢千言萬語，只是教人明天理，滅人慾。」、「人慾者，此心之疾疢，循之則其心私且邪。」（《朱文公文集·辛丑廷和奏劄（二）》）「是以聖人之教，必欲其盡去人慾而復全天理。」（《朱文公文集·答陳同甫》）宋代理學家將「人慾」當成罪惡，認為如果不滅「人慾」，將

〔註48〕許軍，《論宋元小說的道德勸懲觀念》，《廣西社會科學》，2003 年第 11 期，第123～127 頁。

〔註49〕許軍，《論宋元小說的道德勸懲觀念》，《廣西社會科學》，2003 年第 11 期，第123～127 頁。

〔註50〕魯迅，《中國小說史略》，人民文學出版社 2005 年版，第 329 頁。

〔註51〕程顥，程頤撰，王孝魚點校，二程集·《河南程氏粹言》，中華書局 1981 年版，第 1260 頁。

〔註52〕〔宋〕程顥，程頤撰，王孝魚點校，《二程集·河南程氏粹言》，中華書局 1981年版，第 1260 頁。

後果嚴重，輕則迷失心竅，重則喪命。

　　宋代理學家天理人慾對立的思想被宋代志怪小說作者自覺接受，並在其志怪敘事的人鬼戀敘事中體現出來。李劍國認為宋代志怪小說人鬼戀敘事，「許多作家煞是痛苦，欲說還休地寫情，裝模作樣地談理」，表現他們「扭曲的人格」，寫出的也是「扭曲的文章」。〔註53〕其實，宋代志怪小說作者在敘事中並非處於「扭曲」的痛苦狀態，相反，他們在人鬼戀中體現天理人慾對立觀念的敘事倒是出於其價值自覺。這種志怪敘事從文學角度上看令人生厭，但是從宋人價值立場上說，則完全契合社會文化主旋律，更容易獲得上層社會認可。段庸生認為宋人傳奇的勸懲目的，充分表明宋人對小說社會功能的格外重視。〔註54〕宋人對社會功能格外重視正是他們自覺依附正統價值的體現。

　　與前代志怪小說相比，宋代志怪小說中的人鬼戀故事數量明顯增加，林辰認為：「與唐代小說家相比，宋代小說家更喜歡鬼魅題材。」〔註55〕唐瑛曾對魏晉、唐、宋三個時段異類姻緣故事進行統計，「六朝志怪傳奇中的異類姻緣故事一共九十二則，唐朝志怪傳奇中的異類姻緣故事五十五則，兩者相加不到一百四十七。」〔註56〕而宋代則有至少有一百七十則，唐氏所指異類姻緣含義甚廣，「指較寬意義上的人與神（仙）、人與鬼、人與妖等的婚姻、戀愛行為。」但人鬼戀無疑是其中的大宗，尤其是「宋代小說家更喜歡鬼魅題材」，宋代人鬼戀在異類姻緣中所佔權重更大，據筆者粗略統計，《太平廣記》中收錄人鬼戀故事有五十四則，而宋代僅洪邁《夷堅志》就載有人鬼戀故事三十五則，可見宋代人鬼戀故事數量之多。

　　宋代理學興盛，情慾極受節制，作為體現情慾的人鬼戀故事按理應比前代更少才合理，然而事實卻正好相反，此中重要的原因恐怕跟宋代理學家的倡導鼓勵有關。宋代之前志怪小說中的人鬼戀敘事，主要是警戒世人節制情慾。唐代人鬼戀敘事主要目的是張揚情慾，俞汝傑指出：「唐傳奇產生以前，中國人在創作領域找到的表現性愛的最佳方式，乃是志怪。志怪向來被排除在正統文學之外，其受道德觀念的約束也就鬆弛得多；志怪中展現的是妖狐鬼怪的生活，按邏輯也可以不受人間道德的藩籬。在志怪的天地裏，中國人壓抑過甚的

〔註53〕李劍國，《古稗斗筲錄》，南開大學出版社2004年版，第179頁。

〔註54〕段庸生，《勸懲與宋人傳奇》，《重慶師範學院學報（哲學社會科學版）》，2000年第4期，第31〜37頁。

〔註55〕林辰，《神怪小說史》，浙江古籍出版社1998年版，第215頁。

〔註56〕唐瑛，《宋代文言小說異類姻緣研究》，四川大學2006博士學位論文。

性慾獲得了暢行無阻的權利。」〔註57〕程國賦認為「唐五代描寫人與異類戀愛的小說，其數量之多，藝術成就之高，超過以往任何一個朝代的創作。小說作家以大膽離奇的想像，塑造了一個個栩栩如生的異類形象，構築了很多描寫人與異類戀愛的情節。」〔註58〕所以魯迅指出其「雖尚不離於搜奇記逸，然敘述宛轉，文辭華豔」〔註59〕可在宋代理學背景下，這種對人鬼情事的興趣最終變成道德警戒。前代人鬼戀結局大多不壞，有的甚至還讓人鬼喜結良緣，而宋代志怪小說中的人鬼戀結局一般都很悲慘。所以說，宋代人鬼戀敘事所傳達的是對世人的警戒，而非對人鬼情事的興趣。

早期儒家對人合理情慾持包容態度，如孔子對男女情慾就直言不諱：「飲食男女，人之大欲存焉。」荀子也說：「若夫目好色、耳好聲、口好味、心好利、骨體膚理好愉佚，是皆生於人之情性者也。」（《荀子‧性惡》）然而，自宋代理學家體貼出一個「理」之後，情慾便成了他們道德修煉的絆腳石，是人沉淪墮落的禍根。「人之一心，天理存則人慾亡，人慾勝則天理滅，未有天理人慾夾雜者。」〔註60〕這就是朱熹的「存天理，滅人慾」思想。然而，情慾乃人之本能，不可能消滅也無法消滅，其實朱熹也意識到這一點：「天理人慾分數有多少。天理本多，人慾便也是天理裏面做出來。雖是人慾，人慾中自有天理。」、「天理人慾，無硬定底界，至是兩界分上工夫，這邊工夫多，那邊不到，占過來；若這邊工夫少，那邊必侵過來。」〔註61〕在朱熹看來，情慾與天理彼此對立，情慾始終是人道德完善過程中的威脅性存在。宋代志怪小說作者將這種威脅性滲透進人鬼戀敘事，成為道德警戒。

北宋黃休復《茅亭客話》卷四「勾生」條，講述少年勾生在寺中居士堂壁上，見天女塑像嫵媚豔麗，即想「娶得妻如抱箏天女」，並大膽「將壁畫者項上摳一片土吞之為戲」，沒想到當夜即淫想成真，「夜夢在維摩堂內，見一女子，明麗絕代，光彩溢目，引生於窗下狎昵。」但明麗光彩外表下卻掩藏奪命之謀，月餘即生神志癡散，妖氣侵體，日漸羸瘠，最後「不逾月而卒」。〔註62〕

〔註57〕俞汝捷，《幻想和寄託的國度——志怪傳奇新論》，淑馨出版社1991年版，第52頁。

〔註58〕程國賦，《唐五代小說的文化闡釋》，人民文學出版社2002年版，第149頁。

〔註59〕魯迅，《中國小說史略》，人民文學出版社2005年版，第73頁。

〔註60〕〔宋〕黎靖德編，王星賢點校，《朱子語類》，中華書局1986年版，第224頁。

〔註61〕〔宋〕黎靖德編，王星賢點校，《朱子語類》，中華書局1986年版，第207頁。

〔註62〕〔宋〕黃休復，《茅亭客話》，上海古籍出版社2012年版，第119頁。

畫中天女本屬天界，可在敘事中卻作為鬼妖，宋前人神之戀雖有神女的威脅性話語，但最後男子一般都能安然無恙。而此中情事，天女卻以妖氣逼人，最後奪男子性命，完全是警戒性的人鬼戀。其實這種故事還有一個版本，如《夷堅甲志》卷十九「僧寺畫像」條記載：「平江士人徐賡，習業僧寺，見室中殯宮有婦人畫像垂其上，悅之。才返室，即夢婦人來與合。自是，夜以為常。未幾，遂死。家人有嘗聞其事者，到寺中蹤跡得之，其像以竹為軸，剖之，精滿其中。」〔註63〕此中對縱慾的警戒意圖更加明顯。

　　南宋人鬼戀敘事更加強調以理節欲。《夷堅志》中這類例子有很多，如《夷堅乙志》卷五「劉子昂」條記述和州守劉子昂被一巨屍所幻化的美婦所誘惑，與之遇合數月，後被老道士識破，對之警告，可劉氏卻情迷不能割捨，最後暴病身死。此外還有《夷堅支丁》卷五「黔縣道上婦人」條、《夷堅支庚》卷八「王上舍」條、《夷堅支癸》卷五「北塔院女子」條等都敘述同類故事情節。在這些故事中，男子因沒有以理節欲而最終成為自己「私欲」的犧牲品。《夷堅志》中另有一類故事則在外力拯救下僥倖脫險，留下深刻教訓。如《夷堅丙志》卷七「大儀古驛」條、《夷堅丙志》卷八「無足婦人」條、《夷堅支戊》卷八「解俊保義」條、《夷堅支庚》卷七「周氏子」條、《夷堅支庚》卷八「江渭逢二仙」、《夷堅三志己》卷二「程喜真非人」條、《夷堅三志辛》卷五「歷陽麗人」等等。

　　宋代志怪小說作者在人鬼戀敘事中有時禁不住跳出來勸諭與告誡，如《夷堅三志辛》卷九「香屯女子」條記述德興香屯人陳百五納涼，遇一虎皮化美女自薦枕席，後被張道士用符籙收驗。張道士指出陳氏病根在於崇惑縱慾：「渠本非有病，崇惑在心，馴以至此。」〔註64〕張道士的言論充滿理學說教，給世人講出一番以欲致禍道理。人鬼戀中也有以理節欲的成功事例，如《類說》卷三四《青瑣摭遺》中的「崔慶成」條，敘述崔慶成在美豔誘人的婦人再三致意之下，保持克制，面對豔情誘惑，「不答」、「但俯首不對」、「終不舉盞」，最終令婦人歎息而去。這類例子在宋代人鬼戀故事中比較少見，在《夷堅志》中只有《夷堅甲志》卷四「項宋英」條、《夷堅甲志》卷五「蔣通判女」條、《夷堅支庚》卷七「雙港富民子」條和《夷堅支癸》卷六「鄂干官舍女子」條四則。楊義對宋代人鬼戀故事有一句戲謔性評價：「宋代志怪小說中的某類青

〔註63〕〔宋〕洪邁，何卓點校，《夷堅志》，中華書局1981年版，第166頁。
〔註64〕〔宋〕洪邁，何卓點校，《夷堅志》，中華書局1981年版，第1457頁。

年似乎都帶點閹割性或性功能衰弱。」〔註65〕這種「閹割性或性功能衰弱」無疑是宋代理學以理節情的思想所造成的。

三、道士形象的萎縮

魏晉志怪小說作者大多有宗教情結，有的甚至是宗教信徒，所以他們編撰志怪小說一般都「意在自神其教」。如出自道教徒之手的志怪小說，故事中的道士必定是形象高大，通常身懷神通者。受前代志怪小說影響，道士形象在唐代志怪小說中仍被神異化。但在宋代志怪小說中，道士形象則開始萎縮，失去神異色彩。在宋代志怪小說的道德敘事中，道士往往以配角身份參與故事，有的甚至萎縮成道德符號。

在北宋早期的志怪小說中，道士人物還處於敘事中心，其異術還被作者津津樂道，如吳淑的《江淮異人錄》，《欽定四庫全書總目》曰：「是編所紀，多道流、俠客、術士之事」〔註66〕，道士異術是其中的敘事重點，如作品中「耿先生」條記述女道士耿先生，通曉道術，「能拘制鬼魅，通於黃白之術，變怪之事……問以黃白之事，試之皆驗。」〔註67〕又詳細敘述煉雪為銀與孕生神孫聖子之事，全篇敘事旨在於突出耿先生道術之異。《江淮異人錄》敘道流者多屬此類，又如「江處士」條敘歙州江處士以道術御鬼事；「潤州處士」條敘一處士以道術使人不能蔽形於萬眾之中；「沈汾」條敘沈汾以道術預知其死等。作者吳淑並非道教徒，其敘道流之術主要出於搜奇獵異興趣。

隨著宋代道德教化語境的形成，宋代志怪小說作者在搜奇獵異興趣之外又有了道德教化使命。這一點在北宋黃休復的《茅亭客話》中明顯體現出來，黃休復曾受道於處士李譁，《益州名畫錄》李畋序其「鬻丹養親」，故稱他為道士也不為過。《郡齋讀書志》言黃休復《茅亭客話》：「雖異端而合道，旨屬懲勸者，皆錄之。」〔註68〕李劍國認為此言乃據黃休復《茅亭客話》自序文字。因此《茅亭客話》的志怪敘事除「自神其教」外，還有懲勸世人的道德目的。如「勾生」條載故事中，三少年受豔鬼所迷致使神志癡散，被范處士覺察，勸

〔註65〕楊義，《中國古典小說史論》，人民出版社 1998 年版，第 231 頁。

〔註66〕〔清〕紀昀，《欽定四庫全書總目》（整理本），中華書局 1997 年版，第 1881 頁。

〔註67〕〔宋〕吳淑，《江淮異人錄》，上海古籍出版社 2012 年版，第 131 頁。

〔註68〕〔宋〕晁公武，孫猛校證，《郡齋讀書志》，上海古籍出版社 1990 年版，第 590 頁。

其服符藥設醮拜章除之。可惜受害者迷戀已深而日漸羸瘠，「不逾月而卒」。〔註69〕在這段敘事內容中，道士成為解除妖氣的手段，道德教化用意被強化，而作品原有的「自神其教」意圖則被淡化。

　　宋代志怪小說作者即使為佛道人士，為迎合主流價值意識，其作品敘事有意表現其儒家價值取向。如《青瑣高議後集》卷十「藍先生續補」條將成仙條件說成：「孝於親，謹於兄，睦於鄰，信於朋友，無欺於人，無負於神」。《樂善錄》卷上云：「嚴君平卜盆於成都市，以為卜筮者賤業而可以惠眾，人有邪惡非正之間，則依卜筮而言利害；與人子言依於孝；與人弟言依於順；與人臣言依於忠，各因勢導之以善。」〔註70〕遂以此「證仙果」，在這裡，儒家道德反而成為道教成仙的通道。追求成仙享受極樂，本是道教徒的終極夢想，可他們在志怪敘事中卻擔當起道德教化角色。《青瑣高議後集》卷十中記載仙人施先生「教人行孝梯仁義」，由此可見，道德因素成了道教徒成仙享樂的必要條件。《夷堅乙志》卷三「陽大明」條記載：「南安軍南康縣民陽大明葬父於黃公坑山下，結廬墓側，所養白雞為狸捕去，藏之石穴。次夕，大雷震，石粉碎，狸死焉，人以為孝感。」〔註71〕因此「有道人至廬所見之，歎其純孝」，要度引他成仙。以道教內容為主的宋代志怪小說中，由於作者對道德因素的強調，使其「自神其教」的訴求反而退居於道德教化宗旨之後，道士原有的宗教形象也在道德敘事中逐漸被淡化。

　　在宋代異類情戀故事中，道士形象往往萎縮成道德符號。楊義評價宋代志怪小說：「因此人鬼、人妖之間的戀愛故事，總是以一見鍾情始，以道士介入為轉折，最後是一個悲劇的結局，這已經成為那個時代散發著道學氣的描寫模式。」〔註72〕其實，宋代志怪小說「散發著道學氣的描寫模式」正是作者追求道德教化價值的結果。如北宋錢易的《越娘記》，敘楊舜俞與女鬼越娘之間情緣，越娘乃有情有義之鬼，因慮人鬼殊途，相遇不利，雖與楊氏情如夫妻，還是忍心割捨而去，舜俞由思轉恨，情戀敘事因此轉折，在楊氏欲伐越娘之墓時，道士出現，做法擒出越娘，又命數卒將之鞭打。待楊氏替越娘求情，道士便將楊氏教訓一番：「幽冥異道，人鬼殊圖，相遇兩不利，尤損於子，凡人之生，初歲則陽多而陰少，壯年則陰陽相半，及老也，陽少而陰多。陽失陰存則死。子自壯，氣血

〔註69〕〔宋〕黃休復，《茅亭客話》，上海古籍出版社2012年版，第119頁。
〔註70〕〔宋〕李昌齡，《樂善錄》，中華書局1991年版，第10頁。
〔註71〕〔宋〕洪邁，何卓點校，《夷堅志》，中華書局1981年版，第208頁。
〔註72〕楊義，《中國古典小說史論》，人民出版社1998年版，第231頁。

方剛，自甘逐陰純異物，耗其氣，子之死可立而待。儒者不適於理，徒讀其書，將安用也？」道士所言之理多屬道教，而說教姿態卻是儒家的，「儒者不適於理，徒讀其書，將安用也？」這是對楊氏「圖淫慾」的批評。

　　南宋理學興盛，此時期志怪小說的異類情戀敘事往往蘊含情慾傷身主題，男子迷於鬼魅誘惑，隱喻情慾的放縱，而結局中男子受到傷害，則隱喻放縱情慾的後果，嚴重者往往失去生命。在這種隱喻性敘事中，道士成了道德拯救力量，象徵節制情慾的天理。敘事中道士的出現往往喻示情慾敘事的轉折，並以此傳達作者的警戒意圖。這類例子大量出現於《夷堅志》，除上面所列舉例子外，還有《夷堅乙志》卷五「劉子昂」條、《夷堅支丁》卷五「黔縣道上婦人」條、《夷堅支庚》卷八「王上舍」條、《夷堅支癸》卷五「北塔院女子」條、《夷堅丙志》卷七「大儀古驛」條、《夷堅丙志》卷八「無足婦人」條、《夷堅支戊》卷八「解俊保義」條、《夷堅支庚》卷七「周氏子」條、《夷堅支庚》卷八「江渭逢二仙」條、《夷堅三志己》卷二「程喜真非人」條、《夷堅三志辛》卷五「歷陽麗人」條等等。

　　以上的志怪敘事可歸納為兩種敘事模式：一種是美色誘惑—當事人受誘得禍—法師施救—當事人死亡；另一種與前者不同處只在結局時當事人脫險。比較這兩種敘事模式可知，祛除鬼魅的法師扮演著拯救者角色。在宋代志怪小說中的法師一般由道士充當，象徵道德勸誡或懲罰力量。下面再舉兩例分析：前一種敘事模式如《夷堅丙志》卷第十二「紫竹園女」條，記載舒州懷寧縣主薄章裕之僕顧超，逢一芭蕉葉所化綠衣女前來共寢，雖經道士收治，但顧不久抱疾而死。後一種敘事模式如《夷堅甲志》卷四「吳小員外」條，記述趙應之、趙茂之、吳小員外等三人春日縱遊，遇到年輕美貌的當壚女。女因與三人略微交談，父母責以「未嫁而為此態，何以適人」，遂使當壚女抑鬱而死。一年後，三人故地重遊，當壚女鬼魂化人，邀吳小員外到委巷小樓飲酒同居。兩人往來逾三月，吳的憔悴引來吳之父母的注意，吳家請來的皇甫法師，將女鬼砍成「流血滂沱」。〔註73〕在以上兩則故事中，道士法師在敘事中只充當道德警戒工具，至於自身形象則被忽略。讀者閱讀故事後，可能對故事中的女鬼與男子印象深刻，對故事中的道士則印象模糊。這一點余丹有較獨到的發現：「這些故事中的『法師』其實是一種符號性的形象，除了善治妖、鬼之類的本領，作品中對他們的來龍去脈並不作交待，更談不上對他們的相貌、言行、

性格作具體刻畫了，他們一般只具備情節結構的意義。『法師』多以道士的面目出現，是因為道家行符咒之術，是驅逐妖鬼的天然人選，而並不是說這個角色非得由道士來充當，我們更傾向把他們視為一種觀念的化身。」〔註74〕在情慾傷身，情理衝突的隱喻敘事中，道士的出現暗示「人慾」與「天理」矛盾不可調和。道士作為情慾世界中的警戒性形象出現，雖然也敘其救治行為，但意義主要在警示與勸諭，而最終的拯救者卻是受誘惑者自己。沉迷欲海者，只有自己識破令其沉迷的鬼魅真相才能獲救，否則再高明的法師也無濟於事。因此，在情慾傷身主題的志怪敘事中，作為法師的道士作為敘事元素，完全可以被僧人、民間術士、甚至不懂法術者替代，從這種角度上講，道士只是志怪敘事中的「符號性的形象」。

〔註74〕余丹，《宋代文言小說創作與時代思想文化》，上海師範大學 2005 博士學位論文。

第六章　法律語境中的志怪敘事

　　法律關注人間秩序，似乎與記錄冥界鬼神的志怪小說扯不上關係，但事實兩者卻有淵源關係。中國古代法律源於禮制，而禮制又產生於巫鬼文化。《說文解字》卷一上：「禮，履也，所以事神致福也。從示從豊，豊亦聲。」在中國上古時期，禮法未分，功能混同。《周禮·秋官》中所記「小司寇」兼有執法官、祭祀及司禮職責。上古時期「依鬼神以制義」、「絜誠以祭祀」，禮與法都充滿宗教色彩。殷商時期，「殷人尊神，率民以事神，先鬼而後禮。」（《禮記·表記》）殷人相信鬼神主宰人世一切，凡事以占卜請示鬼神，以鬼神意圖裁決一切。周取代商後，逐漸意識到人事的重要，產生「以德配天」的思想，（《尚書·蔡仲之命》）孔子創儒學定禮教，變「先鬼而後禮」為「先禮而後鬼神」直至敬鬼神而遠之。禮教取代鬼神支配著人世生活，成為周人辨別是非曲直的準繩。「禮崩樂壞」之後，「非禮」漸多，作為懲罰性的法律才從禮的世界中獨立出來。

　　隨著社會不斷向前發展，法律與鬼神逐漸走向對立。韓非宣稱：「治世之民，不與鬼神相害也」，（《韓非子·解老》）「恃鬼神者慢於法」。（《韓非子·飾邪》）在韓非看來，鬼神阻礙了法律的發展。但鬼神在儒家世界仍有一定的價值，所謂：「明則有禮樂，幽則有鬼神，其理即成，其分當。」〔註1〕歷代法律一般不涉及鬼神，歷代志怪小說卻在其鬼神世界中滲透當時的法律意識，在法律文化發達的宋代表現得尤為明顯。

第一節　宋代法律環境

　　唐末五代的亂世成為趙宋新政權的前車之鑒，故宋初君主極推崇儒家，推

〔註1〕〔明〕郎瑛，《七修類稿》，中華書局1959年版，第168頁。

行「以德致治」的統治方略。社會久亂造成了「禮義廉恥之教化無所施」,「紀綱斁壞,盜賊縱橫,天下大亂」。〔註2〕故宋初統治者在復興禮教的同時也強調刑罰之用,既「道之以德,齊之以禮」又「道之以政,齊之以刑」。唐代統治者明白法律之用卻不能有效施行,白居易《論刑法之弊》批評朝廷「輕法學,賤法吏」,韓愈《省試學生代齋郎議》則指出習法者的卑微:「學生或以通經舉,或以能文稱,其微者,至於習法律、知字書」。而宋代統治者的法律態度迥異,表現出前代少有的嚴肅與認真。錢穆指出宋代是中國古代社會的大轉變時期:「論中國古今社會之變,最要在宋代。宋以前,大體可稱為古代中國,宋以後,乃為後代中國……故就宋代而言之,政治經濟、社會人生,較之前代莫不有變。」〔註3〕宋代法律之變自然也屬宋代社會走向「後代中國」的重要表現。

宋代君主皆重視法治。宋太祖認為:「王者禁人為非,莫先法令。」〔註4〕宋太宗曾下詔:「夫刑法者,理國之準繩,御史之銜勒。」〔註5〕「應朝臣、京官及幕職州縣官等,今後並須習讀法令。」〔註6〕宋太宗則告誡臣下:「法律之書,甚資致理,人臣若不知法,舉動是過,苟能讀之,益人智識。」〔註7〕宋初統治者重視法治的態度,直接影響其繼任者的法治意識,宋神宗即位不久即宣稱:「立法足以盡事。」〔註8〕徐道臨指出:「宋代皇帝懂法律又尊重法律比中國任何朝代都多。」〔註9〕

宋代統治者的法治思想通過科舉教育得以有效貫徹。北宋設立書判拔萃科、明法科,進士及諸科,「並以律文疏卷問義」〔註10〕,《宋史》卷三三零《傳論》云:「宋取士兼習律令,故儒者以經術潤飾吏事,舉能其官。」〔註11〕淳化三年(公元992年)以後的科考,共分七場:第一、二場試律,第三場試令,第四、五場試小經,第六場試令,第七場試律,另外在試律之日還策試雜

〔註2〕〔宋〕李燾,《續資治通鑒長編》卷二六,中華書局2004年版,第3498頁。

〔註3〕錢穆,《理學與藝術》,《宋史研究集》,臺灣書局1974年版,第2頁。

〔註4〕《宋大詔令集·刑法上》卷二〇〇,中華書局1962年版。

〔註5〕〔清〕徐松輯,《宋會要輯稿》選舉13之11,中華書局1957年版,第4473頁。

〔註6〕《宋大詔令集》,中華書局1962年版,第739頁。

〔註7〕〔宋〕江少虞,《宋朝事實類苑》卷二,上海古籍出版社1981年版,第13頁。

〔註8〕〔宋〕李燾,《續資治通鑒長編》卷三三四,中華書局2004年版。

〔註9〕徐道臨,《中國法制史論集》,志文出版社1976年版,第89~90頁。

〔註10〕李燾,《續資治通鑒長編》卷一零九。

〔註11〕〔元〕脫脫撰,劉浦江標點,《宋史》簡體字本卷280~334,吉林人民出版社,第7513頁。

問疏議六條、經注四條。王安石變法時又設立明法科,「試律令、《刑統》、大義、斷案,所以待諸科之不能業進者」〔註12〕。在南宋時期,科考屢有變革,嘉定二年,改為六場,前五場為斷案,後一場試律義。考試結束後將考卷送交禮部,由專人評定試卷,合格者依成績分五等:一、二等稱及第,三等叫出身,四、五等稱同出身,由吏部注官。明法科及第的考生被授予的職務為州、縣的司、判、簿、尉等屬職。為了普遍提高官吏法律素質,宋代還特別規定進士科及第者,除第一、二名可以免試法律外,「自第三人以下試法」。

宋代統治者在法治方面的種種舉措,不僅使士人傾心於習法應試,「宋代士大夫普遍重視學法,通法曉律、爭言法令成為一種時尚。」〔註13〕宋人彭汝礪說:「異時士人未嘗知法律也,及陛下以法令進之,而無不言法令。」〔註14〕更重要的是社會法律教育普及,使許多民眾有意識利用法律保護自身權益。在四川、江西、福建等教育比較發達的地區,當地民眾喜好爭訟。如陸游《老學庵筆記》卷三記一事:「師渾甫本名某,字渾甫。既拔解,志高退,不赴省試。其弟乃冒其名以行,不以告渾甫也。俄遂登第,渾甫因以字為名,而字伯渾,人人盡知之。弟仕亦至郡倅,無一人議之者。此事若在閩浙,訴訟紛然矣。」〔註15〕江西虔州訟風尤劇,「只爭眼前強弱,不計長遠利害。才有些小言語,便去要打官司,不以鄉曲為念」。〔註16〕宋代民眾好訟之風催生出與法律密切相關的教訟行業,在江西等地甚至出現民辦訟學。此外,宋代民間還出現專門為人指點詞訟和替人辯理的訟師。民間健訟之風致使宋代官府「滯訟如山」,「或繼以燭,事猶不決者」,對於宋代的法律環境,陳景良說:「有宋一代,自上而下的法律意識既為漢唐所沒有,也為明清所不及」。〔註17〕許多宋代志怪小說作者都經歷科考,考入仕途者會自覺站在正統文化立場宣揚法律是其份內之事;落榜者也會在「舉天下一聽於法」〔註18〕的法律環境中,自覺迎合宋

〔註12〕 《宋史》卷 155《選舉一》。

〔註13〕 張晉藩,《中國法制通史》,法律出版社 1999 年版。

〔註14〕 〔明〕黃淮,〔明〕楊士奇編,《歷代名臣奏議》,上海古籍出版社 1989 年版,第 1540 頁。

〔註15〕 〔宋〕陸游,《老學庵筆記》,中華書局 1979 年版,第 35 頁。

〔註16〕 中國社會科學院歷史研究所宋遼金元史研究室點校,《名公書判清明集》,中華書局 2002 年版,第 394 頁。

〔註17〕 陳景良,《文學法理咸精其能——試論兩宋士大夫的法理素養》,《南京大學法律評論》,1996 年第 2 期,84～95 頁。

〔註18〕 〔宋〕陳亮,《陳亮集》卷一,中華書局 1987 年版,第 20 頁。

代主流價值觀，在志怪敘事中強調法律之用。

第二節　冥府意象

　　鬼神世界本是人間世界的想像性延伸，恩格斯說過：「在遠古時代，人們還完全不知道自己身體的構造，並且受夢中景象的影響，於是就產生了一種觀念：他們的思維和感覺不是他們身體的活動，而是一種獨特的寓於這個身體之中而在人死亡時就離開身體的靈魂的活動。從這個時候起，人們不得不思考這種靈魂對外部世界的關係。既然靈魂在人死時離開肉體而繼續活著，那麼就有理由去設想它本身還會死亡，這樣就產生了靈魂不死的概念。」（《馬克思恩格斯選集》第四卷）在有神論者看來，人死之後，靈魂將存在於講求等級與秩序的另一個世界。在現實生活中，最能反映等級與秩序的地方是官府。因此，作為人間世界想像性延伸的幽冥世界，冥府是人間官府的影像，因此同樣是個等級森嚴的地方。冥府意象在宋前志怪小說中也經常出現，稱為冥司或陰司，其功能主要是審判魂靈在陽世的善惡功過。法國思想家拉法格在其《思想起源論》中說：「原始的野蠻人利用自己的來世生活的觀念來發展勇敢，於是發明出一種報應的學說，死者的行為要經過陰間法庭審判，善有善報，惡有惡報。」〔註19〕原始野蠻人進化為文明人時，其原始的報應觀念卻保留了下來。在中國古代文化的演進過程中，報應觀念不斷得到強調，在《周易正義》中就宣揚：「積善之家，必有餘慶，積不善之家，必有餘殃」〔註20〕。後來的宗教吸收利用了中國早期的報應觀念，用以強化其威懾力，如佛家即強調報應觀念，「記經像之顯效，明應驗之實有，以震聳世俗，使生敬信之心」。所以，在宋前志怪小說中，通過冥府審判所體現報應思想，往往帶有深厚的宗教色彩。

　　宋代重視法律教育，使社會民眾普遍具有法律意識，所以宋代志怪小說的冥府審判敘事也相應地表現出法律審判色彩。在宋代現實社會，官府的法律功能突出，這在宋代志怪小說中也相應得到反映。宋代志怪小說鬼神敘事中所描述的冥府實質上就是宋人想像出來的另一種官府。郭東旭認為：「宋代的各種生動的鬼神賞罰故事，不僅使諸多神靈具有了懲惡賞善的社會功能，而且積極地參與和監替人間的法律運行，由此時民眾的思想和行為起到了制約、規範和

〔註19〕〔法〕拉法格，王子野譯，《思想起源論》，三聯書店1963年版，第173頁。
〔註20〕〔魏〕王弼注，〔唐〕孔穎達疏，《周易正義》，北京大學出版社1999年版，第31頁。

教育的作用，在預防和威懾犯罪方面起著法律難以達到的社會效果，同時也反映出民眾對公平的嚮往和對正義的追求。」〔註21〕在宋代志怪小說中，鬼神「積極地參與和監替人間的法律運行」，使冥界成為獨特的法律意象。

　　宋代志怪小說中的冥府世界依照宋代官府形象建構冥界陰司，在陰間設立冥官等級，以閻羅王為冥界最高審判者。宋代民間所流傳的「四大閻王」：韓擒虎、包拯、范仲淹和寇準中，除韓擒虎是隋朝人外，其餘三人皆是北宋名臣，生前皆以清正廉明、執法嚴峻稱著。包拯生前即有「閻羅」之稱，《宋史・包拯傳》記載：「拯立朝剛毅，貴戚宦官為之斂手，聞者皆憚之。人以包拯笑比黃河清，童稚婦女，亦知其名，呼曰『包待制』，京師為之語曰：『關節不到，有閻羅包老。』」〔註22〕范仲淹生前剛正不阿，死後司陽界生死之權，可謂「眾望所歸」，宋龔明之《中吳紀聞》卷五「范文正為閻羅王」條記載：「曾王父捐館，至五七日，曾王妣前一夕夢其還家，急令開筐篋，取新公裳而去。因問之曰：『何匆促如此？』答曰：『來日當見范文正公，衣冠不可不早正也。』又問：『范公何為尚在冥間？』曰：『公本天人也，見司生死之權。』既覺，因思釋氏書，謂人死五七，則見閻羅王。豈文正公聰明正直，故為此官邪！」〔註23〕宋代志怪小說以這些剛正嚴法之臣為冥界審判者，既體現當時民眾對社會公正公平的渴望，也體現宋代法律文化對宋代志怪小說敘事的強勢滲透。

　　此外，宋代志怪小說的敘事還有一個特點，即冥府意象與犯罪敘事緊密聯繫。日本學者宮崎市定研究《宋刑統》時指出，「自漢至唐，支配中國刑罰的一直是律……但律有一個一貫的精神，即儒教的禮，禮由聖人制定，作為日常生活的法則施加於人。然而，禮雖然有權威性，卻不具有強制力。……（君主）就針對違反禮的行為制定懲罰的規則。……中世的大家族至唐又出現了裂為小家庭的趨向；到宋代，近世的個人主義開始興起，在形式上表現為法律的古代之禮，無論如何也不能適應這種新的時代了。」〔註24〕因此，以懲罰為主的法律在宋代大量出現，這也滲透於宋代志怪小說的法律敘事。有研究者發現，

〔註21〕郭東旭，牛傑，《宋代民眾鬼神賞罰觀念透析》，《河北大學學報（哲學社會科學版）》，2003年第3期，第5～10頁。

〔註22〕〔元〕脫脫等，《宋史・包拯傳》，中華書局1997年版。

〔註23〕〔宋〕龔明之，《中吳紀聞》（《宋元筆記小說大觀》本），上海古籍出版社2001年版，第2896頁。

〔註24〕〔日本〕宮崎市定，《宋元時代的法制和審判機構》，出自《日本人研究中國史論著選譯》第八卷，中華書局1992年版。

宋代之前的志怪小說主要是記錄事蹟而使善惡自見，傾向勸誡；宋代志怪小說受法律文化影響，傾向懲罰，這是符合事實的。在宋代志怪小說中可以找到大量具有法律敘事性質的例子，在這些例子中，冥府意象被有意強調與渲染。

第三節　陰陽相通的訴訟

　　宋代社會訴訟之風反映了宋代民眾法律意識的覺醒，這也是宋人對自身權利覺醒的表現，日本學者宮崎市定甚至將宋代看作是「近世的個人主義開始興起」的時代。宋代統治者推行法律教育是為了有效地統治民眾，但法律教育也喚醒了民眾的權利意識，從而導致民間訴訟之風蔓延。宋代有些地方的官府「滯訟如山」，官員「或繼以燭，事猶不決者」，再加上官員厭訟，致使許多訴訟案件不了了之，法律條例變成一紙空文。〔註25〕人世無法結案的訴訟案例，成了冥界的任務。對訴訟案件的審判成為宋代志怪法律敘事的重要內容，宋代法律威嚴只能在許多陰陽相通的訴訟故事中得到維護與強調。

　　鬼神令人敬畏，鬼神意志不受人世影響，其無往而不勝。《墨子·明鬼下》言：「鬼神之所賞，無小必賞之，鬼神之所罰，無大必罰之。」〔註26〕「鬼神之罰，不可為富貴眾強、勇力強武，堅甲利兵，鬼神之罰必勝之。」〔註27〕但受宋代法律文化滲透的鬼神形象卻發生了改變，在宋代志怪小說的法律敘事中，鬼神的意志與力量都受到宋代法律約束，主持審判者賞罰必須「有法必依」，鬼神犯法也將受到相應懲處，做到「違法必究」。在宋代志怪小說的法律敘事中，法律打通了陰陽相隔的世界，使原屬陽世的訴訟也出現於幽冥世界。

　　先看一則陰陽相通的訴訟，《睽車志》卷三記述：「翟公遜大參汝文鎮會稽，歲嘗大旱，於便坐供張，命典謁者迎釋迦佛及龍王像，與府丞同席，而自坐西向，盛具，乞雨於二像。明日，大雨霶霈。臨街有樓，怪不可居，民因作神像於樓上，事之甚謹，莫敢正視。公遜過之，有瓦礫自樓飛擲，正中帽檐。公遜大怒，駐車召戒官撤去神像，毀其樓為酒肆。一日出遊，聞路旁民舍聚哭，問之，曰：『為鬼所憑，召僧道做法治之，莫能已。』公遜曰：『是，胡不投牒訟於府？』民勉從之，明日狀其事訴焉。公遜大書曰：『隍廟依法施行。』

〔註25〕〔日〕宮崎市定，《宋元時代的法制和審判機構》，出自《日本人研究中國史論著選譯》第八卷，中華書局1992年版。
〔註26〕〔戰國〕墨翟，《墨子》，上海古籍出版社1989年版，第63頁。
〔註27〕〔戰國〕墨翟，《墨子》，上海古籍出版社1989年版，第62頁。

令民齋詣廟，以楮鏹焚之，且囑曰：『三日鬼不去可來告。』至次日中夜，民家覺大旋風繞舍，屋瓦皆飛，病婦忽自床起，顛倒踉蹡投門而出。家人追及門外，共執持之，移時乃蘇，云：『初見有人持牒來，云城隍追汝，遂隨之出。皆不省其他也。』」這則材料講述民婦被鬼纏身，翟公遂令百姓赴城隍廟告狀，城隍遂將鬼驅除。由此看來，陰鬼侵奪陽世之婦，兼犯陽世之法與陰世之法，在陽世無法受懲，還可將其訴訟於城隍廟，這在作者看來，陰陽兩界所持法理是相同的。在這則故事中，冥界執法果決，接到人世訴訟之後，「至次日中夜，民家覺大旋風繞舍，屋瓦皆飛」，所訟之鬼最後被城隍驅除。

陰陽相通的訴訟還經常出現於一些冤案故事，人間法律解決不了的冤獄，可訴諸冥界法庭。如《夷堅甲志》卷第十九「毛烈陰獄」條記述了一個很有代表性的陰陽訴訟案件。「瀘州合江縣趙市村民毛烈，以不義起富，他人有善田宅，輒百計謀之，必得乃已。昌州人陳祈與烈善。祈有弟三人，皆少，慮弟壯而析其產也，則悉舉田質於烈，累錢數千緡。其母死，但以見田分為四，於是載錢詣毛氏贖所質。烈受錢，有乾沒心，約以他日取券，祈曰：『得一紙書為證，足矣。』烈曰：『君與我待是耶？』祈信之。後數日往，則烈避不出。祈訟於縣。縣吏受烈賄，曰：『官用文書耳，安得交易錢數千緡而無券者，吾且言之令。』令決獄，果如吏旨。祈以誣罔受杖，訴於州，於轉運使，皆不得直。乃具牲酒詛於社，夢與神遇，告之曰：『此非吾所能辦，盍往禱東獄行宮，當如汝請。』既至殿上，於幡帷蔽映之中，屑然若有言曰：『夜間來。』祈急趨出，迨夜復入拜謁，置狀於几上。又聞有語曰：『出去。』遂退。時紹興四年四月二十日也。如是三日，烈在門內，黃衣人直入，捽其胸毆之，奔迸得脫。至家死。又三日，牙儈一僧死，一奴為左者亦死。最後，祈亦死。少焉復蘇，謂家人曰：『吾往對毛張大事，善守我七日至十日，勿斂也。』祈入陰府，追者引烈及僧參對，烈猶以無償錢券為解。獄吏指其心曰：『所憑唯此耳，安用券。』取業鏡照之，睹烈夫婦並坐受祈錢狀。曰：『信矣。』引入大庭下，兵衛甚盛。其上衰冕人怒叱吏械烈。烈懼，乃首服。主者又曰：『縣令聽決不直，已黜官。若干吏受賄者盡火其居，仍削壽之半。』烈遂赴獄，且行，泣謂祈曰：『吾還無日，為語吾妻，多作佛果救我。君元券在某櫝中。又吾平生以詐得人田，凡十有三契，皆在室中錢積下，幸呼十三家人並償之，以減罪。』主者又命引僧前，僧曰：『但見初質田時事，他不預知也。』與祈俱得釋。既出，經聚落屋室，大抵皆囹圄。送者指曰：『此治殺降者、不孝者、巫祝淫祠者、違誑佛事者、其類甚眾。

自周秦以來，貴賤華夷悉治，不擇也。』又謂祈曰：『子來七日矣，可急歸。』遂抵其家而寤。遣子視縣吏，則其盧焚矣。視其僧，荼毗已三日。往毛氏述其事，其子如父言，取券還之。是夕，僧來擊毛氏門，罵曰：『我坐汝父之故被逮，得還，而身已焚。將何以處我。』毛氏曰：『業已至此，惟有（此處缺一字）為作佛事耳。』僧曰：『我未合死，鬼錄所不受，又不可為人，雖得冥福，無用也。俟此世數盡，方別受生，今只守爾門，不可去矣。』自是每夕必至。久之，其聲漸遠，曰：『以爾作福，我稍退舍，然終無生理也。』後數年，毛氏衰替始已。」〔註28〕瀘州合江縣趙市村民毛烈抵賴昌州人陳祈所質田產，陳祈因此「訟於縣」，但縣吏被毛烈賄賂，徇情枉法，使陳祈「以誣罔受杖」。祈受冤不屈，向上訴訟，「訴於州，於轉運使」，可結果「皆不得直」，於是轉而訴於地下，在一神靈指引之下，禱訴於東嶽行宮，最終使冤情得到昭雪，財產得以保全。在此敘事過程中，法律影響在輾轉訴訟中不斷強調。其中指引陳祈訴訟的神靈，即使明白陳祈受冤，毛烈惡毒，但也沒有擅自用其神力解決問題，而是指引陳祈走法律之途。此外，冥府的裁決也自覺遵行法律，依法懲罰。在這類冤案故事中的法律敘事所體現出來的法律意識，是前代志怪敘事中很少出現的。

　　陰陽訴訟故事中最能反映宋代法律影響的是復仇類訴訟。復仇是中國古人所看重的行為，殺人償命是簡單明瞭的道理，但這種道理在宋代的法律環境下開始受到質疑。受宋代法律意識的影響，私下的血債血償已非理所當然。宋人對復仇行為的合法性思考在冤鬼借法復仇的志怪敘事中體現出來。北宋張師正《括異志》卷五「李侍禁」條記載：「李侍禁齊善袁許之術，士大夫多喜之。有別業在華陰之東郊。其妻先卒，買一妾，生二子，一男一女。李既死，二子始齠齔。長男年二十餘，乃嫡室所出，與其妻謀曰：『二子長立，當有婚嫁之費，且分我資產。能致之死地，家資悉我有也。』自此二子衣不得完，食不得飽，笞罵挫辱，無日無之。俄得疾疫，遂絕其藥膳，雖杯水亦不與。相繼皆物故。妾不勝怨憤，日走伏齊壟，號哭以訴。數月，妾亦死。有鄰家子於閭巷見齊手攜二子，妾亦侍側，顧謂鄰家子曰：『我長男不孝不友，虐殺弟妹，又令此妾銜恨而歿。若可語之，吾亦訴於陰府，不汝置也。』鄰家子知是鬼，將走避，因忽不見，鄰家子遽來告之，亦不之信。一旦，其妻具酒肴，會親舊女客於中堂，厥良獨坐書閣下。乃父自外至，數其罪，以杖擊之。坐客聞其號呼，悉往視，但見仆地叩頭服罪，言虐殺二子狀。數日乃死。其妻後數月亦死，

<hr>

〔註28〕〔宋〕洪邁，何卓點校，《夷堅志》，中華書局1981年版，第168～169頁。

田宅家貲悉籍沒。」〔註29〕作者張師正對此大發感慨與議論：「噫！李齊之事不誣矣。世之人父死而謀害幼稚，以圖資賄者多矣。目睹數族，雖不若李為鬼靈，但見其身夭折，子孫淪胥，以至無立錐之地。李齊之事足使狠子庸婦聞之少警其心。」〔註30〕雖李待禁之妾及其二子含冤死後化鬼尋仇，但其復仇方式卻是通過「訴於陰府」實現的。

　　宋代之前的志怪小說敘冤鬼復仇，多是直索仇家之命，相比起來，宋代冤鬼似乎比前代冤鬼更有法律意識，雖血海深仇，也會訴訟於冥府，遵從冥府裁決。上例已成冤鬼的李待禁之妾及其二子相攜至陽世，要仇家性命輕而易舉，可他們並未圖一時快意，而是先申訴事情真相，給人世提供法律解決的線索。「有冤必報」原為古訓，宋代志怪小說在復仇敘事中雖然仍固守這種信條，不過與前代有所不同的是，在冤與報之間更強調法律的存在。此類志怪小說在法律教育普遍深入的南宋更為常見。在南宋志怪小說的復仇類故事中，當事者的冤情甚至可以驚動玉皇大帝，像黃貴妃死後附體於仇人李後身上，稱：「我今日已在玉帝殿前告了御狀，玉帝准我討命。」〔註31〕總之，冥府對受害者冤魂申訴處理是極有效率的。冥府允許冤鬼索命是最常見的懲惡濟善之舉。如《夷堅支志癸》卷三「符建中」條記述奉議郎符建中知貴溪縣時，「以非理殺士兵陳慶於獄，慶投訴陰司」〔註32〕，陰間遣吏卒追之。這類故事在《夷堅志》中還有不少，如《夷堅丁志》卷九「張顏承節」條講述了一個殺人償命故事，「僕既隕於非命，又痛妻兒不終，訴諸幽府，許償此冤。」〔註33〕此外還有《夷堅丁志》卷十五「水上婦人」條、《夷堅支癸》卷五「陳泰冤夢」條等則是冤魂向陽間官府申訴冤情。

　　當然，並非所有的冤鬼復仇都會那麼理智，有些冤鬼懷著深仇大恨，非手刃仇家無法解其冤與恨，如《夷堅乙志》卷十九「吳祖壽」條記述一筆前世冤債，冤魂已相尋二百年，但只要被冤魂找到，就逃不脫被懲罰和索命的命運。即使有官府調解、巫師驅鬼，亦免不了兇手對冤債的償付。儘管如此，宋代志怪小說中的復仇敘事還是堅持「法辦」路線，在強調懲惡揚善報應觀的同時，還有意識地強調宋代法律的存在。

〔註29〕〔宋〕張師正，《括異志》，上海古籍出版社 2012 年版，第 36 頁。

〔註30〕〔宋〕張師正，《括異志》，上海古籍出版社 2012 年版，第 36 頁。

〔註31〕〔宋〕周密，吳企明校，《癸辛雜識續集》，中華書局 1988 年版，第 118 頁。

〔註32〕〔宋〕洪邁，何卓點校，《夷堅志》，中華書局 1981 年版，第 1244 頁。

〔註33〕〔宋〕洪邁，何卓點校，《夷堅志》，中華書局 1981 年版，第 613 頁。

第四節　鬼神審判的證據意識

　　法律訴訟必須有理有據，斷案也須用證據說話，證據是法律訴訟中的基石。宋代法律比前代更重視證據，「凡人論訴田業，只憑契照為之定奪」。〔註34〕在宋代民事爭訟中，各類文字證據特別是各種契約是重要證據。官員基於證據判案，若證據缺失則不敢貿然判決，「士之察獄，苟疑其冤，雖囚無冤詞，亦不可遽決。」〔註35〕宋慈的《洗冤集錄》，鄭克的《折獄龜鑑》，桂萬榮的《棠陰比事》等宋代著名司法著作，都記錄了大量憑證據斷案的例子。郭東旭認為：「宋代司法中，雖然不可能杜絕刑訊逼供的傳統惡習，但隨著科學文化的發展，社會文明的進步，運用證據和科學技術的程度遠遠超過了以前任何朝代，不僅重視供詞和證人證言，更重視物證、書證等實物證據的運用，在當時世界犯罪偵查史上，亦是一枝獨秀。」〔註36〕在眾多種類證據中，實物證據尤為重要。宋人鄭克總結其斷案經驗曰：「旁求證佐，或有偽也；直取證驗，斯為實也。」〔註37〕突出證據的作用，是宋代法律思想的一大進步。這種重視證據的觀念也滲透到宋代志怪小說的法律敘事中，《夷堅丁志》卷十二「吉撝之妻」條記載這樣一則故事：岳州平江令吉撝之，原配王氏去逝後，與同郡張氏再婚，張氏因生女兒後得病不能醫治，最後，吉撝之不得不以人間方式寫了與王氏的離婚休書之後，張氏才得以病癒。〔註38〕此處透露兩方面信息：一是陰陽之間法理相通；二是即使冥府也以證據斷案。

　　宋代之前的志怪小說敘天譴陰誅之事全依神鬼意志，一般不在乎證據。宋代志怪小說則將法律意志置於鬼神意志之上，故冥府判案也處處依法，處處強調證據。在不少宋代志怪小說的法律敘事中，陰府對證成了其中突出的敘事環節。如《夷堅支甲》卷八「隗六母」條記載：「鄱陽小民隗六，居城北五里，家甚貧，為人傭作。淳熙十年夏，與同里史五乘夜入柴氏盜牛，隗適先至，以短槍刺牛死。柴覺之，持杖來闌外，隗郎逃去。史續至，遂遭痛

〔註34〕中國社會科學院歷史研究所宋遼金元史研究室點校，《名公書判清明集》，中華書局 2002 年版，第 218 頁。

〔註35〕〔宋〕鄭克，劉俊文點校，《折獄龜鑑譯注》，上海古籍出版社 1988 年版，第105 頁。

〔註36〕郭東旭，《宋代法制研究》，河北大學出版社 2000 年版，第 558 頁。

〔註37〕〔宋〕鄭克，劉俊文點校，《折獄龜鑑譯注》，上海古籍出版社 1988 年版，第378 頁。

〔註38〕〔宋〕洪邁，何卓點校，《夷堅志》，中華書局 1981 年版，第 639 頁。

捶，歸舍數日而殂。其妻以夫因盜而遇害，不敢聞於官，隗之過無復有知者，自以為得計。歷一歲，隗母病亡，經夕復生，語其子曰：『汝向來同史五謀柴氏牛，史死而汝脫，雖人間不敗露，而陰府須汝對證，汝不可免矣。』言畢奄然。又三日，隗死。」〔註39〕又如《夷堅甲志》卷十四「吳仲弓」條記載：「鄭州人吳仲弓，建炎末知桂陽監。時湖湘多盜，仲弓一切繩以重法，入獄者多死。及得疾，繞項皆生癭疽，久之，瘡潰，喉管皆見，如受斬刑者。一日，命家人作炰鴨，欲食未及而死。死之二日，司理院推吏忽自語曰：『官追我證吳知郡公事。』即死。時衡州人劉式為司理，親見之。」〔註40〕再如《夷堅支戊》卷五「劉元八郎」條記述林富民借明州夏主簿錢抵賴不還，因官吏受林賄賂，夏上訴而入獄。知情人劉元八郎拒絕林所派說客送來的錢，說出真相使夏獲釋。夏出獄不久即死，臨終遺言其子：「我抱冤以歿。凡向來撲坊公帖並諸人負課契約，盡可納棺中。將力訴於地獄。」〔註41〕後說客亦死。劉元八郎被傳至陰間作證，見林氏與說客皆被枷索。劉元八郎因正直延壽十年。

　　冥府判案除了傳喚陽世之人入府作證，有時還要鬼神供證。如《夷堅丙志》卷十二「李主簿」條記載：「武昌李主簿，夢就逮冥司。主者問：『汝前身為張氏子時，安得推妻墮水？』李夢中忽憶其事，對曰：『妻自失足墮水死，非推也。』主者遣追本處山川之神供證，與李言同，遂放還。」〔註42〕對於張氏妻是被其夫謀殺還是失足墮水而死一案，人證物證皆缺，冥府為了取證，只好「遣追本處山川之神供證」。

　　有些故事敘陽世判案，卻從陰世鬼神處取證。如張師正《括異志》卷四「張太博」條記載：「治平三年，太常博士張知兗州奉符縣，太山廟據縣之中，令兼主廟事。歲三月，天下奉神者悉持奇器珍玩來獻，公往往竊取之。既解官，寓家於東平。一夕，聞中闈外如數十人，語聲雜沓不可辨。晨興視之，其所盜帟幕器皿之類悉次第羅列於廳廡間，視橐篋，封鐍宛然。如是者凡數夜。張大怖駭，悉取燔之，越三日，奉符舊事發，兗州獄吏持檄來捕。既就逮，左驗明白，竟真牢戶。」〔註43〕正所謂若要人不知，除非己莫為，張氏利用職務之便

〔註39〕〔宋〕洪邁，何卓點校，《夷堅志》，中華書局1981年版，第639頁。

〔註40〕〔宋〕洪邁，何卓點校，《夷堅志》，中華書局1981年版，第120頁。

〔註41〕〔宋〕洪邁，何卓點校，《夷堅志》，中華書局1981年版，第1087頁。

〔註42〕〔宋〕洪邁，何卓點校，《夷堅志》，中華書局1981年版，第471頁。

〔註43〕〔宋〕張師正，《括異志》，上海古籍出版社2012年版，第33頁。

侵吞寺廟財物，至解官亦不為世人所知，可陰世鬼神不讓其漏出法網，竟能突破陰陽界線為陽世審判供出罪證，「器皿之類悉次第羅列於廳廡間」，最終使「兗州獄吏持檄來捕，既就捕，左驗明白，竟置牢戶。」

　　冥府形象源於人世又高於人世，一切冤假錯案都會在冥府得到重新審理。在宋代志怪小說的法律敘事中，某些人會突然被招至地府核對案情，彷彿世間一切不平事都會在陰間得到公正解決，人間無法得到的公平會在陰間實現。如《夷堅甲志》卷十六「郁老侵地」條記載：「鎮江金壇縣吳干村、張郁二家鄰居，後為火焚，皆散而之它，所存惟空址焉。同邑張氏子，病熱疾死，至有司，云：『當復生。』令出門。需送者至門外，見市廛邸列，與人世不異，遂坐茶肆。時郁氏之老，死已十餘年矣，相見如平生，喜曰：『數日聞公當來，故候於此。今知得還，將奉託以事。吾家故宅，頗憶之乎？』曰：『然。』郁曰：『生時與張氏比鄰，吾屋柱址已盡吾境。而簷溜所滴者張地也。吾陰利其處，巧訟於官而奪之，凡侵地三尺許。張翁死，訴於地下。吾既伏前愆，約使宅人反之，然二居皆已煨燼。張既轉徙，吾兒又流落建昌為南豐符氏婿，幽明路殊，此意無從可達。公幸哀我，煩一介諭吾兒，使亟以歸張氏，作券焚之。吾得此，則事釋，復受生矣。』湯許之。少焉，送者到，即告別。既蘇，呼張氏子語之故，答曰：『昔日實爭之，今已徙居，無用也。』湯以郁所囑，不忍負訖，訖遣報其子，取券授張，而書其副焚之。它日，夢來致謝。」〔註44〕又如《夷堅乙志》卷十七「錢瑞反魂」條記載：「乾道元年六月，秀州大疫，吏人錢瑞亦病旬餘，忽譫語切切，如有所見。自言被追至官府，仰視見大理正俞長吉朝服坐殿上。瑞嘗為棘寺吏，識之，即趨拜拱立。俞曰：『所以呼汝來，欲治一獄。』左右引入直舍，驗視案牘，乃浙西提刑司公事也。罥掛者凡五六十人，瑞結正齎呈，甚喜，因懇乞歸。俞未許。瑞無計，退立廊左，見故人寧三囚首立，揖瑞言：『舊為漕司吏，曾誤斷一事，逮捕至此。向來文字在某廚青紗袋中，吾累夕歸取之，家人以為寇至，故不可得。煩君歸語吾兒，取而焚寄我。』瑞許之。望長吉治事畢，復出濔懇，始得歸。令人送還，才出門，命乘一大舟，舟乃在平地，瑞以為苦。夢中呼云：『把水灑地。』正盡力叫號，舟已抵岸，遂驚覺，滿身黑污如洗。時長吉知盱眙軍方死，瑞至今猶存。」〔註45〕

〔註44〕〔宋〕洪邁，何卓點校，《夷堅志》，中華書局 1981 年版，第 137 頁。
〔註45〕〔宋〕洪邁，何卓點校，《夷堅志》，中華書局 1981 年版，第 333～334 頁。

第五節　對審判者的審判

現實世界中的是非曲直，可由官府審判裁決，然而，對於官府審判者的違法，又該由誰來審判呢？宋代法律由於缺少對執法者的監督，故徇情枉法之事層出不窮。官府本是分辨是非善惡之地，如果執法官吏敷衍塞責與貪贓枉法，反而成為顛倒是非黑白的地方。宋代志怪小說將法律的公正性延伸至冥界，由陰府對陽世官吏枉法行徑追加審判，以宣揚宋代法律的威嚴。

北宋方勺《泊宅編》卷二記載官吏循情斷案之事：「崇寧更錢法，以一當十，小民嗜利，亡命犯法者紛紛，或捕得數大缶，誣以樞密張康之子縱之所鑄也。初遣監察御史張茂直就平江鞠之，案上，縱不伏。再遣侍御史沈畸，既至，繫者已數百人，盡釋之，閱實以聞。時宰大怒，別選鍛鍊，縱竟坐刺配，籍沒其家。沈既得罪，歸鄉以死，張再遷亦不顯。今三十年間，沈氏有子登科，張氏不復振矣。二子皆東吳賢者，不幸而當此，大抵張之失，在於但畏人而不畏天。吁！可以為世之戒矣！」〔註46〕解決此案的困難在於案中被告張縱的特殊身份：當朝樞密張康之子。監察御史張茂直據實情斷案，煉為大獄，網羅涉案者數百人，可謂嚴於用法。後縱不服而訴，再遣侍御史沈畸審案，沈氏念及同僚之情，有意袒護，大翻前案，誰知又觸怒時宰，「別選鍛鍊，縱竟坐刺配，籍沒其家。」作者方勺在事後議論兩賢之失，認為「大抵張之失，在於但畏人而不畏天。」此處敘事有令人迷惑之處，據敘事內容，張氏不顧被告人身份而嚴於用法，本是順天之行。而沈氏則以情為法，有意開脫，正可謂「畏人而不畏天」者，故最後「歸鄉以死」。筆者懷疑此處應是方氏筆誤。

鬼神對陽世官吏判案徇情枉法行為的懲罰極為嚴厲，如魯應龍《閒窗括異志》記載：「眉山主簿高公有愛子眉郎，甚慧，不幸早夭，心甚悼之。公忽暴卒，復蘇，言至陰府，初為二吏來召，引至一處如州城若官府所，俄見一人著道服，手持數珠而出。主簿熟視，乃其父也。責之曰：『汝有不公當事，還曾知否？主簿曰：何事不公當也？』父曰：『斷遞鋪殺人事，不窮其理，以直為曲，所以天奪汝愛兒眉郎，見亦在此，汝有陰騭，天未遽奪汝壽，汝今還世，切須事君則忠，事長則順，不可為己營私，不可以直為曲，戒殺戒淫，戒嗔戒怒，但依吾教，則盡天年，不然則壽祿皆削也。』」眉山主簿高公沒有秉公執法，「斷遞鋪殺人事，不窮其理，以直為曲」，冥界先「奪汝愛兒眉郎」，再令其「忽暴卒」，只因高公「有陰騭」，故未被奪命，這足見其懲罰之厲。

〔註46〕〔宋〕方勺，《泊宅編》，中華書局 19831 年版，第 12 頁。

　　宋代志怪小說還觸及審判者法外用刑情況。例如張秉任冀州知州時，將一名搶劫民財並強奸民女的大盜施以釘刑，三天後又將其剁成肉醬。後來張秉得病，夢見自己被審訊，上帝指責他非法殺人，準備予以處罰。看來，天帝不准非法懲罰罪犯，而是主張罪與罰相當，對於法外酷刑亦持否定態度。總而言之，在宋代志怪小說的法律敘事中，無辜者受陰陽兩界之法所保護，凡受冤而死者，即使不能在陽世申冤也將在陰世昭雪，這無非再向世人宣揚天網恢恢，疏而有法的觀念。

　　宋代志怪小說在法律敘事中還將法律效力推及孕婦腹中的胎兒。如張師正《括異志》卷九「薛比部」條記載：「薛比部周至和中以殿中丞知益州成都縣，其妻臥疾，二婢致藥以殺之。薛執二婢送官，劾之伏罪，一婢妊娠已數月，薛以牒訴其詐，遂俱就戮。既而婢與所妊之子形見其室，訴於薛曰：『兒不當死，何以枉害我。』晝夜聆其語，然家有吉凶，鬼亦以報。薛後監鳳翔府太平宮，則鬼不至，他所則來。嘉祐中，薛自尚書外郎出典涪州，行至始平縣，鬼曰：『公將死，無用往。』即乞分司歸長安，不逾年遂卒。」〔註47〕婢投毒殺人，罪該償命，故「薛執二婢送官」是正當之舉，但其中一婢已數月身孕，薛不聽其申訴而「以牒訴其詐」，最後「遂俱就戮」而造成冤案。此案雖不由薛氏審理，但其官府的審判全據其牒，故鬼神令其承擔造成冤案的全部責任，使其「不逾年遂卒」。

　　宋代法律喚起民眾對公平正義的期待與想像，宋代民眾將難以解決之事交付官府，憑其判決。但在缺少執法監督的古代，常因官吏枉法而冤案不斷。在這種情況下，令人畏懼的鬼神往往成為民眾想像中的公平正義的守護者。宋代志怪小說在法律敘事中以鬼神力量嚴厲審判枉法官史，維護法律尊嚴，這其實也反映了宋代民眾對公平正義的期盼。如果撇開宋代志怪小說正統價值意識，那麼，其中所敘的對官吏的陰世審判也深刻反映宋代司法的腐敗，意示宋代法律所存在的種種缺陷。

〔註47〕〔宋〕張師正，《括異志》，上海古籍出版社 2012 年版，第 60 頁。

第七章 宋代志怪小說價值意識的淡化

　　宋代志怪小說作者為解決其作品價值問題而絞盡腦汁，尤其在鬼神不被敬畏的宋代，他們設法在敘事中強調史學真實，宣揚道德教化，突出法律存在以實現其價值訴求。但從接受層面來說，宋代志怪小說作者所關注的價值問題就顯得不那麼緊要了，因為接受者所關注的是志怪小說敘事內容的怪異性與敘事本身的趣味性。

　　宋代伴隨商品經濟興起而形成的休閒文化，使宋代志怪小說成為宋人娛樂、閒談、獵奇的好材料。在宋代讀者的休閒性閱讀過程中，宋代志怪小說作者所用心強調的價值被忽略或淡化。而宋代社會對志怪小說的休閒性閱讀又會反過來激發宋代志怪小說作者的獵奇嗜好，進一步淡化他們在作品中的價值訴求。小說，在字源上就與娛樂相關，《說文解字》釋「說」字：「說，說釋也。」段玉裁注：「說釋即悅懌。說釋者開解之意，故為喜悅。采部曰：釋，解也。」〔註1〕「說」字本意有悅懌意思。胡懷琛在其《中國小說概論》一書中指出：「小」就是不重要的意思，「說」字在那時候和「悅」字是不分的，所以有時候「說」字就等於「悅」字。用在此處，「說」字至少含有「悅」字的意思。「小說」就是講些無關緊要的話，或是講些笑話，供給聽者的娛樂，給聽者消遣無聊的光陰，或者討聽者的歡喜。這就叫做小說。當時不稱為「小語」，不稱為「小言」，不稱為「小記」，而稱為「小說」，就是這個意思。凡是一切不重要，不莊重，供人娛樂，給人消遣的話稱為小說。這雖以故事為多，但不一定限於故事，

〔註 1〕〔清〕段玉裁，《說文解字注》第三篇上《言部》，上海古籍出版社 1981 年版，第 93 頁。

非故事也可叫小說。「珍說」和後世的「珍聞」,「奇聞」,「奇談」等名詞差不多。「小家」和「小說家」是對於智者而言,換一句話說,是對於正式的「學者」而言。〔註2〕概括而言,小說因價值上的微不足道而適用於娛樂放鬆,因此有研究者由此推論出娛樂就等同於虛構,其實這種看法並不恰當,事實上,可以娛樂並不能等同於可以虛構。宋代士大夫階層娛樂追求雅致,在其雅文化世界中,即使是休閒性閱讀,仍有一定的價值要求。宋代士大夫「坐則讀經史,臥則讀小說」,臥讀小說雖然比坐讀經史要放鬆得多,也愉快得多,但這只是閱讀心態的改變,並未涉及閱讀內容的真實性問題,而且在此言中,讀小說與讀經史處於同一語境,意味著小說內容仍有真實性的隱性要求。

第一節　休閒文化與獵奇閱讀

一、休閒娛樂文化

　　宋代是中國歷史大轉變時期,日本史家內藤湖南提出「唐宋變革論」,認為宋代社會開始步入近代社會:「唐和宋在文化性質上有顯著差異:唐代是中世的結束,而宋代則是近世的開始」〔註3〕內藤湖南的學生吉川幸次郎秉承師說,進一步強調宋代文明的近世性,他在《宋詩概說》中指出:「新的帝國宋自成立之初,其機構和氛圍,就與之前的大帝國唐有著政治的,社會的不同。最大的不同是在唐還存在的貴族已經完全不存在了,從而在唐還有依靠門第做大官的現象也絕跡了。」〔註4〕陳寅恪對宋代有兩句著名評價:一是認為「華夏民族文化,歷數千年演進,造極於趙宋之時。」〔註5〕一是指出宋代處於古今轉型後的近世時期,「唐代之史可分前後兩期,前期結束南北朝相承之舊局面,後期開啟趙家以降之新局面,關於政治社會經濟者如此,關於文化學術者亦如此。」〔註6〕陳寅恪以唐代安史之亂作為中國歷史轉變的分水嶺,這與內

〔註2〕胡懷琛,《中國小說概論》,劉麟生主編,《中國文學八論》,中州古籍出版社1991年版,第3頁。

〔註3〕〔日〕內藤湖南,《概括的唐宋時代觀》,《日本學者研究中國史論著》,中華書局1992年版,第10～18頁。

〔註4〕〔日〕吉川幸次郎,李慶等譯,《宋元明詩概說》,中州古籍出版社1987年版,第41頁。

〔註5〕陳寅恪,《金明館叢稿初編》,上海古籍出版社1980年版,第245頁。

〔註6〕陳寅恪,《金明館叢稿初編》,上海古籍出版社1980年版,第296頁。

藤湖南「唐宋變革論」不同，但兩位學術大師都一致將宋代看作近世社會。

近世社會具有平民化、世俗化特徵，這是內藤湖南「唐宋變革論」中所強調的。「印刷技術的發展對弘揚文化是個巨大推動，隨之出現了學問的民眾化傾向。」〔註7〕「以往的文化都是與貴族制度相聯繫的，而這時期的文化顯示出平民化傾向。」、「文學曾經屬貴族，自此一變成為庶民之物。」、「畫在以前是貴族的道具，作為宏偉建築物的裝飾物之用；卷軸盛行後，畫雖然未因此而大眾化，但卻變得平民出身的官吏在流寓之際也可以攜帶享樂的一種物品」。

宋初統治者有意倡導享樂文化，在客觀上順應了歷史發展趨勢。宋太祖發動「陳橋兵變」，奪取後周孤兒寡母手中的政權。為防止「故事」重演，宋太祖以「杯酒釋兵權」方式，誘勸石守信等大將：「多積金，市田宅以遺子孫，歌兒舞女以終天年。」〔註8〕這種出於政治目的勸告，竟開啟有宋一代的享樂風氣。《國朝會要》記載：「乾德五年（公元967年），詔：『朝廷無事，區宇咸寧，況年穀屢豐，宜士民之縱樂，上元可更增十七、十八兩夜。』」〔註9〕宋真宗趙恒為粉飾太平，更是「許臣僚擇勝燕飲」。宋代君主崇文抑武，對士大夫的恩寵前所未有，王栐《燕翼詒謀錄》卷五稱：「國朝待遇士大夫甚厚，皆前代所無。」〔註10〕宋人王岩叟感歎：「今天下皆曰僥倖之甚者，莫若三省之胥吏，歲累優秩，月享厚祿，日給肉食，春冬有衣，寒暑有服，出入乘官馬，使令得營卒，郊禮沾賜賚之恩，又許引有服親入為吏，如士大夫任子無以異……其為恩倖可謂厚矣。」〔註11〕清代趙翼論之曰：「惟其給賜優裕，故入仕者不復以身家為慮，……恩逮於百官者惟恐其不足」。〔註12〕因此，宋代士大夫不僅物質富足，而且時間充裕，據朱端熙研究，宋代官員閑暇時間遠遠長於前朝，全年節假日有一百二十四天之多。〔註13〕難怪英國歷史學家湯因比無比嚮往宋代生活，認為它是中國歷史上生活方式最小資最精緻的朝代。

〔註7〕〔日〕內藤湖南，《近世史的意義》，《中國史通論》，社會科學文獻出版社2004年版，第389頁。

〔註8〕〔元〕脫脫，《宋史》，中華書局1977年版，第8810頁。

〔註9〕〔宋〕高承，《事物紀原》，中華書局1985年版，第303頁。

〔註10〕〔宋〕王栐，《燕翼詒謀錄》，中華書局1981年版，第46頁。

〔註11〕《續資治通鑒長編》卷三百八十九。

〔註12〕〔清〕趙翼，王樹民校證，《廿二史劄記校證》，中華書局1984年版，第534頁。

〔註13〕朱端熙，《遼宋西夏金社會生活史》，中國社會科學出版社1998年版，第390～391頁。

宋代君主對休閒娛樂生活的倡導與鼓勵，極大地激發士大夫的生活熱情，
這使宋代朝野上下呈現一片歌舞升平的景象。宋代朝官「兩府兩制家中各有歌
舞，官職稍如意，往往增置不已。」〔註14〕宋代市井民眾生活富貴，柳永詞《望
海潮》生動描寫：「市列珠璣，戶盈羅綺，竟豪奢。」孟元老《東京夢華錄序》
亦有精彩描述：「舉目則青樓畫閣，繡戶珠簾，雕車競駐於天街，寶馬爭馳於
御路。金翠耀目，羅綺飄香。新聲巧笑於柳陌花衢，按管調弦於茶坊酒肆。八
荒爭湊，萬國咸通。」〔註15〕統治者的倡導與鼓勵，使一直被儒家所壓抑的享
樂思想有了欽定的正當性。宋代士大夫多數出身平民階層，他們本來就充滿世
俗享樂欲望，通過統治者的誘導激發，其追求享樂的熱情可想而知。北宋宋祁
在其《玉樓春》中赤裸裸地表達自己的享樂心態：「浮生長恨歡娛少，肯愛千
金輕一笑？為君持酒勸斜陽，且向花間留晚照。」《宋稗類鈔》卷二記載宋祁
元宵徹夜狂歡而遭其兄宋庠批評：「聞昨夜燒燈夜宴，窮極奢侈。不知記得某
年上元，同在某州州學內吃虀煮飯時否？」〔註16〕宋祁竟反駁：「不知某年同
某處吃虀煮飯是為甚底？」宋祁這種心態其實反映宋代士大夫階層的整體心
態。葛兆光有一句話說得非常貼切：「過去貴族式的莊嚴和自重都開始被拋
棄，一些世俗的理想開始成為公開的時尚。」〔註17〕

二、休閒閱讀與獵奇心理

宋代歷代君主都嗜好讀書，珍愛書籍。宋太祖在武力征討周邊政權時，就
特別留意收集天下圖籍，「乾德元年（公元963年）平荊南，盡收其圖書以實
三館。三年平蜀，遣右拾遺孫逢吉往收其圖籍，凡得書萬三千卷。四年下詔募
亡書，《三禮》涉弼、《三傳》彭幹、學究朱載等，皆詣闕獻書，合一千二百二
十八卷，……開寶八年冬平江南，明年春遣太子洗馬呂龜祥就金陵籍其圖書，
得二萬餘卷，悉送史館，自是群書漸備。」〔註18〕宋太祖此舉有其深謀遠慮之
處，「國家勤古道，啟迪化源，國典朝章，咸從振舉，遺編墜簡，宜在詢求，

〔註14〕〔宋〕朱弁，《曲洧舊聞》，中華書局2002年版，第89頁。
〔註15〕〔宋〕孟元老，《東京夢華錄（外四種）》，文化藝術出版社1998年版，第3
頁。
〔註16〕〔清〕潘永因，《宋稗類鈔》，書目文獻出版社1995年版，第152頁。
〔註17〕葛兆光，《七世紀至十九世紀中國的知識、思想與信仰》，復旦大學出版社2000
年版，第93頁。
〔註18〕〔宋〕程俱；張富祥校證，《麟臺故事校證》，中華書局，2000年版，第251
頁。

致治之先，無以加此」。就宋太祖個人而言，讀書也是他的興趣所在，《宋史》載其「晚好讀書，嘗讀二典」。〔註19〕開國君主的讀書嗜好也影響其後繼者，形成讀書的傳統。宋太宗的讀書興趣更濃厚，他與臣下言：「他無所愛，但喜讀書」。〔註20〕宋太宗即位不久，即集全國文化精銳力量，詔編三部巨型類書《太平御覽》、《太平廣記》、《文苑英華》。在《太平御覽》未成之時，宋太宗就迫不及待要求「日進二卷，膚當親覽」。〔註21〕竟於一年內將這部千卷大書讀完。宋真宗也甚愛讀書，「聽政之暇，唯務觀書」。〔註22〕宋真宗閱讀《冊府元龜》初稿，一日三卷。宋代君主讀書宗旨是想從古今典籍中尋求道治，宋代太宗與臣下言：「夫教化之本，治亂之源，苟無書籍，何以取法？」〔註23〕當然，宋代君主個人的休閒閱讀嗜好也是其中重要的原因，宋太宗在「承平日久，國家無事」〔註24〕的太平時期詔編《太平廣記》，其個人興趣也是其中的重要原因。宋代君主的休閒閱讀嗜好與其提倡的享樂文化融合，最終促成朝野士大夫階層休閒娛樂的閱讀風氣。

　　宋代士大夫大多由科舉入仕，閱讀原本就是其生活方式，而作為知識精英階層，休閒閱讀自然是他們首選的休閒娛樂方式。當然，宋代士大夫中不乏迷戀市井之樂者，如北宋末期的宰相王黼，生長於汴京市井，「身為三公，位宰，至陪匜曲宴，親為徘優鄙賤之役，以獻笑取悅」。〔註25〕但作為宋代士大夫群體，一般傾向於高雅的休閒娛樂方式以標示其文化身份。他們本從書房中走到上流社會，所以也習慣從書房中尋求休閒樂趣。宋初錢惟演的休閒閱讀是很有代表性的例子，歐陽修《歸田錄》卷二記載錢惟演名言：「平生惟好讀書。坐則讀經，臥則讀小說，上廁則閱小辭。」〔註26〕這可以作為宋代士大夫平日休閒閱讀生活的縮影。在錢惟演看來，讀書本身就快樂，無論是讀高文大冊的經典，還是讀小說小辭，區別只在於閱讀心態：經書記載大道之言，閱讀時應該

〔註19〕〔元〕脫脫，《宋史》，中華書局 1985 年版，第 50 頁。

〔註20〕〔宋〕李燾，《續資治通鑒長編》，中華書局 2004 年版，第 713 頁。

〔註21〕〔宋〕李燾，《續資治通鑒長編》，中華書局 2004 年版，第 559 頁。

〔註22〕〔宋〕吳處厚，尚成校點，《青箱雜記》，上海古籍出版社 2007 年版，第 1649 頁。

〔註23〕〔宋〕李燾，《續資治通鑒長編》，中華書局 1977 年版，第 571 頁。

〔註24〕〔元〕脫脫等，《宋史‧石守信傳》，中華書局 1997 年版。

〔註25〕〔元〕脫脫等，《宋史》，中華書局 1985 年版，第 13683 頁。

〔註26〕〔宋〕歐陽修，《歸田錄》（《宋元筆記小說大觀》本），上海古籍出版社 1990 年版，第 620 頁。

莊重嚴肅，故坐著讀；而小說乃小道之言，態度稍可隨便，所以可以臥讀；至於小辭，則上廁時拿來讀也無妨。如果說讀經為了識道悟道，那麼讀小說、小辭則僅在於放鬆與娛樂。

古代小說本為叢殘短語之結集，漢代桓譚言其價值在於「治身理家，有可觀之辭」，班固也云小說乃道聽途說：「閭里小知者之所及，亦使綴而不忘，如或一言可採」，然終究是「芻蕘狂夫之議」，君子不屑為之。子曰：「道聽而途說，德之棄也。」但從小說家自身來講，他從來不甘心於自己作品價值的邊緣化位置，總會爭取依附經國治世的大道。宋代志怪小說作者在作品序文中往往會不厭其煩地強調作品有經史或教化價值，然而，閱讀者的關注點卻與作者不同，他們最關注的還是作品中的那些奇奇怪怪的故事。

宋代士大夫常以追求博學為名，廣涉野史志怪之事以滿足其獵奇心理。如王安石自稱「某自百家諸子之術，至於《難經》、《素問》、《本草》、諸小說，無所不讀。」[註27]《宋史・洪邁傳》記載洪邁讀書「博極載籍，雖稗官虞初，釋老傍行，靡不涉獵」。[註28] 陸游也強調「不讀狐書真僻學」，「不識狐書那是博」，以博學興趣涉獵志怪小說，自然會關注其知識性內容，但更令他們感興趣的恐怕還是其中鬼神怪異故事。即使是大史家司馬光，在博覽史料之時也存在獵奇心理，他編撰《資治通鑒》乃經「遍閱舊史，旁採小說」而成，這種做法獲得南宋史家洪邁的聲援：「然則雜史、瑣說、家傳，豈可盡廢也！」[註29] 即使是宋代君主，其休閒閱讀也喜歡搜奇獵豔。明代郎瑛《七修類稿》卷二十二云：「小說起宋仁宗。蓋時太平盛久，國家閑暇，日欲進一奇怪之事以娛之；故小說得勝頭回之後，即云話說趙宋某年」[註30] 南宋張端義《貴耳集》卷上云：「憲聖（高宗）在南內，愛神怪幻誕等書。郭象《睽車志》始出，洪景盧《夷堅志》繼之。」[註31] 魯迅注意到宋高宗對《夷堅志》寫作的激勵作用：「高宗退居南內，亦愛神仙幻誕之書。時則有知興國軍歷陽郭象字次象作《睽車志》五卷，翰林學士鄱陽洪邁字景盧作《夷堅志》四百二十卷，似皆

〔註27〕〔宋〕王安石，《答曾子固書》，《臨川先生文集》，四庫全書叢刊本，商務印書館編印，第 10 頁。

〔註28〕〔元〕脫脫等，《宋史》，中華書局 1997 年版，第 11570 頁。

〔註29〕〔宋〕洪邁，何卓點校，《夷堅志》，中華書局 1981 年版，第 361 頁。

〔註30〕孔另境，《中國小說史料》，上海古籍出版社 1982 年版。

〔註31〕〔宋〕張端義，《貴耳集》，《宋元筆記小說大觀》本，上海古籍出版社 2001 年版，第 4266 頁。

嘗呈進以供上覽」。〔註32〕

　　宋代志怪小說以鬼神之事為主，宋代志怪小說作者在敘事中所強調的真實性、知識性、資料性等價值要素，皆以鬼神真實存在作為預設前提的。對於不信鬼神的讀者來說，作者所強調的諸多價值要素便變得無關緊要了，作品所敘鬼神只是他們的娛樂取笑之資。唐末陸希聲為《北戶錄》所作序言曰：「近日著小說者多矣，大率皆鬼神變怪、荒唐誕委之事，不然，則滑稽詼諧，以為笑樂之資。」宋代士大夫不信鬼神者多屬上述心理，將鬼神志怪之事「以為笑樂之資」，如歐陽修在其《歸田錄》中戲談鬼神之事。蘇軾本有宗教情結，但對宗教鬼神卻無敬畏之心，常以「姑妄言之」態度編造鬼神之事，並以之為樂，這其實是宋代大多數文人的心態。「好奇尚異」的洪邁編撰《夷堅志》，待其印成書冊之後，竟成暢銷之書，據《夷堅乙志序》云：「《夷堅》初志成，士大夫或傳之，今鏤板於閩，於蜀，於婺，於臨安，蓋家有其書。」〔註33〕可見洪邁在世時，該書就已經陸續印製並廣傳於世。洪邁言「蓋家有其書」，自然是誇大之詞，但也從中可見宋代上層社會獵奇閱讀風氣的興盛。

第二節　娛樂偏好與價值疏離

一、以奇為樂的編撰心態

　　宋代志怪小說作者在追求作品價值的同時，一般也不掩飾其搜奇獵異之心。好奇心是人之本性，現代心理學研究表明，人的成長過程，實際上是好奇心不斷釋放與滿足的過程。古人對此早有認識，東漢王充云：「世好奇怪，古今同情」。〔註34〕東晉郭璞亦言：「玩所習見而奇所希聞，此人情之常蔽也。」〔註35〕孔子告誡弟子關注現實人生，「不言怪力亂神」，可子貢、子路等人還是忍不住問起鬼神之事，這表明人的好奇心是難以抑制的。至於世俗民眾，自然在其好奇心驅使下沉迷於說怪言異：「怪力亂神，俗流喜道」。劉勰《文心雕龍·史傳》亦謂：「俗皆愛奇，莫顧實理。」許多志怪小說都是在作者的好奇心驅使下編撰成書的。

〔註32〕魯迅，《中國小說史略》，人民文學出版社 2005 年版，第 106 頁。
〔註33〕〔宋〕洪邁，何卓點校，《夷堅志》，中華書局 1981 年版，第 185 頁。
〔註34〕楊寶忠，《論衡校箋》，河北教育出版社 1999 年版，第 114 頁。
〔註35〕袁珂，《山海經校注》，上海古籍出版社 1980 年版，第 478 頁。

魏晉時期宗教氛圍濃厚，志怪小說作者編撰作品為證明鬼神實有而神道不誣，但其獵奇心理也是其中的因素。干寶《搜神記‧序》強調其編撰志怪的史家態度與明神道不誣的著述目的，同時也透露出以奇為樂的心理：「幸將來好事之士錄其根本，有以遊心寓目而無尤焉。」至於唐代志怪小說作者則更是獵異逞奇，以文采能事。臺靜農論及唐代士風與文風時說：「進士既以詞科出身，而不出於經術，於是舉動浮華，放蕩不羈，出入妓院，以為風流」〔註36〕陳寅恪《元白詩箋證稿》亦言：「此種社會階級重詞賦而不重經學，尚才華而不尚禮法，以故唐代進士科，為浮薄放蕩之徒所歸聚，與倡伎文學殊有關聯。」〔註37〕故唐代志怪小說，包括與之關係密切的唐代傳奇，行文興趣多在怪異之趣。「實事不能快意，而華虛驚耳動心也。」（《論衡》卷二十九《對作篇》）從而開啟「有意為小說」先聲。

宋代志怪小說作者跨越唐代而承接魏晉傳統，重新強調志怪小說的價值問題。在許多宋代志怪小說序跋中，作者總會不厭其煩地強調與論證作品價值。但是，無論宋代志怪小說作者的價值態度如何嚴肅，都無法抑制其以奇為樂的編撰態度，這種態度也正好契合宋代朝野風行的休閒娛樂文化潮流。宋代志怪小說一般都成書於作者公事之餘，或是在他們致仕之後，作為休閒度日的樂事。如黃休復編撰《茅亭客話》十卷，《郡齋讀書志》著錄《茅亭客話》云：「右皇朝黃休復撰，茅亭其所居也。暇日賓客話，言及虛無變化、謠俗卜筮，雖異端而合道，旨屆懲勸者，皆錄之。」〔註38〕據《敘錄》介紹，《讀書志》所記乃據黃休復自序。黃休復在蜀中築茅廬高蹈隱世，暇日與賓客閒聊，談論世間虛無變化、謠俗卜筮之事，頗有魏晉處士之樂。南宋馬純在官場失意之後僑居於陶朱山下，著述志怪書《陶朱新錄》，作者自序云：「樸（缺一字）翁，單父人也。建炎初避地南渡，既而宦遊不偶，以非材棄，遂僑寄陶朱山下。黎羹不糝，晏然自得。雖不足以語遁世無悶之道，其山澤之臞乎！因搜今昔見聞，裒綴成帙，目曰《陶朱新錄》。凡譏訕詆謾，悉不錄焉。」〔註39〕《陶朱新錄》記事共九十四則，其中近七十條為鬼神怪異之事。李劍國認為《陶朱新錄》不

〔註36〕臺靜農，《論唐代士風與文學》，《臺靜農論文集》，安徽教育出版社 2002 年版，第 129 頁。

〔註37〕陳寅恪，《元白詩箋證稿》，上海古籍出版社 1978 年版，第 86 頁。

〔註38〕〔宋〕晁公武撰，孫猛校證，《郡齋讀書志》，上海古籍出版社 1990 年版，第 590 頁。

〔註39〕李劍國輯校，《宋代傳奇集》，中華書局 2001 年版，第 120 頁。

過是馬純在官場失意之後，僑居他鄉之時「排愁遣悶」的產物。此論雖未考慮馬純編撰作品的價值訴求，但確實言中他以奇為樂的編撰心態。有些宋代士大夫在公務之餘，喜歡閒聊鬼怪之事為樂，如沈括在京任職時與賓友夜話，最後錄之成編，故曰《清夜錄》，據其佚文所敘六事，全為異聞，可知沈括在公務之暇與賓客閒聊者多為鬼神志怪之事。沈括乃宋代充滿科學精神的學者，閒談不離鬼神怪異之事，足見宋代士大夫的愛奇之心。

　　有些宋代志怪小說作者為了不讓自己的作品淪為談資，有意呈現其知識功用，《郡齋讀書志》小說類著錄北宋岑象求《吉凶影響錄》云：「右皇朝岑象求編。象求，熙寧末閒居江陵，披閱載籍，見善惡報應事，輒刪潤而記之。間有聞見者，難乎備載，亦採摘著於篇。」〔註40〕刪潤記述善惡報應事，價值態度指向教化，可所記畢竟是鬼怪之事，岑象求閒居之時專編此類，獵奇之意昭然。有些宋代志怪小說作者的價值態度搖擺，這從他們在作品序跋中的辯解言辭體現出來。如北宋上官融《友會談叢》自序云：「余讀古今小說，泊志怪之書多矣，常有跂纂述之意。自幼隨侍南北，及長旅進科場。每接縉紳先生、貢闈名輩，劇談正論之暇，開樽抵掌之餘，或引所聞，輒形紀錄，並諧辭俚語，非由臆說，亦綜緝之，頗盈編簡。今年春策不中，掩袂東歸，用舍行藏，下學上達。賴庭闈之蔭，無菽水之勞。顧駑駘之已然，詎規磨之可益。身閒晝永，何以自娛？因發篋所記之言百餘紙。始則勤於探綴。終則涉乎繁蕪。於是乎筆削芟夷，得在入耳目者六十事，不拘詮次，但釐為三卷，目之曰《友會談叢》。且念袁郊以步武生疾，則《甘澤》之謠興；李玫以養病端居，乃《纂異》之記作。苟非閑暇，曷遂摛毫。彼前輩屬辭，不將迎而遇物；而小子晞驥，甘薑菲以成章。深慚雞肋之微，竊懷敝帚之愛。《穀梁》曰：『信以傳信，疑以傳疑。』子夏曰：『雖小道必有可觀者。』博練精識者，幸體茲而恕焉。其如杼軸靡工，序述非據，蓋事質而言鄙，學淺而辭荒。誠怪語之亂倫，匪精神之可補。聊貽同志，敢冀開顏。」〔註41〕然而，不管作者言辭如何機智圓滑，終繞不開作品內容上的獵奇事實，故作者最後還是坦白心跡：「聊貽同志，敢冀開顏。」這雖是作者自謙自貶之言，卻也道出其編撰作品的情感動機。

　　南宋洪邁用六十年精力編撰《夷堅志》，如果沒有情感上的動力是難以想

〔註40〕〔宋〕晁公武撰，孫猛校證，《郡齋讀書志》，上海古籍出版社 1990 年版，第
　　　　592 頁。
〔註41〕〔宋〕上官融，《友會談叢》，中華書局 1991 年版，第 1 頁。

像的。洪邁在強調《夷堅志》史學價值的同時，也沒有隱瞞其情感動機，應該說，他是宋代志怪小說作者中最坦誠說出以奇為樂心態的作者。趙與時《賓退錄》所引《夷堅支壬序》也有相類似的表達：「支壬則云子弟輩皆言，翁既作文不已，而掇錄怪奇，又未嘗少息，殆非老人頤神繕性之福，盍已之。余受其說，未再越日，膳飲為之失味，步趨為之局束，方寸為之不寧，精爽如癡。向之相勸止者，懼不知所出，於是迢然而笑。豈吾緣法在是，如駛馬下臨千丈坡，欲駐不可。姑從吾志，以竟此生。異時憫不能進，將不攻自縮矣。」〔註42〕

宋代志怪小說作者以奇為樂的情感傾向雖然沒有改變其價值取向，但在一定程度上卻淡化了他們的價值動機，為作品的虛構加工邁出了一步。當然，虛構被宋代志怪小說作者所忌諱，他們在作品序跋中小心翼翼地遮掩或迴避作品的虛構事實。這裡需要特別指出的是，宋代志怪小說作者以奇為樂與虛構是兩回事，他們獵奇總是有個真實的預設，故與其正統價值追求並不衝突。所以，宋代志怪小說作者獵奇是有限度的，一般不會逾越宋代士大夫雅文化邊界。

二、閒談與傳播

小說一般產生於下層社會，由道聽途說者所造，但小說傳播則主要是社會士人階層的事。小說類位於子部諸子九流之末，雖不能「通萬方之略」，卻也小道可觀，有益於世。胸懷濟世之志的君子舍本逐末以小說為業固然不可，然以小說為談資消閒度日，卻是一件享心雅事。宋代士大夫閑暇時間充裕，三五賓客相聚閒話，談天說鬼閒聊度日。許多志怪故事就是以閒聊方式口耳相傳的，如北宋張齊賢《洛陽搢紳舊聞記》自序云：「余未應舉前，十數年中，多與洛城搢紳舊老善，為余說及唐、梁已還五代間事。往往褒貶陳跡，理甚明白，使人終日聽之忘倦。」〔註43〕如北宋張君房的《搢紳脞說》也是宋代士大夫閒聊時談天說鬼的產物，李劍國分析其書名：「因為大抵屬瑣談細事，故而名曰《脞說》，而又加『搢紳』者，乃因多得自士大夫所談。」〔註44〕此類在命名中標示閒談者「縉紳」身份的，還有北宋吳淑的《秘閣閒談》，《郡齋讀書志》云：「皇朝吳淑撰。記秘閣同僚燕談。」據《秘閣閒談》現存二十多條佚

〔註42〕〔宋〕洪邁，何卓點校，《夷堅志》，中華書局1981年版，第1819～1820頁。
〔註43〕〔宋〕張齊賢撰，丁喜霞校注，《洛陽搢紳舊聞記校注》，中國社會科學出版社2013年版，第1頁。
〔註44〕李劍國，《宋代志怪傳奇敘錄》，南開大學出版社1997年版，第70頁。

文，可知所談內容多是南唐宋初異事，諸如夢徵、命相、占卜、神仙、奇器、異物等等。此外，北宋劉斧的《翰府名談》乃纂集上層士大夫談天說鬼的內容而成。作者劉斧雖不在士大夫行列，但他所交遊者卻多為仕宦，劉斧作為聽眾記錄了上層士大夫們的閒談。有的宋代志怪小說命名還特別標示「閒」字，除上述吳淑的《秘閣閒談》外，還有北宋景煥的《野人閒話》與《牧豎閒談》、北宋無名氏的《續野人閒話》等。有些作品雖未標明「閒」字而具「閒」意，如黃休復的《茅亭客話》、上官融的《友會談叢》、沈括的《清夜錄》、劉斧的《青鎖高議》、無名氏的《北窗記異》、南宋廉布的《清尊錄》、王銍的《續清夜錄》、皇都風月主人的《綠窗新話》、李泳的《蘭澤野語》、魯應龍的《閒窗括異志》、顧文薦的《船窗夜話》等等，從這些書名即可想像作品成書的閒談環境。宋代各種各樣的志怪故事在宋代士大夫階層的閒談夜話中不斷地結集與傳播。

　　宋代士大夫喜歡搜奇獵異以為閒談之資，從中尋求刺激與快意。康德在《判斷力批判》中解釋快適的藝術：「快適的藝術是單純以享受做它的目的。例如人們在筵席間享受到一切的刺激，有趣地談說著故事，誘使座客們活潑自由地高談闊論，用諧謔和歡笑造成快樂氣氛。在這場合，正如人們所說的，隨便說些醉話，不負任何責任，不留在一個固定題目的思考與倡和，只為著當前的歡娛消遣。……這些遊戲沒有別的企圖，只是叫人忘懷時間的流逝。」〔註45〕鬼神怪異之事所帶來的新奇刺激，使宋代士大夫在閑暇之時「忘懷時間的流逝」。夏曾佑在《小說原理》中指出：「人使終日常為一事，則無論如何可樂之事，亦生厭苦，故必求刻刻轉換之境以娛之。」〔註46〕鬼神怪異故事可使宋代士大夫從平淡無奇的日常生活中「刻刻轉換之境以娛之」。此處有個很好的例子，洪邁充任考官期間，曾在封閉的考院中與其他考官談論鬼神故事，並以此娛樂度日。在宋代，科舉考試對士子來說，是決定命運的緊張時刻，可對於考官來說，卻是一段閒悶冗長的時間。宋代科考時間比較長，如禮部舉行的省試一般要持續四十天左右，在此段時間內執行嚴格保密的鎖院制度，即作為考場的貢院完全與外界隔絕。在這段閒悶冗長的時間裏，考官們以不同的方式打發時光，如北宋歐陽修即在鎖院期間賦詩作詞消遣解悶。而對於天性喜歡搜奇獵異的洪邁來說，與其他考官談鬼說怪是最好的度日方式。據日本學者岡本不

〔註45〕〔德〕康德，《判斷力批判》，商務印書館1964年版，第268頁。
〔註46〕夏曾佑，《小說原理》，《繡像小說》，1903年第3期。

二明的研究，南宋紹興三十年（公元 1160 年）春的禮部試，洪邁以吏部員外郎充參評官，這場科考期間，在其他三十名考官中，竟有十一位都是《夷堅志》素材的提供者。這就是說，三分之一的考官都以談鬼說怪的閒聊作為度日的方式，這些官員中包括最高考官知貢舉朱倬。當然，他們所閒談的志怪故事多與科場相關，岡本不二明認為它們首先在應考舉子中產生，然後傳到考官耳朵裏，再通過考官們的閒談夜話，傳遞給正在收集志怪故事的洪邁，最後成為《夷堅志》中的素材。考官們閒談鬼神怪異之事，不僅讓他們「忘懷時間的流逝」，而且無意間進行了志怪小說的一次傳播。

宋代士大夫談鬼說怪的快適之情並沒有發展成審美情感，因為快適的藝術只圖一時刺激的快意。李劍國評述唐代牛僧孺貴為宰相的身份而傾心撰著志怪小說《玄怪錄》：「這是因為，當小說家浸沉在『淺俗委巷之語』，『嘲弄不典之言』中的時候，他原本很清醒的教化意識往往處於休眠狀態。」〔註47〕而對於閒談鬼神怪異之事的宋代士大夫來說，他們的快適之情並未催眠理智，因為他們的笑談不離雅趣，也不忘寓教於樂或有補於史。上述考官與洪邁所談志怪故事，在《夷堅志》中都被洪邁嚴肅認真地標示素材來源，這也可以猜想考官們當時閒談時或許是有意無意地強調所談內容真實性之類話語。楊義認為從《夷堅志》序言，「不可謂不窺見洪氏創作上的某些主觀動機。從《夷堅志》這種創作動機著眼，宋人確實比唐人活得更累了。其要求記錄異聞的筆記不得遊戲筆墨，還要承擔那麼多的政治人倫教化功能，審美理想也未免比唐人少一點瀟灑，而多一點沉重感。」〔註48〕所以宋代志怪小說資閒談功能是有限的，如果閒談超過一定界限，不但不會引起宋代士大夫的談興，還可能會招來非議。如北宋耽煥《野人閒話》多取「猥俗」之事，結果招來指責，張唐英在《蜀禱機序》中譏其「本末顛倒，鄙俗無取」。可見，在宋代士大夫眼中，即便閒談之資也不可隨意虛構。由此可見，閒談主要是宋代志怪小說的傳播通道，而不是其生產工場。

三、激發虛構的期待

宋代士大夫獵奇閱讀風氣，使宋代志怪小說有了產生、傳播與接受的環境。來自接受層面的獵奇閱讀期待，強烈誘導與激發宋代志怪小說作者的虛構

〔註47〕李劍國，《唐五代志怪傳奇小說敘錄》，南開大學出版社 1993 年版，第 24 頁。
〔註48〕楊義，《中國古典小說史論》，中國社會科學出版社 2004 年版，第 273～303 頁。

意識。宋代志怪小說作者雖然自覺依附正統價值，然而，許多源於下層社會的志怪故事要進入上層社會的閱讀視野，首先必須迎合他們特定的閱讀期待。宋代志怪小說作者宣稱其所傳鬼神故事的真實性，就是為獲取上層士大夫的認可。北宋徐鉉酷好鬼神之說，對志怪故事有強烈期待，其賓客江東布衣蒯亮深會其意，專搜鬼怪故事投其所好。北宋楊億《楊文公談苑》記載：「徐鉉不信佛，而酷好鬼神之說，江南中主常語鉉以『佛經有深義，卿頗閱之否』？鉉曰：『臣性所不及，不能留意。』中主以《楞嚴經》一帙授之，令看讀，可見其精理。經旬餘，鉉表納所借經求見，言曰：『臣讀之數過，見其談空之說，似一器中傾出，復入一器中，此絕難曉，臣都不能省其義。』因再拜。中主哂之，後嘗與近臣通佛理者說以為笑。專搜求神怪之事，記於簡牘，以為《稽神錄》。嘗典選，選人無以自通，詭言有神怪之事，鉉初令錄之，選人言不閒筆綴，願得口述。亟呼見，問之，因以私禱，罔不遂其請。歸朝，有江東布衣蒯亮，年九十餘，好為大言誇誕，鉉館於門下，心喜之。《稽神錄》中事，多亮所言。亮嘗忤鉉，鉉甚怒，不與話累日。忽一日，鉉將入朝，亮迎呼為中闈，云：『適有異人，肉翅自廳飛出，升堂而去，亮目送久之，方滅。』鉉即喜笑，命紙筆記之，待亮如故。江陵從祖重內典，嘗謂鉉曰：『公鄙斥浮屠之教，而重神變之事，瞿曇豈不得作黃面神人乎？』鉉笑而不答。」〔註49〕相類似的內容還出現於《事實類苑》卷六十五，另在《郡齋讀書志》中也有相關節文。江湖之士蒯亮講述鬼神故事，宗旨只有一個，就是滿足徐鉉的獵奇心理，至於價值問題是無須考慮的。為迎合徐鉉的閱讀期待，蒯亮可以大言誇誕，胡亂虛構故事，而徐氏則在獵奇心驅使下，不問真假而筆錄成文，最後集成志怪之書《稽神錄》。由於徐鉉當時的名望，讀者對其內容真假少有懷疑，後來編撰《太平廣記》時，總編纂官李昉據徐鉉名望而收入集中，對其內容不加質疑，認為出自徐鉉之手的《稽神錄》是比較可靠的，「詎有徐率者更言無稽者！」

　　當講述者面對一群民眾講述鬼怪之事時，其虛構意識將變得更加強烈。在一群睜大眼睛充滿期待的聽眾面前，講述者往往會改變講述策略，有意挑選怪異刺激之事來滿足聽眾的期待心理，必要時還會修改原事，添枝加葉地突出其神秘性與怪異性，以博取觀眾的驚歎與掌聲。聽眾知識水平越低，講述者就越有虛構勇氣，因為在這種信息不對稱情況下，講述者擁有知識優勢，講述內容容易被聽眾相信與接受。可以這麼說，講述者所虛構的故事總會被聽眾當作真

〔註49〕本書編委會編，《全宋筆記》第8編，大象出版社2017年版，第139～140頁。

實可靠的事實來接受。南宋王明清的《投轄錄》，書名乃取《漢書》卷二九《陳遵傳》中的典故：「遵者（嗜）酒，每大飲，賓客滿堂，輒關門，取賓客車轄投井中，雖有急，終不得去。」王明清命名為《投轄錄》則是反用其意，《直齋書錄解題》小說家類敘云：「王明清撰。所記奇聞異事，客所樂聽，不待投轄而留也。」王明清在自序中詳細描述了當時夜話鬼神的生動情景：「因念晤言一室，親友話情，夜漏既深，互談所睹，皆側耳聳聽，使婦輩斂足，稚子不敢左顧，童僕顏變於外，則坐客愈忻怡忘倦，神躍色揚，不待投轄，自然肯留，故命以為名。後之僕同志者！當知斯言之不誣。」對於志怪故事的講述者來說，觀眾側耳聳聽的神情無疑是莫大的鼓動力量，為了達到「使婦輩斂足，稚子不敢左顧，童僕顏變於外」，使坐客「忻怡忘倦，神躍色揚」的效果，講述者完全有可能突破原有敘事的限制，甚至無中生有地編造驚聳故事。

不要說一般人的獵奇期待可以誘導志怪講述者不顧其價值制約，就是宋代皇帝的獵奇期待，也可能令志怪小說作者大膽地虛構故事。魯迅《中國小說史略》注意到：「高宗退居南內，亦愛神仙幻誕之書。時則有知興國軍歷陽郭彖字次象作《睽車志》五卷，翰林學士鄱陽洪邁字景盧作《夷堅志》四百二十卷，似皆嘗呈進以供上覽。」〔註50〕我們有理由相信，高宗的獵奇閱讀期待可能是洪邁傾注大量精力編撰《夷堅志》的動力之一，當然也是誘導其走向虛構的動力所在。在中國志怪小說作者中，洪邁最強調志怪小說的實錄價值，但他也有意識地虛構，只不過虛構得很隱蔽。洪邁以包容素材提供者的方式達到其虛構目的。據現存《夷堅志》所標示素材提供者，數量超過五百位，這些人大多數都是為了迎合洪邁獵奇之心而提供素材的。一些素材的虛構痕跡極為明顯，洪邁對此也心知肚明，他在《夷堅支甲序》中云：「殆好事者飾說剽掠，借為談助。」〔註51〕可他最後還是將其採錄於書，從而使許多由社會下層提供者所虛構的志怪故事傳入上層社會。在《夷堅志》素材提供者中，最熱情的是洪邁的親友，《夷堅支乙集序》曰：「群從姻黨，宦遊峴、蜀、湘、桂，得一異聞，輒相告語。」〔註52〕群從姻黨不會有意糊弄洪邁，但他們「得一異聞，輒相告語」時，素材必定或多或少地變了樣。洪邁皇皇四百二十卷的《夷堅志》是在邊編撰邊出版過程中完成的，每次出版都很快

〔註50〕魯迅，《中國小說史略》，上海古籍出版社1998年版，第106頁。
〔註51〕〔宋〕洪邁，何卓點校，《夷堅志》，中華書局1981年版，第711頁。
〔註52〕〔宋〕洪邁，何卓點校，《夷堅志》，中華書局1981年版，第795頁。

售完。據《夷堅乙志序》：「《夷堅》初志成，士大夫或傳之，今鏤板於閩、於蜀、於婺、於臨安，蓋家有其書。」〔註53〕這說明《夷堅志》擁有極廣泛的讀者群，而讀者層的獵奇閱讀期待，無疑是洪邁選擇與敘述志怪素材時傾向虛構的又一誘因。雖然洪邁有意迎合讀者的獵奇期待，但《鬼董》的作者沈氏卻認為其敘異過於拘束，《鬼董》卷一「張師厚」條與《夷堅丁志》卷九「太原意娘」條屬一事兩傳，只是將故事中的韓師厚、王意娘分別改作張師厚、崔懿娘，情節也基本襲用，作者按云：「《夷堅丁志》載《太原意娘》，正此一事，但以意娘為王氏，師厚為從善，又不及劉氏事。按此新奇而怪，全在再娶一節，而洪公不詳知，故覆載之，以補《夷堅》之闕。」〔註54〕沈氏用心探求敘事的新奇動人，這不僅出於其愛奇之心，同時也受到觀眾或讀者獵奇期待的有力誘導。

　　當然，在以宋代士大夫為主體的志怪小說傳播世界，讀者的獵奇期待誘引志怪小說走向虛構的作用是有限度的，如果志怪小說內容超出宋代士大夫所能容忍的價值底線，則不僅不能滿足其獵奇期待，反而會遭其唾棄。如北宋錢易傳奇體的志怪故事《烏衣傳》就是一個例子。南宋胡仔《苕溪漁隱叢話》後集卷一二「劉夢得」條引《藝苑雌黃》云：「比觀劉斧《摭遺》載《烏衣傳》，乃以王謝為一人姓名，其言既怪誕，遂託名錢希白，終篇又取夢得詩實其事，希白不應如此謬，是直劉斧之妄言耳。大抵小說所載事，多不足信，而《青瑣摭遺》誕妄尤多。」〔註55〕據李劍國考證，《烏衣傳》確為錢易所作，可因為其虛構痕跡實在太明顯，所以連作者的真實性也受到懷疑。由此看來，來自接受層面的獵奇期待對宋代志怪小說的虛構進程的推動作用是有限度的，超出限度將受到價值警示。

第三節　個案研究：從王俊民事蹟演變看宋人獵奇心理

　　宋代興盛的休閒文化給宋代志怪小說營造出獵奇逐異的接受環境，一些真實發生的事情也會在這種接受環境中流播演變，當這些事實傳至宋代志怪小說

〔註53〕〔宋〕洪邁，何卓點校，《夷堅志》，中華書局 1981 年版，第 185 頁。

〔註54〕〔宋〕佚名，《鬼董》，人物出版社 2014 年版，第 15 頁。

〔註55〕〔宋〕胡仔，《苕溪漁隱叢話‧後集》，人民文學出版社 1984 年版，第 93 頁。

作者耳中與筆尖時，已經變成了志怪小說故事。北宋王俊民事蹟演變就是這方面的典型案例。一位剛毅好學、愛身如玉的北宋新科狀元最後變成行為卑劣的負心漢子，由此可見當時傳播變異的力量。本文就此案例進行考辨分析，以期深入揭示宋代士人的獵奇心理以及由此而形成的志怪小說接受與傳播環境。

一、王俊民其人其事

　　王俊民（1035～1063），字康侯，宋萊州掖縣（今山東掖縣）人。王俊民在歷史上實有其人，史載他在宋仁宗嘉祐六年（公元 1061 年）科考中奪魁，亦實有其事。由於王俊民科考奪魁不久即患病而死，年僅 28 歲，生平未有功業可記，故只在科考史上留下一個名字。關於王俊民的生平事蹟，只見於他同代人的野史筆記。王俊民科考奪魁的情況在范鎮的《東齋記事》卷一中有比較詳細的記載：「嘉祐中，進士奏名訖，未御試，京師妄傳王俊民為狀元，莫知言之所起，人亦莫知俊民為何人。及御試，王荊公時為知制誥，與天章閣待制楊樂道二人為詳定官。舊制：御試舉人，設初考官，先定等第，復彌封之，以送覆考官，再定等第，乃付詳定官，發初考官所定等，以對覆考之等，如同即已，不同則詳其程文，當從初考或從覆考為定，即不得別立等。是時，王荊公以初、覆考所定第一人皆未允當，於行間別取一人為狀首。楊樂道守法，以為不可。議論未決。太常少卿朱從道時為彌封官，聞之，謂同舍曰：『二公何用力爭，從道十日前已聞王俊民為狀元，事必前定，二公恨自苦耳。』既而二人各以己意進稟，而詔從荊公之請。及發封，乃王俊民也。詳定官得別立等自此始，遂為定制。」〔註56〕此外，北宋沈括《夢溪筆談》與南宋周密《齊東野語》中也有相關記載，不過，李劍國認為它們皆採自《東齋記事》。

　　《東齋記事》屬雜史筆記，所載內容有一定可信度，范鎮自序云：「予嘗與修《唐史》，見唐之士人著書以述當時之事，後數百年有可考正者甚多。而近代以來蓋希矣，惟楊文公《談苑》、歐陽永叔《歸田錄》，然各記所聞而尚有漏略者。予既謝事，日於所居之東齋燕坐多暇，追憶館閣中及在侍從時交遊語言，與夫里俗傳說，因纂集之，目為《東齋記事》。其蜀之人士與其風物為最詳者，亦耳目之熟也，至若鬼神夢卜率收錄而不遺之者，蓋取其有戒於人耳。」〔註57〕據序文可知，《東齋記事》所記多屬范鎮耳聞目睹之事。又據

〔註56〕〔宋〕范鎮，《東齋記事》，中華書局 1960 年版，第 9 頁。
〔註57〕〔宋〕范鎮，《東齋記事》，中華書局 1960 年版，第 1 頁。

《宋史》卷三三《范鎮傳》，知范鎮在仁宗嘉祐六年（公元 1061 年）在朝，傳記云其為嘉祐建儲之事抗顏上章，「章十九上，待命百餘日，鬚髮為白，朝廷知不能奪，乃罷知諫院，改集賢殿修撰，糾察在京刑獄，同修起居注，遂知制誥。」〔註58〕直到仁宗去世，韓琦策立英宗，范鎮一直是朝中的重要議事大臣。所以，《東齋記事》所載王俊民事極有可能為作者耳聞目睹之事，可信度很高。

對於後世所妄傳的王俊民故事，王俊民友初虞世於紹聖元年（公元 1094 年）作記澄清。初氏原記不存，但被南宋周密《齊東野語》引述初虞世文：「狀元王俊民，字康侯，為應天府發解官。得狂疾，於貢院中嘗對一石碑呼叫不已，碑石中若有應之者，亦若康侯之奮怒也。病甚不省，覺，取書冊，中交股刀自裁及寸，左右抱持之遂免。出試院未久，病勢亦已平復。予與康侯有父祖鄉曲之舊，又自童稚共筆硯。嘉祐中，同試於省場。傳聞可駭，亟自汶孥舟抵彭城。時十月盡矣，康侯亦起居飲食如故。但悒悒不樂，或云：『平生自守如此，乃有此疾。』予亦多方開慰。歲暮，予北歸，康侯有詩送予云：『寒窗一夜雪，紛紛來朔風。之子動歸興，輕袂飄如蓬。問子何所之？家在濟水東。問子何所學？上癢教化宮。行將攜老母，寓居學其中。』云云。予既去，徐醫以為有痰，以金虎碧霞丹吐之。或謂心藏有熱，勸服治心經諸冷藥。積久，為夜中洞泄，氣脫內消，飲食不前而死。康侯父知舒州太湖縣，遣一道士與弟覺民自舒來云：『道士能奏章達上清，及訴問鬼神幽暗中事。』道士作醮書符，傳道冥中語云『五十年前打殺謝、吳、劉不結案事。』康侯丙子生，死才二十七歲，五十年前，豈宿生邪？康侯既死，有妄入託夏噩姓名作王魁傳，實欲市利於少年狎邪輩，其事皆不然。康侯，萊州掖縣人。祖世田舍翁，父名弁，字子儀，誦詩登科，為鄆州司理。康侯時十五餘歲，三兄弟隨侍，與予同在鄆學。子儀為開封軍巡判官，康侯兄弟入太學，不三年，號成人。子儀待蘇州崑山闕，來居汶，康侯兄弟又與予在汶學。子儀謫潭州稅，康侯兄弟自潭宋貫鄢陵戶。康侯登科為第一。省試前，父雪崑山事，自潭移舒州太湖縣。康侯是年歸舒州省親，次年，赴徐州任，明年，死於徐，實嘉祐八年五月十二日也。康侯性剛峭不可犯，有志力學，愛身如冰玉，不知猥巷俚人語。不幸為匪人厚誣，弟輩又不為辨明，懼日久無知者，故因戒世人服金虎碧霞丹，且以明康侯於泉下。」〔註59〕初虞

〔註58〕〔元〕脫脫，《宋史》，吉林人民出版社 1995 年版，第 7605 頁。

〔註59〕〔宋〕周密，《齊東野語》，中華書局 1983 年版，第 106～107 頁。

世此文原為王俊民辨誣，卻也為王記述生平事蹟，補了史書之缺。初虞世與王俊民多年同學，據其記所言，「康侯時十五餘歲，三兄弟隨侍，與予同在鄆學。」、「子儀待蘇州崑山闕，來居汝，康侯兄弟又與予在汝學。」故初虞世對王俊民其人其事甚為瞭解，傳記之事比較可信。李劍國也認為初虞世之文，「所記當極可靠，足可為王俊民辨誣」。〔註60〕

王俊民事蹟也出現於宋代其他著作，皆不如上述兩處記載具體。宋代之後的著作所載王俊民事大多本於范氏或初氏的記載，內容都基本一致。《中國歷代文科狀元》遍搜王俊民相關記載，整合種種材料後勾勒出王俊民的生平事蹟：「王俊民自幼好學，性格剛毅嚴峻，17歲便入太學。辛丑科進士奏名後還未御試，京師即傳言王俊民為狀元，但不知言從何起。等到御試，王安石與楊樂道同為詳定官。當時考試規定：御試設初試官，先定等，再彌封以呈，再定等後乃付詳定官，詳定官查看初考官所定，如與覆考所定相同，則以所定之等呈給皇帝。不然，從初考或覆考所定之中選定，不別立等。王安石因為初考、覆考第一人皆不同，就於其行間別取一人為首，楊樂道墨守成規，認為不可，兩人商定未決。太常少卿朱從道當時為彌封官，聽說後對同僚說：『十日前已聞王俊民作狀元，事必前定，二公力爭，徒自苦爾。』最後，英宗詔從王安石之請，及發榜，果王俊民為第一。王俊民及第後，其父母雙親已白髮蒼蒼，但很健康。當時北宋名臣韓琦曾寫詩稱賀，詩中有『青雲一第人恒易，白髮雙親事每難。』之句，時人皆以之為榮。王俊民性剛毅，不可犯，有志於力學，其愛身如玉。步入仕途後，曾為應天府發解官，但到任不久，便得狂疾，終日狂呼不已，未幾，病逝於任。」〔註61〕

二、王魁事蹟的傳播與演變

據上述王俊民生平考索，王俊民事與王魁事往往混為一談，發展到後來，王魁形象豐滿起來，掩蓋了歷史上真實的王俊民。王俊民事蹟在流傳中的變形令王俊民好友初虞世不禁驚歎：「傳聞可駭」。

當前有研究者認為王俊民與王魁並沒聯繫，如王珏《唐宋傳奇說微》提到：《王魁傳》原文不傳，但其節文保留在宋人曾慥《類說》卷三十四，未注

〔註60〕李劍國，《宋代志怪傳奇敘錄》，南開大學出版社1997年版，第111頁。
〔註61〕王鴻鵬等編著，《中國歷代文狀元》，解放軍出版社2004年版，第125～126頁。

明作者；另外，《侍兒小名錄拾遺》亦有節文。《王魁傳》講述的是一個書生負心的「古老」故事，這種故事從唐代就比較常見了，它僅是當時人們對於科舉世界中道德淪喪現象的一種譴責式構想，不必將作品主人公與現實社會中某個人對應起來。以上解釋恐怕高估了宋人的虛構意識，以現代觀念解釋古人。其實在宋代，無論是小說作者還是讀者，都沒有完全擺脫小說真實性問題的糾纏，這一點筆者在前面已有充分論述。即使在宋代市井社會中講求虛構的話本小說，也只是注意虛實相參，儘量不引起觀眾的真實性追究。至於自覺依附經史價值的宋代志怪小說作者，更不會赤裸裸地虛構人物事蹟。王氏論述邏輯雖然嚴密，但其所採用的論證材料卻不可靠，其所據材料主要是沈括《夢溪筆談》卷一、李獻民《雲齋廣錄》卷六、《王魁歌引》、曾慥《類說》卷三十四、《侍兒小名錄拾遺》、周密《齊東野語》卷六中相關節文，但與王俊民相關度最大的兩種材料：范鎮《東齋記事》與初虞世傳記卻未見引述。事實上，《夢溪筆談》、《雲齋廣錄》、《東齋記事》等書所載內容皆採自范鎮《東齋記事》，這一點李劍國已有考論。此外，當時王俊民急於為好友辨誣，也說明王魁與王俊民關聯性不大。

　　據范鎮與初虞世的有關記載，王俊民生平事蹟有多處極易引起當時讀書人的興趣：一是科考奪魁有些神秘巧合；二是得狂疾，曾對一石碑呼叫不已；三是曾以剪刀自裁及寸；四是其家曾請道士祛邪制鬼。范鎮《東齋記事》敘王俊民奪魁之事雖有些怪異，但其敘事偏重巧合，且范鎮乃朝中名臣，記事講究耳目之實，所以事蹟並不顯得離奇。至於初虞世的傳記原為辨誣而作，敘事宗旨在於求真，所以他敘王俊民在貢院中曾對一石碑呼叫不已以及曾以剪刀自裁及寸之事，有意強調王俊民「得狂疾」的病因，對於王氏家長曾請道士祛邪制鬼，初氏雖記其事，但對於所謂「道士能奏章達上清，及訴問鬼神幽暗中事。」道士作醮書符，傳道冥中語云「五十年前打殺謝、吳、劉不結案事。」卻不以為然，認為是欺人之事，並辯之曰：「康侯丙子生，死才二十七歲，五十年前，豈宿生邪？」〔註62〕

　　真實的王俊民生平雖多怪事，但都能得到合情合理的解釋。但是，宋代讀書人的獵奇嗜好使他們有意忽略「合情合理」的現實，將本來就顯得異常的事情扯向鬼神世界，以鬼神之理解釋王俊民的種種反常言行，於是，本來被初虞世當成欺人之事的道士言行便成為實有之事並被大加渲染。張師正

〔註62〕〔宋〕周密，《齊東野語》，中華書局 1983 年版，第 106～107 頁。

《括異志》卷三「王廷評」有載：「王廷評俊民，萊州人。嘉祐六年進士，狀頭登第。釋褐，廷尉評簽書徐州節度判官。明年充南京考試官。未試間，忽謂監試官曰：『門外舉人喧噪訴我，何為不約束？』令人視之，無有也。如是者三四。少時又曰：『有人持檄逮我。』色若恐懼。乃取案上小刀自刺，左右救之，不甚傷。即歸本任醫治。逾旬創愈，但精神恍惚，如失心者。家人聞嵩山道士梁宗樸善制鬼，迎至，乃符召為厲者。夢一女子至，自言：『為王所害，已訴於天，俾我取償，俟與簽判同去爾。』道士知術無所施，遂去。旬餘，王亦卒。或聞王未第時，家有井灶婢蠢戾，不順使令，積怒，乘間排墜井中。又云：王向在鄉閭與一娼妓切密，私約俟登第娶焉。既登第為狀元，遂就媾他族。妓聞之，忿恚自殺。故為女厲所困，夭闕而終。」〔註63〕張師正此處敘事雖將王俊民的反常舉止歸之於病因，「即歸本任醫治。」但此病卻不能在現實中醫治，「逾旬創愈，但精神恍惚，如失心者。」最後道士查出病因乃厲鬼尋仇，因此，敘事重心隨著病因轉移而進入神秘莫測的鬼神世界。張師正這則短短三百多字敘事，敘及鬼神者即有一百六十多字，占全文一半之強，敘事重心明顯集中於鬼神之上。

　　張師正雖在獵奇心理引導下轉移王俊民事蹟敘事重心，但敘事仍在一定程度上受原事件框架限制，多數內容僅是對原事件離奇處的大膽臆想。李劍國就說：「不過王俊民確患狂疾，其症幻覺臆語，不能自持，而其家確也請得道士祛邪制鬼，道士亦妄言報應之事，因而張師正的記述基本上也是事實。王俊民的狂疾和速死自然要引起世人百端猜疑，初虞世也說『傳聞可駭』。在這種情況下，便有女鬼索命的傳聞產生。」〔註64〕然而到了夏噩的《王魁傳》，敘事則完全朝著鬼神方向添枝加葉地編造，據李劍國考證，「《括異志》約成於元祐中，在《王魁傳》之後，但張氏似未寓目，所謂妓女自殺索命蓋得於世之所傳，而這一說法可能在王俊民死後不久即有流傳，夏噩即根據這一傳聞創作此傳。」〔註65〕可見王俊民之事首先是在流播過程中朝著鬼神志怪的方面演化的。其實在《王魁傳》出現之前，王俊民的生平事蹟早已演變成有聲有色的志怪故事，夏噩不過是加重其負心色彩，完成一個負心故事編撰，原來的王俊民在這種故事的廣泛流傳過程中逐漸蛻變成為負心漢王魁。

〔註63〕〔宋〕張師正，《括異志》，上海古籍出版社 2012 年版，第 26 頁。

〔註64〕李劍國，《宋代志怪傳奇敘錄》，南開大學出版社 1997 年版，第 111 頁。

〔註65〕李劍國，《宋代志怪傳奇敘錄》，南開大學出版社 1997 年版，第 111 頁。

　　夏噩生性輕傲，曾被兩浙路提點刑獄王道古奏停其官職。停職期間曾遊衡陽作詩稱頌妓女王幼玉，有「嗟爾蘭蕙質，遠離幽谷青」之語，李劍國據此認為夏氏對妓女頗有好感和同情之心，這也促使其撰述王魁負桂英之事，完成《王魁傳》。筆者認同李氏這一觀點，同時也特別指出夏噩作傳時的搜奇獵豔之心。夏噩《王魁傳》僅有節存，南宋羅燁編《醉翁談錄》辛集卷二「負約類」中有《王魁負心桂英死報》，這可算另一版本的《王魁傳》，李劍國指出：「《醉翁談錄》所載也是節錄自夏傳，或是轉據《摭遺》，或是逕節原傳。」〔註66〕在《王魁負心桂英死報》約一千七百多字中，既重戀情也重鬼報，言情與志怪相扭結敘事，滿足了歷代讀書人多重心理需求。

〔註66〕李劍國，《宋代志怪傳奇敘錄》，南開大學出版社1997年版，第108頁。

第八章　宋代志怪小說價值新走向

　　虛構性是中國古代小說的價值大忌，宋代志怪小說價值追求的關鍵一步就是「去虛構性」。然而在宋代休閒文化語境中，宋代志怪小說作者所突出與強調的作品價值因素往往被淡化或忽視。宋代不同層次的讀者對宋代志怪小說內容的關注點並不一致，宋代士大夫階層讀者，即使獵奇式的休閒閱讀，也受其正統價值意識影響，追求雅趣；而宋代世俗社會的普通讀者則只在乎作品內容的新奇刺激。因此，宋代志怪小說作者所忌諱的虛構性在世俗民眾接受世界中具有特殊的意義。在宋代瓦舍勾欄中的說書行業，志怪小說的虛構性反而具有特別重要的價值。當然，本文所講的志怪小說與瓦舍勾欄用於說書的志怪小說並不相同，但兩者卻有密切聯繫。可以說，志怪類話本小說是傳統志怪小說走向世俗的形態。

　　關於宋代志怪小說世俗化問題，程毅中在其《宋元小說研究》中指出《夷堅志》等小說有「來自市民文化影響的通俗化傾向」。〔註1〕「志怪小說本來是離現實生活很遠的，而《夷堅志》卻和現實生活接得很近，在寫作方法上向著現實主義接近了一步」。〔註2〕後來凌郁之在其博士論文《走向世俗：宋代文言小說的變遷》中對程氏觀點進行具體而深入的闡述。宋代志怪小說世俗化並非孤立現象，它是宋代文化世俗進程中的組成部分。宋代文化的世俗化本質上是人的世俗化，即人慾的激發與解放。「俗」與「欲」在字源上具有相關性，「俗」字在產生之初常與「欲」字混用，最早的「俗」字僅見於周代彝銘。西

〔註1〕程毅中，《宋元小說研究》，江蘇古籍出版社1998年版，第143頁。
〔註2〕程毅中，《宋元小說研究》，江蘇古籍出版社1998年版，第142頁。

周後期毛公鼎銘文記述:「用印邵皇天綑繆大命,康能四或(域),俗我弗作乍先王憂」,許多學者都將銘文中的「俗」解釋為「欲」,因為郭店楚簡《緇衣》中的「俗」字也寫成「欲」字。因此從「俗」與「欲」的相關性角度,宋代文化世俗化帶來宋代生活欲望的全面解放。充滿生活熱情的宋人,來到熱鬧街市,既尋求物質滿足,也追求精神享受,他們用銀錢、交子等貨幣購買物質商品,同時也購買精神娛樂商品。尤其是市井民眾為尋求娛樂刺激,買票進入瓦舍勾欄聽說書人說書,這其實是對說書人所演說小說內容價值的一次定價,而這種定價又反過來鼓勵與刺激說書人自覺虛構故事以迎合觀眾的娛樂期待。

第一節　宋代商品經濟帶來的新變

一、坊市之牆的倒塌

　　日本學者內藤湖南認為,決定宋代社會近世進程的是其新經濟形式——宋代商品經濟的興起。有學者認為唐宋時期是中國封建社會商品經濟發展的三個高峰之一,也有學者甚至認為宋代經濟已經產生資本主義萌芽。〔註3〕不管怎麼說,宋代商品經濟的空前發展是歷史事實。當然,中國封建時期的經濟主體一直都是以農業為基礎的自然經濟,宋代經濟也不例外,但宋代農業快速發展,卻為宋代手工業生產奠定了基礎,而宋代手工業生產的發展則直接刺激宋代商品經濟。漆俠評論宋代商品交易活動的作用:「在區域性市場發展之下,地區之間的百物懋遷,有無相通,不同程度的滿足了社會各階層的需要,也有力地推動了個各地區的農業、手工業的發展。以商品交換為紐帶,宋代社會這一有機體的內在活力發揮出來了。」〔註4〕宋代商品交換所帶來的巨大經濟活力如洪水般衝破坊市相隔的古老制度,最終導致坊市之牆倒塌。

　　宋代之前,城市居民生活受官府嚴格管理,《後漢書‧廉范傳》記載:「舊制禁民夜作」。〔註5〕為方便治理,官府將作為居民住宅區的坊與作為買賣交易場所的市隔離開來,並對居民活動作出相應限制,如在唐代長安,《唐六典》卷二十《京都諸市令》中記載:「凡市,以日中擊鼓三百聲而眾以會,日入前

〔註3〕郝延平,《中國三大商業革命與海洋》,《中國海洋發展史論文集》,中央研究院中山人文社會科學研究所1997年版。
〔註4〕漆俠,《宋代經濟史》,上海人民出版社1980年版。
〔註5〕〔南朝〕范曄,《後漢書》,中華書局1965年版,第1103頁。

七刻，擊鉦三百聲而眾以散。」〔註6〕到了宋代，這種坊市限制逐漸被取消，坊市之間坊牆和市牆統統推倒，商店與作坊臨街而立，坊與市合為一體。關於城坊制的廢弛，學界有不同看法。周寶珠指出：「根據後周時有關東京修牆、拓寬道路、允許道旁居民種樹、掘井、修蓋涼棚諸事判斷，居民已面街而居，臨街設肆，坊牆實際上已不復存在，起碼說主要街道兩旁是如此。當然，坊牆的完全廢止還有一個相當長的過程。」〔註7〕但也有學者認為宋代前期仍沿襲唐代的城坊制度，日本學者加藤繁考證，汴京城坊制度的廢止，是在仁宗朝慶曆、皇祐年間。〔註8〕對於城坊制的廢弛是否始於宋代前期，與本文所論述的問題關係不大，此處不再深究。但有一點是沒有爭議的：宋代最終解除坊市限制，與當時活躍的商品經濟密切相關。法國漢學家謝和耐認為：「長安和七至八世紀的其他重要城市首先是貴族和官府的城市。那裡的國家政權極力將所有的商業活動都置於其嚴格的控制之下。但開封卻提供了商業生活和消遣娛樂活動占突出地位的居民區的第一個例證。政權機構及其官員從這個時代起就與大部分是平民組成的典型城市居民保持著直接接觸，而經濟發展高潮也突破了所有那些傾向於使城市保留其貴族特徵的古老規則。開封從 1063 年起取消了燈火管制，大家於夜間可以自由行走。貿易和消遣地點直到黎明都始終開放，但將商業和手工業活動限制在特定區域（廂坊）中的規章似乎失效得更早。」〔註9〕

宋代坊市之間的高牆倒塌後，一個充滿活力的市井社會出現了，宋代畫家張擇端《清明上河圖》生動而真實地描繪這個新生世界：汴京城裏汴河兩岸商鋪鱗次櫛比，商販叫賣活躍，人馬喧囂，南來北往，比肩接踵，相擁相撞。宋代統治者順應潮流，在取消城坊制度之後，還進一步解除宵禁。乾德三年（公元 965 年）宋太祖詔令開封府：「京城夜市至三鼓已來，不得禁止。」〔註10〕從此，北宋都城汴京出現了通宵達旦的夜市，據《東京夢華錄》記載：「夜市北州橋又盛百倍，車馬闐擁，不可駐足，都人謂之『裏頭』」。〔註11〕夜市酒樓

〔註 6〕〔唐〕李林甫，《唐六典》卷二十《太府寺》，中華書局 1992 年版。

〔註 7〕周寶珠，《宋代東京研究》，河南大學出版社 1994 年版，第 251 頁。

〔註 8〕〔日〕加藤繁，吳傑譯，《中國經濟史考證》，商務印書館 1959 年版。

〔註 9〕〔法〕謝和耐，耿昇譯，《中國社會史》，江蘇人民出版社 1995 年版，第 258 頁。

〔註 10〕〔清〕徐松，《宋會要輯稿・食貨六七》，中華書局 1957 年版。

〔註 11〕〔宋〕孟元老，伊永文箋注，《東京夢華錄箋注》，中華書局 2006 年版，第 268 頁。

「向晚，燈燭熒煌，上下相照。濃妝妓女數百，聚於主廊槏面上，以待酒客呼喚，望之宛若神仙。」〔註12〕有的地方「夜市直到三更盡，才五更又復開張。如要鬧去處，通曉不絕」。〔註13〕「大抵諸酒肆瓦市，不以風雨寒暑，白晝通夜，駢闐如此。」〔註14〕夜市興盛反映了宋代商品經濟繁榮。宋代新生經濟力量具有極強破壞力，它不但摧毀阻礙其發展的坊市之牆，還一往無前地衝擊宋代的宮禁限制，「自宣德一直南去，約闊二百餘步，兩邊乃御廊，舊許市人買賣於期間，自政和間官司禁止。」〔註15〕可以設想，若非官府禁止，商品交易場所將會移至皇宮大殿之前。

宋代商品經濟也催生出新的社會階層：市民階層。宋代之前的城鄉戶籍差別不大，而在坊市相通之後，便產生大量單獨列籍的居民：坊郭戶，這就是宋代城市居民。謝桃坊認為：「我國市民階層的興起是以公元 1019 年（北宋天禧三年）坊廓戶單獨列籍定等為標誌的。」〔註16〕坊廓戶成為宋代的市民階層。宋代城市商品經濟的快速發展，使市民階層空前壯大。據周寶珠考證，北宋崇寧時，東京開封約有十三多萬戶（不含屬縣），總人口當在一百五十萬左右。〔註17〕據吳松弟考證，南宋臨安城外約有人口 40 餘萬，城內人口 80～90 萬。〔註18〕漆俠在其《宋代經濟史》中估計，北宋 1350 個有行政官署的城市中約有 150 座的人口超過萬人，全國城市人口比重約占全國總人口的 12%。而據日本學者斯波義信的研究，宋全國的城市人口比例大約在 20%左右。〔註19〕美國華裔學者趙岡也認為這一比率可高達 20%。〔註20〕這是當時世界上城市人口比例最高的國家。宋代城市頻繁的商品交易與旺盛的商品消費極大影響宋代經濟文化整體走向，同時也深刻影響甚至改變宋人的許多觀念。

〔註12〕〔宋〕孟元老，伊永文箋注，《東京夢華錄箋注》，中華書局 2006 年版，第 174 頁。

〔註13〕〔宋〕孟元老，伊永文箋注，《東京夢華錄箋注》，中華書局 2006 年版，第 312～313 頁。

〔註14〕〔宋〕孟元老，伊永文箋注，《東京夢華錄箋注》，中華書局，2006 年版，第 176 頁。

〔註15〕〔宋〕孟元老，伊永文箋注，《東京夢華錄箋注》，中華書局，2006 年版，第 78 頁。

〔註16〕姚瀛艇，《宋代文化史》，河南大學出版社 1992 年版，第 500 頁。

〔註17〕周寶珠，《宋代東京開封府》，《河南師大學報（增刊）》，1984 年，第 29 頁。

〔註18〕吳松弟，《中國人口史》，復旦大學出版社 2000 年版，第 584 頁。

〔註19〕〔日〕斯波義信，《宋代商業史研究》，稻禾版社 1997 年版。

〔註20〕趙岡，陳鍾毅，《中國經濟制度史論》，聯經出版事業公司 1986 年版，第 386 頁。

二、從抑商到重商

宋代充滿活力的商品經濟，不僅衝擊原有制度，同時改變宋代統治階層對商業的固有觀念。中國歷代統治者皆重視農桑，以之為立國本業，視商業為末業。先秦時就有崇本抑末思想，《管子》卷十五「治國第四十八」條曰：「末作文巧禁，則民無所遊食。民無所遊食，則必事農，民事農則田墾，田墾則粟多，粟多則國富。」〔註21〕《管子》卷一「權脩第三」條曰：「故上不好本事，則末產不禁；末產不禁，則民緩於時事而輕地利；輕地利而求田野之辟，倉廩之實，不可得也。」〔註22〕商鞅強調以農為本：「能事本而禁末者富。」〔註23〕荀子也以農業為本源，而將工商置於農業的對立面，「工商眾則國貧」，故應該「省工賈，眾農夫」。後來的韓非甚至以商人為害，是社會「五蠹」之一。先秦思想家重農抑商思想成為後世統治者的主導性思想。

商品經濟在唐代已有明顯發展，但當時的商人仍遭輕視，唐太宗言：「工商雜色之流，假令術逾圻類，止可厚給財物，必不可超授官秩，與朝賢君子比肩而立，同坐而食」。〔註24〕唐代法律規定：「工商雜類，不得預於士伍」。〔註25〕唐玄宗也視商賈為「浮惰之業」，賦以重稅，天寶敕令：「朕聽政之餘，精思治本，意有所得，庶益於人。且十一而稅，前王令典，農商異宜，舊制猶闕，今欲審其戶等，拯貧乏之人，賦彼商賈，抑浮惰之業。」〔註26〕只有到了宋代，統治者輕商觀念才有較大改變，商業與商人的價值才被重新認識。

宋代統治階層是從資源配置的失敗教訓中發現商業價值的。這方面的事例在史籍中有多處記載，如官府掌握的茶貨「收貯不虔，發洩不時，至於朽敗與新斂相妨，或浸入竊販，無所售用，於是舉而焚之，或乃沈之，殄民害物咸弗恤也。」（《文獻通考·征榷五》）「茶積成山，或不能泄，歲久則皆焚棄，今利豐監積鹽復多，有司無術以御之，但坐守視之耳。」（劉敞《公是集·先祖磨勘府君家傳》）正是有了遭受巨大經濟損失的教訓，宋代統治階層認識到「貨貴流通」之理。歐陽修深刻地指出：「夫興利廣則上難專，必與下而共之，

〔註21〕〔唐〕房玄齡注，〔明〕劉績補注，劉曉藝校點，《管子》，上海古籍出版社2015年版，第323頁。

〔註22〕〔唐〕房玄齡注，〔明〕劉績補注，劉曉藝校點，《管子》，上海古籍出版社2015年版，第13頁。

〔註23〕王霞譯注，商君書，嶽麓書社2019年版，第77頁。

〔註24〕〔後晉〕劉昫，《舊唐書·曹確傳》，中華書局1975年版，第4607頁。

〔註25〕〔後晉〕劉昫，《舊唐書·曹確傳》，中華書局1975年版，第2089頁。

〔註26〕《唐會要》卷85《定戶等》。

然後通流而不滯。為今議者，方欲奪商之利，一歸於公上而專之，故奪商之謀益深，則為國之利益損。」「議者不知利不可專，欲專而反損……夫欲十分之利皆歸於公，至其虧少，十不得三。不若與商共之，常得其五也。今為國之利多者，茶與鹽耳。」「夫二物之所以貴者，以能為國資錢幣爾。今不散而積之，是惜朽壤也，夫何用哉？」(《歐陽文忠公文集》卷四十五《通進司上書》) 重視商業，分利於商賈，則可以加快茶、鹽的流通，減少因為貨物滯留所帶來的巨大經濟損失，使國家得到更多的商業利潤。

宋代統治者還從豐厚的商稅中重新認識商人與商業的作用。宋仁宗嘉年間，薛向建言：「並邊十一州軍歲計粟百八十萬石，為錢百六十萬緡，豆六十五萬石，芻三百七十萬圍」，而「並邊租賦歲可得粟、豆、芻五十萬，其餘皆商人入中。」〔註 27〕商人入中芻粟佔了所需的 90%以上，由此可見宋代商人入中在邊地軍需供應中有著舉足輕重的位置。咸平四年（公元 1001 年）十月，秘書丞直史館孫冕上言：「國家以折衷糧草瞻得邊兵，以中納金銀實之官庫，且免和雇車乘，差擾民戶冒涉凜寒、經歷遐遠。借加荊湖運錢萬貫，南運米千石，地裏腳力送至窮邊則官費民勞，何啻數倍。」(《文獻通考·征榷》) 商稅成為宋代政府經濟收入主要支柱，史稱宋代「州郡財計，除民租之外，全賴商稅」。〔註 28〕此外，海外貿易所帶來的巨額利潤也促使宋代統治者重視商業。對海外貿易所得商稅，宋高宗認識到「市舶之利最厚，若措置合宜，所得動以百萬計，豈不勝取之於民，朕所以留意於此，庶幾可以少寬民力爾。」〔註 29〕正因發現商業的巨大價值，宋代統治者逐漸放棄傳統的輕商觀念。為刺激商業發展，宰臣范仲淹向宋仁宗建言：「請仿行南鹽客旅人納糧草並金銀錢帛，有逐處富實之家，不為商旅者，必須以利勸之，臣請逐處勸誘人納上件物色，一件內得數及萬，除給與南鹽交鈔外，更與恩澤；二萬貫者與上佐官；三萬者京官致仕。如曾應舉到省，與本科出身，除家便官。願班行安排或不就差遣者亦聽」〔註 30〕。相對於前代輕商抑商觀念，此處以官爵錢財勸誘人們從商，可謂是轉變驚人。

〔註 27〕〔宋〕李燾，《續資治通鑑長編》卷一八四仁宗嘉元年十月丁卯條，中華書局 1977 年版。

〔註 28〕〔清〕徐松，《宋會要輯稿·食貨十七之十四》，中華書局 1957 年版。

〔註 29〕〔清〕徐松，《宋會要輯稿·職官四四之二〇》，中華書局 1957 年版。

〔註 30〕〔宋〕李燾，《續資治通鑑長編》卷一四一慶曆三年六月甲子條，中華書局 1977 年版。

　　隨著商業受到宋代統治階層重視，宋代商賈的社會地位也隨之上升。宋太宗淳化三年（992年）三月二十一日「廣搜羅之道詔」云：「如工商雜類人內有奇才異行，卓然不群者，亦許解送。」宋代之前的統治者鄙視商人，禁止其入仕，「工商不得與於士」，但到了宋代，這種加在商人頭上的咒語被解除，商人獲得翻身，取得與士、農、工平等的權利。南宋黃震指出：「國家四民，士、農、工、商。」「士、農、工、商，各有一業，無不相干……同是一等齊民。」〔註31〕南宋陳耆卿甚至作翻案文章，否定「士農工商」的劃分：「古有四民，曰士、曰農、曰工、曰商，士勤於學業，則可以取爵祿；農勤於田畝，則可以聚稼符糈；工勤於技巧，則可以易衣食；商勤於貿易，則可以積財貨。此四者皆百姓之本業。」〔註32〕擁有巨額財富的宋代商人不僅取得「齊民」資格，還利用其財富優勢，躋身於宋代官僚階層，謀取政治權利。宋代出身於商人家庭的官員相當常見，「一州一縣，無處無之」。〔註33〕

　　宋代商人的富足與奢華，也引起宋代士大夫羨慕，許多士大夫不甘於「臨淵羨魚」，於是「退而結網」，屈尊紆貴地投身商業活動。宋初士大夫「皆以營利為恥」，即使逐利也是「莫不避人而為之」。但到北宋中葉之後，士大夫「紆朱懷金，專為商旅之業者有之，興販禁物茶、鹽、香草之類，動以舟車，懋遷有無，日取富足」。深受儒家尚義輕利教育的朝廷命官，竟「專以商販為急務」。〔註34〕宋寧宗時，長江之上，「巨艘西下，舳艫相銜，捆載客貨，安然如山，問之無非士大夫之舟也。」〔註35〕宋代政府雖然屢出禁令而不絕，各大陸道江河，士大夫的商隊仍舊舟車絡繹，舳艫相銜。南宋張端義評議曰：「漢人尚氣好博，晉人尚曠好醉，唐人尚文好狎，本朝尚名好貪」。〔註36〕好貪兩字，足以刻畫宋代士大夫在商品經濟刺激下難以抑制的世俗欲望。宋代士大夫享有厚祿仍不顧禁令從商逐利，也說明宋代商品經濟之深入人心。

三、娛樂的商品化

　　宋代繁榮的商品經濟極大地刺激社會消費，有學者認為宋代城市經濟基

〔註31〕《黃氏日抄》卷七八《詞訴約束》。
〔註32〕〔宋〕陳耆卿：《嘉定赤城志》卷37，見浙江省地方志編纂委員會：《宋元浙江方志集成》第11冊，杭州出版社2009年版，第5519頁。
〔註33〕〔清〕徐松，《宋會要輯稿·職官五五之三九》，中華書局1957年版。
〔註34〕〔元〕脫脫等，《宋史·理宗三》，中華書局1977年版。
〔註35〕〔清〕徐松，《宋會要輯稿·食貨十八之二五》，中華書局1957年版。
〔註36〕〔宋〕張端義，《貴耳集》，中華書局1958年版，第66頁。

本上屬消費經濟。周寶珠認為北宋東京是一座典型的消費城市：「無論從東京的主要經濟行業上看，或是從上層社會的奢侈生活來觀察，都可以看出它是一個典型的封建消費型城市。純消費性的人口遠遠大於生產性人口，城市的主要財富是靠從全國掠取而來，而且主要用於消費。」〔註37〕另一方面，社會消費也刺激社會生產，馬克思在《政治經濟學批判導言》中論述物質生產和消費關係時指出：「消費從兩方面生產著」，其中一方面就是「消費創造出新的生產的需要，因而創造出生產的觀念上內在動機，……創造出生產的動力」。〔註38〕（《馬克思恩格斯選集》第二卷）宋代社會不斷膨脹的消費欲望，引導著新的生產，同時也不斷產生新的消費方式。日本學者加藤繁在《中國經濟史考證》中說：「當時（宋代）都市制度上的種種限制已經除掉，居民的生活已經頗為自由、放縱，過著享樂的日子。不用說這種變化，是由於都市人口的增加，它的交通商業的繁盛，它的財富的增大，居民的種種欲望強烈起來的緣故」。〔註39〕英國古典經濟學家亞當・斯密認為人有兩種欲望，一種是享樂的欲望，另一種是改良自身狀況的願望。「改良自身狀況的欲望，雖然是冷靜地、沉著的，但總是從我們胎裏出來一直到死，從沒一刻放棄這種欲望」。〔註40〕在宋代社會，人們對於享樂的欲望更為強烈，它一方面與宋代商品經濟繁榮相關，另一方面也是宋代統治者有意提倡的結果。享樂、消費等字眼在宋代之前帶有貶義色彩，人的享樂觀念受傳統思想壓制，然而在宋代繁榮而喧囂的市場上，享受世俗之樂成為宋人的正面追求。宋祁反駁其兄宋庠對他元宵徹夜狂歡的指責：「不知某年同某處吃齏煮飯是為甚底？」〔註41〕在宋祁看來，人生奮鬥就是為人生享樂。大將曹彬奉命討伐江南，宋太祖許諾授其樞密使，曹彬成功後卻得宋太祖賜錢二十萬，曹彬感慨道：「人生何必使相，好官亦不過多得錢耳。」〔註42〕宋代社會各階層從商逐利，為的就是快速謀取財富以滿足其人生享樂。

〔註37〕周寶珠，《宋代東京研究》，河南大學出版社1992年版，第369頁。
〔註38〕〔德〕卡爾・馬克思、〔德〕弗里德里希・恩格斯，《馬克思恩格斯全集》，人民出版社2016年版，第29頁。
〔註39〕〔日〕加藤繁，吳傑譯，《中國經濟史考證》，商務印書館1959年版，第277頁。
〔註40〕〔英〕亞當・斯密，郭大力等譯，《國民財富的性質和原因的研究》，商務印書館1979年版，第314頁。
〔註41〕〔清〕潘永因，《宋稗類鈔》，書目文獻出版社1985年版，第152頁。
〔註42〕〔元〕脫脫，《宋史》卷二五八《曹彬傳》，中華書局1977年版，第8980頁。

　　人生享樂來自兩個層面：物質性享樂與精神性享樂。宋人的物質性享樂追求刺激了消費經濟發展，而在精神性享樂追求則催生娛樂文化市場的繁榮。其中與志怪小說有聯繫的娛樂市場是瓦舍。所謂瓦舍，據《夢粱錄》記述：「瓦舍者，謂其來時瓦合，去時瓦解之義，易聚易散也。不知起於時，傾者京師甚為士庶放蕩不羈之所，亦為子弟流連破壞之門。杭城紹興間駐蹕於此，殿岩楊和王因軍士多西北人，是以城內外創立瓦舍，招集妓樂，以為軍卒暇日娛戲之地。近貴家子弟郎君，因此蕩遊，破壞尤甚於汴都也。」〔註43〕南宋潛說友《咸淳臨安志》卷十九也載：「故老云：紹興和議後，楊和王為殿前都指揮使，從軍士多西北人，故於諸軍寨左右，營創瓦舍，招集伎樂，以為暇日娛戲之地。其後修內司又於城中建五瓦以處遊藝。」〔註44〕以上兩處記載都表明瓦舍的產生與當時駐軍有關。據楊寬統計，「當時駐軍及其家屬估計有20萬人以上」。〔註45〕如此龐大的駐軍及其家屬人數，確實是公共娛樂市場——瓦舍形成與維持的主要力量。當然，瓦舍存在的最根本力量來自於宋代市井民眾的精神娛樂需求，這種需求受消費經濟刺激而產生並強化。因此，即使沒有駐軍，瓦舍或類似於瓦舍的娛樂市場也會出現。瓦舍又稱「瓦子」、「瓦市」、「瓦肆」等，瓦舍中固定用於表演的場所稱為勾欄，在廣義上，勾欄也指城市中的娛樂場所，所以瓦舍勾欄連稱。瓦與市、肆相連，正說明其市場性質，事實上，一些瓦舍同時也是商品交易場所。《東京夢華錄》記載：「瓦中多有貨藥、賣卦、喝故衣、探搏飲食、剃剪、紙畫、令曲之類。」〔註46〕如臨安城「瓦內王媽媽家茶肆名一窟鬼茶坊」內以講宋代民間「西山一窟鬼」故事來活躍茶館氣氛，〔註47〕此中文藝表演僅是招徠茶肆生意手段，而在瓦舍勾欄處，文藝娛樂本身就是消費商品，具有獨立的價值。總之，瓦舍勾欄是宋代社會享樂風氣所催生出來的娛樂市場，凡能刺激娛樂的內容在這裡都可以成為滿足顧客欲望的商品。吳晟認為，宋代瓦舍，「融賞、飲、賭、嫖、玩等感官享樂為一體，集視、聽、味、嗅、觸生理快感於一身」。〔註48〕可以說，瓦舍勾欄是宋代的娛樂中心，也是宋人的享樂天堂。

〔註43〕〔宋〕吳自牧，《夢粱錄》，中國商業出版社1982年版，第166頁。
〔註44〕中華書局編輯部編，《宋元方志叢刊》，中華書局1990年版，第3549頁。
〔註45〕楊寬，《中國古代都城制度史研究》，上海古籍出版社1993年版，第392頁。
〔註46〕〔宋〕孟元老，《東京夢華錄（外四種）》，文化藝術出版社1998年版，第15頁。
〔註47〕〔宋〕吳自牧，《夢粱錄·茶肆》，三秦出版社2004年版，第233頁。
〔註48〕吳晟，《瓦舍文化與宋元戲劇》，中國社會科學出版社2001年版，第160頁。

　　有關宋代瓦舍情景，宋人筆記中有所記述，如《東京夢華錄》中有多處涉及瓦子，如記東角樓街巷瓦子：「街南桑家瓦子，近北則中瓦，次里瓦。其中大小勾欄五十餘座。內中瓦子、蓮花棚、牡丹棚、裏瓦子、夜叉棚、象棚最大，可容數千人。……終日居此，不覺抵暮」。〔註49〕記街西保康門瓦子：「東去沿城皆客店，南方官員商賈兵級，皆於此安泊。」卷五「京瓦伎藝」條記載瓦肆熱鬧情景：「不以風雨寒暑，諸棚看人，日日如是。」〔註50〕宋人享樂追求並沒有因靖康之難而改變，北土淪陷後，宋人將娛樂精神帶到南方。龍登高說「大量的北方移民使得北方尤其是東京的文化娛樂成果南傳，開封文化對杭州文化產生全面影響，街頭吆喝、勾欄表演、小販叫賣，汴京話聲聲入耳。」〔註51〕作為娛樂市場的瓦舍在南宋同樣興盛。南宋都城臨安的瓦子有很多，《夢粱錄》記載：「杭城之瓦舍，城內外合計有一十七處。」〔註52〕《咸淳臨安志》也列舉了城內一十七個瓦子的名稱和地點。《西湖老人繁勝錄》則載：「城內五座，城外二十，共計二十五座」。（《西湖老人繁勝錄・瓦市》）《武林舊事》中列舉了二十三個瓦子的名稱和地點。上述列舉雖然數目不一，但由此足見南宋娛樂市場的興旺發達。

　　瓦舍中的娛樂種類繁多，據《東京夢華錄》記載，北宋汴京瓦舍中常有講史、小說、散樂、舞旋、相撲、雜劇、影戲、諸宮調、商謎、說諢話、說三分、叫果子、小唱、般雜劇、杖頭傀儡、懸絲傀儡、藥發傀儡、手技、球杖踢弄等娛樂種類。每種娛樂都會在勾欄中上演，勾欄作為瓦舍中表演空間，有其特定的形制構造。據《東京夢華錄》所記載「東京般載車，大者曰『太平』，上有箱無蓋，箱如構欄而平。」〔註53〕一句推測，宋時勾欄似方形木箱，四周圍以板壁。勾欄的一面有門，供觀眾出入。藝人們為了招攬觀眾，演出前常在門口張貼「招子」、「招牌」、「紙榜」、「紙額」等廣告宣傳品。勾欄建築的封閉式結構，對娛樂內容商品化具有重要意義。在勾欄出現之前，娛樂表演多在露天地方，表演者在表演結束後向觀眾討賞，這雖然也有交易的意義，但由於沒有形

〔註49〕〔宋〕孟元老，《東京夢華錄（外四種）》，文化藝術出版社1998年版，第15頁。

〔註50〕〔宋〕孟元老，《東京夢華錄（外四種）》，文化藝術出版社1998年版，第32頁。

〔註51〕龍登高，《南宋臨安的娛樂市場》，《歷史研究》，2002年第5期，第37～38頁。

〔註52〕〔宋〕吳自牧，《夢粱錄・茶肆》，三秦出版社2004年版，第233頁。

〔註53〕〔宋〕孟元老，《東京夢華錄（外四種）》，文化藝術出版社1998年版，第22頁。

成固定的娛樂市場，這種表演還未真正商品化。固定表演場所在宋代之前已經出現，如唐代用於樂舞百戲表演的露臺。露臺結構一般是一方高出地面的平臺為舞臺，三面臨觀眾，唐代表演者還沒有意識將娛樂表演變為市場行為，觀眾與表演者之間還不存在固定的交易活動。只有在宋代的瓦舍勾欄中，藝人表演行為才明顯具有了市場交易性質。瓦舍勾欄中的表演者在演出之前要求觀眾買票入場，這是一種市場交易，是買票者對表演者的演出所進行的「等價交換」。元代散曲家杜仁傑的《莊家不識勾欄》中記述一位鄉下入城的看戲者：「見一人撐著椽做的門」「要了二百錢放過咱」。〔註54〕只有像這樣買票入場，娛樂表演才屬市場行為。杜仁傑雖是金末元初人，但他所描述的勾欄情景與宋代不會差得太遠。宋人稱售藝者為「市優」、「市人」，正表明娛樂表演者的商業身份。

　　表演藝人要想在瓦舍勾欄中生存與發展，就必須與同行競爭，這种競爭往往是全方位的，如各勾欄所張貼的「招子」，這其實就是一種廣告層面的競爭。當然，最核心的競爭則在於表演藝人的技藝效果，尤其是在同一瓦子中幾個勾欄同時演出時，表演效果甚至是決定性因素。如果表演藝人在競爭中失利，最終可能無法在瓦舍勾欄中立足而淪為街頭賣藝者。瓦舍勾欄之外的表演被稱作「打野呵」，南宋周密撰《武林舊事》卷六記載：「或有路歧，不入勾欄，只在耍鬧寬闊之處做場，謂之『打野呵』，此又藝之次者。」〔註55〕南宋沈平《烏青記》記載了兩處瓦子之間的競爭：北瓦子巷是妓館戲劇上緊之處，南瓦子有八仙店，技術優於他處。總之，娛樂表演的商品價值，完全由掏錢買票的觀眾決定，他們是娛樂市場的策動者與維護者，同時也是娛樂商品價值高低的最終裁定者。

第二節　小說會社與小說的虛構價值

一、瓦舍裏的行業組織：會社

　　宋代市場經濟的繁榮，催生出以行業為標識的行會組織。宋代行會的名稱並不統一，有稱「行」，也有稱「團」、「作」的，宋灌圃耐得翁《都城紀勝》

〔註54〕〔元〕杜仁傑，《莊家不識勾欄》，隋樹森，《全元散曲》，中華書局 1964 年版，第 8 頁。
〔註55〕〔宋〕周密，《武林舊事》，浙江古籍出版社 211 年版，第 126 頁。

記載：「市肆謂之行者，因官府科索而得此名，不以其物小大，但合充用者，皆置為行，雖醫卜亦有職。醫尅擇之差，占則與市肆當行同也。內亦有不當行而借名之者，如酒行、食飯行是也。又有名為團者，如城南之花團，泥路之青果團，江下之鮝團，後市街之柑子團是也。其他工伎之人，或名為作，如篦刃作、腰帶作、金銀鍍作、鈒作是也。又有異名者，如七寶謂之骨董行，浴堂謂之香水行是也。」〔註56〕各種行會在利益基礎上劃分「勢力範圍」，還形成特徵鮮明的行業文化。《東京夢華錄》卷五「民俗」條記載：「凡百所賣飲食之人，裝鮮淨盤合器皿，車簷動便，奇巧可愛食味和羹，不敢草略。其賣藥賣卦，皆具冠帶。至於乞丐者，亦有規格，稍似懈怠，眾所不容。其士農工商諸行百戶衣裝，各有本色，不敢越外。謂如香鋪裏香人，即頂帽披背。質庫掌事，即著皂衫角帶不頂幅之類。街市行人，便認得是何色目，加之人情高誼，若見外方之入為都人凌欺，眾必救護之。」〔註57〕行會對本行成員具有保護性，對外行者則具有排斥性，這種自我封閉性甚至體現在語言上，如行會內通用的「行話」或「隱語」，對外界起了排斥與隔離作用。

瓦舍勾欄中也形成許多行會組織，《西湖老人繁勝錄》所記南宋臨安四百四十多行中，就包含瓦舍勾欄的行會組織，它們一般稱為社或會。南宋周密《武林舊事》「社會」條專門記述宋代瓦舍勾欄中的行會：「二月八日為桐川張王生辰，霍山行宮朝拜極盛，百戲競集，如緋綠社（雜劇）、齊雲社（蹴球）、遏雲社（唱賺）、同文社（耍詞）、角抵社（相撲）、清音社（清樂）、錦標社（射弩）、錦體社（花繡）、英略社（使棒）、雄辯社（小說）、翠錦社（行院）、繪革社（影戲）、淨發社（梳剃）、律華社（吟叫）、雲機社（撮弄）。而七寶、馬二會為最。」〔註58〕文人結社集會的現象並非宋代才有，如唐代就有白居易與香山九老結成的「香山社」，不過宋代更樂於結社集會，尤其是詩社集會。關於宋代會社問題，史江的博士論文《宋代會社研究》對之有較為全面的研究，此處不贅。這裡需要特別指出的是，雖然文人結社集會與瓦舍行會皆有社、會之名，但兩者性質有別：前者依據共同志趣；後者依賴共同利益。文人結社集會乃為文學性娛樂與消閒的鬆散組織，如南宋都城臨安的「西湖

〔註56〕〔宋〕灌園耐得翁，《都城記勝》，中國商業出版社1982年版，第4頁。

〔註57〕〔宋〕孟元老，《東京夢華錄（外四種）》，文化藝術出版社1998年版，第31頁。

〔註58〕〔宋〕周密，《武林舊事》，浙江古籍出版社2011年版，第51頁。

詩社」。《都城紀勝‧社會》記載：「文士則有西湖詩社，此社非他社集之比，乃行都士夫及寓宿詩人。舊多出名士。」〔註59〕吳自牧《夢粱錄》卷十九「社會」條也有相關記載：「文士有西湖詩社，此乃行都給紳之士及四方流寓儒人，寄興適情賦詠，膾炙人口，流傳四方，非他社集之比。」〔註60〕而瓦舍勾欄中的會社則是一種聯繫緊密的商業團體，其最突出的特徵就是追求商業利益。

　　在宋代瓦舍勾欄中的眾多會社中，小說會社頗引人注目，《武林舊事》卷三「社會」條所言雄辯社，即當時有名小說會社。關於宋代小說會社的情況，《武林舊事》「諸色伎藝人」條也有比較完整的記載：「書會：李霜涯（作賺絕倫）、李大官人（譚詞）、葉庚、周竹窗、平江周二郎（猢猻）、賈廿二郎。演史：喬萬卷、許貢士、張解元、周八官人、檀溪子、陳進士、陳一飛、陳三官人、林宣教、徐宣教、李郎中、武書生、劉進士、鞏八官人、徐繼先、穆書生、戴書生、王貢士、陸進士、丘幾山（陳刻『機山』）、張小娘子、宋小娘子、陳小娘子。說經諢經（陳刻無『諢經』二字）：長嘯和尚、彭道（名法和）、陸妙慧（女流）、余信庵、周太辯（和尚，陳刻『春辯』）、陸妙靜（女流）、達理（和尚）、嘯庵、隱秀、混俗、許安然、有緣（和尚）、借庵、保庵、戴悅庵、息庵、戴忻庵。小說：蔡和、李公佐、張小四郎（陳刻『小張』）、朱修德（壽宮）、孫奇德（壽宮）、任辯（御前）、施珪（御前）、葉茂（御前）、方瑞（御前。陳刻『方端』）、劉和（御前）、王辯（鐵衣親兵）、盛顯、王琦、陳良輔、王班直（洪）、翟四郎（升）、粥張二、許濟、張黑剔（陳刻『踢』）、俞住庵、色頭陳彬、秦州張顯（陳刻『泰州』）、酒李一郎（國林）、喬宜（陳刻『喬宣』）、王四郎（明）、王十郎（國林）、王六郎（師古）、胡十五郎（彬）、故衣毛三、倉張三、棗兒徐榮、徐保義、汪保義、張拍（陳刻『柏』）、張訓、沈佺、沈喎、湖水周、燋肝朱、掇條張茂、王三教、徐茂象（牙孩兒）、王主管、翁彥、嵇元、陳可庵、林茂、夏達、明東、王壽、白思義、史惠英（女流）。」〔註61〕從上面關於小說分類與各類人才的列舉情況來看，小說會社在瓦舍市場上應是比較重要的組織，此外，從小說會社人才之繁盛也可以推想小說技藝競爭的激烈程度。

〔註59〕〔宋〕灌園耐得翁，《都城記勝》，中國商業出版社1982年版，第12頁。
〔註60〕〔宋〕吳自牧，《夢粱錄》，中國商業出版社1982年版，第167頁。
〔註61〕〔宋〕周密，《武林舊事》，浙江古籍出版社211年版，第145～146頁。

二、小說價值的新走向

　　小說概念所攜帶的文化基因決定其價值地位。無論在《莊子・外物》篇中的「飾小說以干縣令」〔註62〕，還是在《荀子・正名篇》中的：「故知者論道而已矣，小家珍說之所願皆衰矣。」〔註63〕小說都含有貶義。小說詞義重心在小而不在說，孟昭連指出，在春秋戰國時期，以「小」修辭的詞大都含有主觀上的貶義。他甚至認為「小說」這個縮略語多是從「小人」衍生出來的。到漢代「獨尊儒術」，儒家文化成為社會的主導性文化，儒家倡導「治國平天下」的「大道」價值追求，而小說則成為與儒家「大道」相對的「小道」。雖然西漢桓譚從治身理家角度肯定小說的存在意義，但這並不能使小說改其卑微位置。〔註64〕

　　西漢劉向首創目錄學後，小說類歸入諸子略，位於諸子九家之後，被看作不入流的一類。東漢班固論斷小說：「小說家者流，蓋出於稗官。街談巷語，道聽途說者之所造也。孔子曰：『雖小道，必有可觀焉。致遠恐泥，是以君子弗為也。』然亦弗滅也。閭里小知者之所及，亦使綴而不忘，如或一言可採，此亦芻蕘狂夫之議也。」〔註65〕小說價值的邊緣性使小說作者設法依附儒家「大道」。小說作者有意識強調其作品的實錄與教化價值，因為實錄與教化是儒家考量小說價值的兩大標準。唐代小說作者關注其作品的娛樂性，開始偏離小說原有價值傳統。唐代高彥休《唐闕史序》：「大中、咸通而下，或有可以為誇尚者、資談助笑者、垂訓誡者，惜乎不書於方冊，輒從而記之，其雅登於太史者，不覆載錄。」〔註66〕這種言論有自暴自棄意味。更多的唐代小說作者則在價值困境中徘徊，如李肇《唐國史補序》云：「言報應，敘鬼神，徵夢卜，近帷箔，悉去之；紀事實，探物理，辨疑惑，示勸誡，采風俗，助談笑，則書之。」〔註67〕

　　宋代志怪小說作者具有自覺依附主流價值的意識，一些作者甚至願意花

〔註62〕〔清〕郭慶藩，《莊子集釋》，中華書局 2010 年版，第 925 頁。

〔註63〕〔清〕王先謙，《荀子集解》，中華書局 1988 年版，第 285 頁。

〔註64〕孟昭連，《「小說」考辯》，《南開學報（哲學社會科學版）》，2002 年第 5 期，第 74〜83 頁。

〔註65〕〔漢〕班固，〔唐〕顏師古注，《漢書》，商務印書館 1955 年版，第 4 頁。

〔註66〕〔唐〕高彥休，《唐闕史》，出自《中國文言小說參考資料》，北京大學出版社 1985 年版，第 77 頁。

〔註67〕〔唐〕李肇，《唐國史補序》，出自《中國文言小說參考資料》，北京大學出版社 1985 年版，第 239 頁。

費十年甚至幾十年時間編撰一部志怪小說。南宋趙與時《賓退錄》卷八引洪邁《夷堅三志甲序》云：「如徐鼎臣《稽神錄》、張文定公《洛陽舊聞記》、錢希白《洞微志》、張君房《乘異》、呂灌園《測幽》、張師正《述異志》、畢仲荀《幕府燕閒錄》七書，多歷年二十，而所就卷帙，皆不能多。」〔註68〕而洪邁編撰《夷堅志》則前後歷時六十年。對於這些作者來說，作品價值問題是他們最關心的問題。宋代志怪小說作者都會在其作品內容真實性及其教化作用上大費周章。洪邁為《夷堅志》寫出三十二篇序，全部序文都在為作品價值辯解。宋代志怪小說作者之所以這樣做，是因為在儒家價值世界之外，沒有地方可以安頓其作品，使它們具有價值意義。

宋代瓦舍勾欄與小說會社出現，使小說價值追求提供新的可能性。小說本身所含的娛樂性是其能夠在瓦舍勾欄中轉化娛樂商品的最重要因素。在瓦舍勾欄出現之前，小說主要作為士大夫文人群體消閒談資。如《魏書·蔣少游傳》：「高祖時，青州刺史侯文和亦以巧聞，為要舟，水中立射。滑稽多智，辭說無端，尤善淺俗委巷之語，至可玩笑。」〔註69〕此中所言委巷之語，主要指小說。另曹植會見滑稽大師邯鄲淳時，「遂科頭拍袒，胡舞五椎鍛，跳丸擊劍，誦俳優小說數千言訖。」〔註70〕隋朝侯白「隸屬楊素，愛其能劇談。每上番日，即令談戲弄，或從旦至晚，始得歸。才出省門，即逢素子玄感。乃云：侯秀才，可以玄感說一個好話。」〔註71〕此中所謂一個好話，是指一個好故事。可見侯白常以小說故事作為娛樂之資。又如唐代段成式《酉陽雜俎》續集卷四「貶誤」條記載：「予太和末，因弟生日觀雜戲，有市人小說，呼扁鵲為褊鵲字上聲，予令座客任道昇字正之。市人言二十年前嘗於上都齋會設此，有一秀才甚賞某呼扁字與褊同聲，云世人皆誤。」〔註72〕在小說之前加上市人，說明以小說娛樂具有了商業性質。但在瓦舍勾欄出現之前，娛樂市場還未真正形成，小說講述者即使有意以之謀利，其所得仍屬賞賜性質，與小說娛樂價值本身關係不大。對於這一點，龍登高指出：「我國古代社會早期的各種娛樂活動，主要不是通過市場來開展的，正如有論者認為：『古代社

〔註68〕〔宋〕洪邁，何卓點校，《夷堅志》，中華書局1981年版，第1820頁。

〔註69〕〔北齊〕魏收，《魏書》，中華書局1997年版，第1971頁。

〔註70〕〔西晉〕陳壽，《魏志·王粲傳》，繆鉞，《三國志選注（中冊）》，中華書局1984年版，第433頁。

〔註71〕〔宋〕李昉等編，《太平廣記》，中華書局1961年版，第248頁。

〔註72〕〔唐〕段成式，《酉陽雜俎》，上海古籍出版社2012年版，第152頁。

會早期的各種文化與娛樂活動，通常主要是作為特權享受，而不是通過市場來擴展的，一般不發生交易行為。』」〔註73〕

宋代瓦舍勾欄出現之後，小說才可能成為以貨幣標價的特殊商品。元代杜仁傑《莊家不識勾欄》記載：「見一個人手撐著椽做的門，高聲的叫『請請』，道『遲來的滿了無處停坐』。」、「要了二百錢放過咱，入得門上個木坡，見層層疊疊團圈坐。」〔註74〕守著勾欄之門要二百錢入場費，這就是小說進入市場交易商品的標誌，二百錢入場費與小說價值之間具有密切聯繫。這二百錢入場費意義非同一般，它使小說有了另一種價值選擇。

小說在宋代瓦舍勾欄中成為一種可以謀利的娛樂商品後，意味著它找到了新的價值世界。無數小說愛好者湧進瓦舍勾欄，甘願掏錢換取小說帶來的快樂。進入瓦舍勾欄的人群主要是宋代市井平民，偶而也有一些宋代士大夫混跡其中，這在郭彖《睽車記》、張端義《貴耳集》以及《西湖老人繁勝錄》中都有相關記載。小說藝術能否在瓦舍勾欄中生存與發展，完全取決於購票民眾的喜好。成功的小說勾欄，能夠吸引觀眾「不以風雨寒暑，諸棚看人，日日如是。」這從另一個角度說明說書人成功地迎合了民眾情趣，使之樂意掏錢買票。

在瓦舍勾欄競爭激烈環境中，觀眾對於說書人技藝以及其演說內容具有決定性的評價權。許多不受觀眾歡迎的說書人只得退出瓦舍勾欄走向路歧。因此，觀眾既是說書人命運的決定者，同時也是小說價值的決定者，觀眾用購票意願來決定一部小說在瓦舍勾欄中的存在價值。進入瓦舍勾欄的觀眾所期待的是小說帶來的快適之情，除此之外別無他想。因此，說書人只會選擇觀眾最感興趣的小說為底本，而這種順應娛樂市場的選擇，促成宋代小說新的價值追求。

三、虛構價值的發現

小說在宋代娛樂市場獲得新的價值空間，這就意味著市井民眾的趣味傾向與小說存在價值緊密相關。一個小說故事能否在瓦舍勾欄中受到觀眾熱捧，除了與說書人講演技藝相關，更重要的相關因素還是小說故事內容。所以，說書人除了加強自身技藝外，還要花費精力遴選小說底本，並對之進行加工，包括語言潤色以及內容虛構。如果沒有現成的小說底本，說書人為迎合市場需求

〔註73〕龍登高，《南宋臨安的娛樂市場》，《歷史研究》，2002年第5期，第29～41頁。
〔註74〕〔元〕杜仁傑，《莊家不識勾欄》，隋樹森，《全元散曲》，中華書局1964年版，第8頁。

就會無中生有地虛構故事，創作小說底本。因此，小說本身所隱含的虛構價值在其商品化進程中被凸現出來。

從傳統小說觀念講，虛構不僅沒有價值意義，甚至還是小說價值的消解因素，所以，傳統小說作者對其作品價值追求首先必須消除虛構因素影響。在傳統小說作品序跋中，作者都無一例外地排斥虛構，不遺餘力地宣揚作品的真實性。而接受者也以真實性標準評判小說價值，這就是小說在儒家所主導的正統價值世界的生存環境。可以說，只要還是儒家主導社會主流價值，判定小說的價值標準就不會改變，這在歷代官修史書目錄的小說歸類以及相關論述中可得到證明。清代紀昀學問淹博，但其小說觀念卻與一千七百多年前的班固小說思想如出一轍，這就是儒家正統價值觀持久影響小說價值的體現。然而宋代瓦舍勾欄出現儒家社會最邊緣角落，許多受主流文化所摒棄的東西在這裡重新獲得存在與發展空間。

在瓦舍勾欄中謀生的宋代說書人或書會才人一般都有強烈的虛構意識，同時也有高超的虛構能力。為吸引觀眾，他們故意歪典歷史，旁徵博引，甚至可以將佛陀、老子、孔子說成女流之輩。《醉翁談錄·小說引子》云：「如有小說者，但隨意據事演說云云。」〔註75〕《醉翁談錄·小說開闢》也謂小說者：「只憑三寸舌，褒貶是非；略嚟萬餘言，講論古今。說收拾，尋常有百萬套；談話頭，動輒是數千回……講論處，不滯搭，不絮煩；敷演處，有規模，有收拾；冷淡處，提掇得有家數；熱鬧處，敷演得越久長，曰得詞，念得詩；說得話，使得砌。言無訛舛，遣高士善口讚揚；事有源流，使才人怡神嗟訝。」〔註76〕宋代說書人對敷演故事非常自信：「非庸常淺識之流，有博覽該通之理。幼習《太平廣記》，長攻歷代史書。煙粉傳奇，素孕胸次之間；風月須知，只在唇吻之上。《夷堅志》無有不覽；《琇瑩集》所載該通。……論才詞有歐、蘇、黃、陳佳句；說古詩是李、杜、韓、柳篇章。舉斷摸按，師表規模，靠敷衍令看官清耳。只憑三寸舌，褒貶是非；略傳萬餘言，講說古今。說收拾尋常有百萬套，談話頭動輒是數千言。」〔註77〕在激烈的市場競爭環境中，虛構本領是說書人抓住觀眾的制勝法寶，高超的虛構能力可令觀眾沉迷其中：「說國賊懷奸縱佞，遣愚夫等輩生嗔；說忠臣負屈銜冤，鐵心腸也須下淚。講鬼怪令羽士

〔註75〕〔宋〕金盈之，羅燁，《新編醉翁談錄》，遼寧教育出版社1998年版，第2頁。

〔註76〕〔宋〕金盈之，羅燁，《新編醉翁談錄》，遼寧教育出版社1998年版，第4頁。

〔註77〕〔宋〕金盈之，羅燁，《新編醉翁談錄》，遼寧教育出版社1998年版，第3頁。

心寒膽戰；論閨怨遣佳人綠慘紅愁。說人頭廝挺，令壯士快心；言兩陣對圓，使雄夫壯志。談呂相青雲得路，遣才人著意群書。演霜林白日昇天，教隱士如初學道。發跡話，使寒門發憤，講負心底，令奸漢包羞。講論處不滯搭、不絮煩；敷演處有規模、有收拾。冷淡處提掇得有家數，熱鬧處敷演得越久長。曰得詞，念得詩，說得話，使得徹。言無訛舛，遣高士善口讚揚；事有源流，使才人怡神嗟呀。」〔註78〕所以，宋代說書人或書會才人要想長久立足於瓦舍勾欄，就必須善於虛構小說底本。

第三節　市井期待與志怪小說的價值選擇

一、一個被忽略的事實

　　由於價值立足點不同，宋代瓦舍勾欄中的小說最終偏離傳統而轉向現代小說文體方向。魯迅認為宋代平民小說代古小說而興，「實在是小說史上的一大變遷」。〔註79〕這個大判斷現已成為小說研究界共識。由於話本小說在小說史上具有特別意義，所以研究者總會強調其「現代性」因素，再加上二元對立思維習慣，張揚新事物就意味著要摒棄舊事物，在這一過程中，宋代志怪小說作為「舊事物」成為小說研究者貶低的對象。尤其在二十世紀新文化運動的歷史語境中，傳統的志怪小說更受摒棄。魯迅在其《中國小說史略》「宋之話本」開篇即言：「宋一代文人之為志怪，既平實而乏文采，其傳奇，又多託往事而避近聞，擬古且遠不逮，更無獨創之可言矣。然在市井間，則別有藝文興起。即以俚語著書，敘述故事，謂之『平話』，即今所謂『白話小說』者是也。」〔註80〕這是魯迅對於宋代小說的經典論斷，其用語與口氣都帶有新文化運動特點。魯迅是偉大的，《中國小說史略》也是經典之作，但也不能因此而否定其小說研究的歷史侷限性。有不少學者都指出魯迅的小說研究存在小說現代性預設，這種預設使他過多地強調小說虛構價值而忽視傳統小說文化價值。這裡還需特別指出的是，一些小說研究者偏愛宋代話本小說「民間性」（因為

〔註78〕〔宋〕金盈之，羅燁，《新編醉翁談錄》，遼寧教育出版社1998年版，第48頁。

〔註79〕魯迅，《中國小說的歷史的變遷》，見《魯迅全集》(9)，人民文學出版社1981年版，第319頁。

〔註80〕魯迅，《中國小說史略》，上海古籍出版社1998年版，第71頁。

它含有現代小說的價值意識），因此在考察宋代瓦舍勾欄中的小說底本時看不見正在融入世俗傳統小說身影：宋代志怪小說。其實在瓦舍勾欄出現之初，宋代志怪小說就直接或間接地融入其中，以不同形式參與建構新的小說世界。

　　在宋代瓦舍勾欄中，小說價值標準掌握於市井俗眾之手，小說能否在瓦舍勾欄生存，關鍵在其題材內容是否能迎合市井民眾趣味。瓦舍勾欄只是小說價值展示平臺而非生成土壤，雖然說書人可憑自己三寸不爛之舌，各運匠心，隨意發揮，但「仍有底本以作憑依」〔註81〕。這種底本即所謂話本。在瓦舍勾欄出現之初，說書人所憑依的話本，並非直接來源於民間，也不可能來自直接虛構，其主要來源必定是傳統小說資源，尤其是志怪小說資源。《醉翁談錄·小說開闢》中談到說書人所應具備的才能時說：「夫小說者，雖為末學，尤務多聞。非庸常淺說之流，有博覽該通之理。幼習《太平廣記》，長攻歷代史書。《夷堅志》無有不覽，《琇瑩集》所載皆通。動哨、中哨，莫非《東山笑林》；引倬、底倬，須還《綠窗新話》。」〔註82〕《太平廣記》是以志怪小說為主體的小說之淵海，《夷堅志》則完全是志怪小說之淵海。《兩宋文學史》認為：「《夷堅志》可以說是南宋說話人的工作手冊。」〔註83〕當然，傳統小說「祖籍」也在民間，所謂「小說家者流，蓋出於稗官，街談巷語，道聽途說者之所造也。」〔註84〕但它經上層文人搜羅撰集而進入正統價值世界，故雖在諸子九流之外，仍「小道可觀」而被接納，它比民間小說少了泥土氣息而多了正統價值意識。傳統小說被引入瓦舍勾欄，令其原來被抑制的民間性被激活。正是由於傳統小說所隱含的民間性，使之能夠通於雅俗，漢學家李福清曾說：「中國詩詞很少回歸到民間，這方面的情況與西方不同。西方詩人寫的作品可以流傳在民間而被編成民歌，與民歌一起流行；中國古典詩詞因語言的差別不容易流傳到民間，變成民歌也很困難。小說卻相反，中國小說通過說書又流入民間，並且不只是俗文學，一些文言小說亦然。」〔註85〕

　　當然，宋代早期說書人傾向於從傳統小說中取材，這還與其特定身份有關。關於宋代說書人身份，胡士瑩在其《話本小說概論》中指出：「宋代的說

〔註81〕魯迅，《中國小說史略》，上海古籍出版社1998年版，第73頁。
〔註82〕〔宋〕金盈之，羅燁，《新編醉翁談錄》，遼寧教育出版社1998年版，第3頁。
〔註83〕程千帆，吳新雷，《兩宋文學史》，上海古籍出版社1991年版，第606頁。
〔註84〕〔漢〕班固，〔唐〕顏師古注，《漢書》，商務印書館1955年版，第4頁。
〔註85〕〔俄〕李福清著，李明濱編選，《古典小說與傳說》，中華書局2003年版，第142頁。

話人和話本作者，有的是賣藝人，有的是不第的舉子，南宋臨安的說話人如許貢生、張解元、劉進士、戴書生等，或許他們都是讀書人，因科場失利或對這種傳藝有愛好，參加到說話人的隊伍中來的。」〔註86〕在瓦舍勾欄初興時期，宋代說書人為了謀取生計，要憑著三寸不爛之舌吸引觀眾，沒有一定文化基礎是絕對不行的。羅燁《醉翁談錄‧小說開闢》記述：「夫小說者，雖為末學，尤務多聞⋯⋯論才詞有歐、蘇、黃、陳佳句；說古詩是李、杜、韓、柳篇章」，〔註87〕「所業歷歷可書，其事班班可記。乃見典墳道蘊，經籍旨深。」〔註88〕說書這種「業務」基礎，在當時恐怕只有讀書人可以勝任。中國古代讀書人學而優則仕，因此對於科場得意者來說，在瓦舍勾欄中說書是低賤之舉，而對於科場失意者來說，勾欄說書倒是一條謀生之路。由於自小受到儒家文化教育，因此由科考之士轉化而來的說書人對儒家價值一般都有較強的認同感。說書人被戲為貢生、解元、進士、書生，其實這也是他們樂意接受的戲稱。宋代說書人的出身背景使他們在選擇小說底本時，自然而然地轉向傳統小說。此外，在說書的準備性訓練中，他們也習慣於從正統文化中吸取養料，「論才詞有歐、蘇、黃、陳佳句；說古詩是李、杜、韓、柳篇章。」據研究者統計，《宋元小說家話本集》收錄小說話本40篇，「詩筆」特點很突出，其詩詞文相生的小說達36篇，其中具有詞文相生的小說達22篇，佔據一半以上。宋代說書人對文人身份的認同感促使他們自覺地引傳統小說之源來澆灌瓦舍勾欄的說書市場。

二、市井趣味對志怪小說的選擇

宋代說書人按自己的文化偏好選擇說書底本，高明者甚至像《醉翁談錄‧小說引子》中所言「講論只憑三寸舌」的隨意據事演說。所以表面看來，宋代說書人的個人愛好決定說書內容特點，但事實上真正的決定力量來自瓦舍勾欄的市場需求。觀眾通過購票權決定小說及說書人在瓦舍勾欄中的生存。瓦舍勾欄中的激烈競爭環境迫使宋代說書人的講演必須做到從語言到題材、從形式到內容都能滿足消費者的審美趣味和欣賞水平。瓦舍勾欄中的消費者以市井俗眾為主，這一群體中還包括僧人與道士，元代陶宗儀所著《南村輟耕錄》卷二十四「勾欄壓」記載：「至元壬寅夏，松江府前勾欄鄰居顧百一者，有女官奴，習

〔註86〕胡士瑩，《話本小說概論》，中華書局1980年版，第67～74頁。
〔註87〕〔宋〕金盈之，羅燁，《新編醉翁談錄》，遼寧教育出版社1998年版，第3頁。
〔註88〕〔宋〕金盈之，羅燁，《新編醉翁談錄》，遼寧教育出版社1998年版，第3頁。

嘔唱，每聞勾欄鼓鳴則入。是日入未幾，棚屋拉然有聲，眾驚散。既而無恙，復集焉。不移時，棚阽壓。顧走入抱其女，不謂其女已出矣，遂斃於顛木之下。死者凡四十二人，內有一僧人二道士，獨歌兒天生秀全家不損一人。其死者皆碎首折肋，斷筋潰髓。亦有被壓而幸免者，見衣朱紫人指示其出，不得出者亦曲為遮護云。」〔註89〕此中所記雖為元代勾欄情形，但因離宋未遠，從中也可推測宋代勾欄觀眾的成份。棚屋意外倒塌竟壓死四十二人，可見當時觀眾之擁擠，死者中還有一僧人二道士則說明觀眾成份之複雜。當然，宋代城市平民是這複雜人群中的主體，他們的生活「已經頗為自由、放縱」，「種種欲望」也日益「強烈起來」，〔註90〕正是這些世俗民眾的「種種欲望」催生出宋代的瓦舍勾欄，催生出說書行業，同時催生出宋代話本小說的題材內容。

　　說書人從傳統小說中選擇什麼作為底本的標準完全由觀眾需求決定。在宋代新興市民階層的「種種欲望」中，有兩種欲望最為突出：一是獵奇；一是獵豔。好奇之心人皆有之，而市井民眾的逐奇之心更為強烈，漢王充《論衡·對作篇》云：「世俗之性，好奇怪之語，說虛妄之文。」〔註91〕南朝劉勰《文心雕龍·史傳》亦云：「俗皆愛奇，莫顧實理。」〔註92〕宋代市井民眾獵奇而不辨真假的期待心態，促使說書人傾向選擇鬼神志怪故事。新生市民階層普遍獵豔需求則表明他們在情慾上的放縱，由於受傳統禮教禁錮，他們的情慾長期處於壓抑狀態，以致不得不通過別的方式釋放。法國漢學家謝和耐在其論著《蒙元入侵前夜的中國日常生活》中有一段很有意思的議論：「一位受過良好教養的中國人，不會當著一位婦女或一位不同輩份的親戚的面洗澡。這種對禮節的拘泥在士大夫那裡達到了登峰造極的地步，不過，它有時卻也不能禁絕對於精巧色情的十分明確的趣味，不能驅除種種形式的共浴所造成的色情快感。正因為有了如此普及的矯飾拘禮態度，才使得一位十三世紀的作者在記述柬埔寨的風習時寫道：柬埔寨女子喜歡赤身跳入池塘中洗浴，而生活於該國的中國商人則趕來圍觀。」〔註93〕與中國商人圍觀異國女子洗浴一樣，在生活上大膽追求精神刺激與放縱情慾的宋代新興市民階層，也以同樣心態在瓦舍勾欄中尋求滿足其需求故事。因此，善於迎合觀眾趣味的宋代說書人便做到

〔註89〕〔元〕陶宗儀，《南村輟耕錄》，中華書局 1959 年版，第 289〜290 頁。

〔註90〕〔日〕加藤繁，吳傑譯，《中國經濟史考證》，商務印書館 1959 年版。

〔註91〕〔漢〕王充撰，黃暉校釋，《論衡校釋》，中華書局 1990 年版，第 1179 頁。

〔註92〕范文瀾，《文心雕龍注》，人民文學出版社 1958 年版，第 287 頁。

〔註93〕謝和耐所述事例引自元初周達觀的《真臘風土記》。

「煙粉奇傳，素蘊胸次之間；風月須知，只在唇吻之上。」〔註94〕

奇與豔雖是宋代市井俗眾的不同需求，但在中國禮教環境中，豔終究不能赤裸裸地呈現，尤其在理學興盛的宋代，涉及性愛的情慾小說不可以公開呈現，所以，說書人總會選擇既滿足觀眾情慾期待，又與現實拉開一定距離的異類情愛故事。最後，宋代市井俗眾的兩大需求被宋代說書人扭結成一個題材：志怪。在宋代瓦舍勾欄中小說、講史和說經等眾家中，小說是最重要的一家，也是與志怪小說關係最密切的一家。《都城紀勝》中的「瓦舍眾伎」條記述：「一者小說，謂之銀字兒，如煙粉、靈怪、傳奇。」煙粉即是異類情愛故事，葉德均考出「煙粉」為遇女鬼事，「我疑心《醉翁談靈》的煙粉應專指人鬼的幽期事，和傳奇類敘人世男女愛戀事成為對比。」〔註95〕至於傳奇，雖主要講述「關於一人一事的逸事奇聞的故事」，〔註96〕但大多與鬼神相關，其中許多篇目同樣可歸入志怪小說範疇。靈怪本身就是志怪內容。由此看來，宋代說書人在瓦舍勾欄說書時所採用的小說素材很可能大部分來自宋代志怪小說。德國漢學家莫宜佳認為中國中短篇敘事文學可以定義為：跨越通往「異」的疆域。有關奇異、鬼怪、非常、不凡的形象和事件的描寫是它的中心概念。也就是說，中國古典文學中那些包括中短篇小說在內的中短篇敘事文學，其實都是圍繞「怪異」展開的。莫宜佳此論真可謂是深諳中國古代小說發展歷史的真知灼見。正是宋代市井俗眾對志怪小說的興趣偏好，改變了瓦舍勾欄中志怪小說作品的價值取向，使之從強調史實與教化轉向重視虛構與娛樂。曾棗莊認為，「宋代是中國通俗小說開始興盛，文言小說開始衰落的時代」〔註97〕。其實興衰之變的其中一大原因即是文言小說價值支撐點在瓦舍勾欄環境中發生變化。

羅燁《醉翁談靈》詳細列舉了當時流行的說書篇目，從篇目名稱可猜想其內容以搜奇獵豔為主，大部分說書內容可能取材於當時的志怪小說作品。凌郁之在《〈醉翁談錄‧舌耕敘引〉發微》一文中對《醉談》所載小說篇目來源出處作了具體考證，並列表進行統計，這裡將其引用來說明宋代市井俗眾對志怪題材興趣偏好。〔註98〕表格如下：

〔註94〕〔宋〕金盈之，羅燁，《新編醉翁談錄》，遼寧教育出版社1998年版，第47頁。
〔註95〕胡士瑩，《話本小說概論》，中華書局1980年版，第111頁。
〔註96〕黃霖，韓同文著，《中國歷代小說論著選》，江西人民出版社1990年版，第80頁。
〔註97〕曾棗莊，《宋文通論》，上海人民出版社2008年版，第1045頁。
〔註98〕筆者在此向辛苦製作此表的凌郁之先生表示感謝。

醉翁談錄 說話名目	唐傳奇	麗情集	青瑣高議	雲齋 廣錄	綠窗 新話	夷堅志	其　他
李達道				《西蜀異 遇》			
妮子記			《泥子記》 （《類說》 卷四十六 引）				
無鬼論				《無鬼論》			
楊舜俞			《越娘記》				
燕子樓	出《白氏長 慶集》	《燕子樓》			《張建封 家姬詠 詩》		
錦莊春遊					《金彥遊 春遇會 娘》		
錢塘佳夢					《錢塘異 夢》		
牡丹記			《張浩》		《張浩私 通李鶯 鶯》		
王魁負心				《王魁歌 並引》			
崔智韜	出《集異記》 （《廣記》卷 四三三）						
大槐王	《南柯太守 傳》						
人虎傳	《人虎傳》						
呼猿洞	《傳奇・孫 恪》（《廣記》 卷四四五）						
柳參軍	《柳參軍 傳》				《崔娘至 死為柳 妻》		
鶯鶯傳	《會真記》 （又名《鶯 鶯傳》）	環者還 也			《張公子 遇崔鶯 鶯》		

張康題壁			《驪山記》《溫泉記》		
徐都尉	出於《本事詩》				
章臺柳	《柳氏傳》			《沙吒利奪韓翊妻》	
李亞仙	《李娃傳》	遺策郎		《李娃使鄭子登科》	
崔護覓水	出《本事詩》	崔護		《崔護覓水逢女子》	
種叟神記	《續玄怪錄·張老》（《廣記》卷一九五）				
竹葉舟	《幻影傳》				
黃粱夢	《枕中記》				
許岩	《傳奇》（《廣記》卷四十七）	《許真君》			
西山聶隱娘	出《甘澤謠》、《傳奇》）（《廣記》卷一九四）				
驪山老母	出《集仙傳》（《廣記》卷六三）				
紅線盜印	出《甘澤謠》			《薛嵩重紅線撥阮》	
汀州記				《汀州山魁》	
水月仙			《邢鳳遇西湖水仙》	《水月大師符》	
灰骨匣				《太原意娘》，或《西內骨灰獄》	

愛愛詞		《愛愛》			《楊愛愛不嫁後夫》	《吳小員外》	
八角井						《南豐知縣》	
楊元子						《高安趙生》	
紫香囊						《錦香囊》	
商氏兒						《賈廉訪》	
卓文君					《文君窺相如撫琴》	《史記》	
推車鬼						《法苑珠林》（《廣記》卷三一九）	
粉合兒					《郭華買脂慕粉郎》	《幽明錄》（《廣記》卷二七國）	
嚴師道						譚正璧疑為《江淮異人錄》之聶師道。	
皮篋袋						《燈下閒談》	
醜女報恩						孫楷第疑為演《賢愚經金剛品醜女》	
劉項爭雄						《漢書》	
孫龐鬥智						《史記》等	
張韓劉岳						《中興名將傳》	
晉宋齊梁						《資治通鑒》	
三國志						《三國志》	

　　據上表統計情況，我們既可以看出志怪小說在宋代說話底本中所佔比重，還可看出它與話本小說之間的淵源關係。於天池在其論文《論宋人小說伎藝的題材選擇和加工》中指出，文言筆記小說和雜著是宋代話本小說題材的主要來源。他認為宋代說書人對傳統小說題材的選擇和加工走的正是逐奇獵豔路

線。于氏在文中還特意將《柳毅傳書遇洞庭水仙女》與《柳毅傳》相比照，指出兩者在敘事意向上的差異：「由於唐代上層社會又崇尚神仙，所以作品在歌頌儒家忠信勇毅品格時又籠罩著濃厚的神仙氛圍。宋朝的時代精神發生了變化，對於這篇作品的解讀也就不同，雖然柳毅的故事被放在『神仙嘉會』的項目下，但儒家的精神和神仙的氣氛顯然被沖淡，關注的焦點則完全放在了柳毅和龍女的戀愛故事上，強調的是神仙間的愛情奇遇，突出的是柳毅和龍女愛情的曲折和神奇。」〔註99〕志怪類話本小說很少有神仙氛圍與宗教氣息，這是瓦舍勾欄中的觀眾出於娛樂目的對其進行逐奇獵豔選擇的必然結果。「古樂祀天地、宗廟、社稷、山川、鬼神，而聽者莫不和悅。今樂則不然，徒虞人耳目而蕩人心志。自昔人君流連荒亡者，一莫不緣此。」〔註100〕宋代說書人為吸引觀眾，增加「票房」收入，可以不擇手段渲染故事的「奇異」，甚至故意歪批經典，並且通過旁徵博引而把佛陀、老子、孔子均解說成女流之輩。這正如陳寅恪所言：「然故事文學之演變，其意義往往由嚴正而趨於滑稽，由教訓而變為諷刺」。〔註101〕正是宋代市井俗眾的需求與期待，促使宋代志怪小說在整體上偏離原來價值宗旨而開始其世俗化進程。

三、宋代志怪小說編撰的市場意識

　　受到市井俗眾需求誘導的宋代志怪小說作者，尤其是身居社會下層的作者，在編撰志怪小說時便產生明顯的世俗化傾向。《青瑣高議》孫沔序中表露了作者劉斧身份：「劉斧秀才自京來杭謁予，吐論明白，有足稱道。」〔註102〕據此可知劉斧因科場失意，仕途不通，故在上層社會交遊干謁以圖進用。《青瑣高議》所記多俚俗之事，表明劉斧編撰此書時具有較強的世俗意識，洪邁《夷堅三志己》卷二「程喜真非人」條曰：「新淦人王生，雖為閭閻庶人，而稍知書。最喜觀《靈怪集》、《青瑣高議》、《神異志》等書。」〔註103〕李劍國據此推論此書在市井俗眾中擁有其讀者層。劉斧稍後的李獻民，也是一位下層

〔註99〕 於天池，《論宋人小說伎藝的題材選擇和加工》，《商丘師範學院學報》，2008年第11期，第1～6頁。

〔註100〕〔元〕脫脫等，《宋史》，中華書局1997年版，第2013頁。

〔註101〕 陳寅恪，《西遊記玄奘弟子故事之演變》，《歷史語言研究所集刊》（第2本第2冊），1930年版。

〔註102〕 黃清泉主編，曾祖蔭等輯錄，《中國歷代小說序跋輯錄（文言筆記小說部分）》，華中師範大學出版社1989年版，第165頁。

〔註103〕〔宋〕洪邁，何卓點校，《夷堅志》，中華書局1981年版，第1315頁。

文士，他在編撰志怪小說時走的也是劉斧的路線，《欽定四庫全書總目》評價李獻民的《雲齋廣錄》：「其書大致與劉斧《青鎖高議》相類。」〔註104〕

　　宋代志怪小說的世俗化進程，同時也是其虛構化進程。宋代之前的志怪小說主要在上層社會流傳，接受者具有知識上的優勢，在閱讀時自覺充當審判者角色，制約著志怪小說作者的虛構意識。然而在市井社會，接受者的真實性要求淡化，因此，有的宋代志怪小說作者為獲得世俗社會的認同，有意識地迎合下層讀者逐奇獵豔的趣味。尤其在瓦舍勾欄為小說提供新的價值空間之後，這些宋代志怪小說作者迎合下層讀者的意識，最終便轉化為利益導向的市場意識。因此，他們編撰作品從題材內容至語言形式，都有意識地貼近世俗生活。如《夷堅志》即以貼近世俗生活的敘事筆觸描繪南宋時期生動逼真的「清明上河圖」。《夷堅志》以傳錄方式呈現了宋代城鄉各階層人們的經濟活動情景，尤其是對城市的富商大賈、高利貸者、大小業主與形形色色的小工商業者及雇工活動的記載，內容豐富多彩。據一些研究者統計，《夷堅志》中內容涉及到宋代經濟領域的條目幾近全書內容的30%，其中所記載的人物主要有：小商販、小手工業者、雇工、窮酸士人、乞丐、巫師、娼妓等。除題材內容的世俗化之外，《夷堅志》還在語言上俗語化，敘事中有意識地使用世俗習語，使敘事充滿世俗情趣。如《夷堅丁志》卷十「建康頭陀」條記載一個「頭陀道人」見到建康一批學生，便說：「異事！異事！八坐貴人都著一屋關了，兩府直如許多，便沒興不唧溜底，也是從官。」〔註105〕這種口語化敘事使《夷堅志》的敘事充滿民間色彩。

　　《夷堅志》的世俗化敘事，使其更接近市民社會潛在的讀者市場，因而受到宋代瓦舍勾欄說書人的喜愛與推崇，他們甚至以熟習《夷堅志》作為技藝標準，「《夷堅志》無有不覽」〔註106〕，並以此作為其說書的必備參考書與「工作手冊」。洪邁還借助宋代新興出版力量，將作品推入廣闊的閱讀市場，據《夷堅乙志序》稱，甲志完成後不久就在閩、蜀、婺、臨安刊刻：「《夷堅》初志成，士大夫或傳之，今鏤板於閩，於蜀，於婺，於臨安，蓋家有其書」。〔註107〕當然，洪邁作為南宋名臣，不可能將《夷堅志》的價值立場下移至瓦舍勾欄層次。

〔註104〕　〔清〕紀昀等，《欽定四庫全書總目》（整理本），中華書局1997年版，第1909頁。

〔註105〕　〔宋〕洪邁，何卓點校，《夷堅志》，中華書局1981年版，第621頁。

〔註106〕　〔宋〕金盈之，羅燁，《新編醉翁談錄》，遼寧教育出版社1998年版，第3頁。

〔註107〕　〔宋〕洪邁，何卓點校，《夷堅志》，中華書局1981年版，第185頁。

洪邁高貴的身份地位使他始終堅守志怪小說傳統價值立場，因此他對《夷堅志》的世俗化是有價值底線的。一般來說，社會地位比較高的宋代志怪小說作者都具有強烈的傳統價值意識，即使出於休閒娛樂需要，他們也不至於在世俗社會中尋求價值解釋。如北宋朝臣張君房編撰《麗情集》主要為了娛情遣興，因為編撰之時正是他熱心於詩賦的時候，所以作品多涉詩人歌女，但是，《麗情集》並沒有偏離原有價值立場去迎合世俗意識。兩宋詩人詞客多從《麗情集》中攝取材料，這也說明作品價值仍在正統價值範圍之內。然而對於身居下僚或者從未入仕的宋代志怪小說作者來說，他們就有可能突破志怪小說原有價值底線，為迎合瓦舍勾欄中的消費需求而編撰作品。如《綠窗新話》此類作品，作者在成書時即帶有市場意識，故其敘事具有濃厚的市井情趣，自然成了市井娛樂材料。如《綠窗新話》作者未留真實姓名，僅留下皇都風月主人的名號，這是宋代瓦舍勾欄常見名號，書中敘事偏重豔情，完全是市井情趣，難怪一直受到瓦舍勾欄說書者熱捧，甚至被他們當作說書的重要資料書。《醉翁談錄·小說開闢》即云說書者據《綠窗》而敷演故事：「引倬、底倬，須還《綠窗新話》。」〔註108〕這種走向市場，為迎合市井需求而結撰的作品，已經遠離原有價值傳統，故不再為主流價值世界所容，因此，《綠窗新話》一直未被官方目錄書採錄。

〔註108〕〔宋〕金盈之，羅燁，《新編醉翁談錄》，遼寧教育出版社1998年版，第3頁。

結 語

　　中國古代小說價值在其「小道可觀」，「小」是因為源自「街談巷語、道聽
途說者」，從古代儒家正統價值角度看，不過是「芻蕘狂夫之議也」。然而。小
說雖「小」，畢竟與「道」相關，所以仍有進入儒家正統價值世界的理由。在
「獨尊儒術」文化語境中，小說是儒家「大道」有益補充，所謂「治身理家，
有可觀之辭」。班固《漢書‧藝文志》置小說於諸子九家之末，總敘諸子曰：
「諸子十家，其可觀者九家而已。皆起於王道既微，諸侯力政，時君世主，好
惡殊方，是以九家之術蜂出並作，各引一端，崇其所善，以此馳說，取合諸
侯。……今異家者各推所長，窮知究慮，以明其指，雖有蔽短，合其要歸，亦
《六經》之支與流裔。……若能修六藝之術。而觀此九家之言，舍短取長，則
可以通萬方之略矣。」〔註1〕班固所謂「萬方之略」，主要指儒家經世致用之大
道，諸子九家能通「萬方之略」，而九家之末的小說家則僅有輔道資格。

　　小說家邊緣位置使子部小說類成為容納瑣碎知識的公共空間，曾慥《類說
序》云：「小道可觀，聖人之訓也。余喬寓銀峰，居多暇日，因集百家之說，
採摭事實，編纂成書，分五十卷，名曰《類說》。可以資治體、助名教、供談
笑、廣見聞，如嗜常珍，不廢異饌，下箸之處，水陸具陳矣。」〔註2〕小說內
容瑣碎龐雜，致使分類困難，即便博學如鄭樵、胡應麟、紀昀者也歎而止步。
對事物進行分類是人類把握對象的有效手段，通過分類而瞭解事物本質，從而
形成對事物的定義。德國著名哲學家恩斯特‧卡西爾《人論》指出：「分類是

〔註1〕〔漢〕班固，〔唐〕顏師古注，《前漢書》，中華書局 1998 年版，第 584 頁。
〔註2〕〔宋〕曾慥，《類說序》，黃霖，韓同文，《中國歷代小說論著選》，江西人民出
　　　　版社 2000 年版，第 60 頁。

人類語言的基本特性之一。命名活動本身即依賴於分類的過程。給一個對象或一個活動一個名字，也就是把它納入某一類概念之下。如果這種歸類永遠是由事物本性質所規定的話，那麼它就一定是唯一的和始終不變的。」〔註3〕然而，由於小說內容繁雜，再加上古人對小說的輕視，使小說分類水平只停留於「叢殘小語」的形式與「小道可觀」的價值層次。

志怪小說是小說類中最具虛構性部分，所以志怪小說作者對作品價值問題最為敏感。宋代之前，志怪小說與宗教文化聯繫密切，在宗教信仰世界，真實性問題並不突出，所謂「信則有，不信則無」，因此「自神其教」的志怪小說得以盛行。到了宋代，由於理性思辨水平提高，教育普及大幅度提升民智水平，因此宗教文化影響大不如前，宋代志怪小說「自神其教」意識淡化。宋代志怪小說還能興盛發展，主要得益於三大因素：一是南方巫覡文化土壤滋養；二是統治者推行「神道設教」策略；三是新興印刷出版業的刺激。其中第一大因素尤其重要，隨著中國古代文化重心南移，南方濃厚的巫覡文化進入志怪小說作者編撰視野，這在南宋志怪小說中表現得更為明顯，許多作品以巫鬼為主，如《睽車志》、《鬼董》更是聚鬼成書。

六朝志怪小說可以從宗教文化中尋求存在依據；而在宋代，其宗教依據已遭到理學家質疑與批判，宗教文化不能有效論證宋代志怪小說存在的合法性。不過，宋代理學家對鬼神存在的質疑與批判並不徹底，他們否定佛道鬼神，卻為儒家祭壇上的鬼神留下一席之地。宋代理學家對於鬼神的微妙態度，給宋代志怪小說留下生存發展空間，更令宋代理學家意想不到的是，他們為了消除鬼神神秘性而建構的鬼神理論，反而成為宋代志怪小說作者論證鬼神存在的強大理論武器。

宋代統治者推行「文德致治」統治方略，同時也有「神道設教」意圖，這給宋代志怪小說生存與發展提供另一種可能性。許多宋代志怪小說作者為謀求作品存在價值，有意迎合統治者「神道設教」意圖，敘鬼神以行教化，敘事有意選擇主流社會所關注的題材，貼近經史，宣揚道德教化與律令法條。宋代士大夫本有「淑世」精神，其經世致用抱負很自然地體現在志怪小說編撰過程中。

宋代志怪小說作者為強調作品真實性，在形式上採用史法體制，在敘事中

〔註3〕〔德〕恩斯特‧卡西爾，李琛譯，《人論》，光明日報出版社2009年版，第123頁。

裁枝剪葉，甚至使用與敘事毫無關係的學術考辨方法。宋代志怪小說作者並不關心志怪敘事本身能否生動有趣，他們只關心敘事能否有源有據，是否真實可靠，因此造成作品「平實簡率」〔註4〕、「偏重事狀，少所鋪敘」〔註5〕的特點。宋代志怪小說作者為突出敘事的教化意義，在敘事過程中睜著道德之眼，擺著教化之臉，盡力克制情感，採用冷靜而嚴肅的語調敘述人鬼情事。在他們看來，志怪敘事情趣並不重要，重要的是能否教化人心，有益人倫，這又造成宋代志怪小說的道學面目。

　　研究宋代志怪小說，一般習慣於參比唐代傳奇，抑前者而揚後者，其實這種思路並不合理，抑揚皆有偏誤。若以古人之眼觀之，則今人所謂宋代志怪小說缺點正是其優點；而今人所謂唐代傳奇之優點正是其缺點。對於唐宋小說的評價，需要更多地考慮古人的小說觀念，即使不是同一朝代的古人，他們也有相同或相似的文化情境，比現代人更能「同情之瞭解」。元人虞集論唐代小說：「唐之才人，於經義道學有見者少，徒知好為文辭。閑暇無可用心，輒想像幽怪遇合、才情恍惚之事，作為詩章答問之意，傅會以為說。盍簪之次，各出行卷，以相娛玩，非必有其事，謂之傳奇。」（《道園學古錄》卷三八）虞集離宋未遠，他的意見應與宋人相似。據虞集言論，宋代志怪小說作者價值自覺，正是對唐才人「閑暇無可用心」、「於經義道學有見者少，徒知好為文辭」的糾正。

　　考察宋代志怪小說，還必須特別注意其特定的歷史文化語境：宋代社會的近世化進程。無論在政治、經濟還是文化方面，宋代都處於中國歷史大轉折時期。這一大判斷由日本學者內藤湖南提出，經陳寅恪等學者論辯，早已深入人心。之所以要關注宋代經濟環境，是因為任何文化都以經濟為基礎，受其直接或間接影響，所以研究宋代志怪小說，不能不考慮宋代重要經濟因素：商品經濟。宋代商品經濟主要集中於城市，所以有學者稱之為城市經濟。宋代活躍的商品經濟打通城市中坊與市之間的阻隔，也衝破許多傳統觀念，使雅俗觀念變得模糊，使享樂性世俗文化在社會各階層蔓延。宋代文人雖然並未因此放棄儒家正統價值意識，但對世俗享樂文化卻也敞開胸懷。宋代志怪小說作者正統價值意識便在這種享樂性文化浸潤中淡化、模糊。

　　由宋代市井俗眾娛樂需求所催生的娛樂文化市場：瓦舍勾欄，為宋代志怪小說帶來新的價值空間，激活其受壓抑的虛構性。小說在宋代瓦舍勾欄中

〔註 4〕魯迅，《中國小說史略》，人民文學出版社 2005 年版，第 105 頁。
〔註 5〕魯迅，《中國小說史略》，人民文學出版社 2005 年版，第 106 頁。

的存在價值由其票房利潤決定，追求娛樂刺激的市井民眾用手中的票，選擇小說題材並決定小說價值。我們總習慣於將子部小說與話本小說對立起來，其實兩者存在互通之處。宋代瓦舍勾欄中的小說並不排斥真實性與教化意識，羅燁《醉翁談錄·舌耕敘引》曰：「小說者流，……言其上世之賢者可為師，排其近世之愚者可為戒。言非無根，聽之有益。」〔註6〕可此可見，宋代瓦舍勾欄的小說最初也有傳統價值訴求，只不過在接受層面，娛樂性成為壓倒性需求。當然，娛樂性並不等於虛構性，但娛樂性卻是滋生虛構性的溫床，加上接受主體的文化水平不高，見識不多，對於小說所敘之事無力甄別也不想甄別，他們只在乎小說敘事給他們帶來的刺激與快適。宋代話本小說雖不屬本文所指小說範疇，但在瓦舍勾欄出現之初，說書人主要仰仗傳統小說資源尤其是宋代志怪小說資源，而市井民眾逐奇獵豔心理需求也促使說書人利用這一資源。據羅燁《醉翁談錄·舌耕敘引》所載說書篇目，其中大部分作品皆從宋代志怪小說改編而來。

此外，宋代瓦舍勾欄的說書人大多屬胸懷「修齊治平」宏願而終不得志的科場失意者，因此他們不僅偏向於從志怪小說中選取說書底本，而且也在說演小說時流露其儒家正統價值意識。鑒於上面兩方面的理由，本文將兩種不同的小說放在一起論述。當然，來自瓦舍勾欄的需求並不能從根本上改變傳統志怪小說價值取向，但在一定程度上卻誘使一些宋代志怪小說作者將編撰目光轉向世俗。有的宋代志怪小說作者如劉斧、李獻民之流，甚至有意為娛樂文化市場編撰作品。魯迅曾指出宋代白話小說世俗變遷特點，後來程毅中則更全面論及宋代小說世俗變遷趨勢，近來凌郁之的博士論文《走向世俗：宋代文言小說的轉型》則專門論述宋代文言小說世俗變遷問題。本文研究將考察範圍縮小至宋代志怪小說一類，僅僅從宋代志怪小說在瓦舍勾欄中產生價值偏離並最終衍生出新的價值傾向這一角度論證前人已經做出的判斷。

〔註6〕〔宋〕金盈之，羅燁，《新編醉翁談錄》，遼寧教育出版社1998年版，第1頁。

參考文獻

一、古代論著

（一）宋代著作

1. 蔡絛撰，馮惠民、沈錫麟點校，《鐵圍山叢談》，中華書局 1983 年版。
2. 晁公武撰，孫猛校證，《郡齋讀書志校證》，上海古籍出版社 1990 年版。
3. 陳鵠撰，孔凡禮點校，《西塘集耆舊續聞》，中華書局 2002 年版。
4. 陳元靚撰，《事林廣記》，中華書局 1999 年版。
5. 陳振孫撰，《直齋書錄解題》，上海古籍出版社 1987 年版。
6. 程俱撰，張富祥校證，《麟臺故事校證》，中華書局 2000 年版。
7. 范鎮撰，汝沛點校，《東齋記事》，中華書局 1980 年版。
8. 方勺撰，許沛藻、楊立揚點校，《泊宅編》，中華書局 1983 年版。
9. 高似孫撰，《史略》，古逸叢書本。
10. 高似孫撰，《子略》，古逸叢書本。
11. 郭象撰，《睽車志》，叢書集成初編本。
12. 何薳撰，張明華點校，《春渚紀聞》，中華書局 1983 年版。
13. 洪邁撰，何卓點校，《夷堅志》，中華書局 I981 年版。
14. 洪邁撰，《容齋隨筆》，上海古籍出版社 1978 年版。
15. 皇都風月主人編，《綠窗新話》，古典文學出版社 1957 年版。
16. 黃伯思撰，《東觀餘論》，文淵閣四庫全書本。
17. 黃休復撰《茅亭客話》，琳琅秘室叢書本。

18. 江少虞撰,《宋朝事實類苑》,上海古籍出版社 1981 年版。

19. 金盈之撰,《新編醉翁談錄》,遼寧教育出版社 1998 年版。

20. 樂史撰,《廣卓異記》,筆記小說大觀本。

21. 李昌齡撰,《樂善錄》,續修四庫全書本。

22. 李燾撰,《續資治通鑒長編》,中華書局 1986 年版。

23. 李昉等撰,《太平廣記》,中華書局 1981 年版。

24. 李石撰,《續博物志》,古今逸史本。

25. 李獻民撰,《雲齋廣錄》,中華書局 1997 年版。

26. 李廌撰,孔凡禮點校,《師友談記》,中華書局 2002 年版。

27. 劉斧撰,《青瑣高議》,上海古籍出版社 1983 年版。

28. 魯應龍撰,《閒窗括異志》,續修四庫全書本。

29. 陸游撰,李劍雄、劉德權點校,《老學庵筆記》,中華書局 1979 年版。

30. 黎靖德編,王星賢點校,《朱子語類》,中華書局 1986 年版。

31. 羅大經撰,王瑞來點校,《鶴林玉露》,中華書局 1983 年版。

32. 羅燁撰,《新編醉翁談錄》,遼寧教育出版社 1998 年版。

33. 馬純撰,《陶朱新錄》,墨海金壺本。

34. 委心子撰,《新編分門古今類事》,叢書集成初編本。

35. 歐陽修撰,《新五代史》,中華書局 1974 年版。

36. 錢易撰,黃壽成點校,《南部新書》,中華書局 2002 年版。

37. 上官融撰,《友會談叢》,中華書局 1991 年版。

38. 邵伯溫撰,李劍雄、劉德權點校,《邵氏聞見錄》,中華書局 1983 年版。

39. 沈括撰,施適校點,《夢溪筆談》,上海古籍出版社 2015 年版。

40. 沈氏撰,《鬼董》,續修四庫全書本。

41. 司馬光撰,鄧廣銘、張希清點校,《涑水記聞》,中華書局 1989 年版。

42. 宋敏求撰,誠剛點校,《春明退朝錄》,中華書局 1980 年版。

43. 王鞏撰,《聞見近錄》,知不足齋叢書本。

44. 王明清撰,《投轄錄》,涵芬樓藏本。

45. 王栐撰,誠剛點校,《燕翼詒謀錄》,中華書局 1981 年版。

46. 王銍撰,朱傑人點校,《默記》,中華書局 1981 年版。

47. 王灼撰,《碧雞漫志》,知不足齋叢書本。

48. 魏泰撰,李裕民點校,《東軒筆錄》,中華書局 1983 年版。

49. 文瑩撰，鄭世剛、楊立揚點校，《湘山野錄》，中華書局 1984 年版。

50. 文瑩撰，鄭世剛、楊立揚點校，《玉壺清話》，中華書局 1984 年版。

51. 吳處厚撰，李裕民點校，《青箱雜記》，中華書局 1985 年版。

52. 徐鉉撰，《稽神錄》，中華書局 1996 年版。

53. 葉紹翁撰，沈錫麟、馮惠民點校，《四朝聞見錄》，中華書局 1989 年版。

54. 岳珂撰，吳企明點校，《桯史》，中華書局 1981 年版。

55. 張邦基撰，孔凡禮點校，《墨莊漫錄》，中華書局 2002 年版。

56. 張齊賢撰，《洛陽縉紳舊聞記》，知不足齋叢書本。

57. 張師正，《括異志》，中華書局 1996 年版。

58. 張世南撰，張茂鵬點校，《遊宦紀聞》，中華書局 1981 年版。

59. 章炳文撰，《搜神秘覽》，續修四庫全書本。

60. 趙令畤撰，孔凡禮點校，《侯鯖錄》，中華書局 2002 年版。

61. 趙彥衛撰，傅根清點校，《雲麓漫鈔》，中華書局 1996 年版。

62. 鄭樵撰，《夾漈遺稿》，商務印書館 1941 年版。

63. 鄭樵撰，《通志二十略》，中華書局 1995 年版。

64. 周輝撰，劉永翔校注，《清波雜志》，中華書局 1994 年版。

65. 莊綽撰，蕭魯陽點校，《雞肋編》，中華書局 1983 年版。

（二）其他朝代著作

1. 〔漢〕劉向撰，《新序》，上海古籍出版社 1990 年版。

2. 〔晉〕葛洪撰，《西京雜記》，中華書局 1985 年版。

3. 〔晉〕張華撰，范甯校證，《博物志校證》，中華書局 1980 年版。

4. 〔晉〕陶潛撰，汪紹楹校注，《搜神後記》，中華書局 1981 年版。

5. 〔晉〕郭璞注，〔清〕畢沅校，《山海經》，上海古籍出版社 1989 年版。

6. 〔晉〕王嘉撰，《拾遺記》，中華書局 1981 年版。

7. 〔晉〕干寶撰，李劍國輯校，《新輯搜神記》，中華書局 2006 年版。

8. 〔南朝梁〕殷芸編纂，周楞伽輯注，《殷芸小說》，上海古籍出版社 1984 年版。

9. 〔隋〕顏之推撰，《冤魂志》，文淵閣四庫全書本。

10. 〔唐〕劉知幾撰，〔清〕浦起龍通釋，《史通》，上海古籍出版社 2008 年版。

11. 〔唐〕道世撰，《法苑珠林》，上海古籍出版社 1991 年版。

12. 〔唐〕陳翱撰，《卓異記》，顧氏文房小說本。

13.〔唐〕谷神子撰，《博異志》，中華書局 1980 年版。

14.〔唐〕薛用弱撰，《集異記》，中華書局 1980 年版。

15.〔唐〕牛僧孺編，程毅中點校，《玄怪錄》，中華書局 1982 年版。

16.〔唐〕李復言撰，程毅中點校《續玄怪錄》，中華書局 1982 年版。

17.〔唐〕張鷟撰，趙守儼點校，《朝野僉載》，中華書局 1979 年版。

18.〔五代〕孫光憲撰，賈二強點校，《北夢瑣言》，中華書局 2002 年版。

19.〔金〕元好問撰，《續夷堅志》，叢書集成初編本。

20.〔元〕脫脫等撰，《宋史》，中華書局 1977 年版。

21.〔元〕陶宗儀編，《說郛三種》，上海古籍出版社 1988 年版。

22.〔元〕陶宗儀撰，《輟耕錄》，中華書局 1985 年版。

23.〔明〕胡應麟撰，《少室山房筆叢》，上海書店出版社 2009 年版。

24.〔清〕徐松輯，《宋會要輯稿》，中華書局 1957 年版。

25.〔清〕潘永因編，劉卓英點校，《宋稗類鈔》，書目文獻出版社 1985 年版。

26.〔清〕紀昀等編撰，《欽定四庫全書總目》（整理本），中華書局 1997 年版。

27.〔清〕畢沅編撰，《續資治通鑒》，中華書局 1957 年版。

28.〔清〕俞樾輯，《宋人小說類編》，中國書店 1985 年版。

29.〔清〕蒲松齡撰，張友鶴輯校，《聊齋誌異》，上海古籍出版社 1985 年版。

30. 本社編，《筆記小說大觀》，江蘇廣陵古籍刻印社 1983 年版。

二、今人論著

（一）國內論著

1. 昌彼得等編，《宋人傳記資料索引》，鼎文書局 2001 年版。

2. 陳洪著，《中國小說理論史》，天津教育出版社 2005 年版。

3. 陳文新著，《傳統小說與小說傳統》，武漢大學出版社 2007 年版。

4. 陳文新著，《文言小說審美發展史》，武漢大學出版社 2007 年版。

5. 程國賦著，《唐五代小說的文化闡釋》，人民文學出版社 2002 年版。

6. 程千帆，吳新雷著，《兩宋文學史》，上海古籍出版社 1991 年版。

7. 程毅中編，《古體小說鈔》，中華書局 1995 年版。

8. 程毅中著，《古代小說史料簡論》，山西人民出版社 2005 年版。

9. 程毅中著，《古體小說論要》，華齡出版社 2009 年版。

10. 程毅中著，《古小說簡目》，中華書局 1981 年版。

11. 程毅中著，《唐代小說史》，人民文學出版社 2003 年版。

12. 丁傳靖輯，《宋人軼事彙編》，中華書局 1981 年版。

13. 葛兆光著，《中國思想史》，復旦大學出版社 2000 年版。

14. 葛兆光著，《中國宗教與文學》，清華大學出版社 1998 年版。

15. 侯外廬等主編，《宋明理學史》，人民出版社 1987 年版。

16. 侯忠義、劉世林編，《中國文言小說史稿》，北京大學出版社 1993 年版。

17. 侯忠義編，《中國文言小說參考資料》，北京大學出版社 1985 年版。

18. 胡從經，《中國小說史學史長編》，上海文藝出版社 1998 年版。

19. 胡懷琛著，《中國小說研究》，中國書籍出版社 2006 年版。

20. 黃霖等著，《中國小說研究史》，浙江古籍出版社 2002 年版。

21. 黃勇著，《道教筆記小說宗教思想研究》，四川大學出版社 2005 年版。

22. 李春青著，《宋學與宋代文學觀念》，北京師範大學出版社 2001 年版。

23. 李劍國輯校，《宋代傳奇集》，中華書局 2001 年版。

24. 李劍國著，《宋代志怪傳奇敘錄》，南開大學出版社 1997 年版。

25. 李劍國著，《唐前志怪小說輯釋》，上海古籍出版社 1986 年版。

26. 李劍國著，《唐前志怪小說史》，南開大學出版社 1984 年版。

27. 李劍國著，《唐五代志怪傳奇敘錄》，南開大學出版社 1993 年版。

28. 李澤厚著，《中國古代思想史論》，天津社會科學院出版社 2003 年版。

29. 林辰著，《神怪小說史》，浙江古籍出版社 1998 年版。

30. 劉琳、沈治宏編著，《現存宋人著述總錄》，巴蜀書社 1995 年版。

31. 劉世德主編，《中國古代小說百科全書》，中國大百科全書出版社 1998 年版。

32. 劉葉秋著，《歷代筆記概述》，北京出版社 2003 年版。

33. 柳存仁著，《道家與道術》，上海古籍出版社 1999 年版。

34. 魯迅輯，《古小說鉤沉》，人民文學出版社 1973 年版。

35. 魯迅輯，《唐宋傳奇集》，人民文學出版社 1973 年版。

36. 魯迅著，《中國小說史略》，人民文學出版社 2005 年版。

37. 羅宗強著，《隋唐五代文學思想史》，上海古籍出版社 1986 年版。

38. 馬茂軍、張海沙著，《困境與超越宋代文人心態史》，河北教育出版社 2001 年版。

39. 馬茂軍編，《禪門奇僧》，陝西師範大學出版社 1992 年版。

40. 孟昭連、寧宗一著，《中國小說藝術史》，浙江古籍出版社 2003 年版。

41. 苗懷明著，《二十世紀中國小說文獻學述略》，中華書局 2009 年版。

42. 苗壯著，《筆記小說史》，浙江古籍出版社 1998 年版。

43. 寧稼雨撰，《中國文言小說總目提要》，齊魯書社 1996 年版。

44. 歐陽健著，《中國小說史略批判》，山西人民出版社 2008 年版。

45. 潘建國著，《中國古代小說書目研究》，上海古籍出版社 2005 年版。

46. 錢穆著，《中國文學論叢》，三聯書店 2002 年版。

47. 石昌渝主編，《中國古代小說總目》，山西教育出版社 2004 年版。

48. 石昌渝著，《中國小說源流論》，三聯書店 1994 年版。

49. 孫昌武著，《道教與唐代文學》，人民文學出版社 2001 年版。

50. 孫遜著，《中國古代小說與宗教》，復旦大學出版社 2000 年版。

51. 萬晴川著，《巫文化視野中的中國古代小說》，中國社會科學出版社 2003 年版。

52. 王國健著，《明清小說思潮論稿》，廣州出版社 1993 年版。

53. 吳士余著，《中國小說美學論稿》，復旦大學出版社 2006 年版。

54. 吳志達著，《中國文言小說史》，齊魯書社 1994 年版。

55. 吳組緗、沈天佑著，《宋元文學史稿》，北京大學出版社 1989 年版。

56. 蕭相愷著，《宋元小說史》，浙江古籍出版社 1997 年版。

57. 薛洪勣著，《傳奇小說史》，浙江古籍出版社 1998 年版。

58. 楊義著，《中國古典小說史論》，人民文學出版社 1998 年版。

59. 葉朗著，《中國小說美學》，里仁書局 1994 年版。

60. 余英時著，《士與中國文化》，上海人民出版社 1987 年版。

61. 袁行霈、侯忠義編，《中國文言小說書目》，北京大學出版社 1981 年版。

62. 張兵著，《宋遼金元小說史》，復旦大學出版社 2001 年版。

63. 張毅著，《宋代文學思想史》，中華書局 2000 年版。

64. 張振軍著，《傳統小說與中國文化》，廣西師範大學出版社 1996 年版。

65. 趙景深著，《中國小說叢考》，齊魯書社 1980 年版。

66. 趙明政著，《文言小說：文士的釋懷與寫心》，廣西師範大學出版社 1999 年版。

（二）國外論著

1.〔美〕包弼德撰，〔比〕魏希德修訂，《宋代研究工具書刊指南》，廣西師範

大學出版社 2008 版。

2.〔美〕包弼德著，劉寧譯，《斯文：唐宋思想的轉型》，江蘇人民出版社 2001年版。

3.〔美〕夏志清著，《中國古典小說史論》，江西人民出版社 2001 年版。

4.〔日〕中野美代子著，若竹譯，《從小說看中國人的思考方式》，北京十月文藝出版社 1989 年版。

5.〔日〕內田道夫編；李慶譯，《中國小說世界》，上海古籍出版社 1992 年版。

附　錄

宋代志怪小說存佚情況統計表

作品名稱	存佚情況	作者姓名	作者身份	成書情況	內容提要
1.《纂異記》（不明卷數）	佚	金翊	太祖建隆時為鄞縣令。	成書情況不詳。	《敘錄》據唐李玫的《纂異記》推測此書當乃述異語怪之作。
2.《湖湘神仙顯異》三卷	佚	曹衍	後周顯德中武安軍節度使周行逢據湖南，仕進皆門蔭，曹衍諫言不納，退居鄉里教授。後入叛官衡州刺史張文表幕職。	窮困無以自進，採摭舊聞，撰《湖湘馬氏故事》二十卷，作於建隆四年（公元963年）後困居時，皆為馬楚遺事。	曹衍尚有《湖湘靈怪實錄》，此二書疑與《湖湘馬氏故事》都作於建隆四年（公元963年）後困居時，皆為馬楚遺事。所記當為馬楚神仙之說。
3.《湖湘靈怪實錄》三卷又名《湖湘靈怪錄》、《靈怪實錄》	佚	曹衍	後周顯德中武安軍節度使周行逢據湖南，仕進皆門蔭，曹衍諫言不納，退居鄉里教授。後入叛官衡州刺史張文表幕職。	窮困無以自進，採摭舊聞，撰《湖湘馬氏故事》二十卷，作於建隆四年（公元963年）後困居時，皆為馬楚遺事。	本書與《湖湘神仙顯異》為姊妹作，一記神仙，一記靈怪，同作於宋初太祖朝。

4.《洛中記異》十卷	節存	秦再思	太平興國六年（公元 981 年）為朝官，曾上書言事。	成書於太祖開寶中，在其入仕之前。	記五代至宋初讖應雜事，多宋興之兆，有媚宋之嫌。
5.《野人閒話》一卷	節存	景煥	後蜀之官，後隱於匡山，為匡山處士。	成書於孟蜀滅亡之後不久，宋乾德三年（公元 965 年）。	記前蜀主孟氏一朝聞見之事，多記道士異人與書畫家事蹟。
6.《牧豎閒談》一卷	節存	景煥	後蜀之官，後隱於匡山，為匡山處士。	成書於太宗朝。	記奇器異物，有博物之意。
7.《續野人閒話》二卷	佚	無名氏	生平不詳。	《敘錄》推測此書成於北宋。	景煥《野人閒話》續書，也可能是博物一類。
8.《江淮異人錄》二卷	存	吳淑	徐鉉女婿，入宋任朝官。	可能成書於太平興國三年（公元 978 年）後不久。	記南唐時期江淮一地道術之人俠客異士之流。
9. 異僧記一卷	佚	吳淑	徐鉉女婿，入宋任朝官。	成書情況不詳。	專記異僧之事。
10.《秘閣閒談》五卷	節存	吳淑	徐鉉女婿，入宋任朝官。	可能成書於北宋至道二年（公元 996 年）。	記北宋秘閣同僚宴談，多為南唐宋初異事。
11.《葆光錄》三卷	存	陳纂	生平不詳。	大約作於真宗朝。	記神仙僧道怪異之說。
12.《奇應錄》三卷	佚	夏侯六玨	生平不詳。	著錄於《崇文總目》，成書應在宋初。	觀書名當是前定應驗之作。
13.《孝感義聞》錄三卷	佚	曹希達	生平不詳。	因著錄於《崇文總目》，故成書於宋初。	內容當是專敘孝義感應之事。
14.《通籍錄異》二十卷	佚	劉振	生平不詳。	成書情況不詳。	纂集歷代史冊圖籍異事，有類書性質。
15.《搜神總記》十卷	佚	無名氏	生平不詳。	成書情況不詳。	據書名應是纂集古書鬼神事，類樂史《總仙記》。

16.《窮神記》十卷	佚	無名氏	生平不詳。	成書情況不詳。	分類編纂舊籍中神鬼事,有類書性質。
17.《貫怪圖》二卷	佚	無名氏	生平不詳。	成書情況不詳。	內容應為精怪,作圖示與文字說明其名目與性狀。
18.《異魚圖》五卷	佚	無名氏	生平不詳。	成書情況不詳。	記述異魚,輔之以圖,明人楊慎有《異魚圖贊》。
19.《乘異記》三卷	節存	張君房	甚有時名,景德二年(公元1005年)進士,年四十,多任朝官。	成書應在咸平之後,時張君房處於晚年。	記五代至北宋咸平間仙道神鬼異事。
20.《誌異》十卷	佚	陳彭年	少師事徐鉉為文,雍熙進士,官至參知政事。	成書情況不詳。	佚文未見。
21.《茅亭客話》十卷	存	黃休復	隱居不仕,精通學問,行達於世,曾受道於處士李諶。	書中最晚紀時至天禧四年(公元1120年),故成書應在真宗天禧五年(公元1121年)至乾興間,時黃氏晚年。	記後蜀至宋真宗時期蜀事,多是親歷親聞之事。
22.《洞微志》十卷,又名《名賢小說》	節存	錢易	吳越王錢俶子,官至翰林學士。	洪邁《夷堅三志甲序》稱其「多歷年二十」而成,可知此書是長期積累而成。	記唐以來詭譎事。
23.《殺生顯戒》三卷	佚	錢易	吳越王錢俶之子,官至翰林學士。	成書情況不詳。	旨在弘揚佛教戒殺生教義,乃釋氏輔教之書。
24.《友會談叢》一卷	存	上官融	天聖五年(公元1027年)舉進士不第,朝廷賜同學究科出身,後舉薦為蔡州	科舉不第閒居家中時,整理剪裁舊稿而成。	仿唐袁郊《甘澤謠》、李玫《纂異記》,半為神怪報應,事末常係議論以示勸誡。

			平興縣令，除太子巾捨致仕。		
25.《搢紳脞說》前後集二十卷，又名《脞說》	節存	張君房	景德二年（公元 1005 年）進士，長期任朝官。	據王得臣《麈史》卷中所載，成書於張致仕後，約在仁宗明道二年(公元 1033 年)。	部分故事抄錄古書，其餘多出自真宗朝，乃君房耳目所及。因雜採博取瑣談細事，故名《脞說》。
26.《儆戒會最》一卷	佚	張君房	景德二年（公元 1005 年）進士，長期任朝官。	成書情況不詳。	類後蜀周斑《儆戒錄》，亦專記善惡報應之事。
27.《科名定分錄》三卷，又名《科名分定錄》	佚	張君房	景德二年（公元 1005 年）進士，長期任朝官。	成書情況不詳。	全為唐朝科名分定事，估計是纂輯唐小說中科名前定事而成。
28.《祖異志》十卷	節存	聶田	真宗天禧中舉進士不第。	景祐初始撰，至康定元年（公元 1040 年）書成作序，歷七年。	據題意可知其傳述前代怪異之事，雜記宋初詭聞異見之事。
29.《岷山異事》三卷	佚	勾臺符	受業丈人觀為道士，號岷山逸老。	成書情況不詳。	記與岷山有關的蜀中奇人異事。
30.《唐宋遺史》四卷	節存	詹玠	生平不詳。	據《玉海》知成書在治平四年（公元 1067 年）。	兼述唐宋，宋事多記見聞，內容為主徵兆應驗、神仙道術類，逸事多是唐詩話故事。
31.《蜀異志》不明卷數	佚	無名氏	生平不詳。	成書情況不詳。	據《新編分門古今類事》所引佚文，知其專記蜀中異事，內容限於命定之說。
32.《至孝通神集》三十卷	佚	文彥博	天聖中進士，後官至樞密使，元豐六年（公元 1083 年）以太師致仕。	成書情況不詳。	集歷代書史中孝感事分類編纂成書，類書性質。

33.《清夜錄》一卷	佚	沈括	館閣名臣,曾參與王安石變法,官至龍圖閣直學士。	成書於熙寧二至九年(公元 1069～1076 年)。	在京任職,暇時與賓友夜話,錄以成編,故名清夜錄,多異聞怪說。
34.《群書古鑒》一卷	佚	無名氏	生平不詳。	成書情況不詳。	集唐宋書相術靈驗者而成。
35.《吉凶影響錄》八卷	節存	岑象求	官至戶部郎中、寶文閣待制。	據《讀書志》知書成於熙寧末作者閒居江陵時作。	《讀書志》稱其披閱載籍,見善惡報應事輒刪潤而記之。
36.《勸善錄》六卷(佚)	佚	周明寂	生平不詳。	據《讀書志》可知書成於元豐時期。	《讀書志》敘其:「元豐中纂道釋神奇禍福之效,前人為傳記者成一編以戒世。」
37.《勸善錄拾遺》十五卷	佚	周明寂	生平不詳。	成書情況不詳。	應為《勸善錄》續書。
38.《測幽記》又稱《測幽》	佚	呂南公	熙寧初試禮部不利,歸隱著書講道,元祐初受曾肇舉薦為官,未及而卒。	熙寧八年(公元 1075 年)始撰,隨手而記,直至元祐初卒前,歷十二年。	據作者本書序文可知其記載神秘怪異以尋理數之所存。
39.《幽明雜警》三卷	佚	朱定國	慶曆二年(公元 1042 年)進士,官至朝散郎。	成書於元祐元年至四年間(公元 1086～1089 年),即致仕閒居時。	記禍福輪轉,天惡不仁道理,末有議論。
40.《禁殺錄》一卷	佚	李象先	生平不詳。	據《讀書志》敘錄知成書於元祐時期。	集錄古今冥報事,以為殺戒,分類載事有類書性質。
41.《青瑣高議》前後集十八卷	存	劉斧	有才名,所交多當朝有名才藝之士,具體事蹟不詳。	此書不斷增補而成,最後定稿大約在哲宗元祐間,前後歷時超過三十年。	傳奇志怪混合型小說集,以自撰志怪雜事為主,末有評議,故云高議。
42.《翰府名談》二十五卷	節存	劉斧	有才名,所交多當朝有名才藝之士。具體事蹟不詳。	成書約在哲宗朝,為晚年時所作。	集名公巨卿、文士詞臣所談而成,以宋事為主,少數抄襲唐人書。

43.《括異志》前志十卷後志十卷	前志存，後志佚。	張師正	宋神宗時進士，先任文官，後轉武職，為州帥。	遊宦四十年不得志而作，熙寧間開始，元豐積至萬言，元祐中整理為前兩志，最晚成於哲宗時期。	記北宋時君臣士吏奇聞異事，事涉神仙鬼怪徵驗報應等。多注事之所出，以示徵信，條末或有評語。
44.《志怪集》五卷	佚	張師正	進士，先任文官，後轉任武職，為州帥。	成書於《括異志》之後，也即元祐之後。	佚文未見。
45.《勸善錄》一卷	佚	無名氏	生平不詳。	成書情況不詳。	佚文未見。
46.《青瑣摭遺》二十卷	節存	劉斧	有才名，所交多當朝有名才藝之士。具體事蹟不詳。	成書約在哲宗朝，為晚年時作品。	「摭」《青瑣高議》之「遺」，故亦標以「青瑣」，遺文六十條，述異者過半，其餘為瑣聞逸事。
47.《唐宋科名分定錄》三卷	佚	邵德升	生平不詳。	據《讀書志》知成書於元符間。	續張君房所志唐朝科場故事為五代及本朝科名分定事。
48.《說異集》二卷	佚	歸虛子	仕履不詳，依遺文推測可能是隱士道流輩。	成書情況不詳。	記精怪故事。
49.《採異記》一卷	節存	宋汴	生平不詳。	可能作於徽宗朝。	所記為異事，故以「採異」名書。
50.《搜神秘覽》三卷	存	章炳文	出自名宦之家，叔祖章得象，仁宗時宰相。父章衡，嘉祐二年狀元，官至寶文閣待制。本人生平不詳。	成書於政和三年（公元1113年）。	得於聞見，寫法「不文不飾」。其中寫道人道術者極多，與徽宗崇道有關。多議論說教。
51.《古今前定錄》二卷	佚	尹國均	生平不詳。	成書情況不詳。	南宋委心子宋氏《新編分門古今類事》即由本書擴充而成，並竊原序。

52.《北窗記異》一卷	佚	無名氏	生平不詳。	成書情況不詳。	所存佚文記靈怪異物,有傳奇化傾向。
53.《剡玉小說》	佚	無名氏	生平不詳。	成書情況不詳。	佚文未見。
54.《荊山雜編》四卷	佚	梁嗣真	道士,尊號沖寂大師。	成書情況不詳。	佚文敘冥界之事。
55.《歷代神異感應錄》二卷	佚	令狐皞如	生平不詳。	成書情況不詳。	輯歷代妖異祥瑞應驗事。
56.《異事記》一卷	佚	僧惠汾	生平不詳。	成書情況不詳。	佚文未見。
57.《錄異戒》一卷	佚	董家亨	生平不詳。	成書情況不詳。	佚文不存,內容應為報應之說。
58.《近異錄》一卷	佚	楊牧	生平不詳。	成書情況不詳。	佚文未見。
59.《心應錄》七卷	佚	無名氏	生平不詳。	成書情況不詳。	觀書名殆是感應之作。
60.《姚氏紀異》一卷	佚	姚氏,名不詳。	生平不詳。	成書情況不詳。	佚文未見。
61.《勸善錄》一卷	佚	無名氏	生平不詳。	成書情況不詳。	佚文未見。
62.《異龍圖》一卷	佚	無名氏	生平不詳。	成書情況不詳。	專敘異龍之說,可能有圖相配,故名。
63.《數術記》一卷	佚	無名氏	生平不詳。	成書情況不詳。	此書應敘關於數術的異聞。
64.《廣物志》十卷	佚	無名氏	生平不詳。	成書情況不詳。	載諸種異物。佚文不存。
65.《異聞錄》	佚	無名氏	生平不詳。	成書情況不詳。	輯時聞兼採舊事。
66.《陰戒錄》卷數不明	佚	無名氏	生平不詳。	成書情況不詳。	所記應為報應事,以佛戒世,故名《陰戒錄》。
67.《因果錄》又名《因果記》卷數不明	佚	無名氏	生平不詳。	成書情況不詳。	以因果報應為旨,故名。
68.《惡戒》卷數不明	佚	無名氏	生平不詳。	成書情況不詳。	記惡報事,故名《惡戒》。
69.《宣靖妖化錄》卷數不明	節存	孔偲	生平不詳。	成書於南宋初。	南宋初金兵南侵,京城妖言四起,此即記當時流言。

70.《清尊錄》一卷	節存	廉布	宣和三年（公元 1119 年）上舍登第，張邦昌納為婿，次年徵為博士，後入都調官，張敗棄用。	成書於紹興九至十三年（公元 1139～1143 年）。	所記多為異聞故事。
71.《陶朱新錄》一卷	殘存	馬純	歷任使職，郎官，隆興初以太中大夫致仕。	作於官場失意退居陶朱後。	所記多神仙道人、夢應妖異，也涉鬼神精魅異物等。
72.《續清夜錄》一卷	佚	王銍	出身官宦之家，歷任清職，潛心於學，為南宋著名學者。	成書於作者退居剡溪之時。	本書專主語怪，以續沈括《清夜錄》。
73.《勸誠錄》卷數不明	佚	王日休	號龍舒居士，著述《金剛經解》、《淨土文》，信佛。	書成於紹興十三年（公元 1143 年）後至紹興末。	記報應之說，作者信奉佛教，故撰此以戒世。
74.《勸誡錄》，又名《勸誡集》卷數不明	佚	卞洪	生平不詳。	成於隆興二年（公元 1164 年）之前。	至其內容多勸善戒惡。
75.《投轄錄》一卷	存	王明清	王銍之子，下層官職，困頓，以著述為務。	序成於紹興二十九年（公元 1159 年），時明清33歲，未仕。	僧尼仙道、神鬼怪魅皆有，其中神仙道人術士約占五分之二。
76.《靈應集》卷數不明	佚	宋氏，號委心子。	知其父宋如璋乃崇寧五年進士，本人事蹟不詳。	本書之撰當在紹興中。	所記兩宋之際事蹟，全是蜀中士大夫科名官祿夢兆事，又以科名之兆為主，所記夢者多為梓潼神君，有蜀地色彩。
77.《綠窗新話》二卷，又名《綠窗新語》	存	號皇都風月主人，姓名失考。	專注女性豔情，以風月主人自號，據其博採群書且喜披典故、詩詞豔事來看，	大約編於紹興十八年（公元 1148 年）後至紹興三十二年（公元 1160 年）間。	本書係纂錄前人雜著而成，篇末大都注明出某某書，少數缺出處。故事主要敘男女豔情。

			應是有較高文化修養的文人。		
78.《樂善錄》十卷	存	李昌齡	曾為《太上感應篇》作注，又纂佛書地獄受苦事為《七趣受生錄》，可見其信佛。	隆興二年（公元 1164 年）初刻後增補，淳熙二年（公元 1175 年）再刻於蜀。	本書議論與《太上感應篇》傳文意趣全同，引述事實也多類同。其言善惡，大抵本儒釋道為說。
79.《冥司報應》	佚	蔣寶	福州太平寺僧。	疑成書於乾道二年（公元 1166 年）後。	所記全為福州事，乃當地聞見，宣揚佛家報應觀念。
80.《宣政雜錄》一卷	節存	曹勳	孝宗初加太尉、提舉皇城司、開府儀同三司。卒後贈太保，謚忠靖。	本書撰於孝宗乾道中，是晚年之作。	所存十五事大部分是北宋政和、宣和間妖異徵兆之事。
81.《分門古今類事》二十卷	存	宋氏，號委心子。	知其父宋如璋乃崇寧五年進士，本人事蹟不詳。	據自序，本書作於乾道五年（公元 1169 年），時屬作者晚年。	實由北宋尹國均《古今前定錄》擴編而成，多四字標目。分門綴事，各事之末多係論議。
82.《續博物志》十卷	存	李石	紹興二十年（公元 1150 年）進士，曾任學官。	可能作於淳熙二年（公元 1175 年）作者罷成都路轉運判官之後，閒居遣懷而著。	此書乃張華《博物志》續書。張書首敘地理，不涉天象，此則以天象為首。事多摘自古書。
83.《夷堅別志》二十四卷	佚	王質	紹興三十年（公元 1160 年）進士，官至樞密院編修。	大約在淳熙五年至十五年（公元 1178～1188 年），作者奉祠山居時撰。	自言其書因欽慕洪邁《夷堅志》而作，借志怪鍛鍊史傳記事之法，以見「古今文章之關鍵」。
84.《睽車志》六卷	存	郭彖	紹興二十四年（公元 1154 年）進士，淳熙中知興國軍。	成書於淳熙八年（公元 1181 年）以後的七年間。	所記為怪異故事，內容與體制類《夷堅志》。

85.《蘭澤野語》卷數不明	佚	李泳	曾除比部郎官，曾為溧水令。	書成於淳熙八年至十六年間（公元1181～1189年）。作者晚年退居鄉里，撰成此書。	本書所記大都是有關神鬼詭異、徵驗報應的異聞，少數是文人逸事，文字比較簡短。
86.《聞善錄》卷數不明	佚	無名氏	生平不詳。	成書於紹熙五年（公元1194年）前。	佚文不見。
87.《時軒居士筆記》卷數不明	佚	吳良史	洪邁稱其為鄉士，曾宦遊各地，生平不詳。	可能成書於淳熙間。	多為作者宦遊各地及歸居德興後的所聞所見。主要是市井鄉野鬼魅妖物故事。
88.《勸誡別錄》三卷，又名《鑒誡別錄》	佚	歐陽邦基	據書中周必大跋：「滔滔千八百言，予愛歎其才」可知作者乃飽學之士，生平不詳。	淳熙元年（公元1174年）成初稿，以後增補，歷時十六年。	與《分門古今類事》相近，以影響報應、勸善戒惡為旨，集合古今之事。
89.《稗說》卷數不明	佚	武允蹈	久困場屋之士。	成書情況不詳。	書名用稗官小說之義，大概多記異聞。
90.《夢兆錄》卷數不明	佚	劉名世	淳熙二年（公元1175年）進士，紹熙二年（公元1191年）知浮梁縣。	成書於紹熙元年至五年（公元1190～1195年）間。	專述陳夢兆之事，所兆者全為科名仕祿，反映著當時士大夫在功名上的迷信心理。
91.《夷堅志》四百二十卷	節存	洪邁	出身名宦之家，紹興十五年（公元1145年）中博學宏詞科，賜同進士出身，朝中館閣名臣。	《夷堅》四志歷時六十年。	述異，題材廣泛，作者稱「天下之怪怪奇奇，盡萃於是」。
92.《記異錄》五卷	佚	李孟傳	高宗朝參知政事李光季子，歷任東南地方官，藏書萬卷。	成書於嘉定間作者里居之時。	觀其書名當是語怪之作。

93.《峽山神異記》一卷	佚	黃輔	嘉定十一年（公元 1218 年）為德慶府瀧水縣令。	成書於嘉定十一年（公元 1218 年），作者為德慶府瀧水縣令時。	都是關於峽山古蹟的傳說。峽山在清遠縣東，南宋屬廣州。
94.《儆告》一卷	佚	無名氏	生平不詳。	成書大概在理宗淳佑中期之前。	專敘報應之事。
95.《鬼董》五卷	存	沈氏，名不詳。	沈氏約在孝宗淳熙、光宗紹熙間為太學生。	成書於紹定二年（公元 1229 年）後的紹定年間。	內容小部分取自《太平廣記》的鬼門和夜叉門，大部分為宋事，一般發生於南宋，作者有揚佛貶傾向，市井氣息濃厚。
96.《異聞》三卷，又名《異聞記》	節存	何光	生平不詳。	成書於寶祐年間。	敘異怪之事，歎「人生無百年，世事一如夢」。
97.《閒窗括異志》一卷，又名《括異志》	存	魯應龍	出自官宦之家，曾赴舉未第，以布衣終老。	成書於理宗景定中。當時閒居故里，作此書以述異，仿張師正《括異志》，加「閒窗」為別。	前半部記嘉興湖山橋井寺廟詞墓的傳聞，及本地奇聞異說。後半部多剽取前人道書、小說、筆記。《敘錄》疑此部分乃後人妄增。
98.《船窗夜話》一卷	節存	顧文薦	生平不詳。	成書景定年間。	大約作者舟行、與親友夜話而為此書。
99.《續北齊還冤志》一卷	佚	僧庭藻	僧人，生平不詳。	成書情況不詳。	為《冤魂志》續書，所記歷世報應故事。
100.《影響錄》	佚	江敦教	生平不詳。	可能成書於宋末。	記報應事，似岑象求《吉凶影響錄》。
101.《夢應錄》一卷	佚	詹省遠	生平不詳。	成書情況不詳。	記載有關夢兆夢驗之事。
102.《鬼神傳》二卷	佚	宋曾寅	生平不詳。	成書情況不詳。	佚文未見。
103.《靈異圖》一卷	佚	曹大雅	生平不詳。	成書情況不詳。	疑有圖相配，所記則神奇靈異之事。

104.《寶櫝記》十卷	佚	無名氏	生平不詳。	佚文不存。	所記當為詭秘神異之事。
105.《小說集異》，又名《世說集異》卷數不明	佚	王充	生平不詳。	成書情況不詳。	輯前人小說中異事而成，故稱集異。
106.《裒異記》卷數不明	佚	無名氏	生平不詳。	成書情況不詳。	「裒異」是萃集異事之謂。
107.《隨齋說異》	佚	無名氏	生平不詳。	成書情況不詳。	乃搜奇集異，積累成編。

後　記

　　本專著是在本人的博士論文基礎上修改而成的。在此附上論文後記，以緬懷那一段難忘的求學歲月。

　　當我在鍵盤上敲下後記兩字時，心中不禁湧起許多感慨，三年光陰匆匆！似乎昨天還在構想研讀計劃，今天已到畢業時刻，從圖書館借的書還未讀完……

　　三年來的辛酸苦辣會被流逝的日子沖淡，唯獨師恩難忘，友情難忘。

　　三年前，有幸成為王國健教授的弟子。王老師在我的論文修改上耗費大量心血。記得交論文初稿時，老師正在忙一個重大科研項目結項工作，沒想到老師還抽出大量的時間仔細批閱論文。論文發回來時，我吃驚地發現，三百多頁的論文初稿上布滿了紅色的批劃圈點。

　　我的另一位恩師是我的碩士導師馬茂軍教授。我的學術與人生都受到馬老師的深刻影響，這種影響是在離開馬門之後才慢慢體現出來的。我非常羨慕馬老師的超脫從容的生活境界，也希望自己的人生也能像老師一樣，凡事都能悠著點兒。在我讀博其間，馬老師一直關心我的學業，最舒心的事莫過於被他叫到餐桌旁，聽老師在杯酒之間閒聊學術人生。

　　文學院的戴偉華教授是位儒雅的學者。我有幸能夠經常列席旁聽戴老師的講課，難忘那段和戴門弟子一起聽課的時光。聽戴老師的課是一種享受，許多枯燥的學術問題，一經他的講解便變得生動有趣，發人深思。另外，我還要感謝為我的論文開題提出寶貴意見的陳建森教授、左鵬軍教授和閔定慶教授。我的論文能夠順利完成，與這些老師的幫助是分不開的。左老師曾為我們 09級博士開課，他的講課輕鬆風趣，那時的課堂筆記值得我長久珍藏。

　　讀博士三年，也結識了許多朋友。我曾住華師大學城北區宿舍 17 棟，常與舍友馮波、隔壁鄰居孔傑斌、劉桂鑫四人相邀到食堂吃飯，從宿舍到食堂的彎曲石路上，我們不知多少次在談論或者爭論生活或學術的問題。忘不了那一段路和那一段生活。

　　最後我還要特別感謝我的妻子崔玲玲女士，在我求學期間，是她一人扛起家庭重擔，為我、為家庭付出了許多。如果沒有她在我背後的默默支持，這篇論文也許不會出現。

　　三年過去了，許多值得感念的人和事，將凝成我人生中珍貴的老照片。